2018 劇本. /20[illegible]

2019 七月 交2集,拍攝帶

2020 三月 交8集寫片帶

1. 資金不夠。超支。另外加的資金？
版权？

2. 改編幅度。

3. 語言？

4. 美国演員？法国演員？

5. 李仙德部份／洋人观点
華[illegible]馬[illegible]
[illegible]巴[illegible]

6. 主場景？

傀儡花

陳耀昌 著

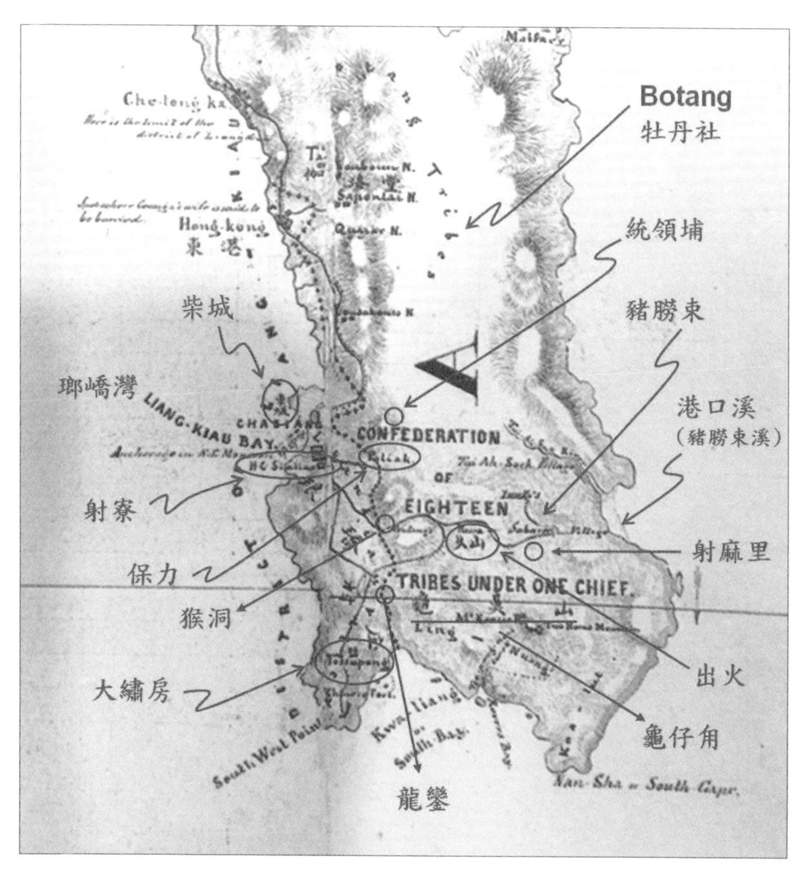

1870年左右，李仙得（當時仍叫李讓禮）所繪製之瑯嶠地圖。他把瑯嶠十八社英譯為「CONFEDERATION OF EIGHTEEN TRIBES UNDER ONE CHIEF」（由一位首領轄下的十八部落聯邦）。東港應為風港（今楓港）之誤。

作者以李仙得繪圖為底，填上當時地名。
柴城（今車城）
猴洞（今恆春）
大繡房（今大光）
龜仔甪（今墾丁社頂）
射麻里（今永靖）
豬勝東（今里德）
統領埔（今統埔）
牡丹社（今牡丹鄉）

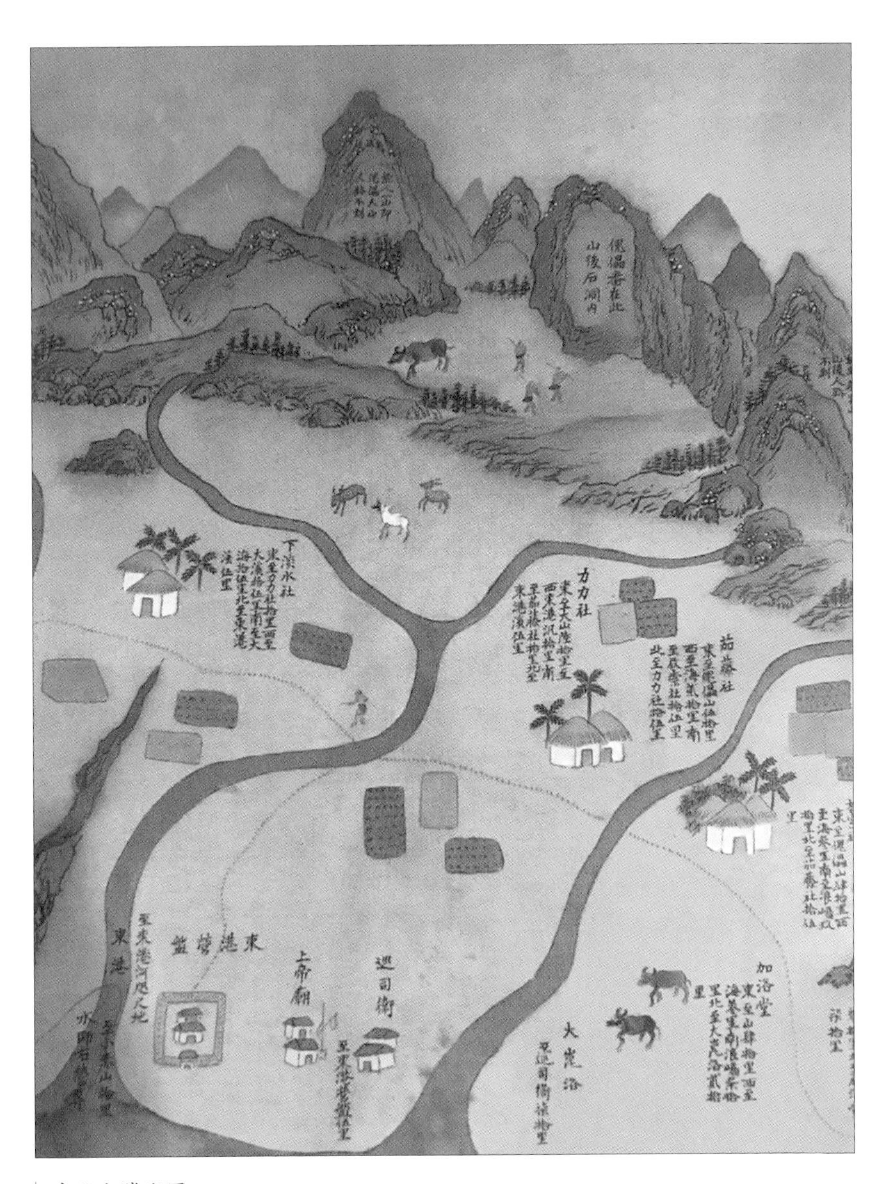

康熙台灣輿圖。

右上方文字：「傀儡番在此山後石洞內」。

左上：「無人一山即傀儡大山　人跡不到」（相當於今大武山）。

左下：今之下淡水溪（彼時已有下淡水社）或高屏溪，當時稱為「東港河」。

右下：加洛堂即今加祿堂。有牛，因當時之平埔（馬卡道）人以養牛為生。

在墾丁海濱的萬應公祠，圖左為「八寶宮」，但一般稱之「荷蘭公主廟」。此處海岸應為當年「羅妹號」船員被殺之處。（陳耀昌攝）

八寶公主廟旁的木頭船骸，還有祭拜香火。不知這些船骸，是否就是當年羅妹號船員之小船？（陳耀昌攝）

八寶宮（荷蘭公主廟）之畫像、對聯及擺設。畫像旁有小字（荷蘭公主 1872 年來台……）。引起 1874 年牡丹社事件的琉球船隻，是 1871 年在東岸八瑤灣失事的，離此地甚遠，反而是 1867 年的羅妹號事件，正是發生在墾丁的這片沙灘上。（陳耀昌攝）

杭特夫人相片。「韓特夫人於南中國臺灣遇害身亡。」（翻拍自國立臺灣歷史博物館出版《李仙得臺灣紀行》）

600 THE ILLUSTRATED LONDON NEWS JUNE 15, 1867

CONFLICT BETWEEN H.M.S. CORMORANT AND THE SAVAGES OF FORMOSA.

遠征南灣之英國「鸕鶿號」（Cormorant）炮船船員 Fencock 畫作上的大尖山與船帆石（1867 年 3 月）。

古今對照，自荷蘭公主廟旁之墾丁海灘看大尖山。（陳耀昌攝，2014 年 1 月）

李仙得照片。（翻拍自國立臺灣歷史博物館出版《李仙得臺灣紀行》）

李仙得攝於射麻里（1872）。三人之右為棉仔，左為李仙得。（翻拍自國立臺灣歷史博物館出版《李仙得臺灣紀行》）

中坐者為潘文杰，身佩日本授給他的勛章。（陳耀昌翻拍自屏東縣牡丹鄉「牡丹社事件紀念公園」）

滿州鄉永靖（射麻里）小廟內的小神像（疑為伊沙）。亦顯示原住民之漢化過程。（陳耀昌攝）

作者在屏東佳冬與潘文杰的第五代孫潘曉泊（右一）合照，他仍有祖先潘文杰嘴寬唇薄的特徵。

喜歡打獵的萬巴德醫師（前排最左邊）。
（來源：Wellcome Institute Library, London）
（陳耀昌翻拍於台大醫學院）

作者攝於新加坡之必麒麟街街頭（Pickering Street）。必麒麟在 1880 年代任新加坡華人護民官。

年輕時的必麒麟。照片後有華人轎子，極可能攝於台灣。（翻拍自國立臺灣歷史博物館出版《李仙得臺灣紀行》）

李仙得（蒙眼者）、德約翰（有長鬍者）與台灣北部原住民（應為凱達格蘭族）。（感謝國立臺灣歷史博物館提供）

馬雅各醫生與他的家人。可見當時漢人官吏、漢人僕役與平埔僕役的各種不同衣飾。（翻拍自國立臺灣歷史博物館出版《李仙得臺灣紀行》）

1867 年遠征龜仔角（今墾丁社頂）的美國太平洋艦隊旗艦 Hartford 號。

Lieutenant Commander Alexander S. MacKenzie, USN

1867 年在墾丁陣亡的美國海軍副指揮官 Alexander S. MacKenzie。

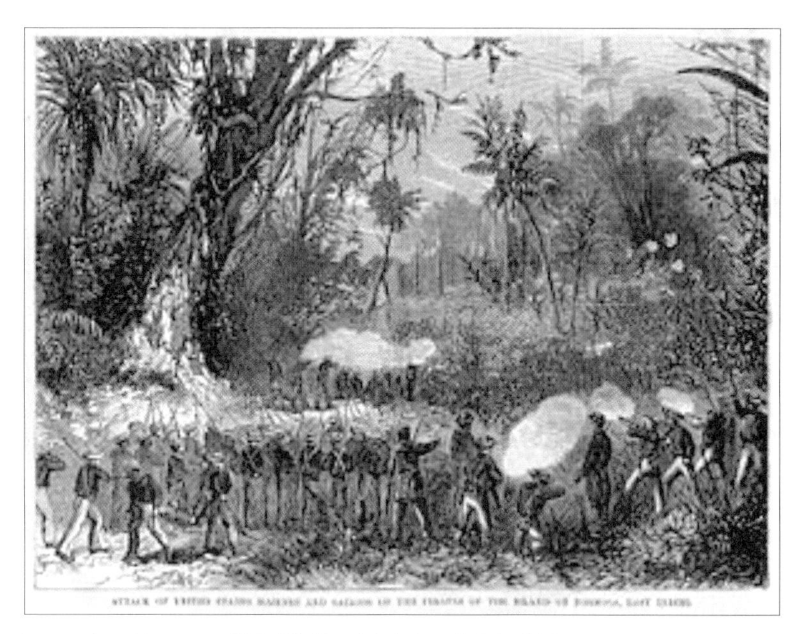

1867 年 6 月 13 日，美軍登陸墾丁與龜仔角原住民征戰圖。

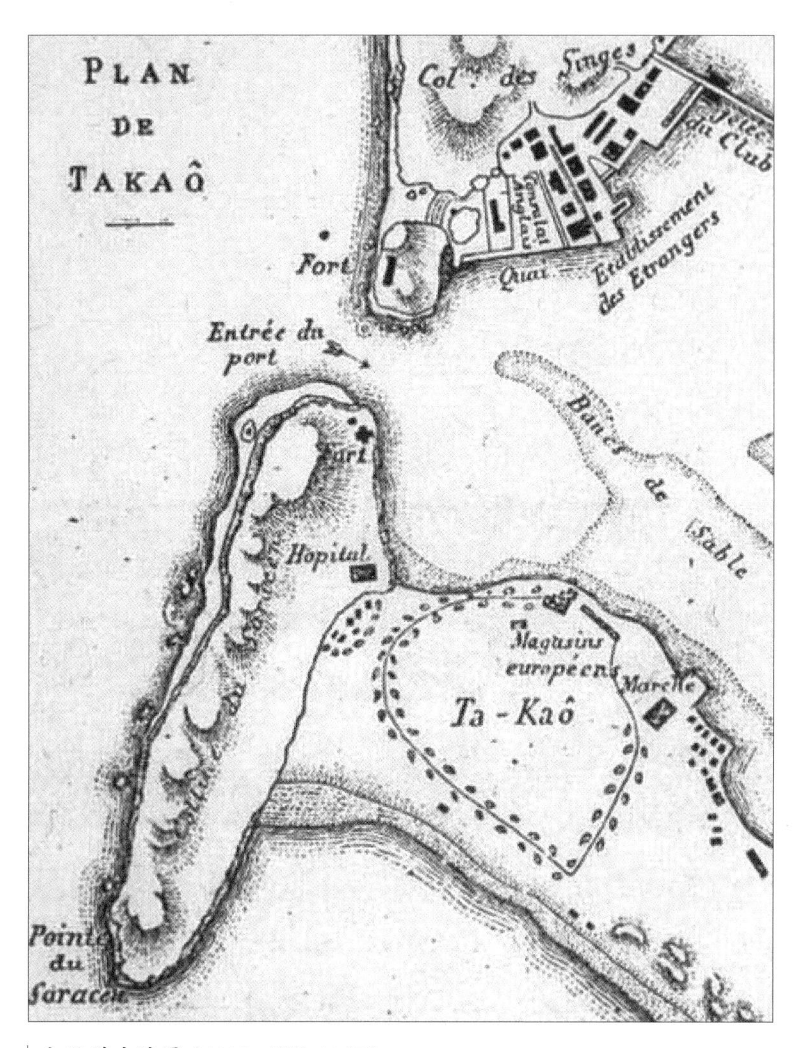

打狗港古地圖（1893，光緒 19 年）。
上為哨船頭，各國洋行多設於此，為新興地區。當時今之高雄市區尚未成形，Ta-Kao（打狗）主要指旗後市街。薩拉森頭山即今旗後山，其山腳下之 Hospital 為慕德醫院，本書中萬巴德的「旗後醫館」即其前身。萬巴德離開台灣之後，其弟萬大衛醫師接替他在旗後醫館服務。萬大衛後來不幸因意外而過世，慕德醫院是為了紀念他而建。（資料來源：Inbault-Huart, Camille, L'ile Formose : Histoire et description〔 Paris : Ernest Laroux, 1893 〕）（感謝高雄文化局）

康熙台灣輿圖。

可見萬丹港（今左營軍港）、龜山、觀音亭、半屏山、觀音山。圖右照一半的是打狗山（今之壽山）。此證明龜山觀音亭在康熙年間已存在，並為重要地標。

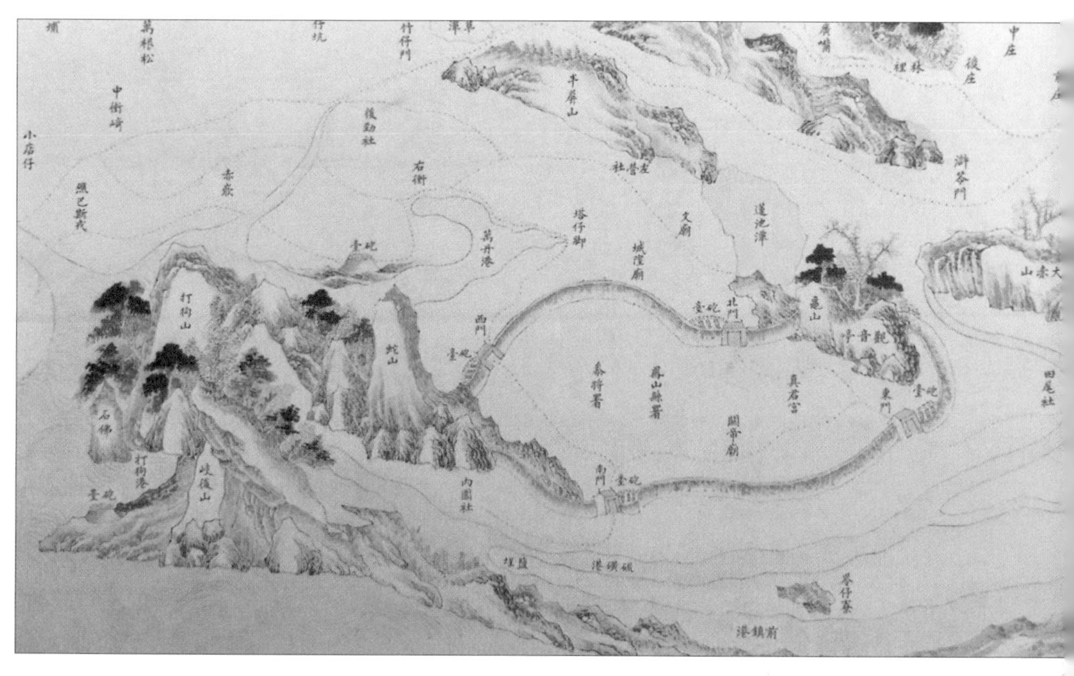

雍正台灣輿圖之鳳山地圖。

本圖為鳳山的第一個舊城。後來的鳳山舊城，今之左營古城，是道光時才建造的。歧後山即旗後山，打狗山為今壽山，所繪河流就是今之愛河。

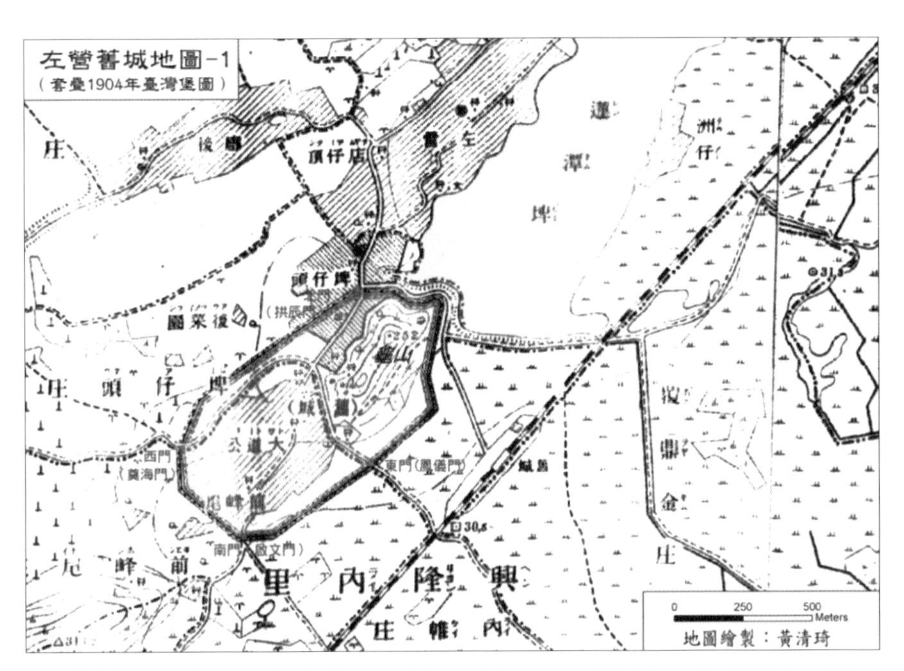

清代道光年間所建之左營（興隆里）鳳山舊城。大道公即文中「慈濟宮」，觀音亭在龜山腳下。本圖年代為 1904 年。（感謝黃清琦繪製及提供）

從龜山所拍攝左營舊城北門。（翻拍自國立臺灣歷史博物館出版《李仙得臺灣紀行》）

左營鳳山舊城的北門，門之兩邊有雕像，極有特色。（陳耀昌攝）

清代鳳山埤頭新城。右下與城牆平行，上接双慈亭之道路即今之鳳山三民路。右圖即「柴頭埤」，此圖有昭忠祠，應是光緒 3 年至光緒 21 年之間的鳳山古城圖。（感謝高雄文化局提供）

在射寮的房屋。這張照片是李仙得帶來的攝影師所拍，很有可能是他 1867 年在社寮所住的棉仔房舍，門前空地則是他搭帳蓬之處。（翻拍自國立臺灣歷史博物館出版《李仙得臺灣紀行》）

1874 年，牡丹社事件時，射寮棉仔家已經是磚頭屋，與 1867 年或 1869 年李仙得造訪射寮時（上）已大大不同。（感謝陳政三先生提供，Davidson 書，陳政三翻拍）

草嶺古道上，劉明燈也是在 1867 年所立的「虎字碑」。（陳耀昌攝）

「雄鎮蠻煙」碑。劉明燈題，也在今草嶺古道。（陳耀昌攝）

車城福安宮。（陳耀昌攝）

車城福安宮劉明燈於 1867 年南征龜仔用後所刻之碑文。（見本書 366 頁）（陳耀昌攝）

現存於高雄左營興隆寺之準提菩薩像，可能有三百年之歷史。因為與台灣準提菩薩常見的三隻眼造型不同，因此懷疑觀音亭的開山茂義師父可能來自日本。（陳耀昌攝）

邑侯譚公德碑。乾隆32年（1767）立，紀念鳳山知縣譚垣。（感謝高雄興隆寺提供）

去思碑。雍正元年（1723）所建，紀念上一任鳳山知縣楊毓健。（感謝高雄興隆寺提供）

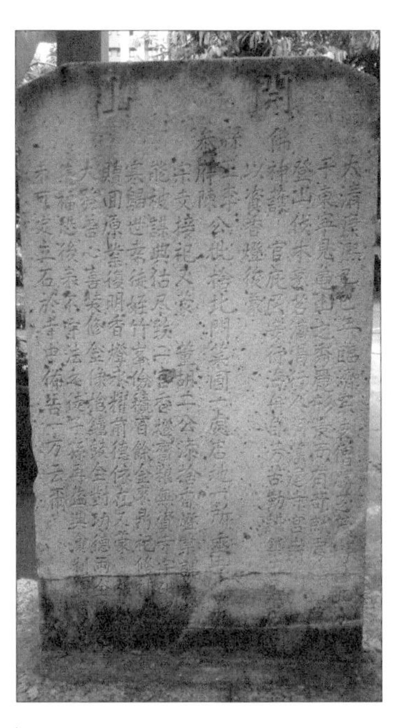

開山碑。未落立碑年月，但由碑文可知觀音亭建於康熙己巳年，或康熙28年即1689年。（感謝高雄興隆寺提供）

姥祖頭戴花冠，以小米酒餵食信眾，為祈福儀式。

迄今屏東馬卡道後人在農曆 1 月 15 日仍有「跳戲」夜祭。姥祖頭頂貢品，半跳半舞，穿梭宴席之間，賜福社眾。（2015 年陳耀昌攝於屏東後灣）

姥祖賜福幼兒。

1935 年，李仙得外孫女，日本聲樂家関屋敏子（中）來台，與弟子台灣女歌唱家林氏好（左三）合影。現在網路上猶可搜尋到不少當年関屋敏子錄製的唱片。（感謝國立台南大學提供）

李仙得於 1899 因腦中風客死朝鮮，葬於今漢城市中心江南區之楊花津公墓。（徐思淳攝）

目錄

推薦序

用故事編織彩虹史觀

童春發（Masegeseg Z. Gadu）

台灣是山海相依、生物多樣的福爾摩沙。她的美顏豐姿和豐富的內涵，成了多元族群相繼登陸、生根落實、展演文化、共同生活、開創歷史的因緣。台灣生態的特殊性，營造了各族群特有的故事、社會制度、民族習性和文化特質。除此之外，近年來，考古學及語言學的研究發現，陸續指出台灣實為廣大南島語族主要的發祥地之一，原住民在台灣斯島上的生活履跡，甚至達六千年之久。所以，身為福爾摩沙人，要謙卑生活在地底下有多元史前民族的歷史與文化層跡上，並珍惜族群之間關係，如錯縱複雜的對遇過程、共生經驗、歷史事件及所留下來的民間傳說故事。

多元族群分別在不同的時代，進出福爾摩沙這個母體生態環境。在不同的世代裡，發生了族群的碰撞、衝突、殘害、戰爭、相容、複合、再生、相許、共生與共治的生命史實。彼此的唯一就是福爾摩沙母親的包容、時間的療傷、心田的轉化、再生共識與大地共榮之念。

《傀儡花》是一本用多元族群，大地共榮之念，來閱讀發生在美麗豐富的福爾摩沙母體環境裡，因多元族群相遇所發生的生命故事，並且以編織故事的形式，書寫有關族群關係所形朔族人彩虹歷史觀。

每篇小說透過文字的巧妙運用、內化事件的負面印象，呈現有溫度的小說內涵。小說背後的每一個事件成了我們的歷史反省，其中的族群關係成了我們生命與文化視窗，讓我們看見內外多元景象。此外，也成了一扇活門，讓我們走出去，發揮想像，活出遠景。歷史告訴我們衝突、相識、結交、共生共體的過程，每一個事件似如族群關係的「節骨眼」，然而，奇妙的是在這個「節骨眼」上產生新的生機，並且創出區域性特殊的文化表現和族群共識。

發生在這塊土地上的任何生命故事，所留下來的是歷史價值和意義，已成為福爾摩莎人的本土意識和文化認同。在台灣發生的大小事件，已經內化成為與在地人不可分割的整體關係。人或族群成為福爾摩莎的孩子之後，這個母體環境就成為他生命韻律、生活節奏、歷史語言及文化展演的永遠布景，提供無限的能量。在這樣的歷史脈動和文化情境裡，讓有心的人來閱讀期間的歷史故事，用心來編織歷史價值之後，它所帶出來的意義是生命共同體的能量、是大地共榮的歷史語言。

陳耀昌醫師在《傀儡花》就是透過南台灣，尤其恆春半島上發生的歷史事件，編織彩虹史觀。該故事的族群背景包含屏東南排灣族原住民、平埔原住民、Seqalu（指由東部排灣族、卑南族、阿美族遷移到屏東的滿州於恆春區域）、漢人、荷人、日本人、法國人和其他民族間的接觸，衝突事件及產生新關係的過往。對於原住民來說，我們有不可被取代的角色和史觀，然而，自接觸外來族群之後，在自己的土地上發生了不同樣態的接觸方式，留下不同足跡，記憶和回應。然而，事件的發生成為我們的共同經驗，記憶和新關係的產生。馬賽克般的史觀，貼布般的調配，內化教訓成為生命的養分。在時光的隧道中事件成了我們永遠的歌。

作者開懷的心念、用心閱讀每一個事件中族群的台灣經驗、彼此間的新關係的發展之後，用在地主體的歷史觀和多元族群的在地價值串成福爾摩莎這個母親的歷史串珠和生命的花環。透過小說讓每個事件成為我們的反省、成為我們積累的多元價值。《傀儡花》除了是用心田深處的情感編織故事，陳述事件，留下生命的花香外，也是用每一個事件故事的生命價值，編織多元族群大地共榮的彩虹歷史觀。

推薦序

尋找失去的鏈結

紀蔚然

在歷史的皺褶中尋找自己，抑或從個人出發去理解歷史？雖說前者由外而內，後者由內而外，兩項工程實屬同一回事，交相運動中形成了無限循環的迴道。經過了無數的理論，以及多年的爭辯，我們終究必須相信，一個人不可能只是歷史塵沙中隨風飄蕩的微粒，更不會只是任由結構（經濟模式、政治形式、世界潮流）擺置的棋子，你我的選擇對於歷史的走向勢必會造成影響。如果不相信這一點，我們其實用不著關心歷史。

名醫陳耀昌推出第二部歷史小說《傀儡花》，偏偏找上歷史意識如此稀薄的我來湊熱鬧。故事該從何說起？起點應是五六年前讓我得識耀昌兄的一個喝酒的場合，但受到這部小說的啟發，我想把這緣份說得傳奇一些。

我出生於一九五四年。那年一月，美國啟用了第一艘以原子能為動力的潛水艇；三月，美國在太平洋比基尼環礁上試爆了第一枚具有實戰價值的氫彈；七月，蔡振南出生，由他作曲撰詞的〈心事誰人知〉是我最喜歡的台語歌；九月，中共開始炮擊金門，是為九三砲戰（四年後發生八二三砲戰）；十月，國際知名導演李安出生，他的《臥虎藏龍》是我近年來最佩服的華語片；十一月，不需形容詞介紹的林青霞出生，倒是她主演的愛情片我無緣看過一部；十二月，《中美共同防禦條約》

於美國華盛頓正式簽字。

記住這些除了是要沾名人的光，過虛榮的癮，更是要不時提醒自己成長的時代氛圍。在我尚未意識到美國的存在時，美國早已在我的生命中扮演重要角色。多年後赴美留學也是始料未及，因為我不是從小就立志如何如何的人。在堪薩斯州攻讀碩士時認識了妻子朱靜華，她十二歲隨父母從菲律賓移民美國，最後於維吉尼亞州落腳。倆人的婚禮在岳父朱一雄執教的校園教堂裡舉行。這過程平凡無奇，然而當我第一次步入華盛頓和李將軍大學時（簡稱華李大學，Washington and Lee University），一種強烈的突兀感襲上心頭：什麼機緣下，我這個台灣人會跑到美國內戰期間支持奴隸制的南軍重鎮和一個華僑結婚？

一八六五年，李將軍向格蘭特將軍投降，長達四年的南北戰爭終於走到尾聲。兩年後，清治時期的福爾摩沙發生了「羅妹號事件」：一艘美國商船在島嶼南端觸礁，十多位船員棄船求生，登岸後卻遭原住民殺害。此一事件引起當時美國駐廈門領事李讓禮（Charles W. Le Gendre）高度關注。因為李讓禮的介入——先是與排灣族斯卡羅領袖卓杞篤交涉，簽定南岬之盟，爾後又擔任日本外務省顧問，協助日軍出兵台灣——福爾摩沙的命運起了連鎖反應。有趣的是，原籍法國的李讓禮是格蘭特將軍麾下的大將，「羅妹號事件」發生前三年，他還在維吉尼亞州和李將軍作戰。我不禁納悶，又是什麼機緣，一個法國人竟跑到別人的國家參與內戰，而內戰之後又跑來台灣大肆摻和？

我個人的際遇和李讓禮的際遇似乎呼應了陳耀昌透過《傀儡花》所敷演的歷史蝴蝶效應。在他的歷史視野裡，以往不受台灣教科書重視的「羅妹號事件」成了蝶翅的「第一次拍動，拍出了一八七四年日本人的『出兵台灣』，又接續拍出了一八七五年沈葆楨的『開山撫番』，拍出了一八八五年『台灣建省』，更拍出了一八九五至一九四五，五十年的『日治時代』。」

《傀儡花》重現了真實的時空、事件與人物，有史實依據，也有虛構成分。小說家藉由想像和推理，在幾個看似孤立的歷史事件之間找到了鏈結，從而串接起當下與過往的情感紐帶。長久以來，歷史小說不被學院的「正史」看重，然而隨著「正史」的虛構面具被一一揭穿，歷史小說的地位在近代相對提昇。面對無所不在的「虛構」，我們停滯於「虛實莫辨」的困境太久了。法國哲學家洪席耶認為，「虛構」的概念有必要重新界定。在他看來，「虛構」的意義不是單指作家建構的想像世界，也不應是「真實」的相對詞：「虛構」是對於「真實」的重塑，在現實與表象、個人與群體之間建構新的關係。

《三十年戰爭史》作者維羅尼卡・韋奇伍德（C. V. Wedgwood）曾說，無論我們承認與否，是脫離當下的欲望驅使人浸淫於歷史；然而，要是沒有這份浪漫的推波助瀾，沒有從一個時空轉進另一個時空的念想，以便於馳騁在過去一段時日的思潮與情感，歷史踏查便會缺少重要的成分。就這點而言，她說，人們的歷史知識受惠於浪漫的小說家，不只因為其中不乏對歷史研究的推展有實質貢獻的佼佼者，更是因為歷史小說一方面深化，另一方面又開拓了新的歷史研究。

和它的前身《福爾摩沙三族記》一樣，《傀儡花》從史實出發，為我們描摹一個多族共存的福爾摩沙。其中主要人物潘文杰如此思忖道：「這瑯嶠的族群恩怨真複雜，也真難解。平地人和原住民爭地，而同為平地人的福佬與客家，語言不通，壁壘分明，互鬥不往來。福佬娶土生仔熟番，客家娶山地生番，複雜啊！即使是山地人，又分本地斯卡羅，東部來的阿眉。現在洋人來了，高山的原住民在養父（卓杞篤）的努力之下，已經團結了，但平地的族群仍然一盤散沙，各有各的算盤。」

讀到這一段，很難不讓人聯想到目前的情境。陳耀昌的小說不但回顧過去，也注視著當下。在《島嶼ＤＮＡ》，作者從科學的角度為我們「證實台灣多元豐富的血脈連結及其延續」（孫大川）；

在《福爾摩沙三族記》與《傀儡花》，作者彷彿為當下提供了通往族群融合的ＧＰＳ。

接下來，就看咱們如何導航，走未來的路。

推薦序
界外・化外・國外

吳密察

一八六七年（一個不怎麼起眼的年代），一艘美國籍三桅商船 Rover（羅妹號）在台灣南部洋面遇難，這就是台灣史教科書裡所說的「羅妹號事件」。但是，一般教科書對於這個事件的敘述，卻都只著眼於將它視為是一個清末圍繞台灣海峽的海難救恤問題，或是中外外交交涉事件來看待。的確，如果從清朝官方所留下來的中文史料來看，吾人大概也只能看到清朝官員是如何致力於推諉卸責、西方外交官則是如何地軟硬交逼。比較眼尖的讀者，最多還驚覺到：原來清朝即使號稱已經在康熙年間將台灣納入版圖，但是台灣島被納入版圖的卻只是西部平原地帶的極為狹窄的一部分而已。例如，一八六七年「羅妹號事件」的舞台，也就是現在的屏東縣南端恆春半島一帶，清朝政府的認識就是：「其地盡係生番，並無通事，鳥道羊腸，箐深林密，係在生番界內。……該處乃未收入版圖，且為兵力所不及」；至於其居民，則「係生番，並非華民」。也就是說，清朝政府對於恆春半島的主張是：其地既非屬版圖，其人亦非我族類。

但是，一八六七年的「羅妹號事件」卻引發了一個具有冒險家精神的法裔美國外交官李讓禮（李仙得。Charles W. LeGendre），此後對台灣的持續關心，多次來台實地考察並與原住民締結條約，最後還成為一八七四年日本出兵台灣的重要推動者。相對於清朝官員的文獻多只在意於記載官府行政，洋人的文獻則為我們提供了他們對於台灣之景觀、社會、居民的描寫。可以說，由於有了這些洋人文獻才讓我們可以比較清晰地看到歷史上台灣的具體面貌。例如，這個被清朝官員視為版圖之外的恆春半島，透過洋人的文獻讓我們看出來它雖在「界外」，卻已有不少漢人移民無視政府禁令在此活躍，並有不少族群之間通婚的混血子女，是個多族群交錯的天地，即使原住民族也有各種族群，甚至還形成部族聯盟。它為我們提供了另一個比我們已經習慣了的但卻顯得單調乏味，卻也應該更為真實生動的台灣拓殖時代之歷史像。

老友台大名醫陳耀昌先生博學多聞，興趣廣泛，對於台灣歷史知識之理解也令我們這些專業歷史研究者佩服，多年前即以其特有的醫學專業為我們重新解讀夙為歷史學者所難解的鄭成功死因之謎，又以其血液醫學追索台灣人的歷史DNA，總是為歷史詮釋另闢蹊徑，讓讀者沉浸在閱讀歷史之餘又享有科學推理的樂趣。

但是，陳醫師不以此為滿足，他走得更遠，竟然寫起歷史小說來了。多年前的《福爾摩沙三族記》，寫的是十七世紀台灣史裡的漢人、西洋人（荷蘭人）、原住民之互動交流，連我們歷史研究者都認為既有研究、又有說理，還有創意。如今的《傀儡花》則是以一八六七年的「羅妹號事件」為主題，寫十九世紀後半葉恆春半島這個多族群社會（據說，他有一連串的「台灣三部曲」構想，一、以『傀儡花』寫斯卡羅與洋人交手的經過，二、寫原住民與日本人的交手經過，三、寫原住民與漢人的恩怨情仇）。

既如上述，歷史教科書裡的「羅妹號事件」只著重於官府的外交交涉，但是恆春半島卻自有另外一套民間所拼貼、詮釋出來的歷史。陳耀昌醫師在《傀儡花》「楔子」裡為我們介紹恆春半島的「荷蘭公主」，並為我們對這個「荷蘭公主」做了一番解構工作。在我來看，「荷蘭公主」是恆春半島民間所拼貼出來的歷史，它是各種經驗、傳說、詮釋「層累地」混合之後所形成的。陳醫師對於此「民間歷史」的介紹，一方面讓我們看出來民間如何將各種不同來源的經驗、傳說、詮釋拼貼在一起，一方面也讓我們看到他自己對於此「民間歷史」的拆解。如今，陳醫師以歷史研究者所認定的史料（他自謂：「我所寫的有關正史人物的時空資料，如李仙得、劉明燈、必麒麟、卓杞篤等的行程，幾月幾日到某地（社寮、柴城、大繡房），甚至幾點開船，戰爭的經過，和談的安排，幾乎多是依照正史的資料寫的」）為基礎來寫「小說」。這顯然也仍然是一種建構「歷史」的工作。但是這種「歷史」，應該會是比目前學院歷史學者所建構出來的「歷史」要有趣一些，因為它更用心地安排場景，它也會描述氣氛和情緒，而這經常不會出現在學院歷史學者的分析式歷史敘述當中，不，毋寧說歷史學者是儘量不顯露這些的。陳醫師的確是值得台灣歷史學界注目與尊敬的直接挑戰者和競爭者。

作為一個有自我反省傾向的台灣之學院歷史學者，我除了推薦讀者好好地品味陳醫師的小說正文之外，倒還要鄭重地推薦讀者也仔細地閱讀這本書裡的兩篇後記（「我為什麼寫『傀儡花』」、「小說・史實與考據」）。透過這兩篇後記，一方面可以理解陳醫師的台灣族群觀、歷史觀，一方面也可以看出歷史學與文學之間的關係及相互影響的可能性。

作者的話

1.本書中使用史料語彙，其意僅為忠實敘述，並非不敬或詆毀，讀者朋友若覺不妥，仍盼您見諒。

2.本書日期，若無特別註明，皆以西曆為主。

3.本書之大部分地名，宜用閩南語發音，較合乎當年情形。例如「龜仔甪」念成Kualu，或「羅妹號」（The Rover，ve念成漳泉語之「妹」），均為當年清朝官方文書之用語。

楔子

當他請求友人帶他到墾丁海邊的這座小廟時，他並沒有想到，這個臨時插花的行程，竟讓他發現了別有洞天的台灣史桃花源。

此行，他的原始目的是照著當年牡丹社事件的重要歷史地點走過一遍。首先，是一八七一年，遭到船難的琉球人登陸的沙灘，他們後來行走的路線，被殺的雙溪口。然後，是一八七四年日本軍登陸的射寮港，日本軍後來紮營所在的後灣，有名的牡丹社和日軍交戰的石門天險，以及後來琉球人埋骨立碑之處。最後，是沈葆楨所建的恆春城遺址。

他的朋友開車載著他，一天半之內，就把這些牡丹社事件重點都蜻蜓點水地看過了。他才下午四點多，陽光依舊炙熱。在此台灣國境之南，離天黑至少也還有一個多鐘頭的時間。他懊惱原先希望找到楊友旺（當年救了倖存琉球人的客家善人）後代，卻毫無頭緒。現在就打道回府未免太早了。好不容易由台北到車城、恆春一趟，由台灣頭走到台灣尾了，焉能不做最大利用。

——總要再去個地方才行。

朋友知道他一提到「荷蘭」兩字就起乩，於是提議說，有個「荷蘭公主廟」離此不遠，朋友表示二十年前來過，而且還留有小船木板殘骸，不知是否還在。聽到船骸，他興趣大增。

半小時後，他們到達墾丁大街。朋友找了一下，車子轉入小巷，巷底竟然柳暗花明，寬闊沙灘迎面而來。一間小廟，背著矮丘，面海而建。停車之後，他看到廟名卻是「萬應公祠」，再仔細一看，左邊另掛著「八寶宮」匾額。

他其實也聽說過「荷蘭公主廟」。那是幾年前的電視新聞①，有關墾丁地區的一則怪力亂神報導。電視上說，墾丁當地傳聞，在荷蘭時代②，一位荷蘭公主來福爾摩沙尋找情人，船在墾丁附近遇風翻覆，公主不幸為當地土民所殺。

當時，他正在寫《福爾摩沙三族記》，四大鉅冊的《熱蘭遮城日誌》都念過了。荷蘭人述事巨細靡遺，讓他衷心佩服。他反射性的就判斷這個故事不可能是真的，而且那時的荷蘭沒有國王，只有攝政，因此也應該沒有所謂「公主」。好玩的是這位傳說中的公主連名字都俱全，叫「瑪格麗特」。傳說的豐富內容，讓他對這則電視新聞印象深刻。但他直覺認為這是無稽之談。

妙的是傳說中荷蘭公主的情人，正史上確有其人，就是那位因好色而喪命的荷蘭外科醫生，威瑟琳③。這位醫生其實醫術頗具名氣，一六四〇年左右被當時的大員荷蘭長官派到東部卑南王轄域尋金，據說因調戲當地女人，而被土人殺了。威瑟琳一代名醫竟然如此死法，他心中大為惋惜。而這位風流醫生竟成了恆春鄉野傳說中遇難荷蘭公主的情人，難不成威瑟琳也去過台灣的最南角，更讓他覺得有趣。

荷蘭公主廟甚小，神桌上擺著的卻是三尊古代漢人造型的小神像，如果不是背後的圖片與題字，也真看不出祭拜的是誰。圖畫中公主的造型雖然眉清目秀，但非溫柔婉約，而是身穿戰袍，左手持劍，更妙的是右手捧著地球儀。畫像上方橫批是「荷蘭女公主」，左邊的字是「寶主飛來駐台海」，右邊是「座自山面向海上」。

由電視所轉述的當地傳說，公主遇難後的故事，倒是非常台灣式的民間神鬼傳奇。然而，故事中人物全是有名有姓而且可考的。

公主與隨從一行被殺後，從此長埋海邊沙灘。三百年後，台灣已經歷荷蘭、東寧國、清國，而到了日本時代。昭和六年，一九三一年，一位名叫張添山的居民，為了蓋屋，來到海灣邊挖咾咕石，竟挖出這些骨骸及船骸。

張添山自認倒楣，自掏腰包，依民間習俗，把骨骸裝進陶甕，置入萬應公祠內。但傳說並沒有交代，在這海邊何以會有萬應公祠，何時何人所建。

二、三年後，張添山的堂弟張國仔突然發瘋，會無緣無故拿「番仔油」燒他人房舍。那個時代，「起肖」會想到求乩問神。不想乩童真的起乩，而且口出英語。幸好當地有居民柯香，曾在鵝鑾鼻燈塔與外國人工作，粗諳英文。經他翻譯，說是幾百年前被殺的紅毛瑪格麗特公主，因沒船回鄉，故冤魂不散，附身病人。何以荷蘭公主竟說英文，並無人質疑。

於是眾人燒了紙船，恭送公主出海，不久病人也清醒了。但數天後，張國仔舊病復發。乩童

---

①二〇〇八年九月十三日。

②一六四〇年代。

③威瑟琳（Maarten Wesseling）是丹麥哥本哈根人，曾任職日本長崎商館外科醫生。據說曾醫好末次平藏的病，還教日本人蒸餾酒。約於一六三七年到台灣，後來奉命前往台東卑南調查傳說中的金礦。其死因，據大巴六九部落（Tamalakou，漳泉發音）人的說法，是因為他與他的同伴對該族的老婦人施以他們所不允許的侮辱，而自招不幸。

說，紙船在海灣打轉，出不了大海。紅毛公主因而表示，「既然歸鄉無望，願長留此地，但萬應公祠須讓出三分之一，否則必繼續為厲。」眾人無奈照辦。於是萬應公祠之三分之一成為「紅毛公主廟」。此後一段時間果然相安無事。但居民則對紅毛公主畏懼三分，與一般對廟神之尊敬不同。

當他向朋友轉述電視這個說法，朋友卻馬上提出質疑：「不對，不對，是先有荷蘭公主廟，才有萬應公祠。」朋友說，二十多年前，他還是高中生時，初次到此，看到的是像路旁常有的那種很小的土地公廟，歪歪斜斜掛著「荷蘭公主廟」，當時並無「萬應公祠」。

他相信朋友說的，因為建築外觀實在看起來沒有幾年。

他繼續回想電視中的故事。

荷蘭公主之所以被稱為「八寶公主」，是因為發現其骨骸時，還找到荷蘭木鞋、絲綢頭巾、珍珠項鍊、寶石戒指、皮箱、寶石耳墜、羽毛筆和紙等八項物品。而當地居民也稱紅毛公主廟為「八寶宮」。

然而，張國仔最後還是自殺了，就在離紅毛公主廟不遠之處，現在的國家公園門口附近。

但事情仍未了結。這位八寶公主與本地居民的恩怨情仇，竟然百年難解。

電視新聞所以重炒這段神鬼之說，是因為二〇〇八年七月，當地發生了台灣山林常有的「魔神傳說」。一位八十多歲阿嬤在社頂公園遭遇「鬼打牆」，五天四夜才被尋獲。老阿嬤說遇到「魔神仔」帶她在山區亂轉，還惡作劇地脫了她的內褲。老阿嬤說，這個「女魔神」金髮碧眼。於是眾人想起八十年前往事，認為「八寶公主」再度興風作浪。又有乩童附會說，八寶公主誓報百年之仇，要索十條人命。而該地那一年也確實不太平靜，半年來已有九人死於非命，於是人心惶惶。

為祈求平安，九月十二日下午，墾丁居民在八寶公主廟前辦了一場「和解法會」。墾丁與社頂居民上百人，包括恆春鎮長、墾丁里長以及一堆有頭有臉人士，全員出席和解祈福盛會，並有「釋公冤」的儀式。居民請來觀世音菩薩當公親，希望能化解三百多年宿怨。

他還記得電視畫面，除大批供品外，居民還特別準備了現代女性專用的香水、布料，來取悅公主。

怪的是，就在超度法會將完，居民焚燒疏文時，忽然一個光體沖向天際，眾人驚呼不可思議，認為這是八寶公主顯靈回應。

他回憶著電視畫面，邊步出「八寶宮」，站在萬應公祠正前方。萬應公祠兩根柱子上白色斗大的字寫著「瑞氣靈感得萬應」、「南端青天鎮八寶」。「鎮八寶」！他笑著搖搖頭，當地居民對八寶公主明顯是有敵意的，也難怪八寶公主不肯和解……

廟旁有個小店，守著小店的年輕少女，寬面大眼，體型壯碩。她再三強調她是平地人，但他卻一眼就覺得她像極了他的排灣族朋友。許多大武山系出身原住民，都是這種體型相貌。其實自一八九五年之前就定居台灣的家族，沒有原住民血統的幾希！台灣本來就是個族群大熔爐，特別在這個古瑯嶠各族群雜居之地。

少女看到他們對這間小廟似乎很有興趣，愉快地說，廟旁還有七、八十年前挖出的船骸。他猛然想起自己正是被船骸之說吸引過來的。船骸被集中放置在廟旁草地。少女特別強調，木頭接縫都不用釘子，而用木榫，證明年代久遠。由木頭的長度最長約五、六公尺看來，這只是小船，不太可能載著荷蘭公主遠渡重洋。

他笑著向少女提到了幾年前「釋公冤」的祭典。沒想到少女卻說，八寶公主就是女魔神仔的說法是不對的。八寶公主是好神明，庇佑此地居民。許多信徒來祭拜之後，都很靈驗。魔神說法是來亂的，害得這八寶宮香火受到影響。

少女的下一句話，讓他心頭一震：「荷蘭代表處的人來過了，他們也帶了一些木頭回去研究。結論是，這不是他們荷蘭的東西。」

少女繼續說：「所以我們不稱荷蘭公主，不稱紅毛公主。八寶公主就是八寶公主，所以後來畫這尊神像的蔡成雄老先生，在神像的旁邊又加上了一行紅字，不知客人注意到了嗎？」

他急急地再走進八寶宮裡，果然壁畫之側有一行紅字，但字太小看不清楚。他急中生智，拿出照相機，拍照再放大，那行字終於清晰可讀：「荷蘭公主一八七二年來台於墾丁大灣遇難」。

他突然明白了，差點叫出聲來。雖然年代寫成一八七二，但明顯是指牡丹社事件琉球人船隻出事的一八七一年。但是一八七一年的琉球船隻，不是在此遇難，而是在東岸的八瑤灣。

依他了解的文獻上記載，這一帶的有外國沉船似乎只有一次，那就是一八六七年的羅妹號事件。而一八六七年的羅妹號事件，與一八七一年的琉球船難事件，其實有著微妙的關聯。

他感覺，這一切都豁然開朗起來！

這位埋骨異鄉的外國「女魔神」應該真有其人，不過不是一六四〇年代的荷蘭公主瑪格麗特，而應該是一八六七年不幸在南灣被土番誤殺的羅妹號杭特（J. W. Hunt）船長夫人。這些船骸，應該就是載著羅妹號十二名船員來此的小船。少女說得對，八寶公主就是八寶公主，不是荷蘭公主，她是美國人。「八寶」是杭特夫人身上所帶的。

有魔神害民之說的，豈止是一九三一年或二〇〇八年。他想起已長久埋沒的台灣史。早在杭特夫人被殺後的一八六七年夏季，當年的龜仔用，也就是現在的社頂部落，土番就曾因社眾接二連三出事而搞得人人自危。

還有，杭特夫人的閨名叫瑪西（Mercy），與瑪格麗特（Magret）倒有些相似。真有意思，他想。他對一些不可思議之玄妙事件，一向尊重，不敢輕妄否定。「畏天敬人」，是他的一貫原則。

他的意念重新回到一八六七年。他腳下的這片海灘，在台灣的歷史上太重要了。

他舉頭望去，大尖山確在眼前。雖然山形不若當年英國鸕鶿號④砲船上的船員芬寇克（Fencock）的畫作中龜鼻山那麼壯觀，自山頂幾乎成直線直削而下，但自旁邊兩座山的山形看來，應該錯不了。離此不遠，果然就是當年英國及美國砲船描述多次的海邊巨石，現在叫「船帆石」。當他換了角度，自船帆石岸上高地仰望大尖山時，果然英國人所畫的尖銳金字塔大尖山出現了。他再無疑問，這就是清廷文書中的龜鼻山，現在的社頂公園，當年龜仔角的聖山。

他白天所去的諸多牡丹社事件歷史地點，說起來都沒有這片海灘重要。一八六七年台灣歷史的蝴蝶之翅在這片海灘的第一次拍動，拍出了一八七四年日本人的「台灣出兵」，又接續拍出了一八七五年沈葆楨的「開山撫番」，拍出了一八八五年「台灣建省」，更拍出了一八九五至一九四五，五十年的「日治時代」。直到日本人離台，由這片海灘產生的台灣史蝴蝶效應才倏然而止。

他眼前的這些船骸，他腳下的這片海灘，是台灣一百五十年近代史的起點，昔日的西方貴婦、水手與軍官亡魂之地，今日卻是度假勝地，紅男綠女的春吶之處。海灘上沒有任何告示牌顯示這段

---

④Cormorant。

歷史；船骸已被官方棄置八十三年，日曬雨淋，像一堆帶著禁忌或詛咒的垃圾。這個沒有歷史感的島嶼，這個沒有歷史感的政府。天地悠悠，時光匆匆，他的心中半是感動，半是憤怒。

他望向海上。時光倒流到一八六七年的三月十二日。他彷彿看到兩艘舢舨船，在烈日照耀下，十多位船員臉上又疲憊又欣慰，自七星巖向這岸邊划了過來。他們揮汗如雨。他們已經歷經了暴風雨，棄船求生，然後是幾乎無止境的划、划、划，連續划了十七小時，卻不知他們正划向可悲的結局。

他們的命運極其悲慘，但他們的生命又極具意義。他們的死亡，後來竟徹底改變了殺害他們的原住民的命運，改變了台灣數百萬島民的命運，並讓東亞的局勢從此產生巨變。躺在這個八寶公主廟的骨骸，很可能就是因歷史的偶然而改變台灣命運的十二個人？

第一部
緣起

第一章

整夜的豪大雨，到了中午的時候，終於停止了。

龜仔用①頭目巴耶林自屋內探出頭來，他發現，不但雨停了，連金色的陽光也鑽出厚厚的雲層。終於有個好天氣的下午。

巴耶林好高興，大雨方歇，一定有大動物要出來覓食。他聚集了七、八名部落裡的壯丁，計畫往部落後山的溪谷去，他希望能打到一些山豬或山羊，最好能獵到梅花鹿。

他伸了一個懶腰，猛吸一口雨後的空氣。雨雖然停了，風卻依然不小，海面吹過來的風，帶來鹹鹹的海水味。

巴耶林不經意地往山下海岸一瞥，不覺睜大眼睛，大叫一聲。眾人也都隨著他的目光望去。山下的海岸上，隱約可以看到兩艘船隻即將登岸，而船上移動的人影，白色衣服在艷陽下特別耀眼。

「敵人入侵！」巴耶林心中再無疑問，他連發五次的灰面鵟叫聲，這是龜仔用頭目召集族人的訊號。一會兒，有將近二十名勇士，帶了佩刀、標槍、弓箭、火繩槍，紛紛到來。因為情況特殊，有三位女性也來了。巴耶林把手一揮，大家往山下飛奔而去。

從部落裡到山下，是一片茂密相思木林，近海之處，則是林投樹林。岸上人影愈來愈明顯，幾位穿著有些怪異的竟是金髮或紅髮。大家幾乎同時想起祖先口述傳下來的往事。很久很久以前，他們的部落曾經有紅毛入侵。紅毛的火槍很厲害，可以在遠距離殺人。只來了不到二十個紅毛，就幾乎把部落裡近百人殺光，只剩下五人僥倖藏匿不死。等紅毛走了，他們才又走出來重建家園。好多年過去了，龜仔甪好不容易恢復舊觀，但永遠記得這血海深仇。

巴耶林注視著岸邊那十幾個人影，確定他們是紅毛無誤，頓時胸中熱血沸騰。沒想到那麼久了，紅毛再度入侵，幸而祖靈庇佑，讓他們及早發現！

「祖靈在上，保佑我們捍衛龜仔甪，不能讓紅毛再來肆虐！」巴耶林的手心在流汗。

巴耶林等二十多人到了山下，他們不敢大意，先隱身在林木之後觀察。那十多個外人，至少有三、四位很清楚是紅毛，但其他人則為黑髮，穿著也不太一樣。他們似乎非常疲憊，或坐或躺，起身走路時步伐則有些拖曳緩慢。有些人把衣服脫了，露出紅毛茸茸的胸膛。

紅毛可憎又可怕，跟紅毛一夥的當然都是敵人。巴耶林呼嘯一聲，用火繩槍射出第一彈。其他族人也隨著呼嘯，隨之開槍、射箭或擲出標槍。

海岸上的外人，有二名倒了下來。其他人也驚叫四散，奔向海邊林投叢。

他們也許太累了，跑得相當慢。巴耶林很快就追上了一位穿著水手服的瘦高紅毛，這個紅毛足足比他高上二個頭。巴耶林一躍，把紅毛撞倒。他想生擒這位紅毛，手伸向前，抓住紅毛的衣襟，

---

①龜仔甪，或作「龜仔律」，今墾丁社頂公園旁之原住民部落。

沒想到這位紅毛反應奇快，抓住巴耶林的手狠力一咬，巴耶林痛得大叫，旁邊兩位兄弟急急過來相助，共同把紅毛壓住。紅毛發出哀嚎，聲音竟然有些像女人。巴耶林還來不及阻止，弟兄已經迅速拔出佩刀，割下紅毛的頭。這時，四周也相繼傳出慘叫聲，顯然入侵者都已被制服了。

巴耶林把紅毛的屍體翻了過來。這紅毛穿著水手衣褲，但卻掛著一串鑲有閃亮珠子的漂亮項鍊。那個下手馘首的弟兄，把頭顱一提，下巴無鬚，而長髮曳了下來。三人愕然不語，本來刎首的興奮感覺突然降到冰冷。原來這穿著男人水手服的紅毛竟是女人，而部落裡的傳統是不殺女人的，因為殺女人稱不上勇士。巫師說，殺女人是會被詛咒的。巴耶林覺得脊骨發涼，那個弟兄嚇得把頭顱丟在海灘上。但面對著其他同族人的高聲歡呼，他們三人也只好強歡作笑。他們決定回去後儘快請部落裡巫師做儀式，祭告祖靈，看在殺退紅毛的功勞上，請祖靈原諒他們誤殺了女人。

巴耶林率領弟兄，拎了幾顆紅毛及黑髮頭顱，迅速回到山上。那女性紅毛頭顱則丟棄在海灘。大地恢復沉靜，陣陣海浪拍岸，沖著礁石，尾音拉高，有若輓歌。沙灘上血跡斑斑。舢舨、屍體、衣物以及兩艘空舢舨，一片狼藉。

夕陽沉入海面，似乎不忍看到這齣慘劇。

*

月光灑滿一地。中夜，竟有一個人影，自一片林投樹叢之中徐徐爬出，全身哆嗦著，坐在地上，良久，良久。

終於，人影站了起來，踽踽而行，消失在月光下。

第二章

蝶妹和文杰兩姐弟舉香向爸爸的新墳拜了三拜，然後跪下身去，行三跪九叩之禮，向爸爸告別。

「林大哥……」棉仔也焚香祭拜：「本來你要到社寮①看我們的，卻不料變成我到統領埔來。你放心，文杰與蝶妹，我就帶他們到社寮住下來。你放心吧！」

斜斜細雨自陰霾的天空飄落。

秋風自傀儡山上吹下，掠過統領埔的曠野。

風聲呼呼，交織著瑯嶠溪②的滾滾流水聲，讓棉仔覺得有一絲淒涼。

棉仔環視了一下四周，極目所見，只有瑯嶠溪下游有三、四戶新移民人家，而瑯嶠溪上游，石門山與𤘤母山在望。棉仔知道，再過去就是凶猛的傀儡番天下了。「也虧得林大哥能在這麼荒僻的

①今屏東射寮。
②今四重溪。

地方，一住二十年！」

棉仔把幾柱香在墳前插好，收拾了祭品，對猶在喃喃向爸爸道別的兩姐弟說道：「好了，蝶妹、文杰，可以走了。」

蝶妹和文杰卻猶佇立在墳前，雙掌合十，似是不忍離去，仍喃喃向父親訴說著。

松仔見雨勢愈來愈大，蝶妹的頭髮有些濕了，於是撐開油傘，趨向前去，替猶在合掌默禱的蝶妹遮著雨。

蝶妹回眼拋給松仔一個感激的眼神，然後轉頭向棉仔說：「棉仔大哥，我們也向伊那③道別後再走。」

這次蝶妹和文杰卻沒有持香。兩人走入屋內。屋內正廳的角落有一大塊石板，略高於其他地面。蝶妹早已備妥一盤檳榔、一盤鮮花，置於石板之前。兩姐弟這回講的卻是生番語言。棉仔和松仔恍然大悟，原來兩姐弟的母親是以傀儡番習俗葬在屋內。

棉仔嘆了一口氣，因為這樣一來，這間屋子不可能有唐山新移民願意來承接了。他想，「林大哥這位客家，為了傀儡番妻子，犧牲真不少，不容易啊！」

於是，兩姐弟提著行李，在濛濛雨中，隨著棉仔和松仔兄弟，離開統領埔。他們跨過巨石橫亙河中的瑯嶠溪之後，又停步回首望著他們自小居住的小屋，顯然是依依難捨。終於，兩姐弟似是下定了決心，快步追上棉仔，往西南方向走去，他們的目的地是棉仔和松仔所住的社寮。社寮是土生仔，也就是平埔人的大社。棉仔和松仔的父親則是社寮的頭人。

③伊那（kina）：排灣語「母親」之意。

第三章

李讓禮①睜開眼睛，四周一片漆黑，太陽已經下山，他竟然睡了整整一個下午。

他剛剛又夢到克拉拉。他嘆了口氣，又在床上躺了十多分鐘才坐了起來。對這個女人，他真是又愛又恨。十多年來，他一直深愛著她，為了她而移民美國，離開法國。然而，她卻在他為她的國家打仗而受傷的時候，背叛了他。

是可忍，孰不可忍。

他一直努力著，甚至冒著生命危險，希望為自己塑造出效忠及英雄的形象，希望她為夫婿而驕傲。就結果而言，他應該算是成功了，雖然付出的代價不小。然而她的背叛，把他徹底擊垮了。

因為這樣，他撫著一顆受傷的心，來到廈門這個完全陌生的東方世界。

他點了燈，走進他的書房兼辦公室，有新的公文擺在他桌上。

來到廈門三個多月了，他一直很努力工作著，希望能找到人生的新舞台。

---

①Charles LeGendre：即「李仙得」，但在這段時期，他用「李讓禮」之名，包括官方文書皆稱「李讓禮」。

他的任命其實早在去年夏天一八六六年七月十三日就發布了，替他安排這個職位的是他的老長官，南北戰爭英雄的格蘭特（U. S. Grant）將軍。將軍笑嘻嘻地告訴他：「查理，聽說廈門島②風景宜人，氣候溫暖。而這個『美利堅駐大清國廈門總領事』，是一八六〇年北京條約之後設立的新職。你帶令郎去上任，一方面去遊覽神祕的東方中國，一面好好養傷。等身體養好了，我再為你安排一個好差事。」

將軍說的養傷，是肉體上的。他在南北戰爭中經歷許多大小戰役，都拚命三郎式的衝鋒陷陣，受傷多次，因此雖提前退伍，卻榮獲授勳准將。「General LeGendre李讓禮將軍」這個頭銜，是他用一隻眼睛，一個破碎下顎，還有被打斷的鼻樑，以及身上好幾個傷疤換來的。

但是他破碎的心要如何「養傷」？

他回想著兩年前，一八六五年的三月十二日，雖然戰爭尚未結束，但格蘭特將軍親自出席他的准將授勳典禮，介紹這位愛將五年來的英勇戰績：

「一八六一年十月二十日，查理自動請纓。沒有他的努力，紐約第五十一步兵團不可能成立。此後，步兵團戰功彪炳，查理．李讓禮少校貢獻良多。」

「一八六二年二月，查理在攻克北卡的羅諾基（Roanoke）島之戰立功甚偉。」

「一個月後，在北卡的新伯恩（New Bern）之役，查理再立大功，但也在下顎留下代表英勇的彈痕。他身受重傷而屹立不倒，是令人尊敬的鐵漢。」

「當年九月，查理晉升中校。」

「才半年後，一八六三年三月十四日，查理又晉升上校，兼領五十一兵團團長，成為我的第九兵團主力部隊。」

「於是，我有幸能直接帶領查理。」

「一八六四年五月，著名的維吉尼亞州懷德尼斯（Wilderness）之戰，此役已成經典。兩軍大戰三天，戰況慘烈，查理．李讓禮再度展現拚命精神。一顆子彈殘酷地貫穿了他的左眼，打斷了他的鼻樑，他依然拒絕倒下，帶傷率領軍團，奮勇殺入敵營，大獲全勝。」

「查理的英勇傳奇尚未結束。他在馬利蘭州軍醫院養病，卻正逢南軍來犯，情勢岌岌可危。查理自病床上一躍而起，反擊南軍。他的滿身傷痕見證了此役的凶險，他也被擢升為第九軍團募兵處處長。」

「查理．李讓禮，是我一生所見，最具勇氣與毅力的軍人。」

在那個授勳台上，他表面上風光笑著，但內心卻是在淌血。因為就在一個月前，他接到克拉拉的信。克拉拉告訴他，她生下了一個男嬰，卻因早產過世了。她身心俱受嚴重打擊，已住進了療養院長期療養。

這真是晴天霹靂。他自一八六一年底入伍以後，只有在一八六二年九月他晉升中校時回到紐約，和克拉拉短暫相聚了十天。這小嬰兒自然不可能是他的種。克拉拉在信上說，小嬰兒早產了六週左右。這樣逆推起來，克拉拉受孕的時候，正是他傷得最嚴重而在馬利蘭州軍醫院住院時。而由

②當時西方人士稱廈門為Amoy，稱金門為Qimoy。

信的內容看來，克拉拉邂逅的男人，顯然不認這個風流帳。

他幾乎崩潰。在戰場上的那一段日子，他每一、二個星期都會寫給克拉拉和威廉一封信，訴說他如何思念著妻子與兒子。

這是奇恥大辱啊！他重傷住院，而克拉拉卻在那樣的節骨眼上背叛了他。完完全全、不留餘地的背叛了他。戰場上的輝煌戰功，他的榮譽勳章，完全都失去意義了。

十幾年來，他對克拉拉可謂用情至深，始終不渝。他其實是法國人，他家也非泛泛之輩。他出身皇家萊姆Rheim學院和巴黎大學。一八五四年，他二十四歲，在布魯塞爾邂逅了來自紐約的克拉拉。克拉拉伴隨著父母來歐洲旅行，父親穆洛克是紐約名律師，兩家稱得上門當戶對。但穆洛克表示答應這門婚事的條件，是李讓禮在婚後必須到紐約去，並入籍美國。

李讓禮是個做什麼事都盡全力的人，追求克拉拉更不用說了。兩人在一八五四年十月三十一日結婚後，李讓禮說到做到，移居紐約，歸化為美國公民。這一年，他二十四歲。第二年，他們有了第一個、也是唯一的愛情結晶：威廉。

然而，婚後兩夫妻並不融洽。他執業律師才高志大，但在紐約人生地不熟，始終脫離不了岳家陰影，讓他很不是滋味。克拉拉一副大小姐脾氣。李讓禮本是大男人個性，但他一直忍讓。為了用事業成就博取她的歡心，他甚至遠到美國中部去開礦。

一八六一年，南北戰爭爆發。他希望在戰場上立功，為自己打出名號。他要成為今之拉法葉（M. de La Fayett）。雖然這一次，美國人打的是內戰。

克拉拉是反對他投入軍旅的。克拉拉一直認為，以他們的身家名望，查理根本不必去從軍立功。何況他來自法國，更不用去捲入這場戰爭。從軍前夕，他和克拉拉大吵了一架。他變成獨眼龍。醫生為他裝了假眼，又矯正了他被打斷的鼻樑。他在信中向克拉拉高興地說，還好沒有破相。克拉拉則在回信中冷潮熱諷說，這樣換來一個將軍頭銜，值得嗎？

但是，他萬萬沒想到，克拉拉竟然如此之絕！

克拉拉自然沒有出現在他的退伍及授勳典禮上。他也沒有再去探望克拉拉。他是天主教徒，因此沒有和克拉拉離婚。但是他對克拉拉的感情再也回不去了。多虧他的老友坡特（Howard Potter）替他照顧了威廉。威廉十二歲了，因為父母的婚姻觸礁，非常懂事，一直陪著他。

他本來預定在去年夏天就要到廈門上任的，因為他的任命自去年七月十三日就開始了。他帶著中文老師和威廉，自紐約先坐船到利物浦，再回到法國探望他的母親。結果他在法國時不慎跌了一跤，竟跌斷了腿，只好休養了四個月。也因此他到廈門時，已經十二月了。

今年一月，美國駐北京公使蒲安臣，向北京的清國總理衙門恭親王遞了國書：「特派本國人姓李真得③，名查理，實授廈門領事官。」領事館在廈門，但他所管轄的五個通商口岸，除廈門外，其他四個都在海峽對岸的福爾摩沙。本來只有淡水和安平，後來又多了雞籠與打狗。安平，其實就是台灣府④的港埠。台灣府是福爾摩沙的最大城市。他在法國臥床時，更讀了不少有關福爾摩沙的書。安平和台灣府都是十七世紀時荷蘭東印度公司建立的。安平那時稱為熱蘭遮市，台灣府即是普羅岷遮市。原來他的轄區竟與歐洲有那麼深厚的淵源，讓他大為振奮。

---

③李讓禮先後用了好幾個中文名字。

④今台南市區。

然而，他的領事館並不在福爾摩沙島上，而在廈門。他迄今未能踏上福爾摩沙，去造訪島上的歐洲人遺跡。

廈門，是漂亮的。東方，是神祕的。但是他的心情依然灰暗，雖然在工作上他很努力，而且有表現。

但讓他啼笑皆非的是，他過去三個多月的工作其實無關外交，而是販賣人口的追緝，這不是他真正要的。

他希望能在外交上真正有表現，他要開闢他事業的第二戰場。他一向是積極的，衝鋒陷陣型的，他希望能在外交戰場上找回他往日的拚勁，往日的雄心，往日的霸氣。他對自己有信心，他相信他在外交上也能打出一番天地來。

他打開公文，是關於一艘本國船隻The Rover在福爾摩沙出事了。

「這才是外交事件！」他脫口而出，右手掌重重往桌上一拍。

來到廈門三個多月了，他第一次有面臨挑戰的振奮。

第四章

巴耶林心裡好煩，又有一位弟兄走了。那是揮刀砍下那位紅毛女人頭顱的人。平日身手何等矯健的人，竟然會自檳榔樹上摔了下來，而且竟然頭正好碰到一塊大石頭，再也爬不起來了。這真是匪夷所思！

這已經是誤殺了那位紅毛女人之後，短短十天之內，部落內死去的第三人了。

首先是龜仔甪已莫名其妙死了二個勇士、一個女人和一條狗。首先出事的，是那位砍下那位洋女人頭顱的勇士以及當天射出第一槍的；女人則是剝下那位洋女人手鐲、項鍊的；那隻黑狗則據說是在樹叢中找到女人，並把她逼出來的。兩個勇士本是好友，卻在酒後吵架，互砍而死。女人則是到海邊釣魚，釣到一條又長又細、前所未見的銀白色大魚。女人本來很高興，卻不小心手指被怪魚刺了一下，幾天後竟然整條手臂潰爛而死。黑狗則是不知道吃到什麼壞東西，突然口吐白沫死了。

女巫師說，那位洋女人的冤魂非常激動，矢言復仇。

部落裡人心惶惶，都說是那位紅毛女人化為魔神仔來報復了。

女巫說，如果紅毛女人的頭顱還在，雖然言語不通，但她仍然可以試試和死靈對話，請祂息怒。但是，那一天，弟兄們知道誤殺了女人之後，嚇得把女人的頭顱扔在海邊沙灘上。因為殺女人不但不代表自己的勇氣，還反而會被視為懦夫，欺負女性，犯了祖靈大忌。

於是巴耶林率著女巫與幾位小頭目，上了大尖聖山，請求祖靈庇祐。

女巫表示，祖靈說，大家沒有做錯事，大家這次是為祖靈復仇。女巫說，很久很久以前，紅毛人的船隊無緣無故燒了部落，還用槍殺光了整個部落的男女老幼。祖靈說，紅毛人太凶殘了，竟然連小孩都不放過。幸而祖靈也庇祐，當時幸好有幾個少年男女，到溪邊去戲水，因為貪玩而遲歸，才逃過一劫，延續了部落的血脈。好不容易這次大家替祖靈報仇，祖靈很是欣慰。還說，如果他們遇到這位紅毛女魔神，祖靈會告訴她，紅毛也殺了不少部落的女性，現在只是扯平而已。

巴耶林和部落勇士聽了女巫的解說，知道祖靈並沒有怪他們，大為欣慰，心中一塊石頭落了地。

有勇士向巴耶林提議，也應該把祖靈的看法告知斯卡羅的卓杞篤大股頭①。雖然龜仔角不屬於斯卡羅，但卓杞篤大股頭人人敬重，去向他說明一下，總是沒錯的。還有，殺了十多個紅毛也不是小事，也應該報給大股頭知悉。

①卓杞篤：西方人先稱之為Tauketok或Tok-e-tok，再中譯為「卓杞篤」。

第二部

羅妹號

第五章

牛車緩緩駛過橫跨在社寮溪①上的木橋，再沿著社寮溪畔，緩緩來到接近出海口的庄尾。這裡不但已近社寮港邊，也已經接近龜山的山腳下。社寮溪由傀儡山下來，向西北蜿蜒而行，經過客家大村保力，來到這裡出海，變得相當寬闊。龜山在社寮溪出口左側隆起並往海上延伸，環抱河口，形成前、後兩個港灣，又擋住了風勢。更妙的是，這一帶是台灣南部少數沒有礁石的海岸，於是形成了不錯的船隻避風港。

牛車才到社寮的家門口，松仔就迫不及待衝下車，在門口大叫：「棉仔哥哥，出事了！出事了！」

自屋內跑出來的卻是文杰：「棉仔哥哥不在家，他被邀請去當調解人了。松仔哥哥，發生什麼事了？」

松仔聽到棉仔不在，有些洩氣，語調轉平：「生番殺了洋人啦。那麼等棉仔哥哥回來再說吧。」

文杰幫蝶妹把牛車上的東西卸下了，問蝶妹：「我們種的土豆、麻油，還有妳織的絲絹，全賣光啦？」

蝶妹說：「是啊，今天生意不錯。」興奮地翻開竹簍：「來，來吃我們自柴城糕餅店買回來的好吃的。這是綠豆椪，這是鳳片糕。我們還買了鹹鴨蛋、鹹酸甜，還有杏仁粉。明早泡杏仁茶。今天啊，落山風②真大，我在牛車上都坐不穩，吹得我渾身不舒服。」

文杰卻注意到蝶妹的手腕有些紅腫，還有小傷口滲著血，關心地問：「妳怎麼受傷了？」

松仔笑嘻嘻說：「你姐姐可真悍，一位福佬不識相，想佔她便宜，反而被她用力拽開，一個踉蹌，跌倒在地。」

蝶妹說：「別再說了，這又不是什麼光彩事。」

文杰問：「怎麼一回事？」

松仔說：「我們在柴城的一家店裡吃飯。旁邊有一桌圍了十多人，說得興高采烈，我們不禁好奇，也圍了過去。聽到他們正在談論生番殺人，殺了十多名洋人船員。殺了洋人，這下代誌可大條了。有人痛罵生番殘暴又不識相。其中一位坐在蝶妹身邊的，突然側身過來，譏笑蝶妹穿著像生番，還伸豬哥手摸了蝶妹一把。蝶妹要撇開他的手，用力一拽，竟把他從椅子上拉了下來。那人站起身來，惱羞成怒，向蝶妹揮拳過來，還『番仔、番仔』的罵不停。蝶妹用手去擋時，受了一點

①現名「保力溪」。

②落山風是恆春半島特有的天氣現象。原因疑每年的十月至隔年的二月間，東北季風沿著中央山脈的三千公尺高山由北向南流動，愈往南山脈高度愈低，到了恆春半島大武山區附近，高度已降為一千至四百公尺以下，因此形成強大氣流向下，就是落山風。

傷。我也踢了他一腿。他無理在先，連旁邊的人都認為他理虧，拉住了他。」

原來蝶妹來到社寮後，雖然也像平埔土生仔一樣包著頭巾，卻也喜歡如在統領埔一樣，穿媽媽生前穿的、有紅色菱形圖案與條紋的背心，而下身褲裝則又是客家打扮。

松仔說到這，也不禁皺眉：「蝶妹，說過幾次了，妳那件背心在家中穿著也就罷了，妳偏喜歡穿著在社寮街頭走動，連棉仔哥哥也說這樣不好。你偏還穿到柴城去了。柴城的福佬人最看不起傀儡番了。」

蝶妹說：「我和文杰本來就是番仔生的沒錯。難道福佬人就比較了不起？」

文杰呆立一旁，不知如何是好。他望著他剛念過擺在桌上的《孟子》與《論語》，猛然想起，「番仔」就是兩本聖賢書上寫的「夷狄」，不覺怔住，那麼自己不也是半個夷狄，心中一陣迷惘。

松仔嘆了一口氣說：「唉，妳也別生氣了。柴城的福佬人眼中，我們土生仔也是半番。福佬人連客家人都瞧不起，更不用說我們了。」正好家中的貓跑到他腳邊吃著掉在地上的食物屑，松仔心中正有氣，罵了一聲，一腳踢去，貓嚇得驚叫好幾聲，逃出屋外，跳上屋頂去了。

棉仔的聲音自屋外傳來：「怎麼了，這麼吵？發生什麼事了？」說著，人已跨進門裡。

棉仔衣著光鮮，雖然穿著大致與其他土生仔相似，但白色頭巾的質料特別柔細，纏繞長辮的紅繩有些鮮艷光澤。最引人注目的是腕上的粗銀鐲，非常氣派。

松仔看到棉仔，又興奮起來，結結巴巴地說：「正要告訴大哥呢！我們今天在柴城一家店裡吃飯……吃飯時聽到……那些……那些福佬人談論說，傀儡番……傀儡番殺了好多人，而且這次殺的人不一樣，聽說是洋人船員……」

棉仔馬上打斷了松仔的話：「是洋人？真的是洋人？」

松仔說：「我也不知道。」

棉仔轉向蝶妹：「蝶妹，妳把前後聽到的都詳細說了吧。」雙手一拍，「是洋人船員的話，可會有麻煩。」

蝶妹坐直身子，慢慢地說：「那些人說，兩天前，柴城鎮上來了一位外地人，穿著破衣，手腳被林投葉子刮得渾身是傷，聽說是被僱用在一艘洋船上的廚師。船聽說是自潮州來。不知那是哪裡。船在七星巖一帶，遇風雨觸礁沉沒了，船上十多人划了一天一夜，划到南灣岸上正在休息，卻被傀儡番殺了。這位廚師僥倖未死，一個人走到猫③仔坑才被發現……」

棉仔打斷她的話說：「等等，被殺的洋人很多嗎？」

蝶妹點點頭：「聽說有十多人被殺。其中幾位是洋人我不知道。」蝶妹好奇問：「聽說洋人的頭髮是金紅色的？」

棉仔聽了，微微一笑：「如果這樣，洋人和洋船不久之後就會來我們社寮。」

松仔奇道：「阿兄怎麼知道洋船要來？」

「是啊，而且會是洋人砲船，船上有槍砲的那種，不是普通貨船。」棉仔說：「每次有洋船出事，就會有洋人砲船過來察訪。」

松仔說：「喔，是啊。」

---

③「猫」念bah，不是貓（niaw）。

蝶妹和文杰兩姐弟是去年秋天才來到這兒的。文杰好奇問道：「洋人來社寮好多次了嗎？」

棉仔放了一顆檳榔到嘴裡，露出烏黑的牙齒，嚼了幾下，點了點頭：「你們姐弟大部分時間在內山，所以沒見過洋人。他們第一次來社寮是十六年前，那時我正準備結婚，所以記得。」

棉仔回憶著：「我記得那艘船失事的地方也是在南岬那一帶。也是有幾位給傀儡番殺了，有二名逃到柴城，給送到台灣府去了。幾個月後，來了一艘砲船，要來找出凶手懲處。」棉仔笑笑：「傀儡番殺洋人船員，早已不是第一次了。」

文杰也好奇插嘴：「洋人長得什麼樣子？」

這次反而是松仔搶著回答：「我也看過洋人。洋人比我們高大許多，皮膚很白，毛又長又密，滿臉鬍鬚，鼻子很高但鼻孔卻很窄。」松仔笑出聲來：「好玩的是，他們的鼻孔不是圓的，而是倒三角形。他們長得高，每次我望上去看到他們的三角形鼻孔，覺得好好笑。」松仔比手畫腳，似乎以見過洋人為傲。

松仔又說：「他們毛髮不一定是紅色，有些像厝殼鳥④那樣的顏色。」

棉仔說：「洋人來的地方不同，長相也不同。我也看過黑人。」

棉仔又說：「我印象最深的一位洋人頭目，來過二次。第一次是九年前，第二次是三年前，為了尋找他們認為被生番監禁多年的洋人⑤。」棉仔邊嚼著檳榔邊說：「這位頭目的名字叫郇和。不過第二次好像只是來玩的。

「三年前⑥這位郇和又帶了好幾個人來，還過了一夜。他那次前來，雖然隨口問了幾句某一艘船的事，可是那艘船失事的地方離這裡好遠。我倒覺得，他賞鳥遊玩的興趣多過找人。」

棉仔說得津津有味：「他一來，就說要找頭人。我告訴他，頭人正好外出不在。於是他要我幫忙找幾個嚮導，四處看看。

「他們第二天天未亮就出發。隨行的三個洋人水兵都持著槍。他們的槍比我們的火繩槍好太多了，不用點火，而且可以連發。嚮導除了我，還有一位柴城福佬人，一位新街客家人。他在柴城街市走馬看花逛完，表示希望能去探訪內陸土番部落。我們溯著社寮溪谷往山裡走，我沒看過有人對鳥那麼有興趣。他聽到鳥叫聲就停下來找鳥，看到鳥就畫圖。他真會畫，隨便幾筆，就畫得像真的一樣。

「那一次，我們一直走到猫仔坑的生番部落。他一路上問東問西，問我們為什麼每個人隨身攜帶武器。我還記得，他只叫柴城的福佬人『中國人』，但客家就是客家⑦。他對客家人很有興趣。他注意到客家人和福佬人語言不通，也不通婚。他也問客家人要交租多少收成的作物給生番；客家人和生番相處得好不好；客家人有沒有和我們土生仔通婚？有沒有和生番結婚？看東看西，也問東問西。想到就問。他特別喜歡畫畫，畫什麼，像什麼，隨便勾畫兩筆，就像真的一樣。我好佩服他這個本事。

---

④麻雀。

⑤指Thomas Nye及Thomas Smith，船名Kelpie，一八五二年失事，地點似在澎湖附近。郇和是一八五八年到瑯嶠灣尋找他們。

⑥郇和（Robert Swinhoe, 1836-1877），或譯為史溫候。長期擔任英國駐廈門、打狗等地領事。任內調查了中國南方和台灣的自然生態，許多鳥類及昆蟲以他的名字命名。郇和到瑯嶠，第一次是一八五八年，第二次是一八六四年。

⑦當時有些洋人，包括郇和、萬巴德（見後文）等，不認為客家人（Hakka）是Chinese。足見其時福佬、客家對立極為明顯，如同異國。

「到了猫仔坑，他更是高興，畫個不停，畫人像，畫屋子，畫作物器皿。他對生番女人的打扮極有興趣，畫了很多。反而男人畫得較少。」

棉仔自他的隨身袋摸出一把漂亮匕首。「這把刀子就是那一次他送給我的，又漂亮，又鋒利。」棉仔洋洋得意地說。

文杰和蝶妹都聽得津津有味。蝶妹說：「聽棉仔大哥的口氣，好像對洋人的印象不錯？」

棉仔點點頭：「至少我對那郇和很有好感。他們很親切，也很慷慨。每次洋人一到，我們就能發筆小財。另外有一些來避風或補給的，也都算大方和善。」接著嘿嘿兩聲：「至少比柴城那些滑頭福佬好吧！」

*

那夜，文杰反覆不能成眠。這是他第一次聽到洋人。

過去，他的生活很單純，觀念也很單純，從未想過什麼族群問題。他們姐弟半客半番，一直與父母生活在統領埔山區。爸爸和這裡一般人不同。一般家庭都訓練男孩子打獵，他父親卻要他多讀書，勤寫字。爸爸說，這樣將來不用做農、做工、打獵，可以當官，當讀書人。「官」是什麼，他其實不懂，因為自出生到現在，他沒見過官，倒是見過保力及統領埔客家頭人、柴城的福佬頭人，以及像棉仔這樣的社寮土生仔。他知道各族之間，語言不同，親疏不同，卻又甚為複雜。

來到社寮後，環境變複雜了。今天蝶妹去柴城被譏為「番仔」。可是這裡的人族群本就複雜。土生仔雖有很多混有福佬的血，仍被譏為「半番」。像棉仔，更是矛盾了，一邊罵福佬奸詐，另一方面又以有福佬血統為榮。他平日羨慕福佬的生活方式，也刻意模仿。為什麼福佬人就高人一等？

客家人就不如福佬？而土生仔又低一等？生番又最下等？

他念過《論語》、《孟子》。孔孟書中的「中原」人士，好像很高貴，看四周的人是「夷狄」。他曾問爸爸「中原」在哪裡，爸爸說在很遠很遠的大陸北邊。爸爸說連福佬也不能算是中原人士。那麼福佬也算是「夷狄」？然後，棉仔談起洋人，顯然有些崇拜他們，好像連柴城的福佬也都認為洋人高自己一等。而洋人不也是夷狄嗎？難道「夷狄」又分好幾等嗎？太複雜了，想不通，終於呼呼睡著了。

第六章

畢客淋①吹著口哨，走進打狗的英國領事館。領事賈祿②特別把他自府城召來打狗開會，他覺得受到重視，非常愉快。沒想到，會議一開始，知道了開會的緣由，他的好心情馬上消失無蹤了。

領事館在天利洋行③樓房內。這是福爾摩沙第一棟西式洋房。在領事館內，他見到一位瑟縮發抖的清國人。賈祿向大家介紹，這位廣東廚師名叫德光，是在南岬失事的美國三桅船羅妹號（Rover）船員中，目前所知道的唯一劫後餘生者。依德光敘述，其他還有十二人，其中至少有好幾位，包括船長杭特和杭特夫人，都當場給當地土番殺了。

德光告訴他們，他躲在海邊叢中好幾個小時，被林投的銳刺刺得渾身痛癢也不敢稍動，到了深夜才怯怯走出來。他摸黑走了好久，才遇到一位好心的福佬人，然後被送到柴城，又等了四天，才有船到打狗。至於其他船員是否還有人活著？德光搖搖頭表示不清楚。

會議大半的時間都是畢客淋在發言。因為畢客淋來到大清國最久。畢客淋水手出身，來清國五、六年了，苦練官話，能聽能講還能讀。一八六三年他請調福爾摩沙，在安平海關稅務司工作。他生性豪邁，喜歡探險。來到福爾摩沙，發現清國的所謂「番域」，竟有好多不同族群的福爾摩沙土著。他很有語言天才，每到一處就學當地語言，竟連福佬話和原住民語言都能通。土著語言因為種類太多，他不可能一一學會，但靠他的手腕，竟也到處走得通。

在會議中，畢客淋向剛剛上任不久的賈祿滔滔不絕細數過去在福爾摩沙出事的海難船員，被虐或被殺的慘狀。

「自一八六〇年北京條約後，清國正式開港，在福爾摩沙島上有雞籠、淡水、安平、打狗，四個港口之多④。來福爾摩沙的船隻愈來愈多，每年失事的船隻也愈來愈多。去年就有七艘，每次失事船員都遭受到島民的刁難、搶劫。」

這位台灣通像在報告他的洋行帳目一樣，不厭其詳，一一列舉了每次船難的時間、船名、遇難水手人數及結局。「而這一次，是破紀錄的十二人。還好耶穌基督垂憐，倖留一活口，要不然這件慘案就不見天日了。」

畢客淋本人水手出身，對水手的不幸遭遇感同身受，特別憤慨：「我們每次去和清國地方官員交涉，要他們不可放任百姓為惡。他們總是口頭答應，實際敷衍，悲劇仍然一再發生。」他拍了一

---

①以「必麒麟」之名傳世（William Alexander Pickering, 1840-1907），英國諾丁罕人，一八六三至一八七〇年在台灣，早期來台之歐洲探險家。通曉漢語及台灣原住民語言，深入探訪台灣番界，後於一八七七年又轉往新加坡，成為新加坡之首任「華人護民官」。現在新加坡猶有Pickering Street。一八九〇年返英，一八九八年著作「Pioneering in Formosa」，是精彩的台灣探險回憶錄，在台灣有四種譯本。

②賈祿（Charles Carroll）。

③天利洋行（Macphail & Co.）。

④後來台灣人以淡水和台南為「正港」，基隆和高雄為「偏港」；以淡水和基隆為「頂港」，以台南和高雄為「下港」。

下桌子：「這次非要清國官方有個交代不可！」

賈祿上任後第一次遇到船難。他微微一笑說：「壞消息中有個好消息。方才廣東方面的消息來了。這艘羅妹號不是我國的船隻，是美國的。不過美國沒有派駐人員在福爾摩沙。所以我們還是依照外交規矩，先照會台灣府的清國官吏，以及上報我們在北京的公使阿禮國⑤吧。公使先生應該會轉告美國在北京的公使蒲安臣⑥，讓美國外交人員自己向清國總理各國衙門的官吏交涉。」

在會議中，打狗海關的醫生萬巴德⑦提出：「既然那位廚子能逃出，會不會還有人逃出，只是不知迷蕩在何方？或者那些船員也許並未全被殺光，有些是被土番拘禁起來？」

畢客淋說：「過去確有這種例子。若有，倒是可以用錢去贖回來。雖然不是我們大英帝國的船隻，不過救人要緊，我們建議領事儘速派砲船到現場附近搜尋是否仍有倖存者。」

賈祿拍板定案，同意畢客淋所說的，馬上去瑯嶠的南岬搜尋。他命令停泊在安平港內的鸕鷀號擔任這個任務。

---

⑤Rutherford Alcock。
⑥Anson Burlingame。
⑦萬巴德（Patrick Manson, 1844.10.3-1922.4.9），一八六六年至一八七一年在台。

第七章

李讓禮收起公文書，站了起來。走到窗邊，深深吸了一口鼓浪嶼黎明充滿花香的新鮮空氣。晨曦照進他的房間，感覺真好。

好久沒有這樣充滿活力、充滿陽光的感覺了。昨夜在看完這份公文書之後，他又整整查了八個鐘頭的資料。他研究了天津條約與北京條約的細節，也研究了過去幾年西方船隻在大清國的海難事件，對大清國與西方國家的交涉過程有了充分的概念。然後，他又花了二個小時，擬定了他處理羅妹號事件的計畫綱要。

那個具有戰鬥精神的李讓禮終於又回來了。他喜歡這種感覺。他喜歡面對時代的挑戰，他喜歡面對時局上的難題找答案。

現在李讓禮覺得，有一股力量在召喚他。召喚不是來自廈門，而是廈門對岸神祕的福爾摩沙。他曾詳讀福爾摩沙的歷史。福爾摩沙曾經有輝煌的過去，那是十七世紀中葉，福爾摩沙曾有三十七年是荷蘭人在東方的經營重點，是當年荷蘭人最賺錢的殖民地之一。有趣的是，後來擊敗荷蘭人，把荷蘭人趕出福爾摩沙，把福爾摩沙變成台灣的國姓爺，當年的根據地正是他現在居住的廈門島，而領事館所在的鼓浪嶼正是國姓爺的水軍練兵之地。

還有一個更深層的理由，殺害羅妹號船員的是福爾摩沙未開化的原住民，聽說他們是仍有馘首惡習的殘暴土番。這也吸引了李讓禮。

昨晚，他研究了福爾摩沙的歷史與風土人情，發現這個「美麗之島」的歷史和美利堅有相當程度相似之處，例如：很巧都是荷蘭人於一六二四年登陸開發的，目前都是移民世界，但也還有大片土地屬於原住民。

他的責任轄區，其實廈門只是其中之一，還有福爾摩沙的四個港口在天津條約及北京條約中也開放通商。雖然美國沒有在福爾摩沙正式設館，但他的全銜是「美國駐廈門和福爾摩沙領事」。他嚮往福爾摩沙。福爾摩沙在十七世紀就以物產豐饒、風景秀麗而聞名歐洲。

李讓禮向東方海面望去，這裡看不到清國稱為「台灣」的福爾摩沙。但是，他知道福爾摩沙就在廈門對岸。他是美國駐廈門兼福爾摩沙領事，他要去福爾摩沙，這個一度屬於歐洲人，後來卻被鄭成功奪走的福爾摩沙。他遙想著二百零六年前，國姓爺也是這樣由廈門望向東方。李讓禮不禁心裡吶喊：「福爾摩沙，我來了！」

第三部

統領埔

第八章

「深山負險聚遊魂，一種名叫傀儡番，博得頭顱當戶列，髑髏多處是豪門。」

這是一六九七年，康熙三十六年，郁永河《裨海紀遊》中，「土番竹枝詞」的最後一首。

那時離鄭克塽降清，只有十四年，閩粵移民還相當少，絕大部分仍為原住民天下。台灣得天獨厚，不但平原上梅花鹿成群，植物繁茂，即令高山之上，也是鳥獸繁多，花果盎然。因此不論平埔或高山原住民都是狩獵為主，農耕為副，樂天知命的化外之民。他們對幼輩的教育，是一個狩獵者的養成。狩獵者勇氣技巧的證明，就是獵人頭。他們背山面水而居，常有遷徙，沒有財幣、田地觀念。引以為傲的就是部落中陳列的那一排頭顱的數目。他們獵頭，非為殘酷仇殺，而是勇氣的證明，成年的儀式，部落的榮耀。

漳泉移民初到，以今台南為根據，北向嘉義，南向高雄拓展。兩地平原上之平埔族，西拉雅與馬卡道首當其衝。因平原廣闊，故移民與高山原住民仍保持著相當距離，絕少接觸。

漳泉移民逐漸南進。高屏溪或下淡水溪以南，沿海平原逐漸變窄，台灣島的寬度也逐漸變窄，而成為一狹長半島，於是平地的漳泉移民與高山原住民之間的距離愈來愈短。初到的漳泉移民及明鄭屯田部隊，自山下平地抬頭仰望，見原住民在高山上奔跑跳躍，如履平地，有如家鄉傀儡戲人物之上下跳動，故笑稱為「傀儡番」。除戲謔之外，亦具譏貶之意。而傀儡番所居或所藏之山，自然就是「傀儡山」了。

另外一個說法是，早年漳泉移民還不多時，原住民對移民仍甚友善，遠遠看到漢人，會大聲打招呼，熱情友善問候「Kaliyang！」，相當於夏威夷人的Aloha。因此漳泉人士喜歡他們有禮貌，稱他們「嘉禮番」或「加黎番」。不幸後來移民變多之後，開始以詐欺方式巧取豪奪，憤怒的原住民則以殺人馘首回報。於是漳泉移民對原住民的稱呼由「嘉禮番」變成「傀儡番」，原住民對福佬人的看法也由「Kaliyang」變成「白浪」（福佬話的「歹人」）。

康熙台灣輿圖上，由西向東望去，最高的深山寫著「傀儡大山，人跡不到」，「傀儡番在此山後石洞內」。「傀儡山」、「傀儡番」已成官方文書正式用詞。若以今日而言，傀儡山大致就是大武山以南之山群；傀儡番則大約是今日所稱之排灣族與魯凱族。至於這一塊地勢狹長，山海相近之區，古稱瑯嶠，相當於昔日東港河，今日下淡水溪或高屏溪之南的地區。「瑯嶠」之名，甚至比「傀儡山」還早出現，早自荷蘭時代，荷蘭人與漳泉漢人皆稱此地為Longkiaw瑯嶠。有趣的是，「瑯嶠」之名，極可能來自傀儡番語（排灣語），意指「蘭科植物」或漢人所稱之「尾蝶花」，為昔日該地之特產植物。

第九章

在福佬移民的眼中，瑯嶠的原始住民，在高山上的叫「傀儡生番」，在海邊平地上的則是「平埔熟番」，也就是「土生仔」，或荷蘭人記載中的「福爾摩沙人」。

有異於「生番」千年來一直少有外人侵擾，「熟番」自荷蘭人來到福爾摩沙之後，就命運坎坷，一再被迫遷徙流離。他們更是被福佬客家移民欺凌的一群。

荷蘭人到了大員，附近及北域的西拉雅人比較溫馴，南域的平埔則不太理會荷蘭人。

一六三五年的聖誕節，荷蘭人出兵，把現今大崗山一帶的平埔居民驅走。這些平埔族往南先遷到鳳山，再遷到今阿猴、放索，成為後來的馬卡道平埔。這一帶也開始被呼為瑯嶠。

荷蘭人很振奮地發現瑯嶠平埔人的胸前常配戴著純金薄片裝飾，判斷南福爾摩沙有金礦，於是一路南下追蹤。一六三八年，林哈上尉（Johan Van Linga）率領一百零六名荷蘭士兵，搭配瑯嶠頭人的二百名平埔，沿著後來的「瑯嶠卑南道」，也就是「浸水營古道①」，到東部尋金。荷蘭人到了卑南，沒有發現金礦，乃留下外科醫生丹麥人威瑟琳（Maarten Wessling）、一名士兵、一名奴隸和一名通譯駐守卑南。威瑟琳於是被任為下席商務員，負責代理荷蘭東印度公司（VOC）在東部的事務，而最重要的是就地探查產金地的訊息。沒想到三年半後，威瑟琳為了調戲當地婦女，被卑南的原住民殺了。那是一六四一年九月。

在熱蘭遮城的荷蘭東印度公司長官聞訊大怒。正好威瑟琳生前已回報，產金之處不在卑南，而在更北的福爾摩沙東部。一六四二年一月，大員長官杜拉第紐斯（Paulus Traudenius）親率二百二十五人的探險隊，加上一百二十八人的漢人和平埔，一方面尋金，一方面要為威瑟琳復仇。這一次他們不走陸路而走海路。荷蘭軍隊在南路瑯嶠耀武揚威，沿途大小平埔部落幾全望風臣服。荷蘭長官洋洋得意，土番頭目出面獻禮者就贈與權杖，邀請參加「南部地方會議」。但荷蘭人所遇上的，不盡是平埔番，也有一些是近海的山上傀儡番部落，他們生性閉鎖，對荷蘭人不太答理，甚至有敵意，荷蘭人就毫不客氣燒殺示懲。

馬卡道人在荷蘭時代被驅逐南遷到放索一帶，好不容易安定下來。但自明鄭到清朝乾隆嘉慶年間，移民來得更多。馬卡道族飽受壓力，只好趕著他們所養的牛群，再向南部瑯嶠遷移，或甚至橫越南部傀儡山，向東部遷移，真可說是顛沛流離。遷徙其實就是退讓，退讓給福佬及客家。

鄭成功的時代就有一些鄭家軍進入瑯嶠、柴城，成為福佬人在這個地區建立的最早城鎮。東寧時，漳泉福佬已在沿海的河口平原建立了散佈據點，自枋寮以南，有加祿堂、南勢湖、莿桐腳、風港（今楓港）、柴城（今車城）。

東寧末期，鄭經反攻清國失敗，撤兵回台時，自汀州帶回一隊客家人軍伍，回到台灣。這支客

①楊南郡：《浸水營古道》。

家軍後來被派至瑯嶠山區屯墾。他們自柴城溯溪而上，因而留下「統領埔」的客家地名。鄭克塽降清後，兵士多數留居原駐地，並與山上原住民訂約。慢慢的，客家人與高山原住民也有了混種。

到嘉慶、道光年間，瑯嶠的平埔已少有純馬卡道人，常已混有福佬人血統，不論習俗、語言，都深受福佬漢人的影響，成為半福佬半平埔的「混種」。福佬、客家人多以「土生仔」稱呼之。也是在乾隆、嘉慶、道光年間，清廷「賜姓」平埔族，實則強迫全島的平埔改漢姓。瑯嶠的土生仔，於是普遍使用漢姓。男女的原始服裝皆上衣有襟，下身褲裝，但男子已漸著漢服，頭髮也如清國人的薙髮，女人則保留著較多的平埔味，男女皆戴著頭巾。他們時時嚼著檳榔，因此牙齒常為黑色。語言方面則平埔馬卡道語與福佬話並用，實則馬卡道母語慢慢式微失傳。

社寮正是土生仔混血熟番的大聚落，棉仔父親則是社寮的頭人，有個十足的漢人姓名楊竹青。但在聚居柴城、風港或東港等福佬移民後裔的眼中，依然瞧不起他們這些土生仔。

清朝擁有台灣之後，康熙皇帝訂下「漢番分治」政策，政令最南只到枋寮。枋寮以南，險峭山勢與海面一線之隔。欲往南行，天險阻隔，山上又有生番，於是清政府在枋寮過了率芒溪②的加祿堂設隘。這等於告訴人民，枋寮以南和以東之地不在官署治理範圍，老百姓們敬請自己保重。但移民依然不絕。

於是在清朝，瑯嶠指的是枋寮以南隘外之地。在清廷眼中，瑯嶠為「版圖以內，治權不及」的灰色地域。柴城為瑯嶠最大鎮，故亦常被稱為瑯嶠，所臨之海灣為瑯嶠灣，在此入海之溪流為瑯嶠溪，移民也稱之柴城溪；但河流上游是傀儡番的牡丹部落祖居之地，他們稱為「牡丹溪」。

清廷設有海禁，不少偷渡來台的福佬和客家移民都在瑯嶠灣上岸，以避官府緝查。瑯嶠的地形愈往南愈狹窄，可說是個半島，西鄰黑水溝台灣海峽，東邊是太平洋，南邊隔著巴士海峽和呂宋島遙遙相望。瑯嶠的中央是傀儡山。在北瑯嶠，傀儡山高聳入雲[3]；到了南瑯嶠，山勢已降到七、八百公尺以下。

清治時期才到的客家人大部分來自廣東。他們的習俗與閩南福佬皆有不同，語言也不相通。移民最重鄉親、姓氏，常常同鄉同姓，聚眾成群。於是瑯嶠地區福佬、客家分明。

福佬、客家除了語言、風俗不同，又有生存競爭，每每對立成仇。兩族之間，一開始為爭地而衝突，再來則政治立場衝突。從朱一貴到林爽文的幾次福佬與清廷之戰，客家人都站在統治者清廷這邊。在清廷眼中，漳泉移民是鄭逆軍民之後，天生反骨的刁民，而客籍人士則相對為「義民」。於是福佬與客家之間的仇恨火上加油，世代相傳。閩、客完全仇視對立，不往來，不通婚。不少福佬人會遺命子孫不能娶客家。客家人因是少數，更加講究聚落團結。在他們口中，福佬人俱是壞人。兩族即使在和平時期，也常互有械鬥。事實上，早在雍正元年，鳳山就發生台灣史上第一次閩客械鬥。

乾隆年間，漳州人林爽文起事時，瑯嶠沿海河口是福佬村落，柴城是福佬最大鎮，也是台灣最南端的福佬集結地。福康安率兵來此追剿林爽文餘黨莊大田，大功告成後在柴城建「福安宮」。此時下瑯嶠仍少有唐山移民。到道光咸豐年間，下瑯嶠雖有少數客家聚落，但大都仍是原住民之地。福佬移民據有平地，其羅漢腳常娶平埔馬卡道；客家移民在山地，單身客家則多娶生番女為妻。

②現在的士文溪。
③北大武山和南大武山分別標高三〇九二及二八四一公尺。

瑯嶠的福佬稱高山生番為「傀儡番」，或「加禮番」，客家人則只簡單稱他們「生番」。但即使生番也非單一族群，官府方面統稱他們為上瑯嶠十八社及下瑯嶠十八社。下瑯嶠特別是個多族群的大熔爐，大家混來混去。但大體而言，福佬人混平埔而生下混血土生仔，像棉仔一家。而客家移民則和生番混，後代就像文杰及蝶妹。至於客家人與平埔，或福佬與生番之間則甚少通婚生子。

生番對客家算愛恨交錯，可以容忍，對福佬則一面倒憤恨，認為他們專會使詐欺壓。生番稱客家為「倷倷」，因為這是客家自稱「我」之音；稱福佬人為「白浪」（Painan），即福佬話的「歹人」，可見一斑。

福佬對待熟番及生番也甚為兩極，福佬吃定平埔，因為平埔熟番溫馴和善，逆來順受；而深懼生番，因為生番會出草殺他們。所以「土番竹枝詞」中有云：「人畏生番猛如虎，人欺熟番賤如土。」

第十章

蝶妹和文杰的父親姓林，二十多年前自唐山坐船橫渡黑水溝，在社寮這裡上了岸。他在台灣的第一份頭路，就是在社寮頭人楊竹青家做長工。在文杰和蝶妹的記憶中，爸爸很少提到他在唐山那邊的日子，或那邊的家庭，也沒有提到說他為何而渡海來台。

楊竹青就是棉仔的父親。當時棉仔十二、三歲，差不多是現在文杰的年紀。棉仔和家裡這位唐山新來的林姓長工雖然相差八、九歲，倒很合得來，常常在一起聊天。

林姓客家長工工作了幾年，有了一點小積蓄之後，決定出去自闖天下。廣東客家人大都集中在社寮溪的保力，林姓長工卻另有想法。他雖是客家，但福佬話極流利。來到社寮多年，他和客家圈子甚少聯繫。他希望能用在社寮打工的積蓄開個小店，立足柴城。但不久就倒店了。有人說他肖想娶福佬姑娘當老婆，結果錢被福佬媒婆給騙了。總之，他離開柴城，沿著瑯嶠溪上溯，到了統領埔，與大多數客家人一樣，以墾荒維生。瑯嶠溪也稱柴城溪。過了統領埔不遠，就是生番之地了。這裡的生番屬於牡丹部落，以凶悍聞名。但和統領埔客家人的相處還不錯，雙方的獵場界限分明，互不相擾。

他一面開墾，一面行獵，再把獵到的山產運到柴城來賣，這一帶的人都稱他為「林山產」，他也樂得以「林山產」自稱。久而久之，大家竟忘了他的原名。

林山產是福建客家。福建客家與廣東客家又有些不同。廣東客家只會客語，不會福佬語言；福建客家在原鄉和福佬人關係較好，本來就兩種語言都會。福建客家初到台灣時，為了生存，不免西瓜偎大邊，常依附福佬，久而久之，下一代常自以為是福佬，忘了原是客家裔。

福建客家的林山產來到社寮，幸為平埔福佬混種的棉仔家所收容，自是感激。但他也沒有忘本，仍保持他的客家身分。到了以客家為主的統領埔，他仍然維持一貫作風，不排斥福佬人，甚至常說福佬話，閩、粵雙方都能往來。他沒有到社寮溪谷中廣東客家集中的保力庄，而選擇了瑯嶠溪上游的統領埔。這裡人口尚未集結，各家各戶離得頗遠，而且離福佬眼中傀儡番中最凶悍的牡丹社部落已經相當接近了。

傀儡山到了中瑯嶠的保力和統領埔一帶，山勢已緩，溪谷不深，而山青水秀，奇珍異味的山產非常之多，有山豬、山羌、鹿、山雞等。林山產把獵到的活獸、獸皮及野味販到海邊的柴城、新街、社寮來賣，再自柴城、保力收購漢人的布料、鐵鐺、工具、食鹽，甚至兵器、彈藥，販賣給牡丹社部落的生番，因此牡丹社生番也都認得這位客家商人。林山產勤勞能幹，性情又好，生意和聲名都愈做愈大。他所販賣的山產，新鮮味美，而他對生番們販賣平地人器物，又物美價廉。

更重要的是，他漢番無欺，自成一格。他廣結善緣，在閩、客、土生仔、傀儡番之間往來遊走，人人都喜歡他。

這裡的閩、客住民，每每欺侮生番魯直，而用詐欺手段，連哄帶騙，因此讓生番相當反感，特別是福佬「白浪」。林山產則對生番依然誠實相待，於是贏得生番的好感。他苦幹實幹，服務到家。通常生番要買福佬東西，路遙又易有衝突，他可以接受生番的訂貨，把貨物送到山上生番部落。

林山產本來做的是中部瑯嶠生番的生意，因為生番群很喜歡他，後來連下瑯嶠在猴洞、出火以東的「斯卡羅族」，包括龍鑾社、猫仔社①、射麻里社、豬勝束社的生番，也都喜歡向他訂貨。於是林山產以統領埔為中心，西向柴城福佬保力客家商家販貨，然後往東北賣到牡丹社，往東南賣給斯卡羅四社。閩客人叫他「林山產」，番社則稱他「林老實」。

不知自什麼時候起，林山產的身邊偶爾會出現一位標緻的姑娘，頭上總是戴花，服飾也偏向生番式樣。大家都不知道她的來歷，林山產自己也不提。有人問起，他總是笑而不答。傳言說她是生番公主，但一些熟知生番風俗的人都不相信。因為傀儡番是有深厚階級觀念的，分成頭目、貴族、平民。頭目之女通常只會嫁給頭目或貴族，更不可能嫁給平地人。平地人也娶生番女，但都是平民一級。生番的家規及族規一向嚴謹。

大家不知道的是，林山產在娶妻之後，就幾乎不到斯卡羅四社，連較近的猫仔社部落以及和斯卡羅較常往來的老佛部落也不去了，而只來往於中瑯嶠的牡丹社、高士佛、加芝萊等。林山產和牽手生了四個小孩，但長大的只有一女一男，女長男幼。林山產喜歡這一帶山谷裡的漂亮蝴蝶，就把女兒命名為「蝶妹」。林山產自憾未能多讀書，而寄望小兒子能以文章取得功名。原來林山產在唐山的原鄉是沒落的讀書人家，林山產自己也念過幾年書，知道識字的重要。他把男孩命名為「文

①猫仔社舊址在今恆春仁壽里。

杰」，取「文才傑出」之意，說明了他對兒子的期許。文杰七、八歲之時，林山產就開始教他習字。文杰聰敏勤奮，也知道自己名字的含義，很是用功。

*

在林山產的辛勤努力下，一家人衣食不缺，也算小康了。

然而，天有不測風雲。

兩年前夏天某日。這一年[2]，蝶妹十六歲，文杰十二歲[3]。颱風帶來的豪雨剛過，一大早，林山產就帶著文杰出門交貨與打獵。雖然林山產希望文杰能多讀書，但是，基本的狩獵技巧還是必要。文杰的身材已像小大人，林山產在白天就常把文杰帶在身邊。他希望文杰學習狩獵，也學習和顧客應對交易的技巧。林山產有一把火繩槍，槍法熟能生巧。而文杰似乎對人際間的應對進退大於對狩獵的興趣。他甚至常隨身攜帶父親從唐山帶來的那些泛黃書頁。父親就是利用他那些書頁教他習字的。

這一天，林山產和文杰打獵去了。雨後的山谷，空氣中滿是花香，蝴蝶成群而出。因為自己的名字，蝶妹一直很喜愛蝴蝶。這裡的蝴蝶有大鳳蝶，也有小黃蝶、小紫蝶、小白蝶。大鳳蝶五彩繽紛，絢爛奪目，但常成群飛舞的小蝴蝶，才是蝶妹的最愛。整群的蝴蝶向她迎面撲來，她感覺自己似乎也成了一隻蝴蝶，她真喜歡父親為她取了這樣漂亮的名字。

「蝶妹」，母親笑盈盈地叫著她。「最近雨水充足，竹筍一定很漂亮，我們去挖一些回來。」

說到竹筍，蝶妹的口水差點流下，媽媽燜烤出來的竹筍，又香又嫩，全家都喜歡。

今天的蝴蝶很多，有如漫天飛花。一面賞蝶，一面採筍，真是寫意。蝶妹背著竹簍，哼著自爸爸學來的客家小調，隨著媽媽來到竹林。大雨過後，青翠的筍子紛紛冒出，筍尖還沾著朝露，映著清晨的陽光，美麗極了。媽媽拿出工作刀，兩三下就把筍子乾淨利落的挖了出來，蝶妹也跟著挖，但仍嫌笨拙。媽媽轉頭對著蝶妹一臉笑意說：「別急，慢慢來，熟了就巧了。我們再挖裡頭那些筍子吧。」一邊說邊用手探入深處竹叢。

蝶妹正彎腰去拿腳邊的柴刀，忽聽到媽媽驚叫一聲，再瞧見媽媽快速縮回手臂。一條似青色，又似棕色，大約前臂長的小蛇竄進竹林中。媽媽的手腕處，出現一個咬痕，紅色鮮血汩汩地流出。

「該死，」媽媽雖然口裡罵著，臉色卻依然鎮定，並未有驚慌的樣子：「一時沒有注意到，應該是青竹絲吧！」

「青竹絲……青竹絲不是有毒嗎？」蝶妹急了。

媽媽先擦掉手臂上的血，然後低下頭，用力吸著傷口，試圖吸出毒液。媽媽偏著頭往地上啐吐出一大口血水。一早的好興緻突然被破壞，蝶妹緊張地望著媽媽。

「沒事，我們回家去吧。青竹絲咬不死人的。」媽媽勉強擠出一個笑容，但自眼神看來，顯是故作鎮定。

短短的回家路，今天走起來卻特別遠。

回到家中，媽媽拔了一些「山豬肉樹④」的葉子，揉了揉，敷在傷口，但鮮血依然滲出。蝶妹

---

②一八六五年。

③本書依當時習俗，都是虛歲。

④山豬肉樹，或稱珊瑚樹。原住民視為藥用植物，因葉子味道如燒焦山豬皮，故原住民稱之「山豬肉」。

找了乾淨布把傷口包紮起來。媽媽似是很累，一躺下就睡著了。蝶妹坐在床頭，心裡忐忑不安。血依然滲著，蝶妹已經替媽媽換了好幾條包布了⑤。媽媽醒後仍一直躺在床上，顯然流血之後身體變虛弱了。

天色已暗，爸爸和弟弟並沒有回來。蝶妹知道，如果日落以前他們沒有返家，就要等到明天早上才回來了。因為許多大型動物都是晝伏夜出的，夜間才是狩獵的好時機。

該煮晚飯了，媽媽依然半睡半醒。蝶妹把白天採來的竹筍剝了，削成小塊，煮了湯，也切了醃山豬肉，還做了竹筒小米飯，倒了一杯小米酒。這些都是媽媽的最愛，但今天媽媽卻說她不餓，很渴，又冷。媽媽勉強坐起來喝了幾口熱筍湯，山豬肉與小米飯文風不動，小米酒則被她沾在布條上，壓住傷口。

喝了湯後，媽媽說要小解。蝶妹扶著她去，卻發現尿是淡紅色的，顯然有血。媽媽看到了，打了一個寒顫。蝶妹心中更慌，但六神無主不知如何是好。這裡離最近的住戶雖然不算太遠，但蝶妹實在放心不下，不敢離開媽媽外出求救，只是如爸爸教導的，斷斷續續在心中默念著「南無觀世音菩薩」，請神明庇佑。蝶妹撐著媽媽回坐床上，媽媽作勢指著床下，還一直喃喃說：「竹簍……竹簍。」

蝶妹終於恍然大悟，彎下身子，床底下果然有一個編工精緻的大竹簍。蝶妹移出竹簍，媽媽要她打開。打開竹簍，蝶妹驚訝發現裡面放著一件編織精緻的霞帔和一條光燦奪目的琉璃珠項鍊。霞帔五顏六色，極為鮮艷好看，項鍊則每顆琉璃珠大小一致，但顏色不同，五彩繽紛，晶瑩剔透，漂亮極了。蝶妹記得，她很小的時候，媽媽有一次圍起霞帔，戴上珠鍊，臉上的笑容特別燦爛。媽媽蒼白的臉上露出微笑，示意蝶妹戴上。

蝶妹戴上霞披與項鍊，媽媽蒼白的臉上擠出一絲笑意，她似乎還想說些什麼，卻開始不停咳嗽，後來竟然咳出血來。蝶妹大駭，趕快替媽媽拍背，好不容易咳嗽稍歇，蝶妹安頓好媽媽躺下。媽媽閉起眼睛，額頭冒汗，呼吸也變得急促。

夜深了，爸爸和弟弟果然沒有回來，只有蟲鳴聲伴著蝶妹。媽媽似乎已漸入睡，蝶妹忙亂了一天，身心甚疲，終於忍不住坐在床邊打了個小盹。睡夢中，爸爸和弟弟生擒了一頭雲豹回家，結果一不小心，雲豹卻溜走了，大家都驚呼大叫。蝶妹自夢中驚醒，發現天已微明，媽媽卻是出奇的平靜，再一摸媽媽的手，則是一片冰涼。她雖然只是十八歲小女生，也已懵懵懂懂知道生死。無邊的恐懼爬上心頭，又不敢哭出聲，只是握著媽媽的手，眼淚直流，口中不停念著「媽媽……媽媽……」。

當陽光照耀大地的時候，爸爸和弟弟終於回來了。大家抱著媽媽的遺體大哭，爸爸起身看到蝶妹戴著琉璃珠項鍊與霞帔，似是一愣。蝶妹也猛然想到，媽媽新喪，不宜穿戴鮮豔，不料爸爸卻說：「媽媽要妳戴著，妳就戴著吧。」從此蝶妹逢年過節或心情大好時就會戴上項鍊。

爸爸決定用生番儀式來埋葬媽媽。先由蝶妹為媽媽梳髮，包上頭巾，塞了檳榔子，然後把身體上下肢曲折，包上白布，露出頭部，以蹲踞的姿勢，埋葬在住屋的角落裡。爸爸說，媽媽的頭部一定得向北，朝著傀儡大山，因為部落相信那是他們祖靈所在之地。爸爸噙淚自語說，他虧欠媽媽太

⑤青竹絲為出血性蛇毒。

多了，許多答應媽媽的事都沒做到。蝶妹留下項鍊，把霞帔放入竹簍。爸爸以感激的眼神望著蝶妹，然後雙手合十，跪了下來，一面流淚，一面用手撥土，把地填平，再稍微墊高，並以石板蓋上。竹簍也埋葬在媽媽身邊，作為陪葬。

爸爸和媽媽的感情很好，很尊重媽媽。他平時跟著小孩叫妻子「媽媽」，但心情好時喜歡用戲謔的語氣叫她「番婆」，這時媽媽卻反而很高興，就回叫爸爸「騙子」。兩姐弟不知道為什麼媽媽會這樣叫，但爸爸卻不以為忤，反而笑嘻嘻的。爸爸埋葬媽媽所表現的真情，讓蝶妹很感動。

蝶妹直覺認為媽媽那一件霞帔應是生番頭目家才有的高貴衣飾。蝶妹從小就知道爸爸是來自唐山的客家人，媽媽則是來自山上的生番部落。媽媽的客家話和福佬話都還過得去。在家中，大家常是福佬話、客家話、生番話混雜地講。奇怪的是，爸爸與媽媽從不告訴姐弟，她來自哪個部落，更未提到她是否來自頭目或貴族家。

葬禮⑥之後，蝶妹藉機鼓起勇氣問：「媽媽出身哪個部落？」

爸爸先是欲言又止，然後沉默許久，最後說：「等妳和文杰大一些再說吧！」然後走到媽媽埋葬的柱子，合掌拜了三拜。這以後，蝶妹便不敢多問。

怎知道，再也沒有機會問爸爸了。

*

媽媽死後，本來就寡言的爸爸更沉默了。蝶妹注意到，他常常會怔怔望著兒子和女兒，不知在想著什麼。

去年端午節正午，爸爸一如往年，以粽子祭拜了神明與祖宗。媽媽雖然是「番婆」，但卻跟著爸爸學會了不少客家習俗，不只包粽子，也跟著祭祖拜佛。爸爸顯然很看重這些客家習俗。他平時也相當尊重媽媽的生番習俗，至少不會去觸及生番禁忌。媽媽喜歡唱歌，爸爸偶爾在晚飯之後，取出洞簫伴奏。媽媽過世以後，洞簫就不知丟到哪個角落去了。現在，晚飯之後大家就各忙各的，蝶妹或做家事，或做女紅。文杰或看書或寫字。爸爸則處理獵物，準備第二天帶到柴城或保力去賣，再換一些生番喜愛的器皿、家具、刀槍回來，拿到山中轉售。

三個人吃著粽子，爸爸望著文杰和蝶妹，慢條斯理地說：「媽媽過世之後，你們都辛苦了。我想搬家。一來，我老了，也倦了，想收山了；二來，文杰長大了，我可以教的早教完了，所以文杰必須上私塾。我不希望文杰以後像我一樣要以狩獵、開墾為生。應該去讀書、應試。統領埔沒有什麼讀書人，所以我想搬到柴城，那裡才有好私塾及好教師。」

林山產沒有說出來的是，因為媽媽本是部落公主，她自恃甚高。而福佬和生番敵意甚深，所以她不願意住柴城。

在瑯嶠，生番與客家人直接接壤，兩者常會發生衝突和火拚。偏偏兩者之間又常通婚，所以彼此愛恨糾葛。林山產在打獵時，有時也會因誤入生番的獵場而被追殺，還好屢次化險為夷。生番也常因客家男子娶了他們的女人，部落男人自己反倒不易娶親，而對客家人看不順眼。傀儡番不是母系社會，而是男女平等，而且為尊卑嚴格的階級社會。客家人娶了生番女，往往把番女攜出番社之

⑥排灣族採取室內葬，他們認為在家屋內自然死亡的人被視為「善死」，在家屋外的則為「惡死」。在此表示：林山產，或因不是原住民不諳禮節或故意裝不知，為愛妻而做「室葬」。

外，另立門戶，番民更是心懷不滿。生番的自我族群意識強烈，與柔順的熟番土生仔不同。

最近林山產夜半醒來，常會想到唐山，這是過去少有的事。離開唐山二十多年了。當初故鄉一場旱災與瘟疫，父母、兄弟全都死去，他跟著幾個並不算熟識的苦難人渡過黑水溝來到台灣謀生，本以為對故鄉已了無牽掛。三十年離群索居的生活，三十年鬪土獵獸的日子，他累了。他望著全身傷疤處處，決定回到人多的市鎮，希望兒子走祖先傳統的詩書文人生涯。他祖父曾是個秀才，但早死而家道中落。他到了台灣，雖然家鄉已無親人，不想年老之時竟對唐山仍有鄉愁。

現在林山產的生番牽手去世了，搬到福佬大鎮柴城的心念又重燃。雖然年輕時失敗了一次，他還想再試一次。統領埔離柴城不遠，而且他在柴城有許多來往客戶。他認為，在柴城才有可能為文杰找到好老師。他在統領埔主要是打獵行商而非開墾，所以耕地不大。房子中因為有了「屋葬」，也不可能賣錢。雖然手邊現金不是很夠，但為了文杰，還是決定搬家。

做了決定以後，他心情變輕鬆了。他告訴兩姐弟：「你們還記得社寮的楊老爺子嗎？我多久沒帶你們去拜見他了？」文杰說：「至少兩年了吧！」原來林山產惦念當年楊家願意收留他這客家人為長工的舊情，每年都會帶家人去一趟社寮，拜見舊僱主謝恩。楊老爺子和棉仔兄弟也很喜歡小姐弟二人。林山產說：「我也好久未去敘舊了。今年中秋，我帶你們去吧。我想搬到柴城，也拜託楊老爺子是否能幫幫忙。」

*

卻沒想到，還沒等到中秋，一向履險如夷、逢凶化吉的林山產竟也出事了。

端午過後，一晃，七月到了。七月是諸事不宜的鬼月。林山產一向虔敬鬼神。每年鬼月一到，他就絕對遵守三件事：第一，天未亮不出門，天黑前必回家。第二，中元一到，不但祭祖先，也祭祀那些被他殺害的獸類。他說，獸類雖然不像人類聰穎，仍具靈性。他為了生活而殺害動物，心中還是會過意不去，所以每逢中元，都會辦個小型普渡，念上幾聲佛，以超度牠們。第三，逢三、逢六、逢九，他不吃葷，只吃素。他雖是獵戶，卻自幼每天吃早齋，以及初一、十五茹素。

林山產家中雖簡陋，神桌倒是很講究，除了祖宗牌位，還擺了三尊木雕小神佛，分別是觀世音、關帝爺以及土地公。他說，觀世音保平安，關帝爺是正義之神，也是財神爺，土地公則是福德正神，管這一帶的山林鳥獸。他也告訴兒女，有困難時，就虔誠念幾聲「南無觀世音菩薩」。有好幾次，他在林中遇到危難，默念「觀世音菩薩」，總能化險為夷。

在家時，他每天清晨及傍晚，一定燒一炷香拜拜。香是柴城買來的上等貨。出外打獵而不在時，由媽媽代行。文杰和蝶妹從小也在不知不覺中受到父母的潛移默化，有著尊祖宗、敬鬼神的信念。

然而，林山產還是出事了。

出事那天，正是農曆七月的最後一天，七月三十。那天，林山產透早就出了門。他心情愉快，出門前，還向姐弟說，明天就是陰曆八月初一，中秋近了，他希望送一對漂亮黑長尾雉給楊老爺子一家人當禮物。他幾天前已經抓到一隻色彩燦爛的公黑長尾雉⑦，母黑長尾雉卻被逃走了，他希望

⑦即帝雉。

能補此遺憾。

卻沒想到，才中午時分，姐弟倆就聽到林山產隨身黑犬帶著不安的狂吠聲。姐弟倆訝異爸爸怎麼這麼早就回來，出門一看，卻見到父親遠遠落後，一跛一跛，拖著右腳慢行，一臉痛苦之色。

「媽的，真倒楣。」兩姐弟扶著林山產走回家。好脾氣的他卻口出惡言，顯然有氣。

原來父親真的找到那隻母黑長尾雉。為了要生擒，不能獵殺，父親就追著母黑長尾雉，卻不慎誤踏了不知是誰埋在草堆裡的捕獸夾。父親的右腳被夾得皮破肉綻，更糟的是被一根枯木斜插入腳底肌肉，雖然好不容易脫身，但痛得差點暈過去。姐弟倆一看，果然腳底傷口很深，似乎掉了一大塊肉，且沾著許多腐土和血塊黏在一起。

姐弟倆燒了溫水把爸爸的傷口洗淨，再敷上爸爸貯積的草藥。爸爸疼痛稍歇之後，直說，沒事沒事，休息個十天半月，等傷口肉長出來就可以恢復往日的勇猛了。爸爸說，觀音菩薩會保佑的。爸爸忍著痛，點了一炷香，拜過神明，才躺下來休息。

不料到了第二天，傷口不但沒有好轉，反而又紅又腫又熱又痛。第三天開始，傷口流出黃色膿汁，接著變大變爛，出現臭味。爸爸開始發燒，全身萎靡不振。姐弟倆憂心恍惚，兩人坐在床邊念著「南無觀世音菩薩」的法號。到了第十天，文杰徒步到柴城，重金請來一位福佬大夫來診治。大夫把了把脈，眉心一皺，說脈象快而虛浮，取出一塊黑藥膏布用火炙了，貼在傷口上。本來靜躺床上的爸爸痛得發出哀叫，幾乎直坐了起來。大夫又掏出幾帖藥，囑咐要上午、下午各服一帖。雖然其後半天似乎精神稍佳，但是兩天後，爸爸下床或進食的次數愈來愈少。

蝶妹注意到，爸爸的尿愈來愈少，顏色也愈來愈深，身體有些浮腫。後來爸爸高燒不退，呼吸急淺，清醒的時刻愈來愈少，有時還發出囈語。文杰又走了一趟柴城，再請來那位福佬大夫。大夫有些勉強地跟著文杰來到山裡，看了一眼之後，只是搖頭，告訴姐弟倆說，令尊大約是沒得救了，還好他底子好，才能撐到現在。他表示他深深為姐弟二人的孝心所感動，所以這一趟長途診療，他也不收費了，只能祝福病人，但盼有奇蹟出現。

蝶妹開始淚流滿面，啜泣不止。文杰卻突然站起，把眼淚一拭，露出堅強的表情。他猛然想到，他可能就要負起繼承林家的責任了。他是長子，是男人，父親絕不喜歡看到他哭哭啼啼的。

又拖了兩天，父親情況更差，顯然已近彌留。他眼睛緊閉，已無意識，嘴巴張大，呼吸時可見到胸部肌肉的用力顫動，好像希望能吞下每一口空氣，捨不得吐出，肚子也脹得圓鼓鼓。這樣拖了一天，呼吸漸變急促短淺。到了午夜，呼吸微弱了下來，然後，一個抽搐，似是長嘆一聲，鼻翼鼓動了一下，就此離世。

姐弟倆本來輪流守夜，到了這一天也知道情形不對，兩人都撐著不眠。看到父親終於嚥下最後一口氣，強裝堅強的文杰也禁不住放聲大哭，蝶妹更早已終日淚滿面了。

這一天，正好是中秋節。八月十四日的午夜，也算是八月十五日的子時。

爸爸過世之後，姐弟倆帶著未能成對的黑長尾雉到社寮向楊家告訊。棉仔和松仔聞訊也大吃一驚。而楊老爺子幾個月前竟也中風了，雖然神智還算清楚，但半邊身子癱了，說話也歪嘴含糊，終日臥床。現在頭人一職及家中事務皆由棉仔負責。棉仔帶著兩姐弟回到統領埔，幫忙處理了林山產的後事。

於是，蝶妹和文杰到了社寮，住進了二十多年前林山產初到瑯嶠時打工的楊家。這是大約六、七個月前的事。

第四部 豬勝束

第十一章

萬巴德斜倚著鸕鶿號的船舷，閉著眼睛，讓福爾摩沙的海風輕撫他的臉頰。他來自寒冷的蘇格蘭亞伯丁，因此很是珍惜福爾摩沙的暖和氣候、青山綠水與藍天白雲。來到福爾摩沙簡直就是上帝的安排。父親是銀行家，也學財經的大哥在二年前到了上海海關工作。萬巴德在亞伯丁大學畢業後，本來也想去上海，但是父親的朋友、愛丁堡醫學院畢業的馬雅各[1]醫生，鼓勵他到福爾摩沙。馬雅各醫生在二年前來到福爾摩沙的台灣府，成了自一六六二年荷蘭人撤離之後，第一位來到福爾摩沙的西醫和基督教教士。他稱讚福爾摩沙美麗而獨特，多元而有趣，有原始未開化之地，也有歷史文化古城。歐洲人對福爾摩沙的名字並不陌生。萬巴德坐了幾個月的船，千里迢迢來到這個東方島嶼。馬雅各醫生沒有想到的是，他因此造就了一位未來的「熱帶醫學之父」。

萬巴德來到福爾摩沙時，英國領事館已自淡水遷到打狗。於是萬巴德就到打狗清國海關擔任檢疫，為航行來此的各國水手看病。一八六〇年以後，大清國依據天津條約及北京條約，在開放通商的港口設置了海關，但國內沒有這方面的人才，於是將海關業務交由歐美人士去處理。一時之間，來到清國的西方貿易、經濟、醫學及傳教人員大增。

馬雅各在一八六五年來到台灣府，第一年並不順利。台灣府的福佬人士很排斥西方醫學和基督教。馬雅各只好自台灣府撤離，在打狗的旗後港口蓋了一家新醫館。萬巴德正好新到福爾摩沙，於是在打狗海關服務之餘，也兼掌馬雅各診所的醫療事務。馬雅各則以旗後為基地，專心在打狗地區傳教；但他並未放棄在台灣府的教務擴展，因此常打狗和台灣府兩邊跑。

萬巴德醫生享受福爾摩沙的溫暖陽光，也享受著看病的樂趣。在這裡，他看到許多他在英國醫學教科書中未曾提到過的疾病。漸漸的，他發現有不少是熱帶寄生蟲侵入人體所引起的疾病。東方形形色色的生物與病源，許多是西方見不到的。

萬巴德眼中的福爾摩沙，是個生物的樂園，有各種美麗的動植物，也有各種可怕的寄生蟲。上一任的英國領事郇和，是出色的外交官；而他只靠在福爾摩沙的短短數年見聞經歷，就成為世界級的生物學家。郇和在福爾摩沙如魚得水，享受發現各種新物種的樂趣。不少在福爾摩沙發現的鳥類，都以他的名字Swinhoe命名。

萬巴德著迷的則是福爾摩沙各種前所未見的寄生蟲。他不像馬雅各以行醫作為傳教的手段。萬巴德不太關心傳教。他專注在醫學，特別是寄生蟲領域。福爾摩沙是研究寄生蟲的天堂。這裡有千奇百怪的寄生蟲，也有往來各國、形形色色的水手。他把放大鏡帶在身邊，隨時觀察病人的糞便、血液、體液和組織，去尋找寄生蟲及蟲卵，然後做紀錄，找出牠們的生活周期及對人體之影響。馬雅各笑說，有一天，他也一定能像郇和一樣，會有不少寄生蟲用「Manson」去命名。這句話後來真的實現了。

---

①馬雅各（James Maxwell, 1836.3.18-1921.3.6），英國長老教會醫療宣教士，在台灣醫療宣教先驅者，台南新樓醫院創始人。

在打狗，行醫及研究寄生蟲之外，他也騎馬、游泳、釣魚，到處旅遊、狩獵。他特別喜歡和有「福爾摩沙通」之稱、也是來自英國的畢客淋到各族群地區遊歷，並學習各種語言。在福爾摩沙的日子真是太寫意了，他覺得。

然而，今天，一八六七年三月二十五日卻是一個很不一樣的日子。今天他搭的這艘鸕鶿號是砲船，不是客輪。

鸕鶿號是奉副領事賈祿之命，昨天自安平來到打狗，計畫今天自打狗出發，要航向福爾摩沙最南端的南岬。

*

今天清晨，鸕鶿號自打狗港出發南下執行任務。不料臨行之際，畢客淋匆匆趕來，向賈祿表示，他工作的天利洋行出了大麻煩，因此實在無法隨行。臨時少了一個台灣通，賈祿很是抱憾。

船自打狗出海時，船長布羅德②望著扼守港口的薩拉森頭山③和猴山④，又美麗，又險峻，不禁在心中讚嘆著福爾摩沙真是得天獨厚。

布羅德告訴賈祿，他航行世界各地，很少有像打狗這樣既美麗又渾然天成的良港，不管外海如何大風大浪，只要入了港就風平浪靜。

這時，船開到港口一塊很大的雞心礁旁。這一帶水淺，船須小心翼翼渡過。「港口兩邊均有高山扼守，而且這個雞卵石橫亙在入口，敵船也不易進來，真的是渾然天成，易守難攻。」布羅德讚美了打狗港，然後批評安平港：「安平那個荷蘭時代建立的古老港口，早已淤積不堪使用，離報廢不遠了。郇和會選擇打狗，而不是安平或淡水來當領事館駐在地，真是好眼光。」

賈祿望著港內穿梭風帆以及岸上綠野平疇，也不禁感嘆著：「將來打狗無疑會是福爾摩沙的鑽石。而福爾摩沙則是東方的珍珠，物產豐富，有樟腦、蔗糖、稻米、煤礦、茶葉……清國人何其幸運，擁有這個美麗島嶼！」

萬巴德也心有同感。

鸕鷀號沿著福爾摩沙的西部海岸向南行。

萬巴德真高興有機會這樣近距離來瀏覽福爾摩沙南部海岸。船的速度甚快，不久，他們看見一個很廣闊的河川出海口。

賈祿忍不住驚嘆：「這條東港河的出海口真是一望無際！福爾摩沙總是強風暴雨，河川雖不長，但水量又大又急，才能沖出如此寬廣的河口。」

萬巴德說：「我曾經聽馬雅各醫生說過，這條河的上游有個六龜里⑤的地方，是進入番界之處，景色很美。」

賈祿說：「畢客淋每次和我談到他的番界見聞就興高采烈。可是有一點我深深不解，他討厭華人⑥，喜歡熟番與生番。他說華人奸詐自大，番人善良坦率。熟番也許是，可是生番不是窮凶惡極，會砍人頭的食人族嗎？這次殺了羅妹號船員的，不也是生番嗎？這樣不是自相矛盾嗎？」

---

②George D. Broad。
③十九世紀西方人對旗後山（Saracen）的稱呼。
④壽山。
⑤六龜。

萬巴德聳肩一笑說：「馬雅各對華人印象也不好。因為華人有他們自己幾千年的信仰和醫藥而排斥我們的宗教與醫藥。不過我覺得華人也沒有那麼壞。我們得承認東、西方各有各的文化與道德體系。我倒覺得，我們的商行教壞華人抽鴉片，自己卻不抽，才是真黑心！」

賈祿尷尬一笑，沒有回話。

過了東港河，有一大村落，已略具市鎮規模，萬巴德按圖索驥，知道就是東港，有五千居民。過了一個多小時，船再經過一個大鎮，布羅德對照地圖，向賈祿和萬巴德說：「這裡是枋寮，清國在福爾摩沙派駐官吏與軍隊的最南端。」

接著又是一個河口，萬巴德興奮地叫了起來：「這個河口應該就是率芒溪河口了。我聽畢客淋說，率芒溪以南，就是神祕的大龜文⑦。歷史記載，大龜文還打敗過荷蘭人呢。福爾摩沙大都是部落社會，但這裡有近似王國的架構，各部落必須繳稅給頭目。郇和說這裡的福佬和客家農戶也以每年百分之五的農作生產，向大龜文頭目繳稅。」

賈祿說：「是的，清國在率芒溪口設有『加祿堂』隘口。清國依照他們祖宗康熙皇帝的命令，把加祿堂以南視為番界，清國百姓不准出隘口。相對的，土番也不准進入隘口。雙方以隘口為界，各過各的，兩不相犯。」

初次來到福爾摩沙的布羅德說：「這可奇了。這樣這裡還算是清國領土嗎？」

到過番地部落的萬巴德說：「清國政府的統治未及於生番。生番土地雖大，但分成數以百計的部落，各自獨立，有些像是古希臘的城邦。但部落人口更少。大部落二、三千人，小部落甚至不足百人。」

布羅德大笑：「希臘城邦式的結構出現於福爾摩沙土番社會，這可真有趣！」

*

船再南行不久，又是一條溪口及福佬人村落。從這裡望過去，山脈幾乎靠著海，像一尊蹲坐下來的大獅子。萬巴德對著地圖喃喃自語：「那麼這就是風港溪與風港村了。」

隨行的福佬通譯在旁插嘴：「風港的意思，是說起風時，漁船就避入此港。這裡是上、下瑯嶠之界，再往南就是下瑯嶠。」福佬通譯又說，他雖略懂番語，但是他最南也只到過風港。下瑯嶠地區，他也全然陌生。

福佬通譯說：「自率芒溪到風港溪的上瑯嶠，是大龜文番社群的勢力。因為山勢像獅子，這裡的部落或稱「獅頭社」。風港溪以南的下瑯嶠是十多個分散的部落，統稱下瑯嶠十八社。不過官方與民眾懶得去分什麼大龜文、十八社，把阿猴社以南的生番統統稱為傀儡番，這區域的高山統統叫作傀儡山區。」

萬巴德注意到遠處，本來高聳入雲的大山，至此已愈來愈低矮，也愈來愈接近海岸。因此海岸

⑥Chinese之謂。當時英國殖民地內多有華人移民，但不屬於中國人。而當時是滿人統治中國，故滿大人（Mandarine）算是Chinese。故Chinese包括滿、漢。但當時台灣福佬、客家對立，語言不同，萬巴德認為客家人（Hakka）不是Chinese（必麒麟是否如此想，不知道）。但總之在他們眼中，台灣原住民是福爾摩沙人，也不是Chinese。當時實際上洋人甚少使用「漢人」這一名詞為人類學用語。那時通用「福佬」或「漳州」、「泉州」。在馬來西亞、新加坡，則為「福建人」、「廣東人」、「客家人」、「潮州人」。「閩南」一詞可能是一九四九年國民黨帶來的用語，用以強調台灣人是「內地」過來的。

⑦大龜文：今屏東獅子鄉內文社群。即大龜文或大龜紋（排灣語Tjaquvuquvulj）。

平原愈來愈窄，有些地區甚至高山直接下海，頗為陡峭。山中森林茂密，沿海約隔十公里會出現溪流的出海口小平原。平原上有幾戶福佬人小聚落。

鸕鶿號繼續沿著海岸南行。遠處出現一個小山頭，延伸入海，形成一個大灣，布羅德高喊：「探險灣⑧到了！」萬巴德可以看到有兩條大河注入海洋。自這裡看去，兩條河流的出海口其實非常接近。較北的是瑯嶠溪，河口有柴城；偏南的是社寮溪，社寮溪的出口其實已經很接近龜山。龜山不高，不到一百公尺，但卻形成一個天然屏障。

布羅德轉頭告訴賈祿：「探險灣就是清國官文書中的瑯嶠灣。這個小海灣是福爾摩沙南部少數沒有暗礁又風平浪靜之地。小小海灣有兩條河流在此入海。偏北的瑯嶠溪出口和社寮溪出口南岸都可以停泊。」賈祿說：「那我們就沿著郇和的足跡，停在社寮溪口吧。」

船經柴城，自船上可以望見城內一座大廟。市街上行人不少，甚是繁榮。

接近中午了，陽光照得甲板炙熱異常，萬巴德開始揮汗。

賈祿說：「這條瑯嶠溪上游，好像就是最凶惡的生番部落，叫牡丹社。」

過了柴城之後，迅又出現社寮溪河口，龜山則在正對面，山上林木並不高。河口右岸，有小小聚落。那福佬通譯說，這是新移民村落，稱為「新街」。河口左岸，有一圓形山陵伸展入海，龜山腳下，社寮村落清晰可見。社寮及車城，雖然相近，但居民之房屋形式卻有明顯不同。車城是磚瓦屋或土殼厝，社寮卻多為竹屋覆著茅草。

船向龜山腳下駛去，岸邊赫然已有不少戴著頭巾、穿著褲裙的平埔民眾，向他們揮手。萬巴德心想，這些清國政府所稱的平埔熟番倒真的是熱情和善！

這是萬巴德第一次在海邊看到和福佬人村落迥異的福爾摩沙原住民村落。顯然福佬人的勢力範圍完全過去了。過了柴城的社寮以南就是平埔人的世界，而內陸山腳有不算多的客家新移民，再過去的蒼茫山上，就是傀儡番世界。這是福爾摩沙最南端的神祕世界。

這就是最偏遠的下瑯嶠。萬巴德的心興奮跳著。

---

⑧十九世紀西方人稱瑯嶠灣為Expedition Bay。Expedition是遠征、探險之意。

第十二章

「還不到十天呢，沒想到這次洋人的砲船這麼快就來了。」棉仔望著遠處愈來愈大的船影喃喃自語著：「過去他們都是幾個月後才來找人的。」

因為棉仔預測會有洋人船隻來，村人一見到有洋船自北方沿著海岸開來，就聚集到海邊來看熱鬧。大家對船上的米字旗並不陌生，因為過去十年來米字旗的船已經停泊在社寮村外的瑯嶠灣好幾次了。他們有時只是來補給些飲用水，但有三、四次真的上岸了。他們上岸後，都會給村民一些小禮物，東西不多，但很新奇。所以村民對洋人洋船的到來，抱著期待。

船愈來愈近，船上的人已清晰可見，社寮人熱情地向他們揮手。船上的人也回應著，他們都穿著光鮮制服，藍色雙排扣上衣，白色長褲，但卻有一位是福佬打扮。等船近了，果然也是薙髮男子。

船調整了一下方向，船頭幾近筆直的向村子駛來。

接到通報，棉仔早有安排。文杰準備了一大桶清水，蝶妹則準備了一些桃子、李子、楊桃等鮮果。

萬巴德心想，「社寮熟番真友善。這個福爾摩沙島上，各類族群的個性還真不同。」

船靠岸後，先下船的是四位持槍水兵，接著就是那位福佬通譯。棉仔趨上前去，伸出手來表示善意。隨後四、五位穿著筆挺衣服的洋人魚貫下船。通譯用福佬話向棉仔說：「大家仔細聽了，洋人官爺這次前來，有事請大家幫忙。」

棉仔叫蝶妹及同村幾位婦女奉上清水、面巾及鮮果，說道：「軍爺們累了吧，請用。」洋人士兵一直盯著村民身上佩著的柴刀看，似乎不太放心。棉仔不覺失笑，向通譯說：「告訴洋大人，這裡人人都習慣佩刀，是生活工作需要，請諸位貴客放心。」

通譯轉身，向一位像是這群人頭目的短髭的中年紳士嘰嘰咕咕說了幾句，中年紳士點頭笑笑也應了幾句，氣氛似乎輕鬆了起來。

通譯又轉身，向社寮人高聲說：「這位大人是聯合王國在台灣的最高主管。」

棉仔恭恭敬敬的行了個禮，用英文叫了聲：「Sir！」又說：「我叫Mia，我見過Swinhoe大人。」

洋人似乎沒料到這種偏遠熟番竟也粗懂幾個英文語詞，而且接待過郇和，驚喜伸出手，和棉仔握了一下，語氣也變得親切：「我叫賈祿，是聯合王國領事，也就是英國在福爾摩沙的最高負責人。」

下一刻，賈祿又恢復嚴肅的神情說話，由通譯用福佬話告訴大家：「有花旗國的船隻在這附近的南灣遇難，十多位外國海員給生番殺了，你們可知道這回事？」

大家聽不懂花旗國是什麼，通譯又費了一番口舌，才讓大家弄清楚洋人又分為不同的好幾國，聯合王國或英國只是最強的一國，花旗國離英國很遠。

棉仔說：「大約十天前，是有一位廚師逃到柴城。聽說柴城人已經把他送到打狗去了。」頓了一下，又說：「我是社寮頭人兒子，代表本村說話。本村與這件事毫無關係。」

賈祿取出一張文書，由通譯大聲翻譯宣讀：「請瑯嶠民眾盡力協助，如果發現還活著的海員，我們必有重賞。即使是船員的屍骸或遺物，也有酬勞。

「洋大人親自在此要我向大家轉告，不要辜負聯合王國的美意。但若有人隱匿不報或貪劫財物，洋大人不會輕易放過，一定追究到底。」

棉仔回答：「我們這裡最近沒有看過什麼船隻或洋人，也沒有陌生人來此。」

賈祿說道：「那就麻煩你們向生番傳話。這些表示我們的誠意。」說著，拿出一個袋子，沉甸甸的，還傳出金屬碰撞聲，顯然是銀幣。棉仔卻面有難色，遲遲不接。賈祿等人再三催促，棉仔沉吟甚久，終於回答說：「向大人報告，船員遇害的事，不關我們，應該是南部海岸的生番惹的禍。可是我們和生番一向無直接往來，而且距離也很遠。」

賈祿問：「有哪些生番部落是靠著海岸的？」

棉仔回答：「往南方過去的海邊，有三個生番部落，依次是龍鑾、龜仔用和東部海面的豬勝束①。究竟是哪個部落所幹出來的沒天良事，我們和他們沒有往來，也一無所知。」

賈祿說：「請再多告訴我們一些那些海邊生番部落的詳細情形。」

棉仔說：「大人知道的，我們社寮大都是平埔土生仔。從這裡沿著海岸往南是一些矮山，少有居民。最南端的大繡房②，倒是很久以前就有一個福佬村落，也有一些土生仔，最近也有不少客家人移民來此。過了大繡房就是生番地界了。緊鄰大繡房的是龍鑾部落；再過去，是龜仔用部落；再往東北，是豬勝東部落。龍鑾還雜有一些客家人及土生仔，與我們還有些接觸。至於更東邊的龜仔用部落，可說是名副其實的生番，一向很防範外人，很少有人敢進去他們的地域。

「龍鑾和豬勝束，還有不靠海岸的猫仔社和射麻里社③，統稱為斯卡羅族。聽說他們是三、四百年前自東北部的卑南族南移過來的。豬勝束頭目是他們的大股頭，射麻里頭目是二股頭，猫仔社是三股頭，龍鑾社是四股頭。龜仔甪人似乎不屬斯卡羅族④，但彼此也有通婚或往來。」

布羅德問道：「岸邊有奇特形狀高山，海邊又有巨大石頭的，是哪一部落？」

棉仔說：「那一帶大都是岩岸，海邊到處有大石頭。山形奇特的，可能是大尖石山吧。那座山很有名，南邊的每個角落都看得到大尖石山。那座山在龜仔甪，離龍鑾也不遠。豬勝束也靠海，但位在大尖石山的後面，離此甚遠。同屬斯卡羅的猫仔和射麻里兩個部落沒有面海。」

賈祿說：「不要緊，你們馬上派人去傳話給龍鑾和龜仔甪，把我代表聯合王國所做的宣布告訴他們。」

棉仔面有難色：「傳話到龍鑾或豬勝束不難，但傳話到龜仔甪，我可就沒把握了。龜仔甪人一向敵視外人，不與外人來往。我猜，這次的禍事，最有可能是龜仔甪的人幹的。但不能確定。」

賈祿說：「不必擔心，我們會給你們傳話給他們的時間。」通譯把錢幣袋交到棉仔手中，棉仔知道無法推辭，收了下來，但同時眉頭與心頭都打結。

賈祿已走出二、三步，卻又似乎想到什麼，回頭過來，問道：「你剛剛說這些番人有個大股

---

①今滿州里德。
②或稱「大樹房」，今屏東恆春大光，在核三廠附近。
③今屏東滿州鄉永靖。
④龜仔甪社屬paiwan，但當時尚無「排灣」一詞。

頭，是不是叫卓杞篤？」

棉仔一臉驚異：「大人也知道卓杞篤大股頭？」

賈祿說：「我看過郇和在一八六四年寫的紀錄[5]，提到卓杞篤是下瑯嶠最具權威的大股頭。請你至少就把話帶到卓杞篤。他應該可以號令龜仔用吧？」

棉仔點點頭：「應該吧。龜仔用雖非斯卡羅族，但與斯卡羅的關係應該還可以。我們盡力就是。」

*

這時，屋內突然傳來一陣哀叫呻吟聲。幾位英國人停下話題，訝異地向屋內望去。

棉仔不好意思地說：「是我姪子茄苳仔，幾天前去獵山豬，山豬沒打到，反被山豬咬傷，真丟人。自前天起，又發燒又叫痛。唉。」

站在賈祿身邊一位長相斯文的年輕白人，本來一直默不出聲，這時開口竟是福佬話：「我是醫生，能不能讓我看看他？」

賈祿笑說：「你們好幸運，這位是萬巴德醫生，在打狗的醫館為人看病。萬醫生醫術高明，可是人人都稱讚的喔！」

棉仔大喜：「能給洋大人醫治，是他的福分。醫生請了。」

賈祿又說：「我們歐洲的醫生對外傷很有一套。我讀過荷蘭人寫的書，當年國姓爺也曾經請荷蘭醫生到廈門幫他診治過傷口。」

眾人皆注視打量著萬巴德。想不到這位年輕英俊的洋醫生，竟然懂得福佬話，而且主動要為本地人看病。大家都沒有見過洋醫生如何治病，神色之間充滿好奇。

萬巴德進入竹屋。屋內竟是意外涼爽。病人瑟縮地躺在屋角的竹床上呻吟。萬巴德發現屋內的傢俱包括床、桌子、椅子、架子，都是竹子編成，而屋子本身也是竹屋再覆蓋茅草。

萬巴德檢查了傷勢。傷在小腿，傷口又紅又腫，滲著腥臭的血水及黃膿的混合液。圍觀的居民皆掩著鼻子，離得遠遠的，只有剛剛那位奉茶水給大家的清秀少女跟在他身旁看他檢查傷勢。

「很好，就拜託這位姑娘當我的助手吧。」

萬巴德自他的醫療包中取出金屬盒子，「小姑娘如何稱呼？」一面取出工具，很整齊地擺好在一個小几上。

「我叫蝶妹，蝴蝶的蝶，姐妹的妹。」

「好極了。蝶妹，妳先幫我準備一盆熱水。」

蝶妹沒有想到這位白人醫生不但會說福佬話，而且語氣親切，對人和藹，頓生好感。

蝶妹把熱水準備好了，萬巴德說：「小姑娘，妳站到這邊來，幫我遞工具。」

萬巴德自大皮包中取出一個圓腹式玻璃罐，打開罐蓋，罐口塞著一塊焦黃布絮。他再取出一瓶透明液體，倒進罐內。蝶妹聞到一股刺激味撲鼻，萬巴德笑著說：「這是酒精，消毒用的。」萬巴德點燃了酒精燈，把器械都在火上消毒過，然後一一排好。接著又取出一些有孔洞的細白薄布，沾

---

⑤參見《看見十九世紀的台灣》一書第六十頁。

了熱水，細心擦拭傷口，動作非常輕柔。

那傷口極大，混雜著血痂、腐肉與黃膿，惡臭撲鼻。蝶妹不自覺用手肘輕遮鼻子，萬醫生卻像一點也未聞到，繼續清理傷口。病人茄苳仔本來露出忍耐的表情，後來忍不住哀叫。萬醫生持著小剪刀，把一些血痂爛肉剪掉，再幾經沖洗，傷口終於乾淨多了，但仍有黃色膿液自一處傷口緩緩滲出，而周圍的皮膚顯然特別紅腫。萬巴德似是考慮了一下，要蝶妹用鐵夾子自金屬盒內夾出一把小刀給他。萬巴德把小手術刀在火上熱過，這次熱了特別久，說聲：「忍耐一下！」然後一刀自滲液口切入，再稍自旁邊擠壓，切口竟然湧出一大團帶著血水的膿液。蝶妹驚呼一聲，茄苳仔卻反而露出如釋重負的感覺。

蝶妹注意看著洋人醫生細膩地處理著傷口，腦中不禁浮現出兩年前父親受傷臥床呻吟的場景。父親的傷勢與茄苳仔不太一樣，但當年姐弟倆只知道胡亂塗一些草藥，不懂得清創、消毒這一套。柴城來的福佬大夫也不會。蝶妹不禁抬頭望著白人醫生，白人醫生正取出針線，聚精會神評估是否有些傷口需要補上一針縫合。在熱氣薰罩下，豆大的汗珠自前額滴了下來，他卻似乎渾然未覺。蝶妹又尊敬，又佩服，心裡突然浮起一個念頭：「有一天，我要學會這些！」

手術似乎已近尾聲。萬巴德深深地喘了一口氣，然後在傷口塗上黃色藥膏，再以紗布淺淺覆蓋，深深吐了一口氣，說聲：「好了！」然後轉身向蝶妹一笑，用福佬話說：「擼力！」

這是蝶妹第一次接觸到西方醫術。茄苳仔傷口噴出黃膿，卻反而如釋重負的表情，使蝶妹心中大為撼動。

*

蝶妹跟著萬巴德醫生做完手術，走出屋子。棉仔、松仔，還有一些村中要人，也正與賈祿、福佬通譯、船長布羅德好像仍然在商討些什麼。雙方嘰嘰喳喳，福佬通譯比手畫腳，但大家臉色都不太好看。

棉仔和松仔看到萬巴德出了屋外，走過來向萬巴德點頭道謝。蝶妹看到文杰也在人群中，就問文杰，發生了什麼事。

文杰說：「洋船要繼續開到南灣去尋找那些遇難船員。白人頭目希望社寮能有一位會說福佬話，也會說生番話的村民上船去做通譯，把生番話翻譯成福佬話給洋人帶來的福佬通譯；福佬通譯再把這些話翻譯成英文給白人了解。但大家都在推託，理由是沒有人真正懂得生番語言，怕詞不達意，反而產生誤會。大家一則害怕生番，二則害怕上了洋人的船後，不一定回得了社寮。雖然白人頭目一再保證，他們會把人送回社寮，但大家都不相信。」

眾人面面相覷，顯然無人有此意願。洋人連珠砲似說了一連串話語，福佬通譯忙著翻譯，但似乎並未完全了解，頭頂直冒汗。布羅德不耐煩地罵著說，乾脆用槍押走一個好了。賈祿瞪了他一眼。

棉仔也不知如何是好，心中焦急。眼看局面甚僵，他向眾人表示，如果沒人願意，他就只好指定一位或自己出馬。但大家都反對。眾人說，眼看著這船是去打仗的，不要被生番誤會社寮人去幫忙洋人打他們，將來生番會找社寮人算帳。

蝶妹略一思索，突然神采飛揚地說：「這位通譯大叔，請幫我告訴各位大人，我的生番話和福佬話都很流利，我願意上船做通譯。但是有一個條件。」她轉過頭來望著萬巴德醫生：「我要拜這位白人醫生為師，請他教我洋人的醫術！」

當場所有洋人及社寮人都大吃一驚，不敢相信自己的耳朵。萬巴德是不需通譯幫忙的，他雖然詫異，卻笑得開心：「小姑娘要隨我回去打狗嗎？歡迎，歡迎！」其他洋人也喜形於色。

棉仔一轉念，也覺得蝶妹真是最適當人選。第一，她的生番話最流利，甚至福佬話及客家話也行。第二，看來萬巴德是正人君子，有他在，應可以確保蝶妹安全。更重要的，蝶妹是女子，又是自願去的，而且她不是社寮本地人。

終於有解，而且全村無人反對。只有文杰大眼圓睜，不可置信地望著姐姐，卻又欲言又止，顯然心中滿是疑慮。

蝶妹牽著文杰的手，面對面說：「文杰，剛剛我一面看著這位洋醫生治療茄苳哥哥的傷口，一面在想，我一定要學會這些。如果以前我們會這些，爸爸或許不會死。我相信，給我一段時間跟著這位洋醫生，我可以學得會的。雖然爸爸死了，將來還是可以救其他人。你不用怕，我學完以後，還是會回來這裡。打狗和社寮之間常有船班，我大約一個月回來一趟吧。」

文杰好不容易點點頭，但眼眶還是紅了。等蝶妹回頭走向英國砲船，他才大喊：「姐姐，保重了，保重了。」

第十三章

船艦走遠。棉仔召集族人開會，大家席地圍成一圈。文杰獨自蹲在屋角，眼眶泛紅。

棉仔手往屋外一比：「白人硬要我們去向生番傳話，要他們交出死者遺物或遺體。」他臉色懊惱：「唉，我真不想捲入白人與生番的是非中。大家有何好意見？」

有一人囁嚅道：「可以不要理白人嗎？」另一人說：「我看是龜仔用的番仔幹的。」

棉仔搖了搖手中的錢袋，望了他一眼，說：「白人禮物我們收了，就不能不辦事，何況蝶妹也上船了。白人軍船已經往南駛去，天黑以前絕對可以到龜仔用。洋人來勢洶洶，若不及時警告生番，生番會有麻煩。萬一以後生番們把帳算到我們頭上，那可不妙。」

松仔說：「剛剛那白人頭目不是說要我們傳訊給大股頭，再由他去傳訊給龍鑾和龜仔用嗎？」

另一人說：「那一定來不及。其實直接到龜仔用還比到豬勝束快多了。」

接著有附和的聲音：「是啊，我們有個交代就是。那些生番的死活關他家的事！」

有人笑出聲來。

松仔也表示同意說：「是啊，只要我們通知大股頭就算任務完成，仁至義盡了。」

棉仔正想開口定案，突然文杰堅定的聲音自牆角傳來：「我願意去通知龍鑾和龜仔用。」聲音高昂。眾人皆向他望去，文杰不知何時已站了起來。全場都安靜下來。棉仔想，怎麼今天姐弟兩人都有出人意料的舉動。

文杰的表情似乎帶著怒意，說：「如果不趕快通知龍鑾和龜仔甪，一旦白人對他們發動攻擊，部落必定死傷甚重。而且姐姐也在船上。姐姐與我雖然不是社寮本地人，但總是來自社寮，番社一定會怪罪姐姐，也怪罪社寮人坐視他們有難不通知，那就結冤仇了。」文杰說完，棉仔和松仔也不禁點點頭。

松仔改口支持文杰：「對啊！我們不想得罪洋人，但也不必去得罪生番。」他想起文杰的媽媽就是生番，所以感受和想法會不同。

有人笑說：「社寮在海口，生番要殺到這裡談何容易！文杰小孩子多慮了。」

文杰回應說：「非也。如果生番怪罪而濫殺其他地方的福佬也好，客家也好，我們社寮就被人恥笑了。」

於是棉仔做了結論：「好，文杰說得有理。我們不能坐視生番有大難，即令他們先做錯了事。」說著，望了一眼文杰：「就派出兩組人馬，每組三人。第一組去龍鑾和龜仔甪報信，這一組須是腳程快的。現在接近申時了①，儘快趕到龍鑾，龍鑾人應該能很快通知龜仔甪，希望能來得及在洋船攻擊生番前趕到，讓他們有所準備。

「第二組去豬勝束報知卓杞篤大股頭。雖然沒第一組那麼急迫，但也必須連夜趕路，愈快通知到愈好。」

棉仔說：「文杰，你義氣可嘉，但腳程不快，不適合參加到龍鑾和龜仔甪這一組。你到豬勝束部落去，向大股頭通報。」

棉仔指定了人選。去龍鑾的，由棉仔的另一族人鳳梨仔負責；去豬朥束的，則由松仔帶隊。鳳梨仔一行三人，馬上上路。松仔則稍見猶疑，問：「如果碰不到大股頭怎麼辦？或是他不見我們怎麼辦？」

棉仔想一想：「你們天黑以前趕到射麻里，射麻里的頭目伊沙是斯卡羅族的二股頭，和卓杞篤也有親戚關係。我記得父親好像有一次在保力見過他，至少社寮頭人家棉仔、楊竹青的名號，他應該不會沒聽過吧。何況我們是善意報訊，他應該感激才是。讓他知道茲事體大，有所安排。」

於是松仔領著文杰和另一位冬瓜仔，三人上了路。

①下午三點。

第十四章

三人自社寮往南疾走。此處地勢甚為平坦，路甚寬，偶有牛車通過。路的兩旁，景色甚是優美，青翠的刺竹，密麻如牆，蓮蕉、月桃交錯而生，花朵鮮艷，賞心悅目。除了原有的熟番聚落外，新開墾的出舍處處可見，顯然新移民在社寮、新街以南正快速增加。

這是一個多族群的地域。平埔土生仔、福佬、客家、高山生番，還有自東部遷徙而來的阿眉族，各族群居住的地域距離都很近，甚至互相混雜。

三人腳程甚快，不到一個時辰，已到了猴洞①。猴洞其實是個珊瑚礁小山，顧名思義，猴子很多，緣木嬉戲。這兩年，猴洞地區移民聚落迅速增加。這裡地勢甚平，再過去就是生番地區了，往南是龍鑾，往東就是射麻里。射麻里則是到豬勝束必經之地。

三人往東，開始進入斯卡羅地域。過了猴洞，地勢漸高，路呈上坡，也愈來愈窄。有時會遇到牛車迎面而來，路的寬度大約為牛車的寬度，牛車一來，三人就要閃避路邊。

路雖然持續爬高，但甚為平坦。他們走在丘陵高地，沿路可見許多野兔、山貓、獐、鹿、松鼠、山羊在山林與溪谷出沒。動物的種類甚是繁雜，飛禽也不少，各類鳥叫聲此起彼落。

「這裡的林木種類也特別多。我們幾個兄弟都以植物為名，我自己叫『松仔②』，所以對植物不自覺地會特別注意。你們看，那邊就有『棉仔』，『茄苳』更多了。」松仔笑著指著對面斜坡上好幾株正盛開的木棉花。松仔愈說愈興奮，又指著右邊山林：「還有那是樟樹。水果嘛，你看有椰子、木瓜、龍眼、楊桃、蓮霧。右邊那一大片相思仔，是做木炭最好的木料。」

「對了，」松仔興奮地說：「我曾經聽人說，在這附近有一處所在，地上寸草不生，地火自地下熊熊而出，有時可達二、三尺高，終年不熄，甚至溪流中也有火焰冒出。更妙的，這些火焰會到處竄動，真是個奇觀。可惜我們必須趕路。」

三人再往前疾行，太陽已漸西斜，這時已到達一處開闊地域。三人遠遠望見右前方高地上建有木頭搭起的高架瞭望台，屋頂甚矮，在夕陽的斜暉下可見人影，顯然是部落崗哨。三人停步下來，向崗哨上人影揮手，表示並無惡意。有一名衛士自崗哨中走出，下了高地，緩緩向文杰等三人走來。衛士背著火繩槍，面露警戒之色，大聲吆喝：「你們哪裡來的？有事嗎？」文杰注意到，崗哨中仍留有一名戰士監視著。

三人高舉雙手，表示除了必備的佩刀外，並無其他武器。文杰的生番話最好，他大聲回話：「我們自社寮來，有要緊事想向你們頭目報告。」

守衛見來人似無惡意，言語又流利，戒心稍減。松仔見文杰應對得體，生番話也比自己好太多，就讓文杰去談。

---

①今恆春市區。

②「松」在福佬話是榕樹之意（例如高雄的鳥松，原意是指有鳥的大榕樹），而非中文「黑松」之松。

文杰說：「那就是了。今天中午，有一艘洋人戰船到了社寮打聽呢。船上有大砲，我們三人都親眼看到。」

三人互相看了一眼，終於證實禍首真的是龜仔用。

「那是龜仔用幹的，與我們射麻里無關。」

「你們可聽說過洋人船員在這附近被殺的事吧？」

「有什麼要緊事？」

守衛笑了：「大砲？那就去告訴龜仔用頭目啊，干我們何事？」

文杰說：「如果那些人真的是龜仔用人殺的，白人一定會用大砲報復的。如果白人真打了龜仔用，龜仔用人一定傷亡慘重。龜仔用難道都沒有你們的親戚朋友嗎？」

守衛聽了，想了一想，說：「跟我來吧。」

衛士領著他們走向一處林木特別茂密之處。原來部落在密林中。部落外已見竹屋散佈，兒童嬉戲、爬樹。進入林中，房屋比鄰排列，圍成圓形，中間為田園，種滿花果，外邊種了竹子，把房屋全圍了起來，形成護衛之勢。中間一條大路，路相當寬坦，有牛車和牲口出入，路邊還有不少雞隻。衛士說，頭目的房子就在部落正中央。

松仔喘了一口氣；「我們終於在日落之前趕到射麻里，至少完成一半任務了！」

文杰想，這莊子真夠氣派。這哪像生番之地？不論景色或房子竟都不輸社寮。

第十五章

三人非常高興，射麻里大頭目真的願意接見他們。

現在，射麻里大頭目伊沙就站在他們面前。而且，伊沙的回應，更令他們興奮。

伊沙說：「謝謝你們跑那麼遠的路來向我們報訊。」然後轉頭向左右說：「龜仔用大難臨頭了。雖然巴耶林這傢伙平日有些討厭，但紅毛才是我們的共同敵人，我們不能讓龜仔用人認為斯卡羅族坐視不管。」

文杰一怔，回話說：「頭目大人，我沒有說是紅毛啊。」伊沙說：「反正是外人來襲，白人、紅毛，那也差不了太多。」文杰就不再說話。

伊沙立刻下令。於是，有十五名射麻里勇士，都帶有火繩槍，另外十名，帶著標槍及弓箭，連夜趕往龜仔用部落報訊及支援。

從射麻里到龜仔用，與猴洞到射麻里的直線距離大約相同，但必須要越過一些矮山。射麻里人走山路的速度和平路差不多，只是山路崎嶇彎繞，費時稍多。伊沙說：「我估計他們在午夜之前可到。倒是突然晚間過去，龜仔用的人不要誤以為他們是夜襲才好。還好我們自有溝通之暗號。」

至於一起到豬勝束晉見卓杞篤，伊沙也很爽快地答應了。他說：「現在很晚了，不必急著去打擾大股頭。大家休息一下，喝幾杯小米酒。我們明天清晨出發，一個時辰就可到豬勝束。」

松仔想，既然射麻里已派出援兵通知龜仔甪，目的已達，就不必匆促趕路，於是高興稱謝。

伊沙說：「明天大家坐牛車去。自這裡去豬勝束，道路相當平坦，我也想帶一些伴手禮給大股頭。」

雙方互道了晚安。三人已轉身，伊沙突然叫住文杰：「這位小兄弟，你不是社寮人嗎？怎麼說我們斯卡羅話說得如此流利？」

松仔在旁笑出聲來，說：「大頭目有所不知。這位小兄弟不是我們社寮人，他父親是客家，母親也來自部落，所以兩種語言都很溜！只可惜他父母俱已過世，所以姐弟二人就搬到我們社寮來。」

伊沙奇道：「你的伊那是哪一部落？」

頭目問話，文杰不能不答了。他說：「我也不清楚我母親是哪一個部落。」

伊沙上下端詳著文杰，眼睛飄到文杰腰際，臉色一變：「把你佩刀取下來給我看看。」

林文杰取下腰間佩刀，恭恭敬敬以雙手呈給伊沙。伊沙檢視著佩刀手柄上的百步蛇雕紋飾，臉色愈來愈沉：「這佩刀一直是你們家的？」

文杰說：「原先是家母用的，後來因為家父也過世了，所以就由我繼承。有些鈍了。」

伊沙慢慢抬起頭來，緩緩的說：「這百步蛇頭是我花了一天工夫，刻了十幾把中選出來最滿意的，這佩刀我太熟悉了。這佩刀是我和莎里鈴結婚時，我們送給豬勝束作為聘禮的三把佩刀之一。」臉上已然充滿怒意，青筋暴露，聲音高昂到有些沙啞：「你是林老實的兒子？你是林老實和瑪珠卡的兒子？」

文杰聽到父親的名字「林老實」，不假思索就點點頭。伊沙迅即轉頭，把佩刀往地上一扔，向那位帶領三人來見的守衛大聲說：「阿莫，看在大股頭面上，安排好三人住了。明早立即送客！」

阿莫應了聲：「是！」然後把三人帶到另一間屋子。

氣氛突變，三人不知所措，面面相覷。顯然伊沙和文杰父親之間有極深的宿怨。文杰一臉茫然。他也不明就裡，爸爸媽媽從來沒有向他們姐弟談論兩人的陳年往事。

今夜是上弦月，大地一片漆黑，交錯的昆蟲叫聲響徹耳際。松仔也不想要追問文杰。三人最難過的是，任務的下半段，求見卓杞篤大股頭，似乎有些渺茫了。三人討論了片刻，決定明晨依然前去豬勝束。雖無伊沙陪同，還是去碰碰運氣。

在同伴的鼾聲中，文杰思緒重重。他第一次知道原來媽媽叫作瑪珠卡。他沒有聽過「莎里鈴」，也不知媽媽和這個名字是什麼關係。爸媽生前，文杰聽到爸爸心情好時就叫「番婆」，平時就跟著孩子叫「阿娘」。姐弟早知母親來自番社，卻一直不知道來自哪個部落，這樣看來應該和豬勝束有深厚淵源。這倒是一大發現。父親和射麻里結了什麼怨？為什麼爸媽從不提母親來自豬勝束？一大串謎團也不知自何猜起。

文杰翻來覆去，不能成眠。但終究白天太累，後來還是睡著了。

第十六章

晨曦乍現時，三人就已起身梳洗，準備離開。

這時，又是個意外。阿莫笑嘻嘻進來，告訴他們：「你們好福氣，我們伊沙大頭目決定照原計畫帶你們三人赴豬勝束。你們稍候。」阿莫還送來早餐。

用完早餐，伊沙也出現了，臉上雖然不再有怒氣，但也沒有笑容。他緩緩開口：「昨夜，我想通了。上一代的恩怨，不必連累到你們。再來，你為了斯卡羅人的安危而來報訊，這一定是祖靈的安排，你們對那些往事似乎也一無所知。既然他們都已不在人世間了，那就讓一切成為過去吧。」

文杰雖不知伊沙指的上一代恩怨是什麼，但知道伊沙是善意，於是低頭稱謝。

伊沙臉上開始有了笑意：「你們為了救斯卡羅族跑了這麼遠的路，是一番好意。所以，我更不應該去計較昔日冤怨。老實說，為了那件事，我們射麻里和豬勝束也曾有過一段很長的不愉快。」

他臉上又恢復了昨夜的和善：「我還是帶你們上豬勝束去一趟。我也要帶一些禮品給大股頭。阿莫，牛車備好了吧！」

三人想不到，事情的轉折如此戲劇化，對伊沙一再稱謝。伊沙拍了拍文杰：「原來你竟也不知自己身世。林老實和瑪珠卡大概是為了斯卡羅的顏面而特意低調了。等會兒到牛車上，我把那一段往事告訴你。唉，為了那風波，豬勝束和射麻里都發生了鉅變。你既然要去豬勝束，就不能不知道這段往事。你還要叫大股頭卓杞篤一聲舅舅呢！說起來也是豬勝束祖靈庇佑，竟然安排了這樣的機緣來讓你回到母親的部落。」

在車上，伊沙仔細端詳著文杰，笑說：「還好你長得像瑪珠卡，不像林老實，否則大股頭還不一定相信我說的。」

文杰突然想起一事，說：「我姐姐有一條媽媽留下來的項鍊，很是漂亮。不知是否與豬勝束有淵源？」

伊沙笑說：「如果我有機會看到就會知道。你還有幾位兄弟姐妹？」

文杰說：「就只有一個姐姐，她長得較像我爸。」

伊沙正色說：「聽仔細了。你首先要知道媽媽家族的歷史。我們屬於斯卡羅族，是由東邊的卑南族分出來，百多年前先向南再向西漸移到這地域，分成四個大部落。豬勝束的頭目為大股頭，我們射麻里的馬麻溜家族的頭目是二股頭，猫仔社的查林吉魯家是三股頭，龍鑾的羅發尼奧家是四股頭。豬勝束的大股頭則是拉格魯力古家族①。在過去，斯卡羅家族的習俗，一直是四個部落貴族之

①三百多年前，卑南族的南部知本和北部南王兩大部族爭戰失利，知本的卡大地布部落往南遷徙，在大龜文（今中排灣）的地域備受攻擊，經過阿朗壹，到達牡丹灣之時，才喘一口大氣。再南下到今港仔溪、八瑤灣附近（今南排灣），開始遭遇排灣族一路打打跑跑，沿著今日溪仔溪谷到達今八瑤、四林格，進入港口溪谷和蚊蟀（今滿州）南排灣人遭遇。這些知本人善用巫術。排灣人戰敗，用轎子抬著他們往南走，故稱之為斯卡羅人（原意為坐轎子的人）。斯卡羅人由東北往西南一路遷徙，地位最大的（大股頭），找到適合地方就最先定居下來，就是豬勝束（今里德）。其他人繼續走，二股頭在不遠的射麻里（永靖）定居，三股頭留在恆春附近（猫仔社），最後四股頭再往東走到龍鑾潭附近定居。原為卑南族的斯卡羅人與原來排灣族同化，成為排灣化的卑南人。他們是恆春半島的掌權者。後來與清廷及外國人的紛爭皆由斯卡羅大股頭處理。

間世代通婚，我們是講求門當戶對的。大股頭家族的女性，不太可能嫁給平民，嫁給福佬或客家更是匪夷所思。瑪珠卡以公主之尊竟然嫁給一位�傢（客家），豬勝束和射麻里兩大部落都因此天翻地覆。我就慢慢說給你們聽吧。

「那一年，豬勝束的大股頭是卓杞篤的哥哥朴嘉留央，我們射麻里頭目則是我的父親。我父親有二個兒子，一個女兒。我是哥哥，我弟弟叫拉拉康。」

「那一年，我娶了豬勝束公主莎里鈴。射麻里為了慶祝這個聯姻，由父親大頭目率領幾乎全部落的人，帶著豐盛的聘禮，到豬勝束去迎娶大公主莎里鈴，也就是當時的大股頭朴嘉留央的大妹子。卓杞篤是朴嘉留央的弟弟，也是莎里鈴和瑪珠卡的哥哥，當時還不是大股頭。」伊沙嘆了一口氣：「唉，二十多年了，那把佩刀就是當時的聘禮之一。佩刀上的百步蛇，還是我親自雕刻的。

「在兩部落的歌舞聲中，婚禮正式完成。豬勝束設宴款待，草地上架起鞦韆。大家最盼望的是盪鞦韆，只有公主的婚禮才有盪鞦韆。儀式開始了，新娘坐在鞦韆上，新娘妹妹瑪珠卡和其他兩部落少女圍在鞦韆旁邊嬉戲，我和幾位男伴站在中央。女巫師一一唱點著男方聘禮，交給女家。在兩族族人的歡樂歌聲中，我和男伴輪流推搖新娘，藉以表示雙方信守不渝的愛情，以及兩部落的合作無間。新娘抓緊鞦韆，愈盪愈高，旁邊男女青年的叫聲和歌聲也愈來愈高，眾人對這門當戶對的婚姻滿意極了。在盪鞦韆時，瑪珠卡活潑可愛的笑容，婀娜的動作，就已深深吸引我弟弟拉拉康。」

時光倒流，回到二十多年前的那一天。

伊沙望著遠方，讓記憶倒轉。

盪完鞦韆之後，兩個部落近二百人都圍著火焰跳舞。舞場的旁邊，現烤著兩頭大山豬，豬勝束也供應了喝不完的小米酒，大家的情緒熱到最高點。拉拉康眼睛更是一直盯著瑪珠卡。瑪珠卡頭上戴著蓮蕉花和野百合，跳舞時，她的修長身軀，有時像百步蛇一樣地蜷曲，有時又像梅花鹿一樣地跳躍，簡直比新娘子莎里鈴還出鋒頭。拉拉康為了吸引瑪珠卡的注意，他也特別下場表演了一段模擬與山豬搏鬥的舞蹈。他手持獵刀，在吆喝與歡呼之下，迴旋、翻滾、搏殺，獲得眾人的滿堂彩。

這次婚禮舞會之後，幾乎兩個部落的人都公認拉拉康與瑪珠卡是天造地設的一對。雖然家族之間尚未有正式協議，但眾人皆有共識，下次的盛大婚禮屬於拉拉康與瑪珠卡這一對。斯卡羅貴族女性的交往，是必須經過長輩的同意及監督的。

在這個盛大節日裡，罕見地出現一位平地人林老實。豬勝束為了把這婚禮辦得盛大，向這位穿梭於平地人和山地人之間的客家行商訂購了不少平地人辦喜事時的酒和糕餅。射麻里則向他訂購了平地人用的紅布、鏡子、梳子、鈕扣、縫針，以及婦女喜歡的化妝品，作為聘禮。因此，半個月前，他就時常來豬勝束。新娘子開心地挑著他帶來的平地人裝飾品和化妝品。特權是屬於新娘的，新娘的妹妹只能在一旁湊熱鬧。但林老實更欣賞新娘妹妹的活潑慧黠，也細心地注意到了她望著新娘姐姐的羨慕眼神。

這位年輕客家行商可以讀出瑪珠卡喜歡的是哪些東西，更聰穎地會私下塞給這位姑娘，贏得了她的好感。他更趁著為瑪珠卡或佩戴手環，或搽抹香粉時，輕拂著她的玉手及臉頰，讓瑪珠卡的心一陣亂跳。當瑪珠卡在婚禮跳舞時，她感謝林老實讓她能妝扮得出色動人。在跳舞時，瑪珠卡偶爾會大膽地向林老實拋一下媚眼。林老實喜上眉梢，只有他知道那個嫵媚的眼神是送給自己的。

婚禮之後，林老實依然三不五時就到豬勝束來。但是，他不再進入村中。他和瑪珠卡在村外的溪谷邊有了祕密幽會處。他們擁抱，纏綿著。林老實之所以吸引著瑪珠卡，當然不只是因為那些平地人小禮物，而是那些小禮物讓她窺見了外面的大世界。她憧憬，將來有一天，林老實會帶著她去

闖蕩那個未知的天地。每次見面，她都要林老實告訴她，外面世界的新奇景象。她幻想著平地人的市街，平地人的衣物，還有平地人的藝術品。林老實曾經送她一個漂亮的青瓷瓶，上面有漂亮的山水畫。她被那有美麗的圖案及光華表面的瓷瓶迷住了。比起族裡的雕刻，她覺得她更喜歡有彩色的平地人陶瓷。

「難怪媽媽有時會叫父親『騙子』，雖然語氣是親密的。」文杰心中打轉著：「可憐的媽媽。我在成長過程中，只見到媽媽在工作。媽媽一生其實沒有太多機會看到外面世界。在記憶中有一、二次，爸爸帶她去社寮見過楊老爺子；還有一、二次過年，全家一起去了柴城、保力，如此而已。」

伊沙繼續述說往事。

後來拉拉康也常來豬勝束找瑪珠卡。他帶來的多半是他的狩獵戰利品。瑪珠卡並非不喜歡，但不覺得有新鮮感。她知道拉拉康喜歡自己，但她只是把他當作一個好親戚、好朋友。她很有禮貌地對待著拉拉康，但並非熱情。

有時，她困擾著。她是斯卡羅大股頭的妹妹，她的出身是最尊貴的大頭目之家。斯卡羅族有著嚴格的階級傳統，貴族就得和貴族聯姻。這幾年，平地人羅漢腳愈來愈多，這些羅漢腳有些娶了平民階級的斯卡羅女子。即使如此，這些女子會遭受到族人的白眼。她和林老實……唉，她不敢想像，她如果向哥哥提出要嫁給林老實，會是如何大起風波。她一定會被譴責為大逆不道！何況她知道，她的大股頭哥哥對拉拉康的印象不錯。雖然她也不討厭拉拉康，但只有不討厭，並不讓她有婚姻的熱情。她的熱情，在林老實身上，在平地的世界……

拉拉康是一條粗獷漢子，他不但不能摸觸到瑪珠卡的心思，甚至一廂情願地以為他和瑪珠卡的婚事一定會水到渠成。

來到射麻里周圍開墾的平地人愈來愈多了。射麻里的獵場，或射麻里一些較為偏遠的耕地，慢慢被新來的移民侵佔了。這些平地人大部分是�倸羅漢腳。斯卡羅人和這些倸倸，屢有衝突。雖然有些倸倸耕戶把他們的生產作物拿部分繳給頭目，算是納稅納租，但不愉快仍時有所聞。

平地人不論福佬歹人或客家倸倸都喜歡耍心機。例如，高山生番對動物屍體是有忌諱的，斯卡羅族也不例外。而狗是生番最好的朋友，卻是客家人最愛的補品。福佬人反正在海邊，客家人則常與他們爭地。於是有些客家人就設陷阱或誘餌來捕殺斯卡羅人的狗，或吃煮，或將狗屍殘骸丟在斯卡羅人的田地上。斯卡羅人會因忌諱而放棄土地，平地人再趁機竊佔。斯卡羅人自然大怒，於是就出草馘首。平地人則因此對斯卡羅人恨之入骨。如此一再惡性循環，雙方關係就變得很糟。林老實算是個例外，因為他老實，還有，斯卡羅人喜歡他販賣的東西。

*

這一天，拉拉康心情很好。瑪珠卡的兩個哥哥來射麻里作客，伊沙代他向朴嘉留央和卓杞篤提出迎娶瑪珠卡的事。豬勝束的大股頭很高興地同意了，還說親上加親，很好啊。幾個人大樂，全部喝醉。

第二天，拉拉康睡到將近中午，起來要送客，豬勝束的客人卻已經離開了。他呼朋引伴又喝了一攤，回到住屋，已近黃昏，卻看到他住屋斜對角的一株蓮霧樹上，竟然掛了一隻野貓屍體。他當場差一點嘔吐出來。這株蓮霧不但是他的最愛，而且現在已結實纍纍，他正打算過幾天等蓮霧成熟了，要摘一些去給瑪珠卡。現在，死貓掛在樹頭，摘下來的蓮霧，還有誰敢吃？不但今年不敢吃，明年也不敢吃。他這一棵寶貝蓮霧等於是報廢掉了。更糟的是，這棵樹正遙對著他住屋的大門，將來他一出門，就會想到這隻在蓮霧樹頭搖盪的死貓，這真是大觸他的霉頭！

是可忍，孰不可忍。這株蓮霧是果實最大、最甜的一叢，部落裡的五年祭都是用這株出的蓮霧來祭拜。山中這麼多樹，哪一棵不好吊死貓，偏偏要吊在這一棵最好的蓮霧樹上！

附近溪谷對岸新搬來一位傛傛羅漢腳，拉拉康曾經見他在附近開墾，既沒去阻擋他，也沒去要租金，大家井水不犯河水就是。沒想到這傢伙如此惡質，竟想用這毒計讓拉拉康他們自動放棄這株最好的蓮霧叢，顯然意圖用這詭計來擁有這株蓮霧，再蠶食這附近土地。

拉拉康怒不可遏，決定馬上去找那位客家羅漢腳算帳。他手持獵刀，越過溪谷，走向小屋，一面大聲吆喝：「臭傛傛，滾出來，看我宰了你！」沒想到，客家羅漢腳竟然放冷槍。「砰」的一聲，拉拉康右小腿中彈，一陣劇痛，鮮血汩汩流出。拉拉康狂叫一聲，拚著跛腳，衝向客家人屋子，但究竟不支，一個顛簸竟坐了下來。

那位羅漢腳手持鋤頭從屋子跑了出來，衝向拉拉康，高舉鋤頭就要劈下。千鈞一髮之際，拉拉康以單足跪起，以獵刀硬擋，避開了頭頂一鋤，但還是被掃中左肩。拉拉康的獵刀比傛傛的鋤頭短，肩、腳又俱受傷，險象環生。

拉拉康大駭，急忙把獵刀拋了，一個翻滾，欺身過去，抱住羅漢腳雙足，硬是摔倒對方，羅漢腳只好丟了鋤頭，兩人抱住，在地上互搏。幾個翻滾，兩人俱滾落溪水中，猶緊抱互毆。拉拉康左肩受傷無力，被壓入溪水中，喝了好幾口水。正危急中，右手抓到一顆大石頭，拉拉康拚死一敲，傛傛昏厥過去。

拉拉康掙脫爬起，見羅漢腳昏死在溪中。拉拉康本人也肩部、足部血流如注，幾近虛脫，眼前發黑，拚著餘力，在羅漢腳身上補上幾刀，好不容易爬上岸，力氣放盡，暈倒在溪畔。還好不久被族人發現，把他扛回家中。

更大的打擊，幾乎同時發生。

好巧不巧，就是拉拉康受傷的那個傍晚，豬勝束裡也是一場大風波。

那天晚上，豬勝束的勇士們獵到一隻大山豬，全部落集合起來，圍著火炬，吃竹筒飯配烤山豬肉，喝小米酒，眾人都興高采烈。大股頭朴嘉留央和弟弟卓杞篤、妹妹瑪珠卡坐同一桌談天。朴嘉留央的酒癮和酒量都是有名的。那晚他好幾杯黃湯下肚，似醉非醉地瞧著妹妹問：「瑪珠卡，等五年祭過後，我們就來辦妳和拉拉康的喜事吧！」

瑪珠卡顯然覺得突兀，語氣有些不高興：「我可沒說過要嫁給拉拉康，而且人家根本沒有來提親！」

朴嘉留央醉眼惺忪：「要射麻里來豬勝束正式提親還不簡單。拉拉康不是常常來看妳嗎？下次給他一個暗示吧！」

瑪珠卡顯然生氣了，站了起來：「我不想嫁給拉拉康！」

大股頭覺得他的威權受到如此挑戰，也站了起來，大喝：「無禮！」

卓杞篤看到一向好脾氣的妹妹突然變得如此強硬，知道必有原因，忙出來打圓場：「大哥暫且息怒。瑪珠卡，大哥也是關心妳。今天很晚了，大家都累了，明天再好好談吧！」

說完，就拉著瑪珠卡的手，走出戶外。

「瑪珠卡，告訴我，妳是不是另有自己喜歡的人了？」卓杞篤望著月亮，問著妹妹。

「哥哥……」瑪珠卡幾乎快落淚了：「我並不討厭拉拉康，但也說不上喜歡啊！」

卓杞篤又說：「剛剛妳說，射麻里沒有派人來提親。這句話算對，也算不對。」

瑪珠卡不解問道：「這話怎說？」

卓杞篤說：「昨天我和大股頭哥哥才自射麻里回來。莎里鈴生了一個小男生，所以我們帶了賀禮過去。這個妳是知道的。」

瑪珠卡點點頭。

「射麻里的人昨天向我們提親了，不過不是來我們部落裡提親就是。」

瑪珠卡淚珠流了下來：「那麼大股頭是答應他們了？」

卓杞篤點點頭。

瑪珠卡不敢直視哥哥，低著頭，淚水愈流愈多。

「妹妹……」卓杞篤輕拍她的肩膀：「妳另有意中人？」

瑪珠卡點點頭。

「是哪位勇士？可以告訴我嗎？」卓杞篤問，「身分不太高也無妨，說不定我會站在妳這一邊，幫妳向大股頭哥哥講話。」

「我不敢說，你會生氣。」

卓杞篤說：「說吧，我保證不生氣。」

瑪珠卡輕聲說：「如果他是個傣傣呢？」

「是傣傣？」卓杞篤嚇了一跳，不禁叫出聲來。來過部落裡的傣傣屈指可數。卓杞篤猛然想起，有一、二次他看到瑪珠卡和送貨前來的林老實有說有笑。好像，瑪珠卡在把玩著林老實拿來的平地人飾物。

「是那位林老實？」卓杞篤忍住了心中怒火，壓低聲音說：「瑪珠卡，傜傜也好，白浪也好，都專會騙人，妳不要給騙了才好。」

瑪珠卡說：「他正是叫林老實啊！」

卓杞篤愣住了，生氣地說：「瑪珠卡，這下子我也不能幫妳了！」說完，轉頭就走。

第二天將近中午，族人來報，部落裡到處都找不到瑪珠卡。後來聽說有人在猴洞附近看到一位很像瑪珠卡的姑娘。卓杞篤檢查了瑪珠卡的居處。瑪珠卡只帶走少數衣物，卓杞篤送她的小東西，和已經亡故的媽媽給她的一條項鍊。這條項鍊是當初瑪珠卡媽媽嫁過來時，豬勝束大股頭老夫人給這位兒媳的見面禮。瑪珠卡的好姐妹們說，最近瑪珠卡自己也織了一件漂亮霞帔，說是要在自己出嫁時用的，說的時候還燦爛笑著。

豬勝束的大股頭決定把瑪珠卡出走的消息掩蓋了下來，卻不料馬上傳來拉拉康受了重傷的消息。

拉拉康的腿骨被傜傜打斷了，足足躺了近兩個月，才能行走。起先傷口惡化，發高燒好幾天，虧得底子好，僥倖沒死。等復元後，他走路仍是一跛一跛，也不能跑步。更糟的是左肩的筋斷了，從此無法拉弓，箭法、槍法都大失準頭。手腳皆廢，對一位勇士而言，簡直生不如死。

拉拉康希望瑪珠卡去探望他，但他的願望未能實現。

說到這裡，伊沙竟雙眼泛紅，接著清清喉嚨，唱起歌來：

「我為了妳消瘦如Jangav②，

渴望妳豐盛的愛意。

在我心裡，
妳是天上的彩虹，
不管在哪裡，
都是最美的。
我在妳心裡呢？
有如妳頭上那串黃水茄，
我排最後一個。」③

悲悽的男人歌聲，連文杰也不禁動容。伊沙這才說：「這就是當初拉拉康一天到晚唱著的失戀歌。」

拉拉康整口唱歌，唱完就喝酒，喝完了又唱，天天喝得爛醉如泥。他恨一位傣傣奪去他的愛人，另一位傣傣奪走他的健康。因此他恨死了傣傣。

伊沙抹乾眼淚，又繼續說著當年的故事。

更糟的是出現蜚語流言，硬把兩件事扯在一起，說瑪珠卡是因為聽到拉拉康受了重傷，所以拒婚。甚至射麻里還傳出謠言說，拉拉康受傷後，已經不再是個男人，所以豬勝束的大股頭也不願瑪珠卡去嫁給拉拉康，但又不能悔婚，於是就把瑪珠卡藏了起來，對外則暫時宣稱失蹤。

整個射麻里，特別是伊沙和妹妹伊西護弟心切，都責怪豬勝束人不守信用，甚至影響到伊沙與莎里鈴的感情。斯卡羅的兩大部落之間氣氛緊張。朴嘉留央大股頭處境艱難，既無法向射麻里的人交代，又不願告訴豬勝束族人，他的親妹妹已經私奔嫁了傣傣。平民的女兒嫁了外族人已被白眼相看，大股頭家的妹妹不但私奔，對象還是�傜傜，真是大逆不道加上笑話。只有家族中少數幾個人知道這個祕密。對外只宣稱瑪珠卡失蹤了。還好後來豬勝束長老們陪同大股頭、卓杞篤到射麻里親自道歉，還送了許多豬、牛，和其他禮物，射麻里的人才慢慢息怒。

然而，卻輪到朴嘉留央大股頭開始酗酒，有時說話也瘋瘋癲癲的，他有著巨大的挫折感。半年後，他辭去大股頭的職位，讓位給弟弟卓杞篤。卓杞篤因家變而接了哥哥的大股頭位置，心中也有內疚，於是對著祖靈發誓說，將來一定再把大股頭之位傳回給大股頭哥哥的兒子朱雷。

射麻里人迎娶不到瑪珠卡，本認為是被豬勝束人大大侮辱。後來豬勝束大股頭引咎告退，於是伊沙也接受太太莎里鈴的苦勸，接受了新任大股頭卓杞篤的道歉和禮品，兩部落好不容易才又和好如初。

二十多年過去了，瑪珠卡的音訊全無。

自從瑪珠卡失蹤之後，林老實也不再出現於斯卡羅地域。礙於面子，斯卡羅人也不願張揚尋訪林老實和瑪珠卡。沒想到二十年後，瑪珠卡和林老實的兒子卻主動找上伊沙。更出乎伊沙意料之外的是，這個少年竟然不知他們的母親原是尊貴的豬勝束公主。而最令伊沙感動的是，瑪珠卡的兒子是為了拯救斯卡羅族而來的！

伊沙感嘆著。他也沒想到，林老實和瑪珠卡都已離開人世了，而他們的兒子，竟穿著平埔土生

---

②草名。
③排灣族情歌：《百年排灣林廣財音樂專輯》。

仔的服裝。拉拉康因為近乎殘廢和酗酒，在事件的十年後就死了。算一算，弟弟過世也十多年了。連他自己的太太、瑪珠卡的姐姐莎里鈴也過世了。

人事全非了，還計較些什麼？

伊沙沒有說的是，時間一久，怒氣沉澱下來之後，瑪珠卡為了愛所展示的勇氣，讓伊沙和莎里鈴也感動了。統領埔是平地人的地域，又與豬勝束相隔那麼遠，更重要的是瑪珠卡並沒有出過遠門，兩人在當下也似無聯絡。在那樣的狀況下，她是如何找到林老實的？伊沙和莎里鈴都感嘆著愛情所帶來的堅毅表現。

還有一件事是伊沙和文杰姐弟都不知道的，那就是林老實和瑪珠卡成婚之後，又搬了一次家。雖然也算是統領埔，但搬到更偏僻的地方，離其他客家人更遠了。因為兩人都覺得愧對豬勝束及整個斯卡羅族，更因此離群索居，以免瑪珠卡被人認出，連在兒女面前都絕口不提瑪珠卡的出身。所以在瑪珠卡死後，林山產急著回歸人群，卻宿願未酬就先過世了。

第十七章

豬勝束在望了。沿途無人不識伊沙這位射麻里大頭目兼斯卡羅族的二股頭。大家都圍過來，熱情地向他招呼行禮。

牛車駛進一條大路，爬了一段上坡路之後，盡頭是一間大屋。一位壯碩威儀的男子已站在大門口迎接。他右手持著一把青銅刀，頂著地面，架式十足。

「沒想到大股頭親自出來迎接，謝了！」伊沙感到很有面子。

松仔等三人心中也很高興，見到卓杞篤，此行算是功德圓滿了。

文杰望著四周山巒，這間屋子大約是部落最高點，極目所至，豬勝束族人小屋，盡在眼下。

卓杞篤看到和伊沙一起來的，竟是三位平埔土生仔打扮的小伙子，禁不住狐疑地問著：「這三位是……？」

「大股頭，入內再說吧。」伊沙挽著卓杞篤的手：「這一趟，我可是專程帶他們來的。」又轉過頭來向文杰說：「叫聲阿舅吧！」

卓杞篤一頭霧水：「這位是誰的小孩，幹麼叫我舅舅？其他兩人又是誰？他們不都是平地人嗎？」

伊沙說：「請大股頭準備好，不要吃驚。我替你把瑪珠卡的兒子給找到了。恭喜大股頭，這小伙子不但長得俊，而且資質不錯喔！」

卓杞篤像是被雷打到，更加錯愕，然後瞇著兩隻眼睛，端詳著文杰：「你真的是瑪珠卡的兒子？」邊說邊端詳著文杰的長相。文杰的臉，確實像是瑪珠卡的翻版，特別是那張細長的闊嘴。

文杰有些怯生生地點點頭。

卓杞篤蹲下身來，雙眼望天：「祖靈在上啊！祖靈在上啊！」然後轉向伊沙，連珠砲似的發出幾個問題：「那麼瑪珠卡呢？你是怎麼遇到他的？有什麼證據？還有沒有其他小孩？」

伊沙笑著說：「大股頭，請別急，讓他慢慢說給您聽。今天總算解了那個大謎團。我們來，另有原因。主要是為了有洋人砲船要來找我們麻煩呢。這些土生仔說，洋人指定了您這位斯卡羅大股頭呢！請大股頭您指示我們該如何處理。公事為先吧！」

卓杞篤擺出大股頭的架式：「好。來，我們一件一件說清楚。第一件，洋人砲船是怎麼一回事？」

於是文杰先向卓杞篤稟告有關「鸕鶿號」到社寮港口的來龍去脈。伊沙也補充，已派了射麻里勇士馳援龜仔甪。卓杞篤邊聽邊點頭，也詳細問了一些細節。

卓杞篤說：「龜仔甪人殺死洋船水手的事我也聽說了。巴耶林正為了誤殺一位女洋人，煩惱得很呢。」伊沙點頭說：「我也聽說龜仔甪是發生了一些怪事了。」

卓杞篤說：「洋人兵船很厲害嗎？他們已經知道是龜仔甪人幹的嗎？」

文杰回答：「洋人昨天到社寮時，還未確定。不過，他們的船繼續往南走，大概遲早會知道。」

松仔說：「我們就是害怕洋人會報復，所以……」

卓杞篤打斷松仔的話，轉頭對文杰說：「洋人的事情我知道了，我自會處理。龜仔甪的事，就是我們的事。他們雖不是正統斯卡羅族，但與我們關係匪淺。你的大舅媽，就是龜仔甪嫁過來的。對了，等一會兒，我帶你們去介紹給大舅父、大舅媽，還有你們的表兄妹們。」又拍了拍頭目座椅，補充說：「這位子原來是你們大舅父的。他為了你媽媽的事自責很深，就不幹了。」

松仔又急著插嘴：「大股頭，洋人砲船很厲害，所以社寮小頭人棉仔大哥憂心洋人對你們不利，要我們來傳話。請您們小心應付。我希望我把話傳到了。」

卓杞篤嘿嘿兩聲：「龜仔甪的人殺人是不對。可是……嘿嘿，過去紅毛對我們的老祖宗就沒亂殺嗎？」說完，往地上吐了一口檳榔渣。

卓杞篤似乎有些不耐煩：「回去告訴你們社寮頭人，謝謝他好心通報。」說著站了起來，將青銅刀用力往地上一敲。大股頭敲著青銅刀時，伊沙不自覺地把胸膛挺了起來，更顯氣勢。後來，文杰終於了解，卓杞篤是青銅刀不離身的。這把禮刀，象徵著他作為大股頭的威儀與權力。

卓杞篤卻又露出笑容，誇獎起伊沙：「昨晚二股頭派射麻里勇士報訊兼增援，正確！他們不敢上岸的。而這樣一來，巴耶林一定有準備，不必太害怕。巴耶林我很了解，他打不過，會逃！而一逃到叢林內，呵呵……」大股頭低笑兩聲，似乎很有自信：「洋人找不到他們的。」大股頭淺淺一笑：「不過，我還是派幾個腳程快的先去探個消息。」

伊沙面露得意之色，說：「我昨天派手下去時，已指示他們，自今天中午起，每半天，必須有一人回來報告狀況。如果有緊急事件，當然更不在此限。今晨我離開射麻里時也已交代，有任何回報，馬上接力傳遞過來大股頭這邊。所以最慢今天日落之前就有訊息自龜仔甪傳來。」

卓杞篤拍著伊沙的肩膀，表示嘉許。沉思一下：「你們射麻里派了二十五名勇士去龜仔甪，那麼我也派二十五名勇士去射麻里，作為後援。萬一有事，也可以回報。」然後笑著向伊沙說：「好。正事處理完了，可以談談我家族的事了吧。」

文杰想，這位大股頭舅舅做事真不含糊。

卓杞篤示意文杰講他自己的故事，愈詳細愈好。他聚精會神地聽著，顯然不想漏掉任何一字一句。

文杰自他小時候說起，談起父母的日常生活，他們一家的過往，談到母親如何被毒蛇咬而毒發病逝，談父親如何意外身亡，再談到如何被棉仔與松仔一家收養，以及如何因為洋人砲船來訪，所以他來向斯卡羅部落報訊。等講完他如何到了射麻里這一段，伊沙就接了過去，口沫橫飛，指手畫腳談著，很得意自己從文杰的佩刀認出了他的身分。

等兩人敘說完畢，卓杞篤卻仍挺直坐在他的頭目椅上，閉著雙目，不發一語，但看他胸膛起伏，可以知道他極其激動。

久久，他才站了起來，倒了一大杯小米酒，一飲而盡。放下酒杯，低聲說：「我對不起瑪珠卡。而我認為，是瑪珠卡藉你回來報訊的。瑪珠卡惦記著她的族人安全！」說完，抬起頭望著伊沙：「謝謝二股頭替我找到甥兒，更謝謝你不咎既往，送他們來。豬勝束永遠謝謝你。」

等送走了伊沙，他先要文杰脫下平埔裝，換了豬勝束衣著。望著穿著豬勝束裝的文杰，不禁又憶起亡故的妹妹，強忍著不讓淚水流出。他站起身，背對著文杰問：「你可知，你母親為什麼終生隱姓埋名，不願透露她是來自豬勝束嗎？」

文杰尚未回答，卓杞篤已走到屋角的一個褐色大陶甕旁。奇的是陶甕的上沿非常不整齊，有許多缺口。卓杞篤把手伸入甕中，自甕裡掏出一大塊與陶甕顏色、質地都相同的碎片來，向文杰說：「我們斯卡羅姑娘出嫁時，父母都會自這個代表家族的陶甕，敲出一塊交給新娘子，代表自這個家族分支出去的。例如你們看到的這個陶甕，就代表我們卡魯嘰古嘰（galujiguji）家族。」

卓杞篤說：「那天一大早，大家找不到瑪珠卡時，只有我心中明白，瑪珠卡是離家出走了。那時，我馬上就後悔了。

「瑪珠卡前一晚鼓起勇氣告訴我，她想嫁給林老實，不願嫁給拉拉康。她當然是希望我能幫她向大股頭哥哥和其他族人說項，結果我反而翻臉就走。那天晚上，妹妹一定覺得萬念俱灰。在豬勝束和林老實之間，她毫不猶疑選擇了林老實。於是，出走成了她唯一的路。

「她雖然帶走母親送她的項鍊和她自織的霞帔，但她無法擁有代表我們卡魯嘰古嘰家族的甕片。她自認她已不被視為卡魯嘰古嘰家族的成員。

「我想，也因此，她十幾年來不願向你們透露身分。因為這是她心中無以言喻之痛，讓她難以啟口。」

卓杞篤望著手中的甕片：「這塊甕片是當天早上大家都慌亂一團，出去尋找瑪珠卡時，我趁著這正屋沒人，偷偷敲下一塊，然後奔出莊外，希望能追上瑪珠卡。如果能勸回她最好，如果勸不回，就把這塊甕片送給她，讓她知道，我們兄弟仍然認定她是卡魯嘰古嘰家族的一員。沒想到我一直奔跑到太陽下山，仍然看不到瑪珠卡的蹤影，於是我只好回到這裡，再悄悄把這塊甕片放進甕內。那時，只有擔任大股頭的哥哥朴嘉留央才是我們家族之長，他才有權力敲下甕片，我是沒有這個權力的。

「瑪珠卡這二十多年都沒有回到部落來，是我的錯。她堅持嫁給你父親林老實，當然是很讓豬勝束沒面子。但我沒想到，兄妹卻因此情斷恩絕，如今天人永隔了。」

文杰發現，大股頭竟然淚水盈眶。「就連你父親，也從此之後不曾出現在斯卡羅地域，以保住我們斯卡羅的面子。唉……瑪珠卡太倔強了，而我當時則太絕情了。

「感謝瑪珠卡和祖靈的安排，讓你能回歸媽媽的家族。」大股頭雙眼泛紅，舉頭向天。

卓杞篤睜開雙眼，過來往文杰肩膀一拍：「來，文杰，我來引導你在部落繞一圈，也見見你們的長輩與平輩。」又對松仔說：「這位兄弟就先回去覆命。祖靈領著文杰回到媽媽的家族，應該在這裡多住幾天再回去。我自會派人護送，不必擔心。」

松仔瞧瞧文杰，有些尷尬。文杰笑說：「你就聽大股頭的話先回吧。幾天之後，我就會回去的。」松仔堅持說：「我不能把你丟下，這樣對蝶妹不能交代。我叫冬瓜仔先趕回向棉仔報告。」卓杞篤大笑：「你這大朋友倒也夠意思。好吧，看在你們照顧文杰面上，你們都可留下來，要住多久就住多久。還有，什麼時候我也見見我的甥女。」松仔要冬瓜仔先回社寮，自己則到客房住下。

卓杞篤向文杰說：「我只有兩個女兒，沒有兒子。女兒都比你大上好幾歲。」他先叫來兩個女兒，然後領著文杰進了隔壁屋子。一位胖婦人出來相迎，大股頭說：「你們拜見大舅媽吧，她就是龜仔用嫁過來的。」婦人笑呵呵的，但當卓杞篤說要見大舅朴嘉留央時，大舅媽竟有些不好意思地說：「唉，這對父子啊，大白天就喝醉了。」果然看到二個男人，一老一少，老的呈大八字睡倒於地，少的也爛醉如泥，趴在桌上，無法起身迎接，只是字不成句地叫著：「大股……股頭……」

卓杞篤正待發作，大概又覺得哥嫂在旁，忍了下來，只罵：「朱雷，你怎麼才中午就喝醉！」說著，把朱雷拉了起來：「以後沒到太陽下山不准喝酒！」說完轉身瞄了文杰一眼。

卓杞篤臭著臉走出了屋子，再不發一語。他要女兒帶文杰了解一下部落，自己先回屋去了。

第十八章

正事既畢，賈祿、布羅德等一行人又回到船上。蝶妹步上甲板後，倚著船舷，向岸上眾人不停揮手。一刻鐘後，鸕鶿號一聲鳴笛，繼續沿著福爾摩沙的海岸南駛。

萬巴德和蝶妹在船舷邊用福佬話聊天。萬巴德的福佬話還不足以表達一些細膩想法，有時得把福佬通譯叫來幫忙。蝶妹沒想到可以和萬醫生用福佬話溝通談天，萬醫生也沒想到福爾摩沙有如此聰慧女孩主動要向他學習，兩個人都很開心。

萬巴德問蝶妹何以想學習這些醫療技術？蝶妹把母親及父親身故的經過敘述了一遍，又說，她覺得如果她父親有幸能得到萬巴德的治療，說不定可以保住一命。萬巴德被她深深感動了，他覺得蝶妹有孝心，又聰明有主見，倒真是個學習醫護的材料。他向蝶妹表示，他願意帶她回打狗的醫館。蝶妹說，學習這些要多久？萬巴德想了想，說：「至少一年，且必須先學一些英文，因為有些醫學的專有名詞，無法以福佬話表示，非用英文不可。」蝶妹對學習英文也表示濃厚興趣。但是她說，她希望每隔一段時間回去社寮看看。萬巴德也同意了，蝶妹大樂。

萬巴德又告訴蝶妹，即使在英國，現在學習照護病人的女生也不多，算是開風氣之先。萬巴德說，有一位了不起的女性叫南丁格爾，在十多年前克里米亞戰爭時，親臨戰場救助傷患，她的悉心

照顧，極為成功，讓傷患非常感動，稱她為白衣天使。南丁格爾回到倫敦後，在六、七年前成立了一所護理學校，專收女性。大家很尊敬南丁格爾，也開始重視護理學校。但因為英國中上階級仍然保守，觀念尚未普及，投入的女性還不多。萬巴德說，如果蝶妹學會了英文，將來說不定可以到倫敦去進修。蝶妹吐吐舌頭，這我可不敢想，待我先學會英文再說吧！

賈祿等當初要求社寮人提供一名會生番話的通譯，原本不抱太多期望，最後卻峰迴路轉，來了一位聰穎秀氣的姑娘，有些喜出望外。更妙的是，這位少女所附帶的條件，不是金錢，不是物質，卻是「知識」，或者更精確說，是「醫術」。這讓他對這少女刮目相看，也對福爾摩沙人刮目相看。等到大家了解這少女的母親竟是生番，更是訝異。他們眼中的野蠻生番，竟然能養出如此出眾的女兒！

另一方面，眾人開始促狹萬巴德，說這位英俊醫生被福爾摩沙美女看上了。萬巴德紅著臉說：「不要亂開玩笑了，人家是真心好學向上，而且動機來自父母的不幸遭遇，蠻感人的。」

約一小時之後，大家果然遠遠地看到如倖存的廣東人廚子德光所形容的一座獨特聳立、氣勢不凡的山。山頂陡角而下，形成一個美麗的三角形，一見就印象深刻。不少船員情不自禁，連連讚嘆。有人說，這像是埃及金字塔的頂端凌空飛來，但這山整體而言，更見幾何美感。有船員甚至取出畫紙描繪。再片刻，船到了福爾摩沙的最南端，於是繞過一個岬角①，轉入南灣。

福爾摩沙的南面海岸，隔著巴士海峽，和呂宋島遙遙相望。船沿著海岸，緩緩而行。一行人很確定，羅妹號船員遇襲之血腥海岸應該就在這一帶了。

船上有望遠鏡的，都舉鏡向岸上望去。這裡的海岸，沙岸、岩岸交錯，海濱偶有巨石。離岸不遠處，即是山坡，坡度約三十度左右，山高則自一百公尺至三、四百公尺。海邊也是一大片矮林，樹幹明顯，葉長而多刺。萬巴德知道這是福爾摩沙海邊的特殊植物——林投樹，當年在安平的荷蘭人曾經誤認為鳳梨。他想起德光的描述，大家有同感，應該很接近殺人生番地域。再一會兒，岸邊果真出現形似船帆的巨石，更印證了德光的說詞。就是這裡沒錯了。繞過一個小半島之後，突然眾人齊聲驚呼，原來半島背後的小海灣深處沙灘，正躺著一艘舢舨，微有破損，顯然就是羅妹號水手所搭的小船。

沙灘上空蕩蕩的，除了舢舨之外，空無一物。遠處叢林內也無動靜。雖然已是下午四點多，但陽光依舊耀眼，能見度很好。

布羅德向賈祿說：「趁現在還算光亮，我們放幾艘小船過去，大約五點可以登岸。如果太陽下山是六點，還有足足一個鐘頭的時間可以搜索。」

賈祿回答說，他尊重布羅德是軍事行動行家，但他有些疑慮。如果土著應戰，先遣部隊天黑時一定回不了大船，加上地形又不熟，那麼這些人是否將陷入險境？布羅德高傲的說，當年他們進攻大沽口，面對清國僧格林沁的精兵都勢如破竹，這些野蠻人有什麼好怕的？土番若敢現身，則上岸的軍士用槍，加上船上大砲轟擊，土番能不抱頭鼠竄？

蝶妹在旁，雖然聽不懂他們在討論什麼，但自他們的認真神情及熱烈討論，已猜到八九不離十可能準備要動手。於是她趕忙向萬巴德說：「賈祿大人不是已經要社寮頭人派人去生番部落傳話？

---

①今貓鼻頭。

傳話需要時間，而且山路崎嶇，至少也得半天甚至一天。希望你們白人守信。如果匆匆上岸，有可能造成誤會，引發衝突，那就前功盡棄了。」

萬巴德覺得蝶妹言之有理，就向賈祿反應。賈祿本來就想穩紮穩打，於是要求布羅德等到明天一早再行動。布羅德悻悻然，一臉不悅。

漸漸長日將盡，萬巴德倚在船舷，欣賞著海面落霞。福爾摩沙的夕陽，一輪火紅，映著海水，發出金黃的光芒，反射到天空。天空中，海鷗成群低飛，聒噪地叫著，讓他覺得生命充滿活力。亞伯丁看不到這樣的景色，亞伯丁的霧太濃，海水太冰涼，連落日都是冷冷的。蘇格蘭海邊的山，也大部分是光禿禿的，林木不多，這裡則滿山翠綠。萬巴德望著藍天青山碧海紅霞，既讚嘆於福爾摩沙之美名不虛傳，又驚悚於翠綠山巒之內竟是食人土番，不禁有感。

鸕鶿號停在巨石遠處。賈祿和布羅德審視著這一帶的地形地勢，研究如何上岸。而自這角度望去，那座山的山勢更詭異了，像一個直角三角形的山形，似乎充滿神祕。怪異的山，傳說中的食人生番，加上海邊眾多的礁石，船員們都覺得心情毛毛的。

天黑了，鸕鶿號也停在海面，等待天亮。

第十九章

在黑夜中，蝶妹的心裡忐忑不安。當她同意上船擔任翻譯時，並沒有料想到會出現衝突場面。她單純地以為只是作為船上洋人和島上住民雙方相遇時的翻譯人員，協助溝通。現在她開始緊張了。在初春夜涼如水的晚上，蝶妹手心冒著冷汗。她沒有睡，斜坐在甲板上，倚著船艙，望著天上的星斗，思緒如麻。

有腳步聲傳來，她舉頭一看，是萬巴德醫生。萬巴德輕柔地問：「睡不著？」蝶妹點點頭。萬巴德是高大的，特別是蝶妹坐在甲板，自下往上仰視。今晚風平浪靜，蝶妹望著萬巴德，望著船體，望著四周的大海，這是她未曾料想到的際遇與人生，霎時之間，竟有置身夢中的感覺，如真似幻。

蝶妹站了起來，深深吸了一下鹹鹹的空氣。她的高度還不及萬巴德的肩膀。萬巴德說：「這海面上星空好美。」蝶妹問道：「今天中午，領事先生說你是蘇格蘭出身的，你們又是英國人。到底英國和蘇格蘭是同一地方？還是不同地方？」

萬巴德哈哈大笑，說妳怎麼會想到這麼難以解釋的問題；「英國」是國家，但正式的名字是「聯合王國」（United Kingdoms），「蘇格蘭」是其中一邦。談了半天，萬巴德卻發現蝶妹完全沒有國家的觀念，她知道「大清國」，但並不認為自己是大清國的人，也不知道大清國皇帝與她有什麼關係。萬巴德想到他在打狗聽到的一句「天高皇帝遠」的話。而瑯嶠，更是連皇帝都管不到的地方。他想，瑯嶠的居民真是很不同的一群人民，他們沒有國家，沒有政府，沒有君王，看似貧乏落後，卻似乎又井然有序，樸實自由。在福爾摩沙，不只瑯嶠居民，他在六龜里、萬丹等地看到的平埔原住民也大致如此。大家自我管理，也自成格局。他相信福爾摩沙的高山原住民也是如此。不可思議啊，他想。

第二天天方破曉，蝶妹看到布羅德早已迫不及待拿起望遠鏡向岸上觀察。昨夜，蝶妹望著那一片漆黑的山巒，她向觀世音菩薩祈禱，希望洋人和龜仔角社不要發生戰鬥。萬巴德安慰她，洋人是來救助遇難船員的，不是來戰鬥的，否則他一介醫生也不會在這艘船上。蝶妹聽了，寬心不少。

洋人待她還不錯。萬巴德就不用說了，賈祿對她也頗親切，在用餐時，還拿了一塊麵包給她，要她試試。倒是布羅德，對她好像頗有敵意，特別是昨天下午賈祿採納蝶妹的意見，而阻止了他立刻上岸搜索之後。蝶妹覺得白人對她還好，反而是那位來自台灣府城的福佬通譯，讓她覺得很不舒服。蝶妹覺得他看著她時，帶著鄙視的眼神，卻又時常在旁邊賊眼溜溜地偷窺著她的一舉一動。

賈祿的想法是，如果有人脫逃倖存，應該在叢林中，不會在海岸邊。事件發生已經十四天了，看來機會很小，倖存者沒有理由依然在這一帶逗留，除非重傷。賈祿的重點是，若有被生番俘虜拘禁的水手，希望能經由和土番談判贖回。若有受傷，醫治為先，所以他帶了萬巴德及另外一位船醫。如果真的已無活口，那麼也儘量把遺骸遺物帶回，以慰死者，對死者家屬也算有所交代。雖然遇難的船是美國船，但英國是唯一在福爾摩沙設有領事館的西方國家，救人責無旁貸。

布羅德向賈祿報告說，巨石背後的海灘上，除了羅妹號的殘留舢舨之外，看不到任何人影，也看不到其他動物。倒是在另一邊的海灘上，可以看到有七、八頭野牛。賈祿問道：「那山上是否有人？」布羅德望著墨綠的山頂，聳聳肩說：「黑黝黝的，看不清楚，但應該沒有人吧。」傲氣地笑了一下，又說：「我倒希望能看到生番，讓我抓一、二個到船上來審問。」

大家吃了早餐，就開始依布羅德的編隊準備上岸。布羅德令船員放下三艘小艇。布羅德和賈祿在第一艘救生艇，福佬通譯也編入此船。賈祿說，上了岸，如果遇到生番，由福佬通譯把他的英文翻成福佬話，再由蝶妹把福佬話翻譯成生番語言，反之亦然。賈祿說，語氣要和緩一些，他也不希望因言語誤會而滋生事端。第二艘快艇上是一位海軍軍官、船醫和蝶妹。萬巴德在第三艘巡邏小艇上。蝶妹回頭尋找萬巴德，萬巴德也正在看她，兩人揮手互相招呼了一下。

前二艘小船準備上岸，第三艘則在附近水域巡迴，與岸上保持三十碼距離做作為掩護，以防有敵人攻擊時可以隨時救援。

三艘小艇慢慢靠近海岸。今天是個大熱天，陽光耀眼，能見度很好，沙灘上除了被棄置的舢舨，空無一物。山巒在陽光照耀下也看不出有任何動靜。這一切都太安靜了，安靜得有些詭異。水手們小心翼翼繞過岸邊的黑色礁石。小船靠岸，六人上了岸，拿起裝備，準備前進。

才走出不到幾十步，突然一陣槍聲劃破長空，在離眾人一、二十公尺之前的沙灘上揚起許多塵土。幾乎同時，好幾朵白煙自遠處山林中冒出。幾位白人立即伏倒在地，蝶妹則嚇得蹲了下來，這是她完全沒想過的恐怖場景。

槍聲沒有繼續，眾人慢慢站了起來。只有蝶妹還蹲著。白人也不理會她。大家互相望了望，似乎人船無損。眾人不敢亂動，全部望著賈祿與布羅德。

萬巴德也大吃一驚。雖然他的船離岸尚遠，但這是他第一次發現自己身處戰場。

「幹，」布羅德罵了一聲粗話，「這些番鬼竟然有槍！」

大家停住腳步，望著賈祿。賈祿說，大家分散開來，各找掩護，小心了。

正猶疑間，第二排槍聲又響起。這次硝煙冒出的地方與方才卻又不同了，而且差距頗遠。英國人開始開槍反擊。槍聲震耳欲聾，蝶妹本能地往後奔跑，躲到一塊大石之後，掩著耳朵，淚水流了下來。

賈祿望著面前揚起的塵土，槍彈落地點與第一排槍幾乎是一樣的地方。他們望向叢林，林深不知處，敵暗我明，非常不利。賈祿知道，這二排槍都落在同一地方，顯然是警告。他訝異於土番槍法之準確，真不可小覷。他警覺了，如果硬要往前走，必然有人喪命。

賈祿把手向後揮，下了撤退的命令。蝶妹雙腳發軟，好不容易回到小艇。這時，鸕鶿號開始反擊了，他們確定上岸船員已經回艇，於是開始盲目向山邊開槍回擊。土人的第三波槍聲又起，這次，有槍彈落在離賈祿不遠處，擊中小艇側身，海軍船醫隨著大叫一聲，手臂中彈。

回到鸕鶿號上，布羅德一臉怒氣。堂堂大英帝國砲艦，竟然被福爾摩沙島的土番逼退，而且連敵人長得什麼樣子都未見到，這個臉如何擺！

「總要給這些生番一點顏色看，怎能讓他們如此囂張！」布羅德恨恨地說。兩分鐘後，鸕鶿號的主砲發出巨響。一顆大砲彈，畫出美麗的弧線，落在半山腰，土石炸開，樹木傾倒，滾落到山腳，間雜著土番的驚叫聲，大概是受傷了。布羅德大聲怪叫：「炸死這些番鬼！」又下了一道手勢，表示繼續開砲。

第二顆砲彈在空中的弧線一樣美麗，但是落到山上之後，雖有落地之聲，但只揚起小陣塵土，顯然這次成了未爆彈。布羅德非常洩氣，一語不發。

蝶妹成長於獵戶之家，對槍彈聲並不陌生。只是原先並未料想到會捲入戰局，大為驚嚇。此時，她慶幸自己毫髮無傷。驚魂甫定，卻又看到鸕鶿號巨砲威力驚人，不知是否造成山上土番的傷亡，一顆心又不安起來。這時，萬巴德走到她身邊，她突然滿腹委屈，哭出聲來。

鸕鶿號迅速轉彎回航，預定傍晚回到打狗。萬巴德站在鸕鶿號的甲板上。一樣的天空，一樣的太陽，但是心情已和昨天完全不同。昨天是觀光旅遊加醫療救人的好心情，在今天短短不到半小時的震撼教育後，已經消失無蹤了。他領悟到，身為驕傲的大英帝國子民，即令他自認是與世無爭的海關醫生，也免不了要捲入一些軍事是非。船又駛經瑯嶠灣，社寮遙遙在望。他想到昨天見到的那些包著頭巾的平埔熟番。他喜歡這些平埔人，他們看來善良、單純、好客。他又看了一下癱坐在甲板上的蝶妹。「但是他們也是福爾摩沙人，該不會有一天也必須和他們為敵吧？」萬巴德想。

七年後，這個疑慮竟然差一點成為事實[1]。

[1] 見四三一頁註②牡丹社事件。

第二十章

同一天的黃昏，豬勝束。

卓杞篤辦了一個簡單的宴席，邀請了當年因為妹妹拒婚而辭去大股頭的哥哥朴嘉留央、哥哥的四個兒子、射麻里的伊沙以及松仔。

大家就座後，大股頭說：「今夜是個家宴，目的是要感謝祖靈和瑪珠卡讓文杰回家，而且是為了斯卡羅族的安全而來。今後，瑪珠卡和她的兒子文杰再度屬於這個家族。」

哥哥朴嘉留央自辭去大股頭之後，就不問世事，終日飲酒。這時望著文杰，只有一味癡笑說：「好啊，好啊。」

哥哥的四個兒子，以朱雷為首，似乎和卓杞篤並不太親近，自喝自的。

宴會之中，有射麻里的人來報：紅毛兵士在龜仔用登陸，但被擊退。紅毛自船上發射了兩門巨大無比的砲彈後，撤走了。龜仔用人有兩位受傷，但不嚴重。全部落歡騰，準備慶功。

捷報傳來，伊沙站起來大聲歡呼。松仔和文杰則感到此行任務完成，功德圓滿，也喜不自勝。但卓杞篤只淡然一笑，不置一詞，讓伊沙覺得沒趣，重又坐下。卓杞篤拍拍伊沙肩膀，敬了他一杯：「龜仔用沒事固然很好，但我還是比較感謝你把我甥兒帶回來。」頓了一下，又說：「二股頭，你想紅毛船會不會再來？」伊沙一怔，心想：「大股頭總是能考慮到下一步。」

第二天一大早，卓杞篤帶了朱雷四兄弟，以及文杰和一些族人出去打獵。文杰和父親學過狩獵，身手竟也不差。而文杰會說多種語言，還會寫字、念書，讓卓杞篤很是訝異。

卓杞篤習慣早起。他喜歡一大早坐在離他屋子不遠的小水潭邊，望著山澗溪流沖下來的小瀑布沉思。有時，會站起來向山下狂號幾聲。

這一天，他坐在潭邊的時間特別久。直到露水都消失了，他才倏然站起，尚未走到家門前就急切叫喊：「文杰，文杰。」看到文杰走出來，他露出滿意的笑容。

卓杞篤這一天的沉思，改變了林文杰的一生，也影響了豬勝束的未來，甚至福爾摩沙的未來。

*

幾天後，經過一個隆重的儀式，女巫師的祝福，林文杰的雙手手腕多了兩個代表斯卡羅頭目家族的紋身，正式成為斯卡羅族大股頭卓杞篤的養子。此後，他去掉「林」姓，只保留「文杰」的名字。八年後，清國政府到來，他又被改姓「潘」，成為潘文杰①。

---

①見七十二章四三〇頁。

第二十一章

斯卡羅大股頭卓杞篤帶著他新收的養子文杰，來到射麻里，觀賞龜仔用及射麻里「擊退紅毛船」一役的戰利品：一枚有大山豬那麼重的巨砲①。

龜仔用為了答謝伊沙慨然相助，慷慨將巨砲贈送給射麻里。巴耶林並協同拖著巨砲翻山越嶺，幾乎花了一整天才運抵射麻里。龜仔用本不屬於斯卡羅族，巴耶林甚至有時還會與斯卡羅人有零星衝突。但經此一役，巴耶林也把卓杞篤奉為頭頭。現在，巴耶林也專程到射麻里，恭候大股頭蒞臨。

當文杰隨著大股頭到達時，兩位大頭目親至部落外去迎接。文杰初見巴耶林，嚇了一跳。因為幹了這個驚動國際的南灣海灘大屠殺，在洋人心目中的「凶殘生番頭目」，竟然身材矮小，也不壯碩。相反的，巴耶林小個子小臉小鼻子，戴個各種顏色花朵編成的頭冠，中間插著一支大鷹羽。人雖矮小，但動作敏捷，一對眼睛炯炯有神，總是目光四望，兼又聲音尖銳，讓文杰想到在這山區很猖獗的田鼠。

巴耶林迫不及待地在回到射麻里的半路上，滔滔不絕地向卓杞篤誇耀他的部落擊退紅毛船的經過。不待社寮人的傳話與射麻里勇士的來到，他早就自山上崗哨發現紅毛船的蹤跡，而且斷定來者不善。他說紅毛的船身好大，也看到很粗的砲管。他馬上召喚全部落勇士，分配好戰鬥位置，隱身在叢林後，還有一些爬到樹上。

「紅毛船隻出現的黃昏，我們就緊盯著他們，一刻也不放鬆。」他口沫橫飛：「紅毛船一直在海上繞圈子，我判斷他們一定是在等待第二天早上行動。整個夜晚，我們派人輪流緊盯著紅毛船，其他人輪番睡覺。」文杰注意到，儘管卓杞篤一直稱呼「洋船」，但巴耶林似乎堅持使用「紅毛船」、「紅毛人」的字眼。

巴耶林向伊沙做了個感謝的手勢：「謝謝二股頭。接近午夜的時候，射麻里援軍到了，而且都帶著火繩槍，兄弟們更是軍心大振。」

卓杞篤卻不回應，只是冷冷地望著前方，繼續快步走。巴耶林似乎未注意到，依舊說得口沫橫飛。他說話多，速度又快，與卓杞篤的寡言慢語，正好成對比。

「第二天早上，大船放下來三艘小船。有六個人上了岸，我想這六個人是來探路的，船上應該至少還有六、七十名紅毛戰士，那比龜仔角用的戰士人數還多了。我判斷他們一定是與半個月前我們殺掉的那些人有關。我在心中盤算，殺那六個人沒問題，但如此會引來船上六、七十名紅毛兵都上岸來打，那可就糟了。而且，有件事很奇怪，六人之中有一位不是穿著紅毛衣著，反而好像穿著我們最常穿的紅白相間條紋與格子外套，而且看上去像是個女子。我們上次誤殺了一位紅毛女，已經

①見水野遵（四三三頁註⑤）所著《台灣征蕃記》。

把部落裡搞得雞犬不寧，所以這次我特別小心。我命令手下，槍彈要打在他們面前大約三十步的距離，只要嚇阻他們上岸就好，特別是不要傷了那女子。後來他們開槍了，我才下令反擊。我手下說，好像有一、二位紅毛好像受傷了，被同伴撐著回去。」

卓杞篤仍然沒回應，也面無表情。

「那些紅毛退了，但在臨走時自船上發射了兩顆大砲彈。紅毛竟然可以把這麼大的砲彈打這麼遠，一口氣打到半山上，嘖嘖，紅毛真是厲害。」巴耶林扮了個鬼臉。

「第一顆砲彈炸斷了好幾株大樹，而且起火燃燒，還有大塊土石崩落，許多大樹的根都露了出來。祖靈保佑，我們只有一位勇士被打傷了，另一位被砲聲嚇到不慎滑下山坡擦傷，但都無大礙。

「紅毛接著又打了第二顆砲彈。祖靈保佑，這顆砲彈沒有爆炸，紅毛等於放了一個大響屁。那顆砲彈足足有山豬那麼重，我們抬到了這裡，請大股頭來欣賞，哈哈哈！」

巴耶林講得手舞足蹈，樂不可支。文杰覺得巴耶林臉長得像田鼠，姿態則像猴子。

文杰在旁邊想，真沒見過那麼喜歡說話的生番。他覺得生番大都不愛說話，像媽媽便是話少，少到連自己是豬勝束公主都不給小孩知道。爸爸也不是那種嘮叨的人。

卓杞篤這才突然開口，以叱責的語氣問巴耶林：「你幹麼殺光那些洋人船員？」

巴耶林沒想到卓杞篤的反應卻是如此，嚇了一跳，停下腳步，大聲辯解：「我想他們是紅毛士兵啊！那時我們自山上望下去，他們搭著二條小船過來，我們也不知道他們是船難逃生者啊！我們以為是紅毛軍隊分批進攻啊！祖先有說，很久以前紅毛白海上殺進我們龜仔甪，幾乎把全部落都殺光了！所以看到他們，我直覺認為是紅毛兵又來了！」

巴耶林似乎有些委屈連自己人的大股頭都責怪他，愈說愈有氣：「豬勝束和射麻里沒有經歷過那樣的浩劫，不能體會的！

「何況，我們也請示了祖靈，祖靈也說我們做得沒錯！」巴耶林說得理直氣壯。他個子雖小，但說起道理來，倒也威勢逼人。

卓杞篤語氣轉為溫和：「好吧。可是你又幹麼把婦人也殺了？」

巴耶林以拳頭敲了一下頭，說：「那時我也不知道那個人是女的啊。她長得比我還高大許多，又穿著水手服，直到頭砍了下來，我們才知道是女的。我也懊惱不已啊！而且她死後，龜仔用也不太平安，所以我們請了女巫師禱告，請她不要生氣……」

卓杞篤打斷他的話：「那些洋人有帶武器嗎？」

巴耶林搖搖頭，頭低了下來。

卓杞篤說：「那麼你們應該先把他們抓住關起來再說。馘首要有理由的。」

巴耶林無言以對。

卓杞篤又說：「這次你們僥倖獲勝，但事情並未了結。洋人和白浪或傣傣不同，他們有大船，有大砲。你們說，洋人士兵不會再來嗎？」

巴耶林似乎不服氣，但又不知如何回答，只是望著卓杞篤。

卓杞篤嘆口氣：「唉，總之，事已至今，就要好好準備應對洋人了。」

卓杞篤又說：「還好巴耶林這次有節制，沒有弄得不可收拾。大家好好想想，下次洋船再來要怎麼辦吧。」

卓大股頭又告訴巴耶林，洋人也分好幾種。那艘船不是紅毛，屬於其他白人族群。

卓大股頭把文杰介紹給巴耶林，表示這些有關洋人的知識來自文杰。巴耶林看到文杰一個毛頭小伙子，竟然懂得不少，讓大股頭如此器重，還收為養子，相當驚訝。

*

一行人終於目睹了這個有如大山豬那麼重的巨砲。

雖然心理上早有準備，文杰還是不免驚嘆。大股頭仍是一貫地不露聲色。巨砲雖經翻山越嶺而來，但表面未有磨損痕跡，而且又擦拭得晶黃發亮。文杰不由得伸手去摸了摸那滑亮的表面。大股頭叉手於後，微微彎腰，臉色變得更嚴肅，點點頭，敷衍似的說了兩聲：「好，好。」之後再不出聲，轉頭快步出了戶外。伊沙和文杰隨後追了過去，卓杞篤仍不停下，穿過一個小樹林，直奔到一個水潭邊，有一小瀑布自高處沖激而下。卓杞篤在潭邊坐了下來，把雙腳伸入水中。這是他思考時的獨特習慣。

文杰和伊沙不敢打擾，靜靜站立在大股頭身後，卓杞篤也不回頭，向兩人分別做了個手勢，於是兩人一左一右跟著坐下，也學大股頭把腳伸入水中。

潭水冰冷，文杰頓覺一股涼氣自腳底直衝心田，再到頭上，頓時頭腦清明了起來。他囁嚅地問：「Kama①有什麼指示嗎？」

卓杞篤卻轉身向伊沙說：「伊沙，這次我們真是僥倖，還好祖靈庇佑。」

伊沙問：「洋人一定還會來嗎？」

卓杞篤冷冷應了一聲：「當然！」

三人又陷入沉默。

卓杞篤突然一躍而起，彎身撿起一塊扁平石頭，狠狠斜砍過去，石頭在水面連跳了五下，文杰和伊沙禁不住喝采！「好吧，我們來想想贏的策略！」大股頭也笑了，一掃剛剛的陰霾之氣。「兩位壯士，」他豪氣地說：「一群狗也可以打敗一隻大山豬。洋人雖強，我們未必不能對付！」

大股頭向伊沙說：「伊沙，我們斯卡羅諸部落好久沒有聚會了，我們擴大聚會，把下瑯嶠的各部落頭目都邀請來，也辦個慶功宴。終究，逼退洋船不是常有的事，也請大家參觀巨砲。呵呵呵……」說到最後，卻有些苦笑。

伊沙稱是。卓杞篤又加了一句：「馬上出發。」

文杰則一頭霧水，大股頭才臭罵了巴耶林一頓，怎麼又變成「慶功宴」了。但是他不敢問。

*

卓杞篤是斯卡羅四社的大股頭，兼又英明果斷，因此四社上下對他心悅誠服。斯卡羅四社幾乎已是瑯嶠的最南端。唯一更南的龜仔用與斯卡羅也有好關係。在斯卡羅之北，大龜文以南，還有其他大小十多部落。其中最著名的牡丹部落，地大人多，以剽悍出名。他們不屬大龜文管，與斯卡羅關係甚為密切，但關係時好時壞，並不特別融洽，因此卓杞篤對這些部落是否會出席並無很大把握。附近的高士佛、加芝萊社則一向都與牡丹部落友好。伊沙對各部落發出邀請後，卓杞篤決定親自出馬。

---

①Kama：父親。

卓杞篤回到豬勝東一天，馬上帶著文杰及幾位部落中戰士，先拜訪最近的蚊蟀。

當年斯卡羅的祖先自卑南向南移，由海岸翻山越嶺過來，經過蚊蟀時，曾與當地的部落有過極為激烈的爭戰。根據傳說，斯卡羅族最後以咒語作法而獲勝，蚊蟀人死傷慘重，屍體腐爛後，臭味傳出好幾里，人人掩鼻而走。蚊蟀人從此對斯卡羅敬而遠之，雖然相距相近，但並不太往來。

沒想到此次斯卡羅族的大股頭竟然會紆尊降貴，帶著禮物來訪，蚊蟀部落喜出望外，也因此答應盡釋前嫌，前來赴會。蚊蟀的頭目甚至表示願意派遣長子陪同大股頭前往到牡丹與四林格。卓杞篤大為感動。雙方相約世代結為友好。

臨別之際，蚊蟀頭目設宴歡送。相處兩日，他們目睹大股頭新收養的兒子竟有傛傛血統，而且會講傛傛及白浪語言，讀寫白浪的文字，覺得非常新奇。蚊蟀鄰近豬勝東溪溪谷。豬勝東溪是這裡最大的溪流，出口在台灣島的東岸，注入太平洋，客家人則稱為港口溪。近年來，有許多客家人移民來到港口溪出口處住了下來，然後一步一步沿著港口溪谷往內陸開墾，因此蚊蟀附近已有不少客家庄。蚊蟀的女子有不少被客家人娶走，土地也被侵佔不少，蚊蟀人和客家人的衝突時有所聞。豬勝東位在豬勝東溪上游溪谷，又在半山上，與客家人倒較少衝突。

蚊蟀頭目看到豬勝東頭目能不計前嫌，收養大家所討厭的傛傛之子為養子，又見文杰聰明博知，若有所悟，在把酒言歡之際，以推心置腹的表情對卓杞篤說：「大環境變了，這塊土地已不像過去千百年，為我族所絕對擁有。我們好像必須學習如何和傛傛甚至白浪共存了。」

卓杞篤把酒一飲而盡，執著蚊蟀頭目的手：「大頭目這些話說到我心坎上了。我之所以有此行，就是想與大家分享我的一番感受。我隱約覺得時代要大變特變了，不但傛傛和白浪人來得更多了，可能連紅毛洋人也要來了。如果傛傛是偷吃一些小東西的老鼠，白浪人是會把作物全吃光的山豬，洋人軍隊有可能會是更可怕的大魔神，會連我們一起吞噬掉。三百年前紅毛來過一次，我們祖先被殺了大半，甚至要離開家園，另找安身之地。後來紅毛走了，先是白浪，再是�傢，他們搶了我們的女人，偷了我們的土地，至少我們還可以維持我們的古老傳統。但如果洋人來了，老祖宗的慘痛經歷告訴我們，那會是很可怕的大變動！」

蚊蟀頭目心裡震撼，也當場決定，親身陪同卓杞篤去四林格，把長子留在部落裡。卓杞篤感動得不知如何稱謝。

四林格離豬勝束有一段距離。四林格正是當年斯卡羅祖先由東海岸往西進入河谷之時所交戰的部落。四林格對斯卡羅大股頭遠道來訪，也覺得非常有面子，於是也親身陪同卓杞篤造訪高士佛部落的大頭目。

有蚊蟀和四林格兩位大頭目如此真誠相助，高士佛之行與牡丹之行當然也就功德圓滿了。兩部落不但隆重迎接貴賓，卓杞篤想要聯合瑯嶠十八部落團結對外，共同應付洋人的想法，也得到高士佛大頭目及牡丹大頭目的共鳴，大家一致同意出席下次月明之夜在射麻里的「結盟之宴」。自從卓杞篤向蚊蟀頭目表明心意之後，他已將「慶功之宴」的名稱改為「結盟之宴」了。高士佛與牡丹世代交好，又是中部瑯嶠最強的兩個部落，有這兩大部落相挺，加上敵對蚊蟀和四林格的化對抗為盟友，卓杞篤心中一塊石頭落了地。下瑯嶠十八部落的大結盟，似乎是可以達成了。

而文杰這一趟跟隨養父，更是霎時間成長了許多。過去他偶爾跟隨父親出遊，主要是狩獵，僅限於在山中的狩獵技巧，與生番部落可說毫無互動。父子倆頂多也只去過與統領埔住處相距不遠的牡丹。牡丹人相當敵視外人，林老實不敢太隻身深入，與牡丹部落交易時也不曾帶文杰隨行，怕萬一交易中發生糾紛，累及兒子。

所以這是林文杰第一次深入高山各部落，大長見識，也打開了他在各深山部落的知名度。各大頭目皆知道斯卡羅大股頭有一位聰明而帶有傛傛血統的養子。有養父教導，他在極短時間內體會了生番的思考方式、習俗、應對，甚至禁忌。文杰真正成了下瑯嶠傀儡番都知名的特出人物。他本就早熟，雖才十四歲，看起來已像十七、八歲。而客家父親與儒家的訓練讓他尤其少年老成，不輕舉妄動，思慮周到。此外，他在山中、海邊都住過；在客家、平埔及生番的地域也都住過，熟悉各族群的想法及生活方式。他見過洋人，福佬話、客家話都流利，又會讀寫，在番地更是絕無僅有。更重要的，他不僅被大股頭卓杞篤收養，在這一趟十八部落之行後，他更為大股頭倚重。

第二十二章

下瑯嶠十八個部落的大頭目全部到了射麻里，這是各部落有記憶以來的第一次！

這是英國砲艦鸕鶿號的兩顆大砲彈促成的。

斯卡羅四社是東道主，龜仔用是事主，因此龍鑾、猫仔先到了射麻里，然後斯卡羅大股頭卓杞篤由四位分別來自四個部落的勇士扛著，威風凜凜來到射麻里。二股頭、三股頭和四股頭以及龜仔用頭目都在路口彎身迎迓，其後，當十三部落頭目一一來到時，卓杞篤則率領其他四位頭目，在路口親接。

十八位大頭目，圍在這顆一百二十斤重的砲彈旁邊，大家都驚嘆不已。雖然眾人早已耳聞，但如今一見卻還超乎想像。會爆炸的東西，眾人只見過平地人的爆竹。會飛而又會爆炸的東西，大家知道的是火繩槍的子彈。與火繩槍相比，洋槍主要是發射較快，子彈倒是差不了多少。傳說中，古時紅毛和福佬人的國姓爺之戰也有大砲，但威力好像差多了。

眾大頭目對卓杞篤所說的，洋船還會再來，都深信不疑。大家都不敢想像，這樣的大怪物，如果命中了部落，會是怎麼樣可怕的情景？

今天是月圓之夜，星空清亮。眾位頭目圍著火堆，坐在一大片山豬肉樹下，面前都有大塊山豬肉及小米酒。火堆燒得正焰，映照著眾位頭目的臉。然而，本應是歡樂場面或狂熱氣氛，卻大打折扣。一開始，除了巴耶林和伊沙還有些興緻之外，會場只有零零落落的乾杯聲音。但是當大家酒愈喝愈多的時候，眾頭目的豪氣慢慢出來了，氣氛開始熱烈了起來，大家乾杯、擁抱，不亦樂乎。有人高喊著：「怕什麼，小米酒喝足了，等洋人一來，才有精神和他們打個三天三夜！」

巴耶林叫了出來：「大股頭，看你的了，我們完全靠你。我們能渡過第一關，當然也可以渡過第二關！」

卓杞篤站了起來，環視四周。眾頭目本來亂烘烘的，逐漸安靜了下來。卓杞篤灌了一大口清水，清了清喉嚨：「各位大頭目，是的，我們要有信心，但是不可魯莽。第一，洋人來了，我們不可先出手。第二，我們要團結。一隻狗打不過一頭山豬，十隻狗至少可以打平吧！如果是十八隻狗，即使不能咬死，也可以把牠累死！」

眾人開始吆喝應和。

「所以，我們要團結，十八個部落要結盟。我們要讓外人知道，下瑯嶠十八部落要成為一個行動體！」卓杞篤吆喝著。

「大龜文在幾百年前，就是這樣大敗紅毛的。紅毛一百多人進去，只有三人逃出來！

「我們先不打。如果洋人要打，我們團結，他們怕了就會退縮，像這次一樣。我們十八部落要有一個總指揮，也就稱為總股頭好了。總股頭只有對外，對內，各部落完全維持現在的形式。」

所有各部落頭目一致歡呼叫好。這時加芝萊的頭目突然站起來說：「我們推牡丹大頭目阿祿古為總股頭。」不料坐在旁邊的牡丹大頭目阿祿古卻反而伸出一隻巨掌，把他拉了下來，同時怒聲斥喝：「當然是由卓杞篤大股頭來當十八部落總股頭，你在胡說什麼！」然後站了起來，環顧大家，高聲說：「大股頭英明幹練，目光遠大，是我們最適合的總股頭！」

眾人又是一陣歡呼！

卓杞篤雙手高舉，臉上露出肅穆之色：「今天大家在這裡，勇氣就像這個火焰一樣旺盛，大家的心就像大尖石山這樣堅固。謝謝大家支持我。我相信祖靈會保佑我們，我會走在大家的前面，捍衛十八部落的族人、家園和光榮！」眾人發出歡呼。於是女巫師捧出連杯，斟滿小米酒，所有頭目依序與鄰座勾肩共飲。大家頓時覺得身心相連合一，不約而同再度高吭，連續歡呼數聲，震撼山谷。

*

文杰原本侍立於卓杞篤之旁，此時悄悄退至旁邊一棵很高大的猢猻樹下。這一帶長了許多山豬肉樹，今年花開得早，在夜晚有些薄薄香氣。白天從這裡也可以望見大尖石山。春天的夜晚，西南風陣陣，竟然也有些涼意。文杰回想過去短短二十多天，由於一艘洋船鸕鶿號的到來，竟然引發了一連串不可思議的事情。他自社寮來到豬勝束，變成大股頭的養子，繼而見識了洋船洋砲的威力，接著是現在瑯嶠十八部落的結盟。

二十天前，他在社寮聽到南岬生番殺害十多位遇難船員的時候，也認為他們凶暴無理。沒想到，現在那位凶暴的龜仔用頭目就在他眼前，而文杰則是和他們站在一起，商討如何對抗洋人。他自己的身上有一半所謂生番的血。他現在也無法回答，生番和洋人是誰比較有道理。

他領悟了一句話：「你體內的血，決定你的想法。」這一切變化真快，恍如一夢，又是如此真實。他十四年來未曾分離的姐姐蝶妹，在不到半個時辰之中，突然下決定去為洋人當通譯，追隨洋人習醫去了。他聽到龜仔用大頭目說，上岸的六個人，有一服裝又像平埔又像傀儡番的女子。他幾乎可以確信那是姐姐。他私下向養父說了，卓杞篤聽了竟不見怪，反而呵呵大笑，說：「這樣獨特作風，確實是瑪珠卡的女兒！」

在熊熊的營火中，他看到十八位頭目圍成一圈坐著，大家左手牽左手，右手牽右手，表示心連心，團結如一。女巫師手持山豬下顎骨做成的法器，又唱又念。祝禱之後，取出連杯式竹筒，竹筒中盛著小米酒，是由來自十八部落分別釀造的小米酒混合而成。在咒語、祝福及召喚祖靈的儀式中，女巫師雙手捧著小米酒竹筒極其慎重地交到卓杞篤的手中。

卓杞篤依照古禮，以手指沾了酒，向上、向下、向後，各彈了一滴，然後閉著雙目，祈求祖靈的祝福。祈語結束，他恭恭敬敬，雙手平抬，舉起竹筒，飲下第一口。然後交給牡丹大頭目阿祿古，依次輪下去，每位頭目都喝了一口。然後是震撼山谷的歡呼。

激情之後，眾人盡散，場中的火堆漸熄，大地轉為寂靜，只有木柴燃燒的剝裂聲。文杰望著星空，陷入沉思，此刻，蝶妹在何方？姐姐一定無法想像他現在的情景，就好像他也無法想像姐姐現在的情景。

第二十三章

這時候的蝶妹，確實是在弟弟文杰完全想不到的地方。不是在社寮，不是在打狗，而是在台灣最熱鬧繁華，福佬精英中心，大清高官聚集的台灣府，人稱「府城」。這是所有瑯嶠人，不論是福佬、客家或土生仔都聽過，很想去，但沒有去過的地方。

這一天，蝶妹在台灣府城外安平，當年荷蘭時代大員街上的天利洋行內。和她在一起的，除了萬巴德，還有畢客淋。

這二十多天，是蝶妹生命的意外旅程。三月二十五日，當她一心一意為了向萬巴德學習西方醫術，志願當通譯，登上鸕鶿號甲板時，她萬萬沒想到，她還未學到醫術，就先闖入洋人和他們稱為「福爾摩沙生番」的糾紛及戰鬥之內。而且，她竟然還坐上洋人的登陸小艇，去面對自己同胞的火力展示。

當萬巴德將滿臉蒼白，顫慄無力的蝶妹拉上鸕鶿號時，早已上了甲板的布羅德狠狠瞪了蝶妹一眼，好像恨不得把她丟回生番沙灘上。萬巴德趕緊去為同為醫生同僚、被流彈所傷的鸕鶿號船醫包紮傷口。蝶妹看見了，也強打精神過去當助手。

回程中，鸕鶿號行駛得很快。布羅德餘恨未消，一路大罵福爾摩沙生番。他曾在大沽口打敗大清國第一猛將僧格林沁；他揮兵進北京城如入無人之境。如今，他卻被只有弓箭與火繩槍的福爾摩沙生番給逼退，還傷了船上醫官。更令他惱怒的，他連敵人的身影都沒有看到，這是何等奇恥大辱！

賈祿在一旁安慰他，說本來就不是來打仗，而是來救人的。出事的船是美國船，如果因而在清國土地上開戰，反而有些說不過去。我們英國人已經仁至義盡，該做的都做了，對美國可以交代了。剩下的事，讓美國官方自己去處理吧。等回到打狗，領事館會正式寫一封官文書給台灣府道台和北京的總理各國衙門，要大清國的中央政府和地方官對台灣土番好好懲治約束一下。

不久，探險灣已近，船速仍快，蝶妹知道鸕鶿號沒有靠岸停泊的意思。她淚水盈眶，望著熟悉的社寮自眼前快速過去。她想念文杰。她並不知道文杰這一刻已不在社寮，而是神差鬼使地到了深山中的媽媽部落，而且解開了父母一直避談的母親身世。而他們的舅舅，竟然是洋人口中既神祕又出名的卓杞篤大股頭。在父親彌留之際，他們本想問個明白，但父親已經昏迷不能言語了。他們都沒想到父親會因腳傷而死，因為他受傷是常事。在深山討生活的男人誰身上沒有幾個傷口。也就是這個慘痛教訓，讓蝶妹一心想要向萬巴德學習醫術。

蝶妹抬起頭來，望著萬巴德的背影。萬巴德對她一直很和善。萬巴德告訴她，他可以教她，但要看看她可以學到多少，或願意學多少。萬巴德說，他能教她的，除了這些外傷的治療外，其實還有不少，像熱病、像拔牙、像寄生蟲……等等。外傷的治療來說，蝶妹要學習如何消毒、傷口處理、縫合、包紮，以及如何製備這些醫療材料。而有一些東西，他無法完全用福佬話去解釋，所以他希望蝶妹可以粗懂英文，而語言學習又非一蹴可成的。

到了打狗，萬巴德把蝶妹安置在旗後醫館後院的一個小房間。醫館面臨旗後市街，但屋後就是山坡，景色不錯，四周許多林木，蝶妹很是喜歡。院裡本來就僱用了一些福佬人助手或僕役，因此蝶妹來到這個環境並不覺得太陌生。萬巴德要她做三件事：第一，學習打掃環境，包括整理病床，診察室配備及消毒儀器。第二，儘快學習英文，不但要能聽、能說，還要能讀。第三，他診治病人時，一定要跟在旁邊認真學習。

萬巴德說的，蝶妹一一謹記在心。

蝶妹原來希望每個月可以回社寮幾天，但她發現打狗和社寮，雖然都是港口，但沒有定期船班，只有少數不定期貨船在打狗和柴城之間來回。還好這些商船都會順便搭載民客。至於陸路，如眾所知，一般平民是不准通過加祿堂隘口，除非自行走山路，繞過隘口。

萬巴德望著蝶妹：「妳一個人當然不可能走這種路的。」

蝶妹扮個鬼臉說：「我就是半個生番，怕什麼。」

萬巴德很快就發現蝶妹的悟性極高，一點就通。而語言方面，蝶妹會客語、福佬話、生番話、平埔語，因此再多學一種語言，對她並非難事。才幾週，蝶妹竟然已經學會簡單的英文日常對話。診所的病人並不算多，以停泊在打狗港內的洋船水手為主，也常有打狗民眾來看病。工作之餘，蝶妹對病人熱情相助，對同事大小事也主動幫忙，因此很贏得大家好感。

一天，蝶妹正細心地把一些剛用沸水消毒好的剪刀、鑷子等，排列整齊裝入消毒盒。萬巴德陪著一位比他年長約十多歲、穿著典雅的男士進來室內。

「來，蝶妹，見過馬雅各醫生。」

蝶妹聽過萬巴德講述馬雅各醫生如何在前年來到台灣府傳教，如何建立台灣府第一座教會及第一家西醫館，又如何因受到民眾的誤會而放棄，因而搬到打狗，在去年設立現在蝶妹工作地的旗後第一家西醫館。而萬巴德也因此來到打狗海關任職，在旗後醫館兼職的故事。馬雅各因此雖主要駐在打狗，但過去幾天一直逗留在台灣府。蝶妹一看到最尊敬的馬雅各牧師，馬上起身，恭恭敬敬地對他行了一個鞠躬禮，並用英文問候：「Good afternoon, Sir.」

馬雅各見到這麼一位少女，謙恭有禮，立生好感。又由萬巴德口中聽到有關蝶妹由社寮來到打狗的來龍去脈，大感新奇。

馬雅各巡視了醫館之後，向萬巴德說：「天利洋行在台灣府的支店出事了。問題相當嚴重而急迫。麥克菲爾兄弟若過不了這一關，天利洋行大概要關門大吉了。所以我才在台灣府停留了這麼久，看看能幫上什麼忙。」

「天利洋行」是尼爾．麥克菲爾（Neil McPhail）和兄弟詹姆斯二人創立。尼爾曾短期出任英國領事，後又身兼法國與荷蘭領事，和清國官吏關係很好。「天利」是取「天賜利益」之意。總部在打狗，台灣府設有支店，本來經營順利，號稱福爾摩沙南部第一大洋行。但最近因船隻在澎湖海域出事，茶葉損失慘重，因此大受打擊。去年自安平海關挖角了有名的福爾摩沙通畢客淋後，期望東山再起。但事與願違，才不到半年再度出事，而且更嚴重，已面臨生死存亡關頭。當日鸕鶿號準備南行時，平常最好管閒事、什麼事都要插一腳的畢客淋很意外沒有隨行，就是為了處理天利洋行的事。萬巴德回到打狗之後，也一直沒有見到畢客淋，顯然是還留在台灣府支店，試圖挽救公司。

萬巴德和畢客淋雖然同為英國人，但個性和看法皆有很大的出入。萬巴德父親是銀行家，一門兄弟有多位習醫，來東方是為了行善和熱忱；而畢客淋則出身普通，來東方是追求財富。畢客淋有語言天才，他會北京官話，會看中文書籍。到了福爾摩沙，他也學會原住民語言。他的探險精神使他成為福爾摩沙通。他認為清廷無能，官員奸巧，人民無知。對東方社會，他探險興趣多過愛心關懷。他追求的主要還是商業利益。

而提到商業利益，洋行最大的利益來自鴉片。

萬巴德痛恨鴉片，他認為那是不道德的。因此他雖喜歡麥克菲爾兄弟，但是天利洋行的作為，他其實不太認同。但終究同是蘇格蘭人，也尊重人各有志。馬雅各同是醫生出身，也是這樣的想法。但這次天利洋行出事，是由於台灣府支店的福佬人買辦以偽造印章的手法，詐騙了要繳納給清國政府的稅金，又掏空了天利洋行的內部資產，搜括一空之後，遠走高飛。天利洋行不但面臨破產危機，而且也蒙上侵吞公款的罪名。這可惡的福佬買辦來自廈門，他把他自廈門帶來的助手也全部帶走，只剩下二名當地府城人雇員。除了由打狗過去幫忙處理善後的畢客淋，沒有人懂得看那些英文書信、帳單，以及查驗存貨等等。而且公司倉庫在安平，買辦住所則在府城這邊的西門近赤崁之處。畢客淋不但得安平、赤崁兩邊奔波，還得應付官府，因為只有他兼懂官話和福佬話。

麥克菲爾兄弟兩人也趕到府城。他們一面要應付債權人，一面急著向其他洋行拜託貸款。麥克菲爾兄弟和畢客淋首先向賈祿求助。賈祿說，他領事館本就人手不足，而且館員在打狗，無法遠赴府城支援。他能幫忙的，就是寫一張公文書給府城道台，請道台盡力追緝犯人歸案。但犯人可能早已搭船到香港，成功逃逸。另外就是請官府放寬向天利洋行追繳稅收的期限，否則麥克菲爾兄弟和公司只有宣布破產一途，而且免不了牢獄之災，人財兩失。

雖然台灣道台及台灣府尹賣了賈祿一些面子，准許延緩追繳天利洋行的欠稅，但迄今半月，洋行內部還理不出一個完整的頭緒來。所以畢客淋向馬雅各拜託找幫手，對內釐清虧空細目，對外拍賣公司剩餘貨物，對官府也必須有所交代。這些都需要一位兼懂英文和福佬話的人。以馬雅各地位之尊，當然不可能要求他直接介入，因此畢客淋想到在打狗的萬巴德。但若要萬巴德自打狗移駕到府城，則他的醫生職務必得有人代理。於是在畢客淋的懇求之下，馬雅各答應自己回打狗以負責醫館之事，馬雅各也同意拜託萬巴德去府城幫忙畢客淋處理那些爛帳。

萬巴德因為老師馬雅各的請託，只好接下這份苦差事。於是他要蝶妹陪他走一趟台灣府，有蝶妹當助手，或聯繫，或整理，都方便多了。

「蝶妹，這半個月，妳已學習得相當不錯了，想不想去府城看看？」

蝶妹本來已經有點想念社寮了。她探問到再過幾天，打狗會有一班貨船到柴城，船主人也已經答應載她一程，然後在回程中再搭載她回打狗，並且費用相當合理。蝶妹正高興返鄉行程有了著落，可以見到文杰和松仔。沒想到萬巴德忽然有此一問。

但是能有機會到府城一趟，這太誘人了。據她所知，社寮只有棉仔的父親、過去長期擔任社寮頭人的楊竹青去過，連棉仔都沒去過。棉仔最遠到過萬丹。柴城雖然算是福佬人大鎮，但人口只有五千左右；台灣府城，歷史二百多年，居民號稱十二萬，那真是難以想像。再說這樣的機會也是可遇不可求。蝶妹思考了片刻後，把心一橫，答應了。

自打狗到府城，已算是島上最繁忙的交通要道，雖然路不算太寬，但行人、牛車、馬車絡繹不絕，也常見到轎子。蝶妹、萬巴德以及一位福佬男僕坐在牛車上，觀看著兩邊翠綠稻田，明媚風光。雖然離府城還甚遠，但由農田耕作方式及農民衣著來看，這裡已是福佬人世界。不過車夫卻說，這裡仍然住有不少平埔，只是他們都已經習慣了福佬髮型及衣飾，但從外觀上看不出來，要從細節去看。女人大腳下田工作的，男人猛吃檳榔，牙齒泛黑的，就是平埔。這樣去看，倒是一半以上是平埔了。

一行人先在阿公店①過了一夜，第二天清早再動身。中午時分，到了府城。他們自大南門進入府城。大南門不但雄偉壯觀，而且具有說不出的美感。萬巴德雖然已非第一次來到，依舊讚嘆不已。蝶妹更是震懾。她突然想到媽媽。媽媽當年不顧一切跟了父親，改看外面的世界，但媽媽終其一生還是都在統領埔的鄉野。而她何其有幸，柴城、打狗、台灣府都到過了。進入城內，筆直的街道，兩旁成列的高屋大宅，雕樑畫棟，紅門綠院，都是蝶妹前所未見。

府城建在一地勢起伏的矮丘之上，車行忽上忽下。牛車躑躅而行，進入一條大街。福佬車夫說：「這是府城最大最直的街道，從荷蘭時代就建造了，聽說那時可以通行八部牛車呢②！後來才把大馬路一分為二，你們可以想像當年的路有多寬。」

牛車向上爬坡，高點處有座大廟，莊嚴壯麗。福佬車夫又說：「這裡是鷲嶺，是府城地勢的最高點。因此，當年國姓爺來了之後，就在這最高點建立當時鄭軍最尊崇的明朝國廟『玄天上帝廟』。府城人都稱為『上帝廟』。」飛簷鳳尾，鏤空龍柱，工技之巧，在在令蝶妹嘆為觀止。進得廟內，煙氣瀰漫，卻見廟內神像，一手執劍，一腳踏蛇，一腳踏龜。蝶妹心想，這就是幼時父親所說的「官威」了。

一行上車後，再行不到數分鐘，又是一座大廟。福佬車夫又說：「這是大天后宮，不可不拜。」旗後也有天后宮媽祖廟，因此蝶妹並不陌生。媽祖造型卻讓蝶妹有與「上帝廟」截然不同的感覺。媽祖神情慈祥，雙目低垂。蝶妹自小沒有祖母，只有媽媽，媽媽又早逝。蝶妹見了媽祖神

---

①阿公店：今岡山。
②現在的民權路。

像，突然心頭一陣溫熱，覺得自己若有祖母，應該就是這樣。蝶妹家中也有小觀音像。蝶妹覺得，觀音像母親，媽祖像祖母③，而寺廟裡的香煙裊裊，讓蝶妹有可以直接和神明言語溝通的感覺。

出了廟門，不遠的前方有一高樓，車夫說，那就是荷蘭時代所建的普羅岷遮城，現在叫赤崁樓。福佬車夫又說：「這裡就是當年的大井頭，荷蘭時代在這裡以西都是大海呢！到安平或大員街要搭船，就在此渡頭上船。」

牛車繼續前行。車夫說：「現在我們要進入五條港區④了，這是府城最熱鬧的所在。」果然人群熙來攘往，商家、攤販林立，吆喝叫賣聲此起彼落，更有陣陣飯香傳來。萬巴德說：「久聞台灣府的小吃最是美味，我們行走一天，肚子也餓了，就歇歇，吃吃東西吧。」於是眾人在一家米糕、魚丸湯及碗粿店裡坐了下來。萬巴德最喜海鮮，又在其他攤位點了蝦仁肉圓及土魠魚羹。車夫則加點了虱目魚鹹粥、滷虱目魚頭、虱目魚腸湯及一份虱目魚皮。萬巴德雖然早已入境隨俗，但對吃魚頭魚腸還是無法習慣，做了一個鬼臉。不過他說，虱目魚粥內添加蚵仔與油條，真是對味。

蝶妹見這些小吃五花八門，目不暇給，每一樣看起來都令人流口水，竟下不定決心點菜，一味傻笑。這時鄰店的鍋子突然轟的一聲，剎那之間鍋內火焰大作，蝶妹嚇得大叫一聲：「起火了！」奇的是火光隨即平息。車夫大笑說：「不是失火，這是炒鱔魚的最高境界，也只有台灣府的師傅才有這般手藝。」果然香味撲鼻，而後師傅熟練的自鍋內撈出煮好的鱔魚及調好味的湯汁，澆灑在已分好的麵上。而那麵又與一般不同，較細較黃而且是捲狀。

蝶妹叫了一盤鱔魚意麵，真是人間美味。

蝶妹也注意到，那些待煮的鱔魚在桶子內活蹦亂跳，而師傅一手抓起，往砧板一釘一拉，鱔魚的肉骨即已分離。蝶妹驚嘆不已，說：「我們社寮也有鱔魚，但我們都不會如此處理。府城人真厲害。」

蝶妹正要起身，車夫又說：「且慢。對面這店有熬煮得很考究的冬瓜茶，既解熱解渴，又強身祛毒。」蝶妹大大讚嘆府城人真是享受。萬巴德卻笑笑說：「我不要冬瓜茶，我要甘蔗汁，福爾摩沙的甘蔗實在太好吃了。」蝶妹說：「台灣府的食物，似乎精髓在『甘甜』。」萬巴德說：「正是。在英國，我們餐後要來『甜點』。台灣府不論飲食、糕餅都很甜。台灣府人喜歡吃甜，和我們英國人的口味有點像。可是英國本身不產糖，福爾摩沙人真幸福，蔗糖的品質好，又便宜，大家都有糕餅可吃。」福佬車夫哈哈一笑說：「蔗糖正是南部福爾摩沙特產，也只有府城的糕餅做得最可口。」

眾人菜飽飯足方起身上了牛車，蝶妹忍不住說：「府城人真幸福，吃的東西這麼豐富。」萬巴德哈哈一笑，轉而向車夫說：「我們到看西街轉一轉吧。」

牛車轉入一條窄街，停在一棟屋子前，大門卻是緊閉。萬巴德在門口駐足一會，似乎猶疑著要不要進門。隔鄰的店老闆向他揮揮手打招呼，說：「萬醫生，好久不見，馬雅各醫生好嗎？什麼時候回來再為我們看病？」蝶妹驀然領悟到，這就是馬雅各醫生在台灣府看西街的醫館和禮拜堂，前

③「媽祖」林默娘其實早逝。因此極早期的媽祖塑像年輕細瘦。但自從施琅先請清廷封為「天妃」，又晉為「天后」，其塑像的形態遂逐漸豐盈而成為祖母級。

④五條港區：清代台灣府城最重要的商業區，相當於今中正路以北、成功路以南、新美街以西。當年的新港墘港、佛頭港、南勢港、南河港、安海港，一八二三年，道光年間，台江內海成為陸地之後漸次形成的河道，郊商雲集。一八九五年日人據台以後漸沒落。

年開張不久後，就因民眾包圍抗議而關門，馬雅各因此轉移陣地到打狗，建造了旗後醫館。

萬巴德向老闆笑了笑說：「多謝。馬雅各醫生現在忙著在埤頭⑤設立教會，等打狗和埤頭忙完了，就會再回來。」

蝶妹詫異地問：「萬醫生，這裡的民眾很和善啊，為什麼……」蝶妹欲言又止，萬巴德已知其意，苦笑著說：「這裡的街坊百姓和我們處得很好，是一些讀書人和傳統中醫鼓動一些不明就裡的群眾來包圍。」

又有三、四位民眾圍了過來，有一位說：「萬醫生，幫我們轉告馬醫生，我們都很懷念他。上次我小兒牙疼，他只看了一次，就不疼了，可真有效啊。」

萬醫生向他們一一致謝，臉色也轉為欣喜，回頭過來向蝶妹說：「蝶妹，看情形，不久之後馬醫生有機會把『看西街醫館』的招牌重新掛上。」

這時，一位綰著髻子、穿著唐衫的阿婆，搖著小腳，撐著楞杖，一跛一跛地走來，說：「阿凸仔醫生，你一定是馬醫生的朋友。長仔⑥，有沒有跟你一起來啊？他原來是我鄰居呢！」

萬醫生說：「高長大仔在埤頭幫忙馬醫生建禮拜堂。」老婆婆嘆了一口氣：「長仔是好人，馬醫生也是好人。我孫子去年吃壞了肚子，痛得打滾，又吐又瀉，還好馬醫生把他醫好了。唉，你們當醫生幫我們看病就好，何必亂說什麼要拜耶穌不可以拜祖先，惹得官府不高興，藉機拆了你們招牌。來，你們到我兒子的小攤子坐一坐，吃個當歸鴨吧。我們可是府城最有名的當歸鴨和排骨酥攤。」

萬醫生笑說：「我們剛吃飽，吃不下了。」老婆婆一直說不要客氣，硬是拖著萬醫生過去。萬醫生怕老婆婆跌倒，只好苦笑著答應了。車夫也勸萬醫生和蝶妹過去。蝶妹笑笑說：「是府城人好客？還是洋醫生人緣好？」

一夥人隨著阿婆走。原來阿婆兒子的攤位就在廟口。萬巴德對廟不太有興趣，蝶妹則對府城的大廟充滿好奇。這廟又和上帝廟不同，上帝廟的廟埕雖大，攤子不多，來往的人以祭拜為主，莊重嚴肅。這水仙宮則廟埕就像菜市場似的。廟口的人群嘻嘻哈哈，出入廟的徒眾，穿著及面容也比較輕鬆。門口還有許多羅漢腳聚在一起賭象棋，有一些流浪漢甚至直挺挺躺在陰涼處呼呼大睡。

蝶妹不懂這廟何以叫水仙宮，要求車夫替她解釋。車夫說：「這廟祭拜的是五位與水有關的歷史人物，大禹、項羽、魯班、李白與屈原。」蝶妹才恍然大悟，水仙不是一人，是五人。她只聽爸爸說過屈原，因為端午包粽子的故事。車夫說：「這五條港區是府城最重要的水埠，所以民眾除了拜媽祖，也拜水神或水仙。」

蝶妹覺得與上帝廟比起來，她喜歡這裡多多。上帝廟似乎屬於官府大人，水仙宮屬於她這樣的庶民。她想到爸爸媽媽。爸爸一定很喜歡這裡，會讓他想到唐山的故鄉。媽媽一定也很想看看這種花花世界，但可惜他們都辛苦了一輩子而無緣享福。可憐的爸爸，可憐的媽媽。她低頭把玩著掛著的媽媽的項鍊，嘆了一口氣。

天利洋行支店在安平，不在府城。蝶妹幾乎是有些依依不捨地離開水仙宮。牛車再往前走，沿

---

⑤今之鳳山。

⑥高長（1837-1912），泉州晉江人，一八六四年渡台。馬雅各在看西街教會時，高長領洗入教，是馬雅各在台灣所收的第一位基督教徒，過來也致力傳教。高長的孫子，就是長老教會大老高俊明。

途許多沼澤、水塘、泥地。車夫說，他父親小時候，此地還是一片汪洋，是個內海。在四十多年前一次颱風過後，土石流傾瀉而下，竟然幾乎把這個內海填得差不多了。剩下許多沼澤，民眾用於養魚，方才他吃的虱目魚就是這裡養大的。

一行到了安平已近黃昏。天利洋行離荷蘭紅毛人留下來的熱蘭遮城遺跡不遠，洋行的一邊仍面臨水道。畢客淋見到萬巴德，自是非常高興。卻見萬巴德帶回一位穿著怪異的台灣小女生，面露詫異之色。萬巴德簡單介紹了，說是他的助手。

於是其後幾天，萬巴德帶著蝶妹，在兩位福佬人伙計的協助下，處理天利洋行的雜務。蝶妹在這一段時間，英文大為進步，也開始學習一些計數、商務。更讓她自己感到高興的是，在打狗及安平的多日來，她連漢文閱讀能力都突飛猛進。

畢客淋每天在外面奔波，或與外商談判如何以物易債，或與官府商討如何賠償虧空。麥克菲爾兄弟損失慘重，心灰意冷，已經決定結束營業，把公司賣了。他們兄弟每每想到，他們對那位自廈門高薪聘來的福佬買辦信賴有加，委以重任，誰知道這位買辦竟然利用他倆的信任，把公司全掏空不說，還替他們按上個「欺騙官府」的罪名，就心如刀割，怨嘆不已。他們二位十多年來對東方社會的好感，一夕間破滅，十多年來在事業上的努力，也一夕間成泡影。

畢客淋忿忿不平的說：「哼，華人哪有值得信任的？還不都是飼貓鼠咬布袋！」畢客淋一向不喜歡華人，也看不起清國官府。萬巴德有次就嘲諷他說：「你那麼不喜歡清國人，又那麼喜歡在清國社會打混，那不是很矛盾？」他其實知道畢客淋愛的，是因為在這裡，他出入也都像清國官吏一樣坐轎或騎馬，還帶著衛士及隨從，前呼後擁，好不威風。

萬巴德和蝶妹工作了一個禮拜左右，兩人把天利洋行內部爛帳及雜項都整理得差不多了。但畢客淋方面則很不順利，他要處理的財務黑洞太大了。官府方面則毫不鬆手，表示再無進展就要查封天利洋行。時限僅剩不到五天，畢客淋每天長吁短嘆，麥克菲爾兄弟也愁眉苦臉。

這一天，畢客淋才過中午就回到洋行，像發瘋似的大笑狂喊：「救星到了！救星到了！」

萬巴德問他：「救星是誰？」

畢客淋倒了一杯威士忌，一飲而盡，說：「李讓禮領事後天會到台灣府，而且會住在我們天利洋行！」

第五部

瑯嶠

第二十四章

李讓禮是行動派。

過去，在軍事戰場上，李讓禮以效率及拚命聞名。他能馬上抓住目標，快速打擊，所以連連擢升。他是喜歡站在最前線的將軍，因此容易受傷。

現在，在外交戰場上，李讓禮延續了過去的風格，他得到訊息後，馬上擬定計畫。他聯絡上美國太平洋艦隊司令貝爾①，調來「亞士休落號②」，作為他的專用艦，讓他走路有風。他知道，在東方，「官威」的展示非常重要。再者，亞士休落號艦長費米日③在亞洲地區工作多年，熟悉遠東事務。

他像一陣風。四月一日在廈門得訊，四月八日就搭著亞士休落號到了福建首府的福州，拜會閩浙總督吳棠及福建巡撫李福泰。因為台灣道仍是福建的轄下，這兩人算是福爾摩沙最高階官員台灣道台的直屬上司。

李讓禮在四月十日離開福州，四月十二日到台灣北部的港口淡水，拜會了島上最有名的外商德約翰④，十五日又轉赴台灣離島的澎湖，四月十八日到了台灣府。

四月十八日一早，畢客淋口中的「救星」出現在台灣府港口的安平天利洋行支店客廳。

萬巴德端詳著這位天利洋行員工口中的「天降救星」。李讓禮身材中等，聲音有些沙啞。最特別的是，他雖然臉上受過重傷，但看起來依舊相貌堂堂。上唇蓄著小鬍，左眼眼罩遮蓋，右眼眼神銳利，而腰桿也挺得很直。

李讓禮先安慰了麥克菲爾兄弟，表示他一定盡力幫忙。

領事說，他的正事是處理羅妹號事件。他表示在拜會台灣道道台以前，不希望有其他干擾。但是他願意先接見麥克菲爾兄弟，俾能了解他們的困難。

尼爾向李讓禮拜託說，公司最大的債權人是在廈門的美商公司，他知道李讓禮與這位債權人是好友。李讓禮馬上承諾幫忙說項。

再來就是與清國官方的瓜葛。尼爾兄弟表示，他們已決定把公司拍賣給怡記洋行，但細節尚未談妥，等拍賣交易完成，就可以歸還與清政府的債務。

李讓禮本身是律師，也提了不少專業建議，幫天利洋行解決了一部分法律紛爭。

尼爾先謝過了李讓禮百忙中抽空幫忙，而後恨恨地說：「閣下下次再來，這幢屋子掛的招牌，

---

①H. M Bell。

②Ashuelot。

③J. C. Ferbiger。

④John Dodd（1838-1907）或譯陶德，蘇格蘭人，是「台灣烏龍茶之父」。一八六四年第二度來台後，長期在北台灣，是清末北台灣外商領袖。他也跨足樟腦、煤礦，甚至在苗栗發現石油。此外，對台灣泰雅族、凱達格蘭族也留下不少考察資料。李春生就是他的買辦。

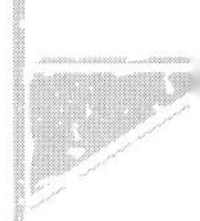

將是『怡記洋行』了。我長久以來信任福佬人，不想因而一生血汗白流！」

第二天，四月十九日，李讓禮一早就準備好去道署拜會。但道署來了消息，說是總兵劉明燈在彰化剿匪，雖然連夜趕回，但天亮時才回到台灣府，必須小寐一下，因此將拜會活動改到正未時（下午二時）。

李讓禮這一出門直到晚上十點才回來，並見微醺，於是眾人服侍他早早入眠。

翌日，李讓禮依然早起。他拿出一封公文書交給尼爾。尼爾一讀，大為興奮，原來是台灣道道台吳大廷簽名畫押的委任狀，授權畢客淋到澎湖去搜捕罪犯。因為有消息說，犯人逃跑的船是由安平先開往澎湖，再到香港。但那些人犯不必然逃到香港，有可能還停留在澎湖。李讓禮也帶來道台致澎湖地方官公文的副本，命令地方官盡全力協助畢客淋搜捕買辦等逃犯。

李讓禮又說，他向道台關說的其他事宜，道台在公堂上未置可否，卻在觥籌交錯之間一一爽快答允。李讓禮譏嘲說，他現在了解清國官員的辦事風格了。

天利洋行只靠著李讓禮在道台面前幾句話，就得到喘息的機會，麥克菲爾兄弟再三道謝。於是眾人話題轉入李讓禮這次遠訪台灣的目的：處理羅妹號事件。

「相當順利！」李讓禮得意的說：「清國在台灣的大小官員幾乎全員到齊了，台灣道道台吳大廷、台灣鎮總兵劉明燈、台灣府府尹葉宗元當然在場，連鳳山知縣、南路營參將⑤也都自駐地趕到。

「道台和總兵都不否認羅妹號是在清國的海域觸礁，也不否認那些船員是在清國領域被殺害。他們表示願意負起責任。道台說，他早在我到達之前，就指示地方文武官員處理該事件。文官指鳳山知縣吳本杰，武官是南路營參將凌定邦。

「道台對我很友善，但對賈祿批評了幾句。道台語帶諷刺說，英國人未經照會，輕舉妄動，不尊重清國，反無功而返。他希望美國不要也擅自行動，否則萬一我們的軍士發生什麼意外，他們會深表遺憾。哼，我當然聽得出來意在警告我們。

「我順勢問他們何時可以展開行動。總兵回答說，這次滋事的土番在『龜鼻山』或『龜仔用鼻山』，那裡偏遠難至，而且山勢崎嶇。除需籌備行軍補給，也要先訓練兵士的山地作戰技能，所以需要時間。但總兵又強調，他的部隊是百戰精兵，足堪懲兇大任，不需外力協助。」

尼爾點頭說：「吳大廷、劉明燈都是曾國藩和左宗棠的門生，在消滅太平天國的戰爭中立過大功。在清國官吏中，倒算是少壯派幹才，去年才調來台灣。他們的軍隊屬於湘軍系統，確實算是清國精兵。閣下願意給他們多少時間？」

「一個月應該夠了吧。」李讓禮算著說：「今天四月二十日，最慢到六月，總可以出兵了吧！」

畢客淋卻在旁邊澆冷水：「沒有用啦，清國的官吏不管什麼湘軍、淮軍，什麼老成派、少壯派，都是一個模子出來的。總之，全是太極拳高手，專會推拖打混。他們善於口頭應付。若沒有一直逼著他們，不會真正去辦事。我就不相信他們六月以前真會出兵。」

李讓禮望了一眼畢客淋，似是不太同意：「我想，美國的看法是，就先尊重清國的承諾吧。美

---

⑤羅妹號出事地點以當時行政劃分，是鳳山知縣所管轄；以軍事系統劃分，是南路營所負責。

國內戰甫畢，可不像貴國那麼強勢。」李讓禮呵呵一笑，又接著說：「我雖然答應他們，美國暫不出兵，但是人還是要救，遺體與遺物還是要找回來，因此亞士休落號還是必須去龜鼻山海邊實地勘察。我明天會去旗後拜會賈祿，請教他的意見。」

李讓禮說到這裡，畢客淋拍了一下大腿說：「對了，旗後的萬巴德醫生也參加了鸕鶿號行動，他正好來到安平，前天上午您也見過的。但今早不巧有船員急病，他出門診治去了。等他回來，請他詳細描述。」

李讓禮大喜：「這太好了！」接著又繼續說：「台灣府的清國官吏，其實有一套。他們在衙門內，言詞軟硬兼施。在拜會之後，大張宴席，討好客人的嘴巴。哈哈哈。」李讓禮讚嘆著：「我不得不承認，這是我有生三十七年來最難忘的一頓酒席。很奇怪的是，比我在廈門吃到的中國菜要精緻多了，口味也不同。各位，我本是法國人，要以飲食取悅我，可不容易。」大家皆笑出聲來。

李讓禮拿出一張精緻書頁：「我特別請求道台記下每一道菜。道台說，劉總兵的書法大大有名⑥。這是劉總兵的親筆，通譯用英文加註於後。

「第一道，四色冷盤。」李讓禮說起吃的，竟然興致勃勃，不厭其詳地敘述：「台灣府尹特別推薦烏魚子，說是珍品。但我反而更喜歡煙腸熟肉。

「第二道，扁魚白菜加魚翅。聽說魚翅就是鯊魚鰭。清國人真是無所不吃。魚翅我在廈門吃過，但配上扁魚及白菜，要比廈門的口味好多了！

「第三道叫五柳枝，名字很特別，很有詩意。道台說這名字來自一位唐代名詩人杜甫，總兵則說是來自更早的讀書人，叫『五柳先生』⑦。」李讓禮望著紙卡，很認真的念著：「卻是一條大比目魚，炸得酥而不硬，皮脆肉香，最妙的是那甜中帶酸的濃濃淋汁，兼有蔥絲香味，不知怎麼調出

舒讀網「碼」上看

235-53

新北市中和區建一路249號8樓

印刻文學生活雜誌出版有限公司　收

讀者服務部

姓名：＿＿＿＿＿＿＿＿＿＿＿＿　性別：□男　□女

郵遞區號：＿＿＿＿＿＿＿＿＿＿＿＿

地址：＿＿＿＿＿＿＿＿＿＿＿＿＿＿＿＿＿＿＿＿＿＿

電話：（日）＿＿＿＿＿＿＿＿＿＿（夜）＿＿＿＿＿＿＿＿＿＿

傳真：＿＿＿＿＿＿＿＿＿＿＿＿

e-mail：＿＿＿＿＿＿＿＿＿＿＿＿＿＿＿＿＿＿＿＿＿＿

讀者服務卡

您買的書是：＿＿＿＿＿＿＿＿＿＿＿＿＿＿＿＿＿＿＿＿＿＿＿

生日：　　年　　月　　日

學歷：□國中　□高中　□大專　□研究所（含以上）

職業：□學生　□軍警公教　□服務業
□工　□商　□大衆傳播
□SOHO族　□學生　□其他＿＿＿＿＿＿

購書方式：□門市＿＿＿書店　□網路書店　□親友贈送　□其他＿＿＿

購書原因：□題材吸引　□價格實在　□力挺作者　□設計新穎
□就愛印刻　□其他＿＿＿＿＿＿＿＿（可複選）

購買日期：＿＿＿＿年＿＿＿＿月＿＿＿＿日

你從哪裡得知本書：□書店　□報紙　□雜誌　□網路　□親友介紹
□DM傳單　□廣播　□電視　□其他

你對本書的評價：（請填代號　1.非常滿意　2.滿意　3.普通　4.不滿意）

書名＿＿＿　內容＿＿＿封面設計＿＿＿版面設計＿＿＿

讀完本書後您覺得：

1.□非常喜歡　2.□喜歡　3.□普通　4.□不喜歡　5.□非常不喜歡

您對於本書建議：

謝謝您的惠顧，為了提供更好的服務，請填妥各欄資料，將讀者服務卡直接寄回或傳真本社，我們將隨時提供最新的出版、活動等相關訊息。

讀者服務專線：（02）2228-1626　讀者傳真專線：（02）2228-1598

來的。

「第四道，焢茶。豬腿肉細火慢燉，也不知燉了多久。奇的是內外兼透而均勻，醬油又透著異香，說是混合了漢藥八角及茶香。唉，巴伐利亞的豬腳怎麼比！廈門的作法，則少了八角和茶香，是單純醬油味，頂多加了一些糖，單調多了。

「第五道，白灼草蝦與清燙魷魚。法國和廈門的蝦子沒有如此甘甜。波士頓的龍蝦沒有如此鮮嫩。而那魷魚蘸醬，酸、甘、甜、香並存，卻又融合得妙不可言。

「第六道，紅蟳米糕。那紅蟳真是鮮紅飽滿，而米粒香黏而不膩。還有四、五道，就不一一細說了。最後配上杏仁豆腐湯，西瓜鳳梨蓮霧拼盤，福爾摩沙水果又多又好吃。至於酒，他們拿出來的叫作紅露酒，說是糯米及紅麴釀造。雖然遠不如我們的法國紅酒，也算別有風味。」

李讓禮說得津津有味，其他人都插不上嘴。或者說，在座的英國紳士對中國食物似乎不如法國人的李讓禮有慧根，或特別有感受。

「我好奇問道，這個宴席，似是海產為主，除了豬肉之外，皆是新鮮海產。而水果更是鮮艷甜美，難道這些都是福爾摩沙當地所產？

「劉總兵很得意的告訴我，全都是台灣府本地出產，因為台灣府濱海。

---

⑥劉明燈（1838-1895），湖南張家界人，屬於土族，一八六六至一八六八年任台灣總兵，在台灣留有「雄鎮蠻煙碑」（在貢寮草嶺古道上）、「金字碑」（在猴硐，屬淡蘭古道上）、「虎字碑」（也在草嶺古道上）。

⑦陶淵明。

「我說，我住的廈門也濱海，為什麼我在廈門沒吃過這麼豐盛的海產，烹調也不若此地高明？而這裡的水果，更是種類又多又好吃！」

「台灣府得天獨厚，有當年內海添成的水潭，是養殖魚蝦等最佳所在。所以有些海產不是海裡撈的，而是海邊海水養殖的。」台灣府府尹得意地說：「至於水果，台灣真是寶島，氣候及土質絕佳，許多水果是當年荷蘭人引進，在廈門、上海都吃不到。而且當年國姓爺的兒子和貴族安閒逸樂之餘，研究出許多佳餚、點心、甜點來，這些美食只有台灣府才有。所以台灣府人自命高人一等，都自稱『府城人』。」

畢客淋若有感慨地說：「大家都知道我不喜歡清國官吏，但我很喜歡福爾摩沙的飲食、天氣以及環境，所以才在這個島上住了這麼久。福爾摩沙不僅美麗，更是富饒。樟腦不用說了，全世界的樟腦樹都長在這裡。煤礦的品質也絕佳，搞不好還有金礦！稻米和蔗糖的品質自荷蘭時代就已名聞歐洲。我覺得，將來茶葉也大有前途。二百年前，荷蘭人來此，本只想當中國瓷器及絲布的轉運港，沒想到後來才發現，這福爾摩沙才是真正的寶山呢！福爾摩沙的熱蘭遮市，也就是此地安平，成了荷蘭商館除了長崎之外最賺錢的地方。果然這幾年，所有西方國家的船隻都希望來福爾摩沙載貨！」

「紳士們，」一提起船隻，畢客淋又開始抱怨：「福爾摩沙什麼都好。但是，福爾摩沙的海域安全，是我們商人與水手的夢魘。」畢客淋忍不住又大發牢騷：「自一八六〇年迄今七年，已有二十艘以上外國商船在台灣海域失事或沉沒，清國地方官卻總是放任地方人民洗劫船隻及船員，並非只有生番才幹這種事！郇和曾屢次要求清國政府賠償。但清國官吏嘛，閣下今天也領教了，推拖是第一流的。紳士型的郇和也受不了，只好自求多福，派戰船巡邏福爾摩沙沿海。所以，『砲船外交』有其必要。」

李讓禮有意轉移話題：「我這次先到淡水見了德約翰，也品嚐了台灣茶，確實比廈門的福建茶要清香多了。他計畫把福爾摩沙茶出口到歐洲與我國。他預測不久之後，他的福爾摩沙茶可以和印度的阿薩姆紅茶分庭抗禮。」

畢客淋長長嘆了一口氣：「福爾摩沙這麼好的地方，被無能的清國政府統治太可惜了！」

「清國政府在二百多年前本來還不想要這個島呢！他們打敗了國姓爺的孫子，滅掉了這個心腹大患之後，一開始是打算放棄福爾摩沙。清國政府對這個島的人民，充滿征服者的歧視心態。清國政府是滿州人，滿州人看不起漢人，漢人又看不起福爾摩沙的原住民，所以在康熙皇帝時就立下『漢番分治』之大原則，想讓原住民自生自滅。但福建的福佬與廣東的客家移民卻不停偷渡到台灣，與原住民之間造成許多衝突，而清國政府則一副鴕鳥心態，說是『王化未及』。

「清國的官吏來台灣，一任三年。但有句話，『三年官，二年滿』，所以他們只認真做兩年，第三年就清清閒閒，只當來度假，等著過水之後回內地升官去，或者終老。既不下鄉探訪民情，也不勘察資源，一派過客心態。很少有官吏好好考慮如何規劃，如何建設這塊土地！」

畢客淋滔滔不絕：「那些官員都是讀四書五經，考試中舉出身，對現代科學一無所知。他們的為官之道，不是建設地方，而是迎逢上司。他們的祖宗，又聰明又有創意，真不知道為什麼子孫如此不爭氣。更糟糕的是，中國高官一直沉迷在過去的繁華帝國大夢，表面上對我們洋人奉承，內心其實瞧不起。」

李讓禮聽得直點頭。

畢客淋望著李讓禮：「台灣道台如此回應，但如果他們到了六月猶未出兵，領事先生下一步做何打算？」

李讓禮笑著說：「老兄有何高見？」

畢客淋說：「我剛剛已提過，只能像郇和一樣，自求多福，砲船外交。」

李讓禮說：「理論上，若到六月仍不出兵，是清國理虧，我方自可出兵。但華盛頓的國務院與駐北京的蒲安臣公使，是否同意這樣做，不無疑問。嚴格來說，這樣是不尊重地主國，甚至是違反國際法。」

畢客淋搖搖頭：「貴國國務院不了解清國政府及官員。大英帝國和清國來往的經驗最多，可供借鏡。沒有砲船外交，沒有武力伺候，就沒有天津條約、沒有北京條約，焉有清國的開埠通商？而沒有開埠，則何來閣下的駐廈門及福爾摩沙領事的官銜？」畢客淋露齒高傲地笑著：「將軍有沒有聽過中國古書上的一句話，『將在外，君命有所不受』？」

李讓禮仍然遲疑：「貴國以戰爭強迫清國進口鴉片營利，在國際上的口碑並不好呢。不要說清教徒的美國人覺得英國人打仗的理由不正當，就是在法國，也有爭議。還有，貴國火燒圓明園，我們美國人也覺得貴國做得太過分了。」

畢客淋大笑說：「法國人是酸葡萄。他們的殖民地不種罌粟，不產鴉片，所以唱高調。就好像你們美國不久以前還可以蓄奴，歐洲有些人心中其實羨慕得很。但自己不可能享有，就標榜道德，高聲反對。」畢客淋譏嘲地說：「人性啊！領事先生，你又是法國人，又是美國人，你應該最了解吧！」頓了一下又說：「就以法國來說，他們罵鴉片戰爭，可是後來還不是儘量與我們英國合作，以獲取利益。火燒圓明園？哼，一開始法國將領提議要燒的可是紫禁城，是我國的額爾金⑧覺得燒了清國皇宮衝擊太大，所以改燒清國皇帝度假用的夏宮圓明園。還有，我們英國雖然在北京燒了他們的圓明園，但是，在上海，我們可是大力幫助清國政府防守南京。我們也協助清國成立『淮軍』。如果不是戈登（C. G. Gordon）將軍出手幫忙，光憑曾國藩與曾國荃的湘軍怎能攻下南京？怎能滅了太平天國？」

畢客淋嘲笑著：「所以啊，如果不是大英帝國的幫忙，今天存在的就不是大清王朝，而是太平天國了。一個圓明園算什麼！清國還要感謝大英帝國才對！」

畢客淋說得有些得意忘形：「請閣下容我不客氣直說。貴國若不是南北戰爭，加上通到太平洋岸的鐵路系統尚未完工，否則早就派軍來遠東分一杯羹了。現在正是貴國急起直追，賺取遠東利益的時候了。閣下如果成為改變貴國遠東政策的先行者，將來必定歷史留名！閣下是律師出身，現在又是將軍，如此文武雙全者貴國能有幾人。在遠東政策方面，閣下應比貴國國內那些鄉巴佬政客看得更遠啊！」

一席話說得李讓禮五味雜陳。他保持沉默，似笑非笑地望著前方，繼而偏著頭，望著費米日，似是詢問。他想費米日來遠東較久，心中應有想法。費米日只微微一笑，不發一語。

尼爾轉移了話題說：「領事閣下好不容易來到安平。這裡二百多年前荷蘭人建的熱蘭遮城遺址近在咫尺，不能不去參觀一下。」

李讓禮習慣性揉揉右眼，說：「熱蘭遮城堡當然是要看的。此外，我也希望能和萬巴德醫生見

---

⑧額爾金（The Earl of Elgin之第八代，1811-1863），一八六〇年下令火燒圓明園，後為簽訂北京條約時之英方談判代表。

面，和他談談他和鸕鶿號的南岬之行。明天我打算到打狗英國領事館拜會賈祿，謝謝他鼎力相助，並請教他的看法。」

*

這天清晨，有個在安平港內卸貨的英國船員，不慎自高處掉了下來，頭部出血，昏迷不醒。萬巴德被請去救治，蝶妹也跟著去了。不幸這船員傷勢太重，過了中午時分，終於不治過世了。待萬巴德和蝶妹趕回天利洋行，李讓禮已經到熱蘭遮城以及府城各景點去參觀了。

李讓禮黃昏時分歸來，見到萬巴德，非常高興，就萬巴德的南岬之行問得非常仔細。萬巴德提到，鸕鶿號去南岬時所帶的土番話通譯，此刻正好也在天利洋行內，李讓禮大喜。

當萬巴德引見蝶妹時，李讓禮見到通譯竟然是一位少女，露出訝異之色，迫不及待地問了蝶妹好多社寮與南岬、熟番及生番的問題。

李讓禮本來就個性活躍，見到了蝶妹，更是眉飛色舞，談笑風生。至於蝶妹，因李讓禮常注視著她，讓她很不習慣。最後，李讓禮告訴萬巴德及蝶妹，他明天會到打狗拜會賈祿，然後他打算重複鸕鶿號的行程，搭乘亞士休落號先到瑯嶠，再到南灣勘察。他非常樂意順便搭載萬巴德回打狗，而蝶妹更可以一路坐到社寮。

蝶妹已經近一個月沒有看到文杰了，早就歸心似箭，如今突然有個好機會可以返回社寮，真是喜出望外。這天晚上，她高興得一夜難眠，不知怎麼向文杰和棉仔等描述她這個月的奇遇。

第二十五章

四月二十一日，萬巴德和蝶妹搭上李讓禮的亞士休落號。蝶妹緊緊跟著萬巴德。李讓禮好奇目光常飄向蝶妹，蝶妹則儘量迴避著這位花旗國領事。蝶妹自己也無法說明，同樣是洋人，為什麼和萬巴德在一起時，可以輕鬆自在，但一見了李讓禮就發窘。萬巴德也看出李仙得似乎對蝶妹特別有興趣，他的解釋是因為蝶妹是李讓禮遇到的第一位福爾摩沙原住民，而竟然生活在西方人的圈子裡。

船行甚速，自安平到打狗，很快就到了。早有英國領事館人員在岸上迎接，並備了馬車來接李讓禮去拜會賈祿。臨別，李讓禮向蝶妹表示，亞士休落號將於次日下午啟程去瑯嶠灣，將稍作停留，再到南灣。蝶妹和萬巴德向李讓禮謝謝搭載。兩人一同走回醫館，蝶妹鬆了一大口氣，有如釋重負的感覺。蝶妹想到第二天下午就可以回到社寮，掩不住心中的喜悅，在回醫館的路上竟然哼起山歌。

然而還有蝶妹萬萬想不到的事情在等著她！

就在蝶妹走到山下通往醫館的小徑路口時，竟有人在館門口大叫：「蝶妹！蝶妹！」蝶妹嚇了一大跳，定睛一看，竟是松仔！松仔怎麼會出現在這裡？蝶妹既高興又疑惑，不顧身邊的萬巴德，也連跑帶跳迎向松仔。兩人興奮地拉著手，蝶妹感動得眼淚都流出來了。

*

當天蝶妹出乎眾人意料之外，臨時決定搭上鸕鶿號去當通譯，然後直接轉往打狗的旗後洋人醫館，向萬巴德學習醫護病人。臨上船之際，未免匆匆，無法向大家一一道別。即使對弟弟文杰，蝶妹也只是簡單告訴他，等去了打狗的洋人醫館後，她每個月會回來社寮，要文杰好好照顧自己，更來不及向松仔道別。她本來期待船在回程會在社寮村稍作停留，不料事與願違，就這樣一路到了打狗，又因緣際會到了台灣府。

過去幾個月，松仔和蝶妹一直處得很好。蝶妹匆匆離去，他心中難免落寞。松仔沒想到，棉仔哥哥馬上派給他重要任務，和文杰到豬勝束報訊，卻因而了解了蝶妹姐弟的身世。更不料到了豬勝束後，文杰卻被豬勝束大頭目兼斯卡羅族大股頭卓杞篤留下來當養子。文杰既然已決定久留豬勝束，松仔在住了十天之後，只好單獨回社寮。而文杰也因為姐姐遠去打狗，不急於回到社寮道別。他只拜託松仔，回到社寮後，向棉仔大哥致歉不告而別，以及如果姐姐回到社寮時，向姐姐告知事情的發展，等養父卓杞篤的事忙完，他會回去社寮一趟。

在執行任務中，松仔暫把和蝶妹分別的離愁拋之腦後。等任務完成回到社寮，他心情又轉劣。棉仔得知蝶妹與文杰的母親竟然是豬勝束公主，也大感驚訝。至於卓杞篤收了文杰為養子的事，棉仔沉思了好一會兒，才開口說：「這事對文杰而言，當然是好事，有生番大頭目當靠山，比當失怙少年自然要好太多。但我們的處境就很微妙了……有個生番貴族的好友，在平日也許是好事，但現在生番正惹上麻煩，與洋人有過節。而生番與福佬的關係，你也知道的……」棉仔沉吟了一下：

「我們洋人、生番、福佬全不得罪就是。看來少惹為妙。」

但是棉仔這番話，松仔可不完全同意。因為在他心目中，蝶妹才是最親密、最重要的人。

棉仔認為，文杰姐弟來投靠社寮也才不過是去年中秋的事，而文杰既然做了轉投生番母家的選擇，因此他想，把和兩姐弟的關係淡化掉吧。本來他也只是念舊收容兩姐弟而已，不但不是同宗、同鄉，連族群也不同。

松仔則思念著蝶妹。蝶妹長得好看，又聰慧活潑。這半年來，和蝶妹相處已經是松仔工作之餘最快樂的事。十多天來，他的眼前盡是蝶妹的身影與笑靨，但蝶妹音訊全無。他相信那位洋醫生不是壞人，對蝶妹的安全顧慮並不大，但他受不了這樣和蝶妹完全斷了線。

這一天，他突然心血來潮。既然知道蝶妹是在旗後的洋人醫館，只要坐船到了打狗的旗後港埠，要找到洋人醫館絕對不難。於是他得到棉仔的同意，找到了願意載他到旗後的貨船，帶了幾個錢就出發了。

他四天前到了打狗。果然下船後不到半個時辰，就找到洋人醫館。門口一位守門福佬老者卻告訴他，蝶妹跟著萬巴德醫生，幾天前坐著牛車到台灣府去了。至於什麼時候回來，他也不知道。

於是松仔白天就到旗後港口打零工。來旗後的船隻甚多，找零工的機會並不難。松仔白天工作，下了工就到醫館去打聽蝶妹訊息。到了晚上，他就在醫館旁邊的林園找了棵樹下睡覺。四月天的晚上，氣候宜人。蚊蠅昆蟲雖不少，尚可忍受。這樣過了三晚，第四天他終於等到了蝶妹。

「蝶妹，妳穿著洋人服裝，我差點認不出來，不過還真好看！」這是松仔見到蝶妹的第一句話。蝶妹嫣然一笑。松仔在社寮見過萬巴德，轉身向萬巴德一鞠躬，說：「萬醫生，您好，我堂弟的傷勢已經好了許多，謝謝您。」

萬巴德聽了，也很高興，向蝶妹說：「妳家鄉的人來看妳了，真好。妳請便吧。」

蝶妹領著松仔到了自己房間，問松仔：「文杰還好嗎？」

松仔說：「正要告訴妳這件大事。文杰已經離開社寮，被豬勝束的大頭目、斯卡羅族的大股頭收為養子了。」

蝶妹大吃一驚，但也一頭霧水。松仔把過去二十多天的事一一告訴蝶妹。自蝶妹上了鸕鶿號後，棉仔如何派他和文杰去豬勝束報訊，以履行對賈祿的承諾，結果意外揭開了蝶妹和文杰母親的出身竟是豬勝束公主。而豬勝束的大股頭看到妹妹的兒子一表人才，見多識廣，先要文杰長住，後來乾脆收為養子。松仔說，大股頭很欣賞文杰，倚重文杰。松仔又說，現在文杰有了強有力靠山，蝶妹以後不必為文杰操心了。

蝶妹既替文杰高興，卻又若有所失。以後她和文杰在一起的機會相當少了。爸爸本要文杰像一般客家或福佬一樣，經由科舉博取功名。但老實說，她也知道，雖然文杰聰穎認真，但身處僻壤，二來貧窮，兩個因素加起來，既請不起老師，又無習文環境，將來文杰要經由科舉考試而出人頭地，談何容易。如今貴為母親番社大頭目養子，也算繼承了母親的家業。想到這裡，甚感欣慰。她默默祝福弟弟。她想，弟弟繼承了母親，那麼我就來繼承父親吧。

那麼，要繼承父親什麼？蝶妹回想著爸爸最讓她佩服與驕傲之處。爸爸是勤奮的。她和文杰都繼承了父親的勤奮精神。

爸爸還有一項特點：誠實。這一點，在渡海而來的新到移民倒是不常見，所以「林老實」才會成為他的綽號與招牌。爸爸是平地人山地人都無欺，童叟也無欺。一般生意人的奸詐狡猾，在爸爸的身上完全看不到。她相信，媽媽也因為他這一點而喜歡他。誠實守信，本來就是原住民的好處，她身上也流著媽媽的血，她會把父母親的「誠信」保持下來，相信文杰也是。

爸爸希望文杰「文章傑出」，能中科舉。文杰既然已經當了番社大頭目的養子，這個願望當然是落空了。而她是一介女生，無法參加科舉。但是，她已開始追隨萬醫生學習洋人的醫術。洋人稱為「醫生」，福佬客家則稱為「大夫」。在爸爸臨終之前，她與文杰曾經到柴城延請了一位福佬大夫來為爸爸治病，雖然他並沒有能救回爸爸的生命，她依然尊敬這位大夫的風範和舉止。她想到大家都稱醫術精湛的大夫為「華佗再世」。雖然西方醫術和閩客人醫術顯然不同，但醫人救人的心相同，而且她見證了西方醫術的獨到之處。她希望有一天也能被稱為「女大夫」或甚至「女華佗」，那麼爸爸在天之靈會很高興。她在心中默禱著有這麼一天。

幾天內，她與文杰兩人都有巨大變化。更意外的，姐弟的走向竟是如此對比，一個走向城市，向洋人學習；一個上了高山，成了原民貴族。這變化太不可思議了。蝶妹在夜裡輾轉反覆，不能成眠。今天，松仔自社寮來到打狗看她，她非常感動。棉仔和松仔兄弟對她和文杰，在無依無靠時伸出援手，對待兩姐弟有若家人，她衷心感謝。這半年來，姐弟倆過得愉快無憂。雖然她幫忙煮飯、縫紉及農作，文杰也幫忙做一些粗工，但是這種寄人籬下的日子究竟不是長久之計。本來她也在籌劃如何早日自立。和萬巴德習醫，大概也有這樣的下意識在。文杰既然也離開社寮，那麼她日後以何處為家？

她知道松仔喜歡她而特別自社寮趕到打狗，讓她很感動。可是……她總覺得，她對松仔的感覺，卻好像不太對等。剛剛松仔把蝶妹的母親瑪珠卡的故事轉述給蝶妹，蝶妹聽了熱淚盈眶，她不知道她的媽媽有這麼一段勇敢動人的愛情故事。媽媽為了和爸爸在一起，勇敢割捨，她尤其感動。

男女間的事，她尚未能體會。但是她覺得，她對松仔的感覺，一向比較像是家人，而不像男女之間……松仔來到打狗，她乍見之時當然有著驚喜，但其後又隱隱覺得不安。

第二十六章

第二天四月二十二日早上，蝶妹帶了松仔，在亞士休落號停泊的岸邊等著李讓禮。下午二點，李讓禮匆匆趕到。

蝶妹帶著松仔迎了過去，請求李讓禮讓松仔也同行。李讓禮看了松仔一眼，毫不猶疑答應了。

船隨即升火，鳴笛一聲開航。

蝶妹和松仔向李讓禮致謝。李讓禮笑說：「但是到了社寮，你們可要當嚮導喔！」又說：「方才賈祿給了我一份南部福爾摩沙地圖，重要的是到南岬的海圖。我們今晚在社寮停一夜，明天去南岬。妳是去過那裡的，能否也邀請妳跟我們一起去？」

蝶妹幾乎不假思索就婉拒了。她回答，她已離開社寮幾乎整整一個月了，她希望能在社寮停留久一些。她又說，上次的南岬之行是個恐怖經驗，她不想再冒一次險。

李讓禮保證，這次他沒打算登陸。蝶妹還是不肯答應。李讓禮有些失望，但不死心。船在晚間到了社寮。蝶妹臨下船時，他再拜託蝶妹：「那麼，我在社寮多停一天。明天我去柴城及附近走走，後天船再出發。請妳再考慮一下，明天告訴我不遲。」

蝶妹只是笑笑。

＊

李讓禮在船上過了在社寮的第一夜。這天晚上，他一個人在甲板上望著星空，腦海裡浮現出來的不是後天的南岬行，卻是蝶妹的身影。心中有一種不知所以、說不出的興奮感。不知是否為了即將到南岬探險，還是其他。總之，他已經好久沒有這種感覺了，似乎重新又有了目標與生命力。他喜歡這樣的感覺。

第二天，他起了個大早。蝶妹因為不打算隨他去南岬，所以決定陪李讓禮去柴城，表示感謝他載她回鄉。棉仔和松仔也隨行。

李讓禮早已知道柴城是鳳山以南最大的福佬鄉鎮。到了柴城，令李讓禮訝異的是，雖然柴城商家以福佬人居多，但街道上來往的行人，卻是形形色色，除了福佬，有不少穿著平埔或福佬裝的土生仔，也有一些客家人。柴城人口雖不算多，但市街熱鬧，商業活動出奇興旺，而這些商業交易有一半是不同族群之間的互通有無。

李讓禮特別注意著這些來往人群服飾、語言。這裡的平埔，清國官方稱為熟番，但他們及當地人自稱「土生仔」，都是平埔與福佬的混種。他也第一次知道，原來大陸移民還分成由福建來的福佬與廣東來的客家。他希望能分出福佬、客家與土生仔。土生仔比較好認，因為有特殊的頭巾，服飾也不太相同。但福佬人與客家人，則服飾、長相、髮型皆極其相似，只有語言不同。但蝶妹告訴李讓禮，有一個很簡單的方法可以一眼就看出是福佬女性還是客家女性。李讓禮看了半天，不得要領，要蝶妹告訴他。沒想到蝶妹突然調皮起來：「領事不要強迫我去南岬，我才說。」

李讓禮望著蝶妹，一副啼笑皆非的表情，不知如何回答才好。

終於李讓禮想通了，知道不可能強迫蝶妹登船，於是點頭。蝶妹很高興說：「那還不簡單，福佬婦女都是小腳的。如果像我這樣大腳就不是福佬人，要嘛客家，要嘛土生仔。而客家或土生仔，看頭髮服裝就可以一眼看出來啊！」

李讓禮哈哈大笑。這時，他驚訝發現竟然有三位黝黑壯漢，其中一人頭戴豹紋皮帽，並有尖牙為飾，三人皆身披紅白相間背心。棉仔撞一撞李讓禮手肘說：「這三位是生番。」要蝶妹翻譯給李讓禮。這三人手上提著大竹籠，看不出裝什麼，走進一家福佬人開的大商店。生番看到長相特別的李讓禮，先是好奇瞄了幾眼，三人之間交談了幾句，然後卻裝作不在意。李讓禮很想看生番的籠子裝著什麼，和福佬怎麼交易，就跟著進去。生番打開竹籠，棉仔告訴李領事，原來是兩對大鹿茸和兩隻鹿鞭，李讓禮聽不懂這些有什麼用途，一臉不解之色。生番和店老闆比手畫腳，顯然雙方的語言並非很通。店裡的人收了鹿茸與鹿鞭，依然你一言我一語，漸漸面紅耳赤，顯然雙方條件並未談妥。後來，生番似乎很無奈地取下頭上皮帽。店老闆頓時面露滿意之色，轉身入內，拿出來的卻是三把相當新的火繩槍以及六大盒彈藥，接著又補上一些女性的飾物、布料。李讓禮大為驚奇，不想貌似雜貨店的福佬人商店，除了賣米、賣糖、賣油、賣鍋、賣繩、賣五金、賣各種食物，竟然還賣武器。

在打狗時，賈祿說，以他的判斷，福爾摩沙的生番武器的配備遠遠超過北美洲的印第安人，要他不要小看土番。現在李讓禮恍然大悟了。他這才知道，原來台灣山上原住民族和平地人之間，並非像印第安人和白人之間老死不相往來或一見面就起衝突。雖然清國政府以隘界隔離平地人與山地人，雙方也互看不順眼，但並未到完全敵對、互不兩立的程度。雙方商業交易可謂頻繁。由站在身旁的蝶妹，他也想到，事實上生番與客家之通婚也應該不少。所以生番就由居住於福爾摩沙海邊的村鎮換來許多平地人的物品，更重要的，換來許多火槍及火藥。也難怪賈祿說不要用看印第安人的眼光去看生番。

李讓禮看生番很稀奇，生番看李讓禮也很稀奇，也頻頻轉頭來看李讓禮。其實何止生番，柴城街市上的人，很少有看過洋人的，加上李讓禮又蒙著左眼，看來有些怪異。起初大家只敢在旁邊指指點點，後來看到李讓禮似乎相當和善，並不以為忤，於是圍觀者竟然愈聚愈多。出乎蝶妹等意料之外的是，李讓禮竟然伸出手來，和大家一一握手招呼，連民眾都覺好玩，也爭著和李讓禮握手。

李讓禮在柴城街市內走了一圈。後來又遇上另一組生番，但看不到手上提有動物，倒是拿著福佬的鐵鍋和廚具。李讓禮問：「這裡有龜仔用的人嗎？」

棉仔說：「這裡離牡丹社較近，南部猫仔社偶爾也來這裡。龜仔用則甚遠。各部落生番的語言和打扮都很像，無法去分辨。」

柴城鬧區其實就是一條大街。李讓禮走完柴城，問棉仔是否可以帶他往南走，最好能去到龍鑾。李讓禮知道，龍鑾過去就是龜仔用了。棉仔說，他們土生仔去還好，但帶著洋人，又才發生羅妹號與鸕鶿號的事，他不想冒這個險。回到社寮，李讓禮一直拜託棉仔，是否願意上船當他們的通譯。棉仔想到前晚蝶妹向他提到的戰爭場面，還是婉拒了。李讓禮又提出重賞，要求村裡其他人前往。但他們大多表示，生番話只懂得皮毛，無法勝任。李讓禮找不到翻譯，不到日落，就悻悻然離開社寮，回到亞士休落號上。

但是亞士休落號並未開拔，仍然停在社寮港內度過了第二夜。到了第三天早上，李讓禮猶不死心，一大早又親自下船找到蝶妹和棉仔，結果還是失望了。

*

亞士休落號靠著賈祿的福爾摩沙南部地圖及航海圖的指引，很順利地到達了南岬海岸，也很快到了躺著羅妹號舢舨殘骸的海灘。海邊怪石猙獰，李讓禮很怕船隻不慎觸上暗礁。

李讓禮和費米日以望遠鏡望著龜鼻山下的海岸，沙灘上幾近一無所有，沒有土番，也沒有野牛，倒是意外看到了四個移民打扮者。亞士休落號的士兵下了船，把四人都拘提上船問訊。這四位竟然是福佬，不是客家，所以和李讓禮自廈門帶來的福佬翻譯可以互通。這四名自稱姓吳的福佬說，他們世代居住在大繡房已有數十年。他們乘了舢舨過來，舢舨就停在附近一個小灣。因為聽說這一帶沙灘常有成群野牛出沒，所以他們來此碰碰運氣抓野牛。他們對土番殺害洋船水手的事件一無所知，但他們承認偶爾也會來這裡和土番做一些交易。

李讓禮望著海灘後的山巒，這就是賈祿和清國官員所稱的龜鼻山了。龜鼻山並不高，但形狀怪異險峻，附近山巒則叢林茂密，生番極易藏匿。李讓禮由賈祿的經驗和在柴城所看到的，知道他們面對的不會是只執刀箭的土番，而是持有火繩槍的敵人。

李讓禮和船長費米日仔細觀察後，結論一致：必須至少有一、二百名士兵的軍力才能深入龜鼻山，而且海軍的供輸補給絕不可缺。當然還需要幾個通譯和土番溝通。兵力和通譯缺一不可。如果率然揮軍冒進，非常危險。

因已決定不上岸，費米日就下令回航。但李讓禮要求費米日繼續向東行駛。船繞過最東邊一個往南突出的狹長半島，再沿著福爾摩沙東部海岸向北行。不久，他們看到一條大河口。由河口望過去，河谷廣闊平坦。賈祿的地圖上沒有畫出這一帶。但由地形地勢上看，這條大河有可能通往豬勝束。李讓禮怦然心動，他向費米日說，如果自此河口登岸進入河谷，說不定可以直攻龜仔用而避開仰攻龜鼻山的天險。費米日點點頭，覺得這位長官有膽識，非一般文官。

費了半個多月的時間，雖然得到清國官員的懲凶保證，但無法再救到船員，也無法見到龜仔用生番或見到船員遺體遺物。李讓禮帶著遺憾，下令亞士休落號轉頭直駛廈門。一天半後，四月三十日，亞士休落號回到廈門。

這次李讓禮的第一次福爾摩沙行。之後，來福爾摩沙成為他的最愛。

第二十七章

四月下旬的十八部落結盟大會之後，文杰愈加思念蝶妹。離開社寮超過一個月了，他很想回社寮一趟，向棉仔等道別，兼謝謝半年來的收容之恩，但苦於不知蝶妹是否已回到社寮，深怕空跑一趟。卓杞篤也知道文杰還有個姐姐在社寮。他告訴文杰，如果蝶妹要來豬勝束久居，他也以大股頭兼阿舅的身分表示歡迎。文杰深知蝶妹自幼喜歡新奇東西，大似伊沙口中媽媽年輕時的個性，心忖蝶妹選擇番社的可能性不大。

卓杞篤告訴文杰，不必煩心，命運到時，祖靈自會安排。該相見時自然會相見，例如他們舅甥倆的相遇就是如此。卓杞篤說，他倒覺得，他們姐弟幾乎在同一天，一個登上洋人船艦，一個來到豬勝束，也是祖靈的安排，讓姐弟倆自此各奔前程。而且他相信，他們姐弟兩人都帶有祖靈賦予的任務。文杰盤算著，豬勝束至社寮，一天可到。於是，他向卓杞篤說，三月二十五日姐姐臨走之前告訴他，大約一個月回來一次。那麼四月二十五日姐姐也許會在社寮。他打算花一天走到社寮，在社寮停留三夜。如果還見不到蝶妹，他就逕回豬勝束，以後就等蝶妹來豬勝束找他。卓杞篤准了。

於是文杰在四月二十四日清晨穿著平埔裝，往社寮出發。

當天傍晚，文杰到了社寮，蝶妹果真也在。兩人高興得不得了，暢談一夜，雙方的奇遇都是彼此無法想像。

蝶妹告訴文杰，洋人的船隻正巧今天上午離開社寮，往龜仔用開去。又說，這次的船隻就是來自羅妹號的國家——美國，又叫花旗國。文杰嚇了一跳，心裡不禁大大佩服卓杞篤。養父斷言洋人一定會再來，果真來了。他的擔憂有道理，他的「瑯嶠十八部落結盟」①也果然有先見之明。文杰告訴姐姐，大股頭早就下令增援龜仔用，日夜不停監視海面，是否有洋船出現。

蝶妹說：「那李讓禮和賈祿不同。賈祿是文人，李讓禮不但打過仗，而且因戰功而升到將軍，會更難對付。」

文杰聽了更是憂心。

蝶妹說：「但依我之見，這次李讓禮似乎沒有要打仗的樣子。」

文杰說：「但願如此。」

文杰對李讓禮坐船南下探測，憂心忡忡。既然已經見到蝶妹，他決定提前返回豬勝束，以和養父共商大計。

*

文杰在第一天只向棉仔簡單打了個招呼，就忙著和蝶妹交換兩人過去一個月的際遇。第二天文杰見了棉仔，表情有些尷尬。他對棉仔派他去豬勝束，讓他得知了自己的身世，表示感激，也替卓杞篤轉達了此次棉仔通報的謝意。另一方面，自己本是去豬勝束傳遞訊息，卻成了豬勝束大頭目的養子。自今而後，一位是土生仔大聚落的頭人之子，一位是生番部落大股頭之養子。而土生仔村落與生番番社的關係甚為微妙。

一個月前，棉仔在洋人的壓力下，勉強答應去豬勝束報訊，他極不願意捲入洋人與生番的是非。一個月前英國船才來過，緊接著二天前李讓禮的花旗國軍船又來，他開始有所警覺了。他相信以後洋人船隻會不斷前來，直到龜仔用生番被「懲罰」為止。看來洋人不會輕易干休。而每次洋人一來，自己和社寮總是首當其衝。昨天，他拒絕李讓禮拜託他上船當通譯的請求，如果李讓禮下次又來，他能夠再度拒絕嗎？如果他答應了，名曰通譯，實則嚮導，說不定有一天不得不帶路攻打龜仔用，甚至豬勝束。那麼，他將被迫與生番及文杰為敵了。

棉仔在心中苦笑著。每次洋人來，他都會發一筆洋財。但這次這筆錢可不好賺，要冒著和生番交惡的危險。

兩姐弟自然無法體會棉仔心中這些轉折。

蝶妹很感激棉仔收容她和文杰，那算是兩代之恩了。她決定去學醫護，原意也是希望回來報答社寮人。可是以後社寮人會如何看待她？文杰離開了，她還繼續以社寮為家嗎？她想到松仔，除非她嫁給松仔，社寮才會毫無保留地接受她吧？否則，一位生番公主之女，生番頭目養子之姐，卻住在這個平埔熟番村落，有些怪異。本來她也算是半個平地人，但是她父親是客家，不是福佬，而客家和福佬一向不和。再加上自己弟弟當了生番大頭目的養子，在平埔與福佬混生的社寮人眼中，她的生番身分當然就更礙眼了。

①以原住民觀點（部落）稱之，不以漢人觀點（社）稱之。

文杰的感受又有不同。他融入生番部落之後，充分體會了部落的生存危機。生番雖殘暴，本質上卻是敦厚羞怯，無法應付平地人移民的巧取豪奪。移民愈來愈多，生番的生活方式也愈來愈受到影響。像他看到的伊沙家的佈置，就已經相當平地化了。他自己是半個平地人，直到一個月之前，他接受的是平地人的概念，平地人的價值。平地人的侵略性大大威脅生番村落。過去移民少，部落可以維持傳統生活型態與價值，現在平地人愈來愈多，他為他母親的族群憂慮了。而雪上加霜的是，現在又來了洋人，更不幸的是部落還得罪了洋人。平地移民對部落的傷害還不大，洋人軍隊有可能是毀滅性的。

因此，為了部落的永續生存，他必須勸服養父，和平地人、和洋人，都要維持良好關係，萬萬不能樹敵。他相信，一旦全面開戰，生番會大敗。

另一方面，福佬、客家同是平地人，卻又對立。他父親是客家，而認同福佬的社寮人不但對他父親有恩，對自己和姐姐也有恩。他體會到族群和平相處的好處，他不願他母親與他父親的悲劇重演。他不但要為生番部落的承續而努力，也希望至少減少移民和原住民之間的敵意。他認為，唯有他的血緣、他的角色，才能達成這個使命。他希望有一天能和棉仔談論這些，請他協助。

下午，蝶妹告訴棉仔和松仔，她計畫第二天要隨文杰去一趟豬勝束，看看母親成長的部落，也拜會兩位母舅——卓杞篤以及已退位的大頭目。停留個一、二天後，先回社寮，再到打狗繼續向萬巴德醫生學習。

松仔滿腹心事。他不願蝶妹再回打狗，但自知無力阻擋蝶妹，只能要求第二天可以護送蝶妹來回社寮與豬勝束。蝶妹答應了。

當天晚上，棉仔倒是很給文杰面子。棉仔擺了一桌豐盛好菜，又拿出柴城鎮上買來的好酒，替文杰送別，也祝福蝶妹再去打狗一切順利。文杰感慨萬千，有人敬酒就乾，竟然大醉。在蝶妹印象中，這是文杰第一次醉酒。爸爸生前並不喜歡飲酒，文杰也幾乎沒有喝過酒，自然酒量甚淺，但今晚文杰竟然豪氣乾杯，出乎蝶妹意料之外。她感覺，雖然姐弟多年，但文杰的性格竟有她不知道的一面。

蝶妹思索著，是否受了生番的影響？因為生番嗜酒失態已成平地人的笑柄。蝶妹開始憂心了，文杰才去了部落一個月，怎麼就染上了這惡習？她一定要提醒文杰，喝酒易誤事，以後一定得有節制！

而松仔則鬱鬱寡歡，筷子沒有動幾下，酒杯更只是擺個樣子。想到蝶妹又要遠離他去打狗港，他的心就像被田鼠啃齧一樣，痛苦不已。他不時側頭望著蝶妹，但蝶妹的眼神卻鮮少與他交集。在眾人的談笑聲中，他突然抓起筷子用力一折，筷子斷成兩片，發出「嗶啪」的聲音。眾人被他這突來的動作與聲音嚇了一跳，所有談話立時停下。空氣凝固住了，除了已經躺在地上醉得不省人事的文杰，所有眼光都望著他，只剩下文杰的打鼾聲和屋外的蟲叫聲。

棉仔自松仔這幾天的舉止與談話已大約猜出是怎麼回事，嘆了一口氣說：「松仔，明天還要早起趕路，你先去睡覺吧。」

第二十八章

松仔與棉仔是同父異母兄弟，兩人相差十多歲，但感情甚好。松仔生母早逝，因此自小就黏著大哥。

大約百年前的乾隆道光年間，閩南漳、泉地區的一些壯丁渡海過黑水溝，來到社寮溪口的海灣上了南岸。這些第一代移民在河口落腳之後，建了一個工寮，聚居開墾耕種，間以捕魚為生。

也大約同一時代，在一六三五年左右被荷蘭人自大崗山附近趕到阿猴、放索一帶的馬卡道族平埔，因為受到閩、粵新移民的壓力，被迫帶著牛群往台灣的後山遷徙。流亡的過程，大都繞道瑯嶠而行，社寮是進入這個半島的第一站，有些馬卡道族人則不再流浪而選擇在此定居。於是早年的社寮，在西邊近海處龜山下是兼靠海陸為生的福建移民小聚落，村落東部則是養牛耕獵的馬卡道平埔大社。因為既是福佬人的「寮」，又是平埔人的「社」，因此就成了「社寮」，因為馬卡道平埔屬母系社會，許多福佬後代因而入贅，並因而取得土地，而在譜系上也變得極為錯綜複雜。

久而久之，社寮成了馬卡道平埔與福佬壯丁混血的人鎮。他們在認同與價值觀上維持著較多的福佬習俗，但在生活及習俗上則保留了平埔的痕跡。特別是女性，保留著較純粹的平埔傳統。男性仍抱持父權觀念維持了唐山人家族宗法及姓氏，大姓有李、黃、尤、楊等。黃姓者甚至還有宗祠。

而女性則維持平埔衣飾不纏足。男女都吃檳榔與下田工作。也許是氣候炎熱，男女都戴頭巾，著寬褲。風俗、飲食則是福佬與馬卡道的混合。

馬卡道平埔常在海邊撈水產，或以竹筏在近海漁釣，而不會出海。馴養野牛群是馬卡道族最重要的維生之計。但社寮的混種平埔有著閩南福佬的海洋冒險基因，他們也駕著「竹筏」出海捕魚，因此也拜媽祖、拜觀音、拜關公、拜土地公，甚至也保留了「燒王船」的祭典儀式。原來的馬卡道公廨，或消失不見，或依附在福佬式的廟宇祠堂之內。但他們卻又維持著古馬卡道的傳統祭禮，如「跳戲」等，而且普及全村。

棉仔和松仔就是在這樣的環境長大。他們的父親楊竹青是社寮頭人，先娶「門當戶對」福佬人成分較多的元配，生了三個男孩，棉仔是長男；中年之後，又娶了一位平埔成分較濃的小妾，生下松仔。松仔是他最小的兒子，但松仔的母親出身較低微，又不幸早逝，因此松仔受到的教育較少，較未得到父親關愛的眼神。又因福佬人偏重長子及嫡子的觀念，族人對松仔，也不太放在眼中。

棉仔收容了林山產的兒女，是基於憐憫，因為林山產曾經是他家的長工。不過，林山產是客家，他的兒女又是與生番所生，所以在棉仔眼中，出身偏低。但蝶妹好看、乖巧又勤勞；文杰則書念得比棉仔還多，讓棉仔刮目相看。而平時在家地位比棉仔矮一截的松仔，對蝶妹又極有好感，對文杰自然愛屋及烏。蝶妹和文杰雖感激棉仔的善意，但也自知是外人，不敢把這社寮當作久居之地，也才有此次的各奔前程。但姐弟分途，倒非兩人始料所及。既然各達所願，也就承認這是冥冥之中的命運安排了。

至於松仔，本來就讓族人覺得不如棉仔。楊竹青對他也不怎麼栽培。楊竹青臥病之後，棉仔代掌頭人之職。他終於發現，同父異母的弟弟喜歡上了半客半番的蝶妹。

棉仔家族，雖是混種土生仔，平日卻慣以福佬自居，又是社寮頭人，對文杰和蝶妹，雖有收容善意，但娶進門就是另外一回事了。不過看在蝶妹美慧兼又福佬話流利，如果松仔真的是喜歡上她，棉仔也不反對。何況，棉仔想，松仔憨直，以蝶妹的聰明伶俐有主見，倒是可以補松仔之不足。只是蝶妹每每喜歡穿著生番圖紋的披掛，又常戴著一條生番項鍊，常惹得棉仔看不順眼。

松仔陪著文杰、蝶妹，再次登上往豬勝束之途。這次他們清晨出發，黃昏時到達。在經過射麻里時，伊沙卻正好不在。蝶妹有些遺憾，因為她也很想拜見這位擔任斯卡羅二股頭的長輩遠親。

*

到了豬勝束，卓杞篤看到蝶妹，欣喜不在話下。他表示，若蝶妹願意留下，豬勝束極為歡迎。蝶妹則表示，等她回打狗學好醫術再說。

文杰告訴養父，這次蝶妹和松仔是搭著美國、又叫「花旗國」的船，一路由台灣府到打狗，又由打狗來到瑯嶠。那艘花旗國船，今天早上也自瑯嶠出發，可能已到過南灣一帶。

文杰早已將蝶妹上了英艦鸕鷀號，可能也出現在龜仔用海灘的事告訴了卓杞篤，今日終於得到證實，不覺失笑，說：「好險好險。」而又得知這次機緣湊巧，和花旗國李讓禮也有熟識，更是哈哈大笑：「祖靈佑我，祖靈佑我。」轉身向文杰說：「再過幾天，我們找二股頭、三股頭、四股頭，以及龜仔用的巴耶林來。我有個想法。」

*

蝶妹在豬勝束住了三晚。她知道以後再來豬勝束的機會不多了，甚至和弟弟再見面的機會也不多了。父親曾告訴姐弟倆，為了生活，離鄉背井來到台灣，許多渡海來到台灣的客家或福佬移民，其實在家鄉都已有了妻子，甚至兒女。這些移民原來抱著發財夢來到台灣，希望美夢成真後，把家人接來台灣，或自己再榮歸家鄉。但移民真正致富者其實少之又少。爸爸每每說到這裡，就搖頭嘆氣。蝶妹不敢問爸爸，爸爸說的是不是就是他自己的慘痛經歷。她不敢探問爸爸在過來台灣之前，在家鄉是否真正獨身？還是伴侶早逝？還是猶有妻小？

蝶妹望著文杰。爸爸希望文杰在考場求取功名，沒想到文杰反成了生番貴族。更怪的是，生番一向家規嚴格，大股頭會接納文杰為養子，她直覺認為這是他積了二十多年的內疚，對過世妹妹的補償。

她感覺到，因為「鸕鶿號」的兩顆砲彈，卓杞篤也體會到大環境改變之速，因此有求變之心。他以文杰為養子，除了感情因素，尚有深義。卓杞篤是靈敏的，由大批平地人的入侵，妹妹的婚姻悲劇，外國船的到來，他顯然體會到時代的大轉變。過去，自己族群在百年不變的封閉天地裡，樂天知命，安逸生活的日子，正面臨嚴苛挑戰。他需要一個好幫手來因應這個變局。文杰雖年輕，卻的確是最好的人選。

蝶妹由過去一、二個月來和洋人的接觸也體會到，這個島嶼不論是大城如台灣府，或小鎮如社寮，都將因洋人的到來而產生變化，甚至連這荒僻深山中的生番族群，也免不了受影響。

她想，如此而言，文杰的使命重大啊。母親一族未來的命運，可說是落在文杰身上。她見過卓杞篤那幾位將來可能繼位的姪子，個個是酒鬼，顯然不足以擔當大任去應付未來的鉅變。蝶妹在思索，何以卓杞篤不願文杰僅以妹妹兒子、自己外甥的名義歸宗，而要安排他成為大股頭的養子。也許要如此做，才有可能讓文杰取得頭目家成員的地位，將來才能輔佐未來將繼承為大股頭的朱雷兄

弟們。因此，在臨別時，她握著文杰的手，諄諄道別：「你在這裡，有大股頭養父栽培，爸爸媽媽在天上會放心的。但是，我要你做到一點，儘量少喝酒！切記。」

文杰正色地點點頭。

在回社寮的路上，蝶妹心事重重。文杰前程已定，反倒是必須為自己安排未來了。松仔在她身邊陪著，見她一臉肅然，也不敢打擾她。

她想，雖然棉仔沒有提起，但自己若繼續以社寮為家似乎怪怪的，除非嫁給了松仔。她不自覺偏頭望了一眼松仔，苦笑了一下。松仔見到蝶妹對他似笑非笑，鼓起勇氣向蝶妹開口：「蝶妹，妳打算什麼時候再去打狗？」

蝶妹說：「哪時有船就哪時去。」

松仔說：「我已經決定，我也要和妳外出打天下。我上次去打狗，看了許多，也懂了許多。待在社寮種菜捕魚養牛，沒什麼長進。要到大城鎮才有機會。妳是對的，不必窩在社寮。」

蝶妹又驚又喜，沒想到一向憨厚懶散的松仔能有這般見識。這樣的決心，這樣的行動，令蝶妹對松仔刮目相看了。她露出幾天不見的陽光笑容，說道：「那你到了打狗的下一步呢？」

松仔說：「我沒讀過什麼書，寫字、記帳這類的事是做不來的。打狗不論旗後或哨船頭都有許多外國商船，裝貨、卸貨都需要搬工。上次我去找妳，就做了幾天零工。我力氣大，這種靠力氣吃飯的事我做得來。但問題是只靠打零工收入不固定，而且還要找地方住。」

蝶妹說：「天助自助者。你如果工作出色，自然會有人要你。如果你真有此打算要去打狗闖天下，那我們就一同搭船去吧！」

蝶妹主動約他搭船，松仔高興得幾乎跳起來。

第二十九章

卓杞篤依然心事重重。他向文杰說，十八部落聯盟成立了，可是考驗還在後頭，他沒有把握經得起考驗。何況，這次不同了，上一次是斯卡羅挺龜仔用，現在十八部落的命運綁在一起，他卓杞篤責任更重大了。

在四月中下旬，卓杞篤號召了下瑯嶠十八部落聯盟之時，他向十八部落的頭目表示，三月二十五日來了英國船，無功而返之後，他認為白人軍船一定會再來。果然四月二十四日又來了美國船，這一次，船只繞了幾圈便離開。大家都很高興，認為事情了結了。但是，大股頭說，以他的看法，沒有這麼樂觀，不能放鬆警戒。

卓杞篤警告說，他認為這次美國船是來探測的，但為下次到來做準備。他說，遇難船員是美國人，美國才是真正的當事人。他認為，白人沒有上岸徹底搜索一次，是不可能了結的。上次洋人來得太少，登岸被逼退，下次他們一定會派更多人來。

說是十八部落大聯盟，其實卓杞篤能掌握的還是斯卡羅四大部落以及惹禍的龜仔用。其餘的牡丹、高士佛等，最主要是保證不再與斯卡羅敵對，勿趁人之危打擊斯卡羅，以及保證在第二線協防，以免白人長驅直入。因此，卓杞篤的想法很實際：只能以斯卡羅及龜仔用部落來規劃。

他向最西端的猫仔社以及龍鑾頭目說，他很怕白人艦隊自龍鑾或大繡房這邊上山，自側面山翼進攻，這樣，大家就失去了居高臨下的優勢。所以他要這兩部落的人在原來的村社佈防，萬一白人軍隊由此路前來，可以先擋一陣。

他又向豬勝束的自家人說，他也害怕白人船隻繞到東邊豬勝束溪進入。他認為須在溪口佈防。他派了三十位豬勝束勇士，準備了許多茅草竹子以及圓木頭。他說，萬一看到有船隻想自溪口闖進，他要族人馬上把茅草、竹子先推入溪中，讓水深遽減，船隻進不來。如果仍無法阻止船隻闖入，再將圓木推入河流。總之，如果不能破壞敵船，也要在河中製造障礙，讓船進不來。然後，他告訴族人，如果敵人的船真的侵入河裡，就使用火攻，用引火的箭往敵人的大帆射去，燒毀船隻。他也下令，在岸邊設陷阱，一旦敵軍上岸，也要他們受困或受傷。

最後他又說，他推測敵人一直以那個船帆石為地標，所以在船難沙灘上岸仰攻龜仔角的可能性還是最大，因為敵人對整個大地區的形勢不熟，又自恃火力強大。

他問眾人：「那麼，我們有什麼對策？」

龜仔用頭目說：「就像上次那樣，先用火繩槍掃射海岸，嚇阻他們，讓他們上不了岸。」

卓杞篤笑笑：「不太可能嚇阻得了。上次他們只有幾個人上岸，屬於探測性質，我們可以嚇阻他們；這次他們如果來，沒有一百人，也有七、八十人。他們既是決心上山搜尋的，即使死傷個幾人，也不一定能阻止他們。」

卓杞篤說：「我們算一算，可以派出的戰士有多少人？」

他望了一下巴耶林。巴耶林大聲答道：「龜仔用四十人。」

他又望了一下伊沙。伊沙高喊：「射麻里六、七十人左右，七十人吧。」

卓杞篤說：「我們豬勝束大概也可以有七十人。」卓杞篤接著說：「但是我們必須有三十人左右佈署在豬勝束河口。那麼我們能夠集中在龜仔角的戰士一共可以有……」大股頭頓了一下，遲疑著。

文杰在旁邊小聲的說：「那一共有一百五十人。」

卓杞篤嘉許地望了一下文杰：「巴耶林，我們會有一百人集中在龜仔角，一直到洋人的船隻到來為止。我估計在一百天內，洋人的船隻與士兵一定會到來。如果一百天沒有來，半年之內也會到。」

伊沙說：「那還有五十人呢？」大股頭說：「這五十人在豬勝束與射麻里留守，當後援部隊，哪裡吃緊就到哪裡支援。」伊沙聽了心服口服。

卓杞篤繼續說著他的計畫：「巴耶林，這一段時間要麻煩龜仔角的人負責供應所有戰士的糧食。我們每天夜裡派二十位戰士去站崗警戒，其他的人休息。晚上守衛的戰士，白天則可以稍作休息。」

大家都覺得這樣的安排很合理。蚊蟀和八瑤及四林格的頭目說，他們離斯卡羅不遠。斯卡羅的男人都備仗去了，他們可以幫忙供應一些食物給留在部落裡的婦孺。斯卡羅諸股頭和巴耶林表示衷心稱謝。

於是，瑯嶠十八部落聯盟佈署著，也警戒著。

＊

這天清晨，卓杞篤和巴耶林領著斯卡羅的眾股頭，登上大尖石山來祈福。

上次，巴耶林來到此處，是為了誤殺紅毛女人之後，部落裡的人與狗突然暴斃，大家都認為是紅毛女人的冤魂來報仇索命。於是女巫師帶領著巴耶林及村內所有壯丁、婦孺，到大尖石山祈福，果然後來類似災難就沒再發生。族人因此常到紅毛女人的死難處去祭拜；也開始有傳言說，這位紅毛女人原本就是一位巫師。

大尖石山是龜仔甪的聖山，但斯卡羅人也很崇敬這座怪異險峻的山。龜仔甪人在出征打仗前後，災禍、豐收等，祭祖靈或祈福、懺悔時，就是到大尖石山來。而今天清晨，卓杞篤則帶著巴耶林及其他頭目，上了大尖石山，來祈求戰爭勝利，以及紅毛女人不要再帶來厄運。

文杰站在大尖石山上，風很大，但四周景色美不勝收。有綠色山林，有銀色溪流，有青翠草原與山谷，還有三方蔚藍的海洋。文杰望見遙遠的柴城與社寮，統領埔則較為模糊。文杰望著這一片屬於母親族人的大地，在心中默默發誓，他要以他的生命，來保護這塊土地上的民眾、草木及生物。

與眾人不同的是，文杰祈求的，不是未來戰爭的勝利，而是這片土地與居民的長久安樂與和好相處。

*

自大尖石山下來之後，卓杞篤又沉思良久，最後拋下一句話。他要求巴耶林、伊沙還有文杰，明天一早一起到上次英國船幾個人登陸的地方。

第二天，清晨的海風陣陣，猶帶寒意，卓杞篤已率領眾人到達海邊。下山的時候，巴耶林把上次兵士埋伏的地點指給卓杞篤知道，大股頭淡淡地說：「知道了。」

到了岸邊，卓杞篤仔細勘察著海岸的地形。這裡沙岸與岩岸交錯，上次英國艦登陸處一帶較為平坦，利於上岸。

卓杞篤由海岸望向龜仔角。他問伊沙和文杰，假定下次白人士兵仍在原處登陸，但是不是六個人，而是六十個人或甚至一百人，而你們是白人指揮官，你會如何指揮你的白人部隊？然後轉頭又問巴耶林，這一次你會如何佈署你的弟兄們？

巴耶林先回答說：「我還是像上次那樣。弟兄們躲在靠近山下的樹林後，這樣子彈才能打到海岸邊。這一次我們不再客氣了，要在他們還沒有上岸就開槍打死他們，讓他們不敢上岸。但不知子彈能不能射到那麼遠。」

卓杞篤搖搖頭說：「洋人這次一定派許多人來，因此不會在乎少數人的死傷。我們太早開槍，暴露自己的行蹤，他們用砲轟，我們就慘了。」

伊沙不解地問：「紅毛指揮官如果帶來一百名兵士，當然要上山搜尋。我們如果讓他們一百名士兵都上了山，那對我們不是很糟嗎？」

卓杞篤說：「首先，我們須讓洋人上山，洋人士兵上了山，他們就不會用大砲轟山。第二，洋人士兵上了山，我們不能讓他們找到我們，所以我們不與他們正面開火，我們必須打了就跑，他們找不到我們，就會心慌。我們不必打死他們，我們累死他們。就像好多狗和一隻山豬打架一樣。」

伊沙拍掌大笑，巴耶林則點點頭。

文杰在旁囁嚅地說：「一定要和洋人打仗嗎？沒有其他方法嗎？」

卓杞篤瞅了他一眼：「是洋人要打，不是我們要打。」

文杰回答：「可是我在社寮遇到他們時，不覺得他們一定要打仗。他們要的是船員的遺體與遺物。」

卓杞篤說：「那只是他們要的一部分。他們已經來了兩次，無功而返。我們殺了他們的船員，他們不報復是不會甘心的。」

文杰說：「可是如果我們又再打勝了，他們不是更生氣嗎？然後又會再來一次，直到打勝為止？」

文杰這一句話顯然打動了卓杞篤。大股頭點點頭說：「說得也是，唉！」然後似是陷入沉思。

天空一群大鳥飛過，鳥叫聲擾亂了大股頭的思緒。大股頭有些無奈地說：「唉……」

第三十章

卓杞篤的判斷及預感成真。過了一個多月，洋人又來了。

天未亮，就有崗哨來報，看到洋人大船。卓杞篤趕到半山腰上，遙望海面。

卓杞篤沒有想到的是，來的不是一艘船，而是兩艘三桅大帆船。巴耶林說，這二艘船比上次來的大了許多。大家望著海面愈來愈近的船，一顆心幾乎要跳了出來。

天色漸白。看來今天天氣晴朗，是出大太陽的日子，能見度也很好。回到部落，卓杞篤召集來八十名勇士：「大家每十人一組，一方面干擾洋人，一方面互相掩護。大家依分配區域躲好。

「勇士們，把你們的臉和手塗紅，嚇嚇洋人。萬一受傷流血也可以掩飾。」

卓杞篤有條不紊地下著命令：「大家躲在半山腰樹後，在洋人射程搆不到的地方。我們先忍著，不要開槍。洋人不上來最好，如果他們上山，把他們引誘到離部落較遠的山頭上，愈遠愈好。離部落最遠的那一組先開槍，開槍後，馬上變更隱藏地方。各組輪流開槍，讓他們在樹林中團團轉，也讓他們摸不清我們有多少人。如果洋人沒有打傷我們，我們也不必傷了他們。

「洋人在明，我們在暗，他們的行動都在我們掌握之中。只要躲藏得好，他們就傷不了我們。和他們玩捉迷藏，讓他們在樹林中繞圈子。我估計，最多和他們周旋到黃昏，他們一無所獲就會撤退。除非他們帶了許多糧食，否則我不認為他們會在山中過夜。」

文杰忍不住問：「萬一洋人不上岸，直接砲擊呢？」卓杞篤沉默許久，嘆氣說：「那就先撤退再說吧！」

只見兩艘大船近岸停泊，放下小艇。穿著漂亮白色制服的兵士，搭著幾十艘小艇，陸續上了岸。

不必算，就知道白人兵士的人數，要比部落兄弟的人數多得多，卓杞篤的心情很沉重。文杰倒是鬆了一口氣。至少洋人沒有直接砲擊。

離部落最遠的那一組勇士，故意在刺眼的陽光下現身吆喝，白人士兵果然往那個方向移動，陸續上山。

等白人都進入林中，躲在不同角落的戰士輪流放槍。白人部隊開始驚慌，逐漸分散搜索。有時走到接近戰士藏匿之地，戰士們會故意怪叫，在隊伍之前現身一閃，白人士兵就會出現騷動，一陣槍聲隨之而至。但勇士們迅速躲藏到不同地方，白人士兵總是撲空。白人士兵也很警覺，發現撲空之後馬上回到隊伍，唯恐失散落單。

漸漸接近中午了，陽光愈來愈炙熱。山中無路，白人部隊邊撥開樹叢，邊往前走。白人部隊開始出現喘息聲。有些白人士兵顯然體力不支了，有些士兵則被藤絆，或為帶刺帶毒植物所傷，痛癢難忍，紛紛坐下來休息，打開背包，或飲水或進食或敷藥。部隊開始有些凌亂。卓杞篤暗暗歡喜，他開始考慮，若有落單走散的白人，是否抓個一、二名，至少把他們的武器搶來。

這時卻出現一位穿戴著帽沿上有花邊的年輕人，前後奔跑，努力將離散的士兵歸隊。他聲音洪亮，豆粒大的汗珠自紅潤的臉上流了下來，卻依然動作敏捷。

在他的努力下，白人士兵又重整了隊形。卓杞篤不禁暗暗叫好。間歇的槍聲，此起彼落。有些是部落勇士所發出的，更多是由白人兵士擊發出來的。太陽已經逐漸偏南，又轉偏西。算一算，這一大群白人士兵已經上山五、六小時了。雖然他們一直未正面遭遇到斯卡羅弟兄，也未能找到龜仔用部落，但是，卓杞篤開始擔憂了。

他們何時才會撤退？

卓杞篤注意到，洋人士兵的背包非常鼓出。他們會打算在這裡過夜，明天繼續搜尋嗎？這樣拖下去，對我方不利。白人士兵遲早會走出樹林。一旦搜尋到部落所在，那就不堪設想了。何況，白人人多，火力又大。

卓杞篤下了決定：絕不能讓他們在此過夜。一定要在日落之前驅離他們。

卓杞篤絞盡腦汁，如何讓白人軍隊趕快撤退？如果大規模現身對戰，對己方絕對不利；如果在夜間掩襲，也許可以殺掉對方不少人。但是如文杰所說，他們一定會再來。下次呢？不可能保證每次都能擊退敵人。只要一次失敗，整個部落男女老少便無死所！

卓杞篤想，要展現力量，但不能和白人結怨。不想結怨，就不能傷對方太多人。於是卓杞篤決定，不傷對方太多人，但要讓對方震撼，馬上退兵。

他想到，有時斯卡羅與他族相爭時，為了避免殺伐，常由兩部落各派出一名勇士對打。有時由兩位大頭目決鬥，落敗的部落就心甘情願認輸。

於是，他召喚了部落公認槍法最好的拔泰來到身邊。

他再找來另外二名槍法一流的勇士。他對三人面授機宜。三人點點頭出發了。卓杞篤等待著，內心默禱，請祖靈庇佑，拔泰等任務成功。

*

麥肯吉（Alexander S. Mackenzie, Jr.）①帶著軍隊繼續在樹林中搜尋，他們有時看到敵人在前面林中一晃，放了一、二槍，但隨即不見。大家的心愈來愈焦躁了。這是個沒有出口的迷宮，雖然帶著羅盤，但有什麼用？這裡，地不是平的，樹木也不是沿著大路種植的，一切都殊異於他們所習慣的戰場。他們從未走過如此崎嶇的山路，如此濃密的樹林及蔓藤，如此炎熱的陽光，如此捉摸不定的敵人。林深不知處，敵人又好似在玩弄他們，增添大家的恐懼感。他們有不少人和印第安人對戰過，但這裡的山勢密林都比印第安戰場艱辛。敵人顯然比印第安人聰明，聽說武器也更進步。更糟的是，連太陽都站在敵人一邊，不少兄弟已被烈日曬得走不動，或坐或躺。本來以為憑著人數與兵器的優勢，可以所向披靡，結果五、六個小時過去了，雙方一直開槍互擊，但沒有殺到一個敵人，甚至沒有能面對面看過一個敵人。這太詭異了。他們從來沒有和這樣鬼魅一般的敵人對抗過。要過夜嗎？他們是帶了四天的口糧，但是白天已經找不到敵人，也不知敵人有多少，到了晚上，會不會被敵人集體殲滅了？也許敵人就是在等待黑夜的來臨。他會這樣想，所有兄弟心中也一定有這種疑慮。他是領隊，是副指揮官，他必須有所決斷，他必須保護他的弟兄們！於是他大喝一聲，要弟兄們彼此照應，不要脫隊。他努力鼓舞大家的士氣。

*

拔泰率領著三人在山林中壓低了身子疾行。卓杞篤給他們的命令是，找到那名帽子有花邊的帶隊軍官。他們已經逐漸接近白人隊伍最前方，果然有一名帶隊官，帽子和其他人不同，應該就是這一位了。這時，這位帶隊官正好在一塊大石頭上坐了下來，轉頭向後面的部隊做著手勢。拔泰認為機不可失，舉起槍枝，瞄準軍官，閉氣，扣下了扳機。

軍官掩著胸口，露出難過的表情，嘴巴張大，然後緩緩倒下。部隊一陣騷動，轉身向四周亂放槍。拔泰等見任務已完成，伏身快跑，向大股頭覆命。

卓杞篤拍一拍拔泰的肩膀，但要大家依然不要出聲，不必追擊，也不必再開槍。他向拔泰說：「那位白人，也是一位勇士！」

白人部隊騷動之後，迅速整理好隊伍，開始下山，沿路不停向四周放槍，井然有序回到船上，卓杞篤大為佩服。

日落之前，二艘大船終於都離開了。

*

這天的晚上，卓杞篤接受了手下的歡呼。他雙手高舉，以宏亮的嗓音告訴大家：「勇士們，我們要感謝祖靈。」

文杰站在卓杞篤身邊，仰望著養父高大的身影，他覺得養父有若天神。

有這樣感覺的，不只文杰一人。

---

①Alexander Slidell Mackenzie, Jr（1842.1.24-1867.6.13），出身美國海軍世家。他在台灣墾丁陣亡後，美國海軍曾有三艘船艦以他命名以為紀念。

而卓杞篤認為是大尖石山上祖靈的庇佑讓他們得勝。於是第二天的清晨，他帶著文杰、伊沙和巴耶林及全部參戰的勇士，在巫師的祈福和眾人的感謝歌聲中，再度上山，謝謝祖靈賜予他們的勇氣與運氣。

第三十一章

一陣高昂而拉長的號角聲伴著鼓聲，自相隔不遠的領事館傳來，蝶妹從未聽過這樣的樂聲，莊嚴中又帶著悲悽。

萬醫生聽到號角聲，也放下手邊的工作，站直身子，閉起眼睛，在胸前畫了一道十字。

「有一位美國副指揮官昨天在南灣被土番殺死了。」萬醫生低聲告訴蝶妹。「葬禮快開始了，我也得去一下。」

蝶妹心頭一震。所以美國軍隊已經去了龜仔用了？既然有人傷亡，表示有戰事。她想問萬醫生是否知道原住民的傷亡狀況，但忍住了。

前天，她看到兩艘三桅大船進了打狗港，掛著的不是英國旗而是星條旗，這是上次亞士休落號所懸掛的國旗。她知道這是美國的軍艦。讓她印象深刻的是，這二艘船特別大，而且在泊港之後，水兵上上下下，忙個不停。到了下午，這兩艘美國的船就又出航了。打狗港時時有外國軍艦來停泊補給，所以她也沒有想太多。現在她恍然大悟，原來這二艘大船艦去了龜仔用遠征又回來了。

奇怪的是，李讓禮並沒有出現。

她憂心忡忡，為媽媽的族人以及弟弟擔心。她偷瞄了一眼萬醫生。她想到，顯然兩人所關心的並不相同。她深深地長嘆了一口氣。

雖然她佩服萬巴德，萬巴德對她也有好感，可是，她恍然大悟，她和萬巴德關心的對象其實正好相反。萬巴德關心的是白人，即使不是同一國家。而她關心的是這個島上的人，是媽媽的族人。

「人的血脈決定一切啊！」她心裡想著。

她知道福佬與客家的世仇、爭鬥。她也知道客家人與部落之間的愛恨交雜。她的父母，就是這種愛恨情結的見證。而她與文杰，就是這種又愛又恨下的結晶。她自母親死後，才了解父母的婚姻不見容於母親族人。而她與文杰到了社寮，知道有人在暗中對她指指點點，因為她是所謂生番的種。而可笑的是，她知道社寮人也是多數平埔、少數福佬的混血，可是在社寮土生仔眼中，自己就高於客家、生番混血的她和文杰。她苦笑著。

到了下午，那兩艘船在鳴砲七響之後，又離開了打狗港。萬醫生自葬禮回來之後告訴她，那位死難的軍官，被埋在打狗英國領事館的後院裡。萬醫生又說，聽美國的軍官說，福爾摩沙土番好像沒什麼傷亡。又說，土番狡猾極了，美國的軍隊一百八十多人，到南岬山上轉了六、七個小時，還死了副指揮官，竟然未能面對一位土番！土番都和他們捉迷藏，又設下陷阱，那位副指揮官才會不幸遇難。軍隊被土番作弄得嘔氣昏頭，又被福爾摩沙的大太陽曬得中暑虛脫，也有被森林的毒草毒蛇咬傷的。有十幾個人被抬了下來，還好經過一夜休息，已經復元。

萬醫生說著這些，眼中帶著遺憾，而蝶妹則反而心中竊喜。

在這天之後，蝶妹見到萬醫生，就有一種複雜的感覺。本來她對萬醫生佩服之外，默默傾慕。現在她體會到，其實兩人心中的距離很遙遠。

過去，萬醫生一直希望蝶妹能在禮拜日跟著他到教堂去，蝶妹只是微笑。她在統領埔的時候，爸爸林山產帶她和文杰，拜觀音、拜關公、拜土地公。後來，她和文杰到了社寮，發現棉仔他們也同樣拜觀音、拜土地公，但也拜「姥祖」。她在媽媽、爸爸病危時都念著「南無觀世音菩薩」。她也見過台灣府看西街馬雅各率信徒做禮拜的大房間。她雖喜歡那個平和莊嚴的氣氛，但是她不覺得牧師的佈道話語比得上她自己默念「南無觀世音菩薩」時，所能帶給她的心中寧靜。

她尊敬萬醫生，萬醫生對她也很好。相對之下，粗獷魯直的松仔雖然未能令她感到尊敬或佩服，但是，她見到松仔時，那種親切與自在的感覺，卻讓她覺得甜蜜舒暢。今天，因為對自己親人的牽掛，她特別掛念起松仔來。

第三十二章

六月十四日，美國南灣遠征軍指揮官柏納（George E. Belknap），在打狗旗後的英國領事館埋葬了他的同袍——遠征軍副指揮官麥肯吉。

雖然又傷心又疲累，他還是無法入睡。這次出征，真是一場惡夢。他躺在床上，閉眼就彷彿已看到在山林中呼嘯跳躍的福爾摩沙生番，彷彿又看到躺在同僚臂彎中、胸口冒出鮮血的麥肯吉。於是，六月十五日天未破曉時，他翻身而起，在哈德福號（Hartford）自打狗開往上海的途中，寫下了呈給貝爾司令的報告書。

隔了四天，六月十九日，貝爾司令根據柏納的報告，也呈給華盛頓的海軍部部長威爾斯（Gideon Welles）此次行動的報告①。

一八六七年系列，第53號公文

美國旗艦哈德福號（第二級）

一八六七年六月十九日，清國上海

謹致尊貴的威爾斯，海軍部部長，華盛頓特區閣下：

職很榮幸向大部報告，根據今年六月三日編號46號報備指令，職於當月七日搭乘哈德福號離開上海，偕同懷俄明號（Wyoming）艦長海軍少校卡本特（Carpenter），朝台灣島南端前進，目標是痛擊居住在那一帶的土番；他們在今年三月間殺害遭遇船難的我國三桅商船羅妹號船長及其船員。

六月十日，在往南航行途中，我下令哈德福號艦長柏納進行裝備，四十名水兵配備Plumaith滑膛槍，另外四十名配備Sharp來福槍，另搭配五名榴彈砲手。懷俄明號艦長、海軍少校卡本特的人員也配備四十支來福槍，帶著四十份彈藥、四天口糧和水。兩隊人員加上全部海軍陸戰隊，準備登陸。這支訓練精良的軍隊共有官兵一百八十一名。我在六月十二日停泊於台灣的打狗。蘇格蘭人畢客淋先生志願擔任通譯，且不接受酬勞，他很熟悉土著。我聘僱兩位通譯。我也見到一位住在打狗的商人泰勒先生（Mr. Taylor），以及英國領事賈祿先生。在這之前，賈祿領事曾遣中間人向土人釋出善意，若可憐的羅妹號船員猶有生還者，希望能全數贖回；後來他還登上布羅德艦長的英國砲艇鸕鶿號，前往出事地點，並在登陸時也遭受攻擊。這些先生們都希望加入遠征隊。第二天（六月十三日）早上八點半，我們到達台灣南端一個廣大開闊的鋸齒

①這篇報告是源自於Charles W. LeGendre所著，黃怡中譯，陳秋坤教授校註。《南台灣踏查手記》（前衛出版社，二〇一二年十一月）。

狀海灣，我們停伯在海灣東南邊距岸半海哩處。該處在目前這個颱風季節頗為危險，但在十月到第二年五月東北季風時期，卻是個絕對安全的停泊處。九點半，軍官、水兵及海軍陸戰隊隊員，共一百八十一人，帶著四天的糧食及飲水登陸，部隊由哈德福號柏納擔任指揮，麥肯吉海軍少校擔任副指揮。海軍旗艦少校麥肯吉在登陸後便發動征討。我們透過望遠鏡，看到身披碎布、皮膚漆紅的土人，十人或十二人一隊，聚集在二英里外的山丘上；他們的滑膛槍在陽光下閃閃發亮；他們的動靜，我們幾乎整天在船上都看得到。當我們的弟兄進入山區時，熟悉山徑的土人決定大膽地正面迎擊。他們敏捷地穿梭於高草之間，自始至終都展現出不遜於我們美洲印第安土著的策略與勇氣。土人開了槍就撤退匿跡，等我們弟兄衝鋒到他們的隱蔽之處，往往又中了他們的伏擊。

我們的分遣隊就以這種令人煩擾的方式，在船上人員看不見的情況下追擊著土人，直到他們下午兩點停下來休息。這時，土人趁機悄悄靠近，對一隊由麥肯吉海軍少校領導的弟兄開槍。麥肯吉海軍少校置身於山茲海軍上尉（Lieut. Sands）指揮的連隊的最前方，大膽地衝進土人所設下的埋伏處，被滑膛槍射中要害，在同僚將他抬到隊伍後方之後，不幸身亡。我們海軍可以自豪地說，找不到比麥肯吉少校更勇敢、更有前途的人了；他的專業知識豐富，資質聰慧，行為機敏，為人溫文儒雅，因而獲得弟兄們的信賴與愛戴。他總是義無反顧，一馬當先，為弟兄們樹立了典範。

有好幾位軍官及弟兄嚴重中暑。對敵人發動四個鐘頭的追擊後，整支部隊已經精疲力竭。指揮官柏納衡量形勢，下令部隊撤回沙灘重新布哨，但在這二、三英里的撤退過程中，許多弟兄不耐致命高溫的曝曬，身體狀況悽慘，指揮官於是決定和他們一起退回船上；此時是下午四點，他們已在華氏九十二度（約攝氏三十三度）的艷陽下，相當費勁地行軍六個小時。當天下午，船艦軍醫報告該日的傷亡：一人死亡、十四人中暑（其中四人病情嚴重）。沒有水兵，更確切的說，沒有任何不熟悉叢林作戰的軍隊，曾表現出他們那樣的勇氣。但顯然這些水兵並無法適應這種戰爭，敵人身手又相當嫻熟，我們的弟兄唯有經驗增長後，始能進行這類作戰。此等顧慮，加上許多士兵及軍官因中暑而疲憊乏力，無法再繼續撐下去。我決定讓他們就此打住，不再登陸；況且他們已竭盡所能，燒毀一些土人的茅屋，對土人的戰士追到不能再追為止，但也付出悲慘的喪命代價。我深思過，土人藏身之地的樹林與草叢，在這個季節是無法以火攻摧毀的；我觀察到，土人在每處森林空地都蓋有竹屋，遙遠處也有餵養水牛，顯示他們並非如外界所描繪的那樣，野蠻無知到不知人間煙火。要制伏這個為數不多、野蠻加暴於船難人員的族群，唯一有效的方法，就是由清國官方佔領這個海灣，在軍隊的保護下，讓清國人移居到此地。美國駐北京的公使，或許可勸服清國當局這麼做。因為打狗沒有公墓，英國領事賈祿善意提供英國領事館的花園，作為英勇的麥肯吉遺體的下葬之處；領事館與四艘商船都降了半旗，打狗的外國人士都參加了喪禮。

我們在六月十四日晚間六點半啟航，於今天抵達上海，預計與前來加入本艦隊的砲艇會合。

隨函附上指揮官柏納的詳細報告，編號為A；六月十三日指揮各連隊的四位軍官的報告，編號分別為B、C、D、E；以及艦隊軍醫畢爾（Beale）對於傷亡的報告，編號F。

美國亞洲艦隊少將司令貝爾敬上

第三十三章

李讓禮在暴怒中。他氣沖沖地把寫了一半的信揉成一團，用力擲入字紙簍內。

信是寫給美國亞洲艦隊司令海軍少將貝爾的。他本在信中大罵貝爾竟然完全沒有知會他，就出兵福爾摩沙南岬，搞得鎩羽而歸，不僅賠掉了一位海軍少校的生命，更糟糕的是，得罪了大清國，害他未來與清國的交涉會變得更為困難。

李讓禮自認是美國文武百官中，最了解福爾摩沙的人。他和亞士休落號艦長費米日最近才去過淡水，去過澎湖，去過台灣府，去過打狗，去過瑯嶠，去過羅妹號出事地點的龜仔用南岬灣，甚至繞過巴士海峽去了福爾摩沙東南的太平洋岸，勘察了豬勝束河的出海口。回到廈門以後，李讓禮和費米日研擬了三套出兵龜仔用的方案，由費米日艦長寄給貝爾司令，還分析比較了優劣點。

李讓禮認為，上策是船艦由豬勝束河直駛而入，兵士登陸後沿著河谷，自龜鼻山背側攻入龜仔用；中策是在南岬西側的大繡房一帶上岸，然後向東一路挺進，由龍鑾的矮山進入龜仔用，這樣至少可以不致完全暴露在土番的視野中。至於三月間英國賈祿的作法，在羅妹號失事處海灘登陸，直接向龜鼻山仰攻，絕對是下策。

沒想到貝爾這混蛋，接到信後，竟然瞞著他和費米日，魯莽出兵。更糟的是，完全不採納他的分析，反而沿用了下策。堂堂美國亞洲艦隊的旗艦出征，還帶了另一艘軍艦，動員三、四百人，登陸近二百人，結果卻是賠了夫人又折兵。

李讓禮的心中嘀咕：我李讓禮可是貨真價實的美國陸軍准將，是靠著血汗戰功，挨了三顆子彈，失掉一隻眼睛才得到的。我賣力實地勘察分析，貝爾竟然不屑一顧，而去找那位書生出身的英國賈祿，循著上次失敗的途徑再來一次。結果比英國人還糟，一位陣亡，十多位中暑，狼狽撤回。清國人說「前車之鑑」，貝爾卻完全沒法自賈祿的失敗得到教訓。李讓禮的內心很受傷。貝爾為什麼要瞞他？他雖然出身法國，但他參與了美國的全程內戰，而且是站在歷史正確的北軍。他在內戰中全身傷痕累累，難道這不足以顯示他的忠誠？那麼，艦隊司令貝爾為什麼不照會他？

李讓禮憤怒的心情慢慢平靜下來後，他終於漸漸看出了端倪。貝爾這次行動，在事前並沒有徵求國務院的同意。他只是先報備，事後才寫報告書。這表示貝爾意圖搶功，想要以行動搶走李讓禮「美國福爾摩沙權威」的頭銜！試想，假如貝爾這次成功了，算是替美國立了大功，以後國務院要徵詢福爾摩沙事務，甚至東太平洋事務，貝爾自然就是第一人選。他李讓禮就被取而代之了。

李讓禮初任駐廈門領事之時，把重點放在廈門所在的清國福建省，以及附近的廣州。至於福爾摩沙台灣，一開始，他只注意到這個島的豐富物產。

依照一八五八年的天津條約，清政府也開放了台灣的貿易，而且一開放就有淡水、安平二個港口，他了解這是因為台灣有樟腦、茶葉、蔗糖。後來在北京條約又增加了雞籠和打狗，他認為是因為雞籠有煤礦。在上任之初，他只專注於台灣的在地特產。直到這次的福爾摩沙之行，畢客淋一語驚醒夢中人，福爾摩沙不只是物產寶貴，更重要的是戰略地位。特別與歐洲強國英、法、俄相比，美國在遠東缺乏基地，大大落人之後。而福爾摩沙正是美國的最佳選擇，甚至是最後機會。

他於是翻閱了一些文獻，愈讀愈興奮。原來，一些具有遠見的前輩，早已建議以福爾摩沙作為美國在遠東的橋頭堡。而且領頭的就是那位打開日本大門、強迫日本幕府向西方開放門戶的英雄——海軍准將培里（Mathew Perry）。

培里偶然讀了荷蘭派駐長崎商館的醫生亞博德（Philipp Franz von Siebold）①所著的描述日本的書籍，大為所動，矢志探訪日本。在一八五三年如願來到日本，並逼得日本終於打開封閉已久的大門。培里接著在一八五四年七月，派了旗下的「馬其頓人號」和「補給號」來到雞籠港，並測繪福爾摩沙的海岸。馬其頓人號上的隨船牧師、耶魯大學畢業的喬治．瓊斯（George Jones）甚至上岸深入到內陸的煤礦坑勘察，對此處之煤礦讚不絕口。

李讓禮又找到一封培里寫給總統米拉德．費爾摩（Millard Fillmore）的信，看到一半，大為同意，不禁一字一句念出聲來：

「美國應先下手為強。這麼重要的島嶼，名義上是清國一省，其實是獨立之身。清國當局只在島上幾個孤立地區立足，但根基薄弱，隨時可能傾覆；島上大部分地區由獨立部落掌握。」

李讓禮點點頭，繼續念下去：

「美國若在雞籠建立殖民地，我可以相當有把握的推斷，清國人會樂觀其成。」

李讓禮愣了一下，「何以見得？」

他急急再念下去：

「因為有了較能打仗的美國人移入，有了他們全力防守雞籠和周邊地區，使不受襲擾全島和沿海的眾多亂民、海盜劫掠，清國人可以得到外援的保護。」

李讓禮想起，上一趟他到了淡水拜會德約翰和淡水的清國地方官時，德約翰曾提及海盜的騷擾。淡水地方官則嘆氣說，台灣這地方，「三年一小亂，五年一大亂，羅漢腳無妻無掛，易成刁民，難治得很」。

培里的話真有其見地。他想。

他再看下去：「土地與重要權利，包括開採煤礦的優先權，無疑可以透過以名目成本購買的方式取得。除了偶爾派一艘遠東分艦隊艦隻進駐來提供保護，華盛頓政府不必提供其他保護。」

李讓禮在心中點頭，還有培里沒有提到的樟腦和茶葉！

「在這樣情況下，或許很快就能建立一興旺的美國殖民地，從而大大有助於提升我們在這些海域經商的便利與優勢。」②

---

①Philipp Franz von Siebold（1796-1866），日耳曼人，加入荷蘭東印度公司，為駐長崎初島荷蘭商館醫生，他娶日本人，開館授徒，將西方醫學傳入日本，日本人稱之為「蘭學」。現在日本長崎還有以他的名字為名的醫學院。

②這些文字參考自《海洋台灣：歷史上與東、西洋的交接》，蔡石山著，黃中憲譯（聯經出版社，二〇一一年一月）。

李讓禮不禁拍了一下大腿，又重複念了一遍，這段話太吸引他了：「建立一興旺的美國殖民地……提升我們在這些海域經商的便利與優勢。」這真是美國在遠東最好的戰略！

他也想到，貝爾的攻打龜仔角之舉，正是海軍大前輩培里當年戰略的實施。只是貝爾攻打的，是福爾摩沙南角的瑯嶠，不是當年培里建議的北角雞籠，原因自然是為了師出有名。

還有，貝爾攻打的南角，是土番之域，不是清國人移民聚眾之地，清國才會迄今未提抗議。若直接出兵雞籠，一定引起清廷嚴重反應，還會引發國際干涉。

當年寫下那些戰略的英雄培里，在一八五八年去世了，否則他大概也會贊同貝爾的作法吧。而貝爾，戰略是正確的，戰術卻是失敗的。他不應該正面攻擊龜仔角，他應該自豬勝束溪側攻，方可一舉突破龜仔角，甚至攻佔豬勝束！

他倒有些高興起來。貝爾的失敗造就了他，成了李讓禮的機會。雖然他的派駐地在廈門，他應該把工作重點放在福爾摩沙，這才是戰略要地。他是將軍，外交官員中只有他擁有這個戰略眼光！

他思考著，下一次到福爾摩沙，他應該怎麼做？

上一次，他到了台灣府，見過台灣道台及台灣總兵。他聽過這兩人打敗太平天國的戰功。雖然他們的行事風格異於西方，但是他不敢小覷，他不覺得他們像畢客淋所說的那麼無用。在台灣道台的邀宴中，他知道清國官吏至少對部隊的訓練頗為用心。他不知清國兵的配備如何，他不願因為美國對生番地域而導致和清國軍隊兵戎相見。這樣太魯莽，華盛頓會不高興的。他了解他的上司——駐北京公使蒲安臣。蒲安臣是溫和派，一向不喜歡英、法對清國的蠻橫作法。

他必須找出一個好策略：在短期內先解決船難時的船員安全，不要讓清國百姓，特別是生番，對西方船員造成威脅。長期則是厚植美國在福爾摩沙島上的利益，而不與清國發生衝突。

他繼續自歷史中去尋求答案。他又發現，培里的想法，當時也有不少人呼應，甚至，他們的動作比培里更早也更具體。一八五六年的美國駐清國公使、眼科醫生伯嘉（Peter Parker）曾經努力運作了近一年的時間，敦促華府拿下台灣。伯嘉在清國住了三十年，雖然沒有來過福爾摩沙，但深知此島的戰略與商業價值。

更讓李讓禮驚訝的是，美國商人吉頓・奈伊（Gideon Nye）到達台灣是一八四八年，比英國人還早。而且奈伊馬上體認到這個島太重要了，因此早就公開倡導以一千萬美元向清國購買福爾摩沙島，並得到第一任美國駐日本總領事哈里斯（Townsend Harris）及伯嘉的支持。這些人在一八五七年二月，正式向司法部長顧盛（Caleb Cushing）提出這個建議。

李讓禮看到這一段，不禁失笑。一八五七年，正好十年前！而才不到兩個月前，今年一八六七年三月三十日，美國正式與俄國簽約，以七百二十萬美元購買一百五十一萬平方公里的阿拉斯加。而福爾摩沙才三萬六千平方公里，阿拉斯加的四十二分之一！

不過，李讓禮倒佩服起奈伊了。奈伊真是識貨，福爾摩沙的人口、物產與戰略價值，自然比在偏遠北疆，那荒涼冰冷的阿拉斯加好太多了。

奈伊寫信的對象司法部長顧盛，與清國自然也是大有淵源。顧盛正是一八四四年左右的美國駐清國的全權公使。顧盛於一八四四年和兩廣總督耆英簽訂第一份美國與大清國的條約——望廈條約，而伯嘉正是顧盛的副手。

李讓禮發現，在清國的伯嘉和在華盛頓的顧盛，都積極運作美國取得台灣為根據地。伯嘉對英、法遊說，而顧盛則力勸總統皮爾斯（Franklin Rierce）採取積極行動。皮爾斯總統雖有此意，但顯然希望避免動武，於是伯嘉試圖以外交手段和英、法達成利益交換，擁有台灣。一八五七年四月二日，伯嘉開始布局。他與英國的香港總督暨駐清國全權公使約翰．寶寧（John Bowring）及法國公使阿爾豐斯．德．布爾布隆（Alphonse de Bourboulon）在澳門聚會。伯嘉向英、法兩國建議利益分配方案：美國佔領台灣，英國佔領舟山群島，法國佔領韓國。李讓禮微笑著：「伯嘉是怕英國人先動手拿走台灣啊！」

李讓禮納悶著，伯嘉與奈伊這些大動作，為什麼後來突然沒有下文了呢？

李讓禮終於找到了答案，關鍵在於華府出現變局——總統換人了！一八五七年三月，美國總統由皮爾斯換成詹姆斯．布坎南（James Buchanan）。布坎南上任後，美國出現內政危機，廢奴派與脫離聯邦派間山雨欲來的衝突，使他無暇東顧。一方面李讓禮也發現一些蛛絲馬跡，不能排除來自英國的壓力。英國人顯然對福爾摩沙也有野心，至少英國人不願看到美國獨佔福爾摩沙。於是曾任駐英公使的布坎南，先把激進派的伯嘉召回國，由列衛廉（William Reed）取代，擔任駐清國公使；隨後，當年夏天，美國助理國務卿約翰．艾普頓（John Appleton）向英國駐美國公使保證，美國沒有佔領台灣的打算。

自此，台灣的外商勢力，本是美國人捷足先登，卻因為自十年前一八五七年之後美國政府開始退縮，才慢慢轉移到英國人手裡，成了當今之局。

「可惜啊！」李讓禮不禁在心中惋惜著。對福爾摩沙的領土野心，他不一定支持，但至少應該保持美國在福爾摩沙一度先佔為王的商業利益啊。他去過福爾摩沙，他知道，那是寶島，十七世紀荷蘭人的經驗就是好例證。而其實早在一八五五年六月二十七日，一位美國科學號的船長喬治．波特（George Potter）就已經和台灣道台、滿洲人裕鐸簽約，讓美國人在打狗港擁有貿易權。裕鐸則要求美國商行協助打擊海盜，維持治安，這正是培里所強調的，清國會歡迎美國軍隊來福爾摩沙「共治」！

而李讓禮也聽過，打狗港有今日優良形勢是美國人的功勞。波特那時嫌打狗港淤沙太多，水不夠深，於是來到打狗的第一件事，就是在哨船頭那一邊開挖了一條五十四公尺長的水道，以便入港船隻進出內港。不只如此，波特接下來還蓋石造倉庫、住所、碼頭、橋，以及港口照明系統，花費一整年，讓美國星條旗天天飄揚在打狗港。一八五七年六月，美國水兵長席姆（John D. Simms）更是佔領打狗港整整七個月，希望美國能長期租借打狗港！

李讓禮覺得，因為美國對清國一向尊重，不像英、法一貫欺凌清國，因此清國官吏對美國似乎較無戒心，也較友善。

但是由於美國政府在一八五七年以後的保守態度，再加上美國內戰，這幾年美國在福爾摩沙的努力，幾乎前功盡棄，盡為英國人所取代！

李讓禮想，如果清國台灣道台依今年四月之約進剿土著，一則自己有了面子，再則也證明美國人在台灣的影響力。

李讓禮對清國官吏以及自己的同事貝爾的作為，都非常火大。清國官吏，言而無信，迄今毫無行動；而貝爾司令則背著自己，意圖搶功。應該有動作的，沒有動作；不應該有動作的，倒是生出一堆大動作。

幸而貝爾的大動作無功而返。李讓禮暗喜，這是他的機會，輪到他出手了。台灣道台對他失信──那麼冤有頭，債有主，他最好的作法當然就是去催促台灣道台與台灣總兵履行四月時的諾言，出兵南岬，懲罰土人，保障福爾摩沙沿岸商船的安全。若能做到這一點，他既可以向本國邀功，也可以在英、法面前揚眉吐氣了。

第三十四章

李讓禮定下了策略。

貝爾做不到的事，他一定要做到。他要證明給國務院看，誰的作法才是正確的。貝爾用武力，失敗了；他不會動用到美國的一兵一卒，但是一定要成功。貝爾得罪了清國，他會再去與清國協商，讓清國心甘情願出兵懲處生番。雖然吳大廷及劉明燈後來在信裡胡扯什麼「台地生番，穴處猱居，不隸版圖，為王化所不及」，還有什麼「人非華民，地非化內，剋日圖功，萬難應手」。當初畢客淋痛罵清國官員專會推拖，似乎不幸言中。

但是，李讓禮發誓，他要吳大廷和劉明燈把這些話吞回去，他一定要清國履行四月二十二日的承諾，出兵南灣。他心中有一套完整的計畫，這計畫既有利於清國，也保障了西方船隻的安全。清國與西方各國，雙蒙其利，他相信，清國聰明的話就會接受。

他一定要達成保障福爾摩沙海域安全的大願。這樣，他不但立功救人，也可以揚名國際。他要國務院看到他的能耐，他要讓老長官格蘭特將軍知道，李讓禮文武雙全，不只會打仗，辦外交也是一流的。

李讓禮取出他昨天收到的貝爾的回信，他萬萬沒有想到貝爾會如此不留情面拒絕他的要求。

「這驢蛋！」李讓禮在心中罵了一聲。

李讓禮在七月三十日寫了一封信給貝爾，表示自己將再度赴福爾摩沙，要求像上次調派亞士休落號一樣，讓他有一艘船艦使用。貝爾在八月二十日回函，直接回絕了：「很遺憾的，我現在無法調撥船艦讓閣下去台灣。」理由只有短短一句話：「因為部分船隻將返航本國。」

李讓禮冷笑一聲。這證實了貝爾心中有病，怕李讓禮去台灣立功。

「這樣就可以難倒我李讓禮？」

李讓禮馬上想出解決辦法。他寫信向清國的福建巡撫借船。福建巡撫焉敢不借，而且還為他把船重新整修得煥然一新。

看到停泊在福州近郊馬尾港嶄新的「志願者號」（*The Volunteer*），李讓禮很是得意。「看啊，志願者號，清國是志願借我的。」福建巡撫很友善，不但借了船，還寫了一封信給下屬──台灣道台與台灣總兵，要他們全力配合李讓禮的要求。

九月五日，船離馬尾，向台灣府前進。望著船桅上迎風飄揚的美國星條旗，李讓禮神采飛揚。福爾摩沙海峽風平浪靜，第二天清早，船就到了台灣府的安平港。

這次台灣府官員的禮數很周到，在碼頭備了馬車，把李讓禮迎入一間有漂亮中式庭園的大宅，而且是少見的中西合璧式雙層樓房。入宿後不久，台灣府知府葉宗元前來拜會，執禮甚恭，請他先稍作休息，第二天早上會有車馬衛士來接他去台灣道署。

偷得浮生半日閒。李讓禮在花園踱步，觀賞這個東方式林園。

四個半月前他來台灣，住在天利洋行。現在天利洋行已經易主了。

上次，他在天利洋行遇到粗獷直率的英國人畢客淋。李讓禮不太喜歡他的傲慢，但欣賞他的見

多識廣，放言無忌。畢客淋也和貝爾去了南灣，而且還擔任嚮導。這傢伙喜歡雲遊四海，好管閒事，頗有俠氣，不失為好幫手。他在來台灣府之前，也寫信給畢客淋，邀他相助。李讓禮也想起那位謙和有禮、和畢客淋正好是兩個典型的醫生萬巴德，以及跟著萬巴德學習護理的那位社寮少女。他記得她是客家和生番的混血，慧黠可愛。他對她頗有好感，但她卻似乎有些逃避他。

一隻大而鮮艷的彩蝶飛過來，李讓禮想起這位少女的名字叫作蝶妹。嗯，蝶妹，美麗的名字，美麗的人兒。

這些人，現在都在打狗，不在台灣府。

明天早上，見到總兵和道台，李讓禮必須面對清國對他有關貝爾沒有任何照會就登陸南岬的質問。要如何應付，他已胸有成竹。

中國式的魚池通常沒有歐洲式的噴泉及雕像，而代以奇石造景或小橋流水，顯得小巧、寧靜而優雅。李讓禮坐了下來，觀賞著魚池中的金魚。金魚在水中優雅游著，他想起在廈門時，他的中文老師教過他有關中國古代讀書人的一個故事。

兩個讀書人在池邊觀魚。

第一位說：「這些魚游來游去，這就是魚的快樂！」

第二位說：「你不是魚，怎知道魚的快樂？」

第一位又說：「你不是我，怎知道我知不知道魚的快樂？」

第二位再答說：「我不是你，固然不知道你，但是你也不是魚，你不知道魚的快樂是完全可以確定的。」

李讓禮已經忘了第一位又如何去爭辯這些。總之，李讓禮得到的印象是「清國人傳統專會詭辯，耍嘴皮子」。

自四月十九日迄今九月六日，四個半月之間，清國官吏就是不斷推拖及文字來往；本國方面，貝爾少將則默不出聲就動手。李讓禮苦笑了一下，真符合兩國人民的特性啊！如此一來，事情的發展使得雙方見面的氣氛，與今年四月中見面時大大不同了！

在四月十九日的初次會面，雙方似乎圓滿達成協議，吳道台承諾「儘速」出兵懲凶。但是劉總兵很機靈，馬上說，征途遙遠，地勢險峻，他的軍隊是平地作戰的能手，但缺乏山地作戰的經驗，因此需給他一些準備的時間。

李讓禮承認劉總兵的話合情合理，也表示尊重清國立場，可以等待。當時雙方並未約定期限，但李讓禮心中的底線是一個月。

但是在苦等了一個月之後，清廷並未出兵，於是李讓禮在六月一日去信催促。而貝爾擅自出兵，自然也導致清國的不滿，變成兩國互相指責。更糟的是，李讓禮被貝爾蒙在鼓裡，於是李讓禮與台灣府雙方皆有誤會。

不過，李讓禮更在意的是，台灣道台很巧在六月十三日，也就是貝爾少將南灣行動的前一天，回復他六月一日的信時，竟如此寫道：「台地生番，穴處猱居，不隸版圖……」「距瑯嶠灣十五或二十英里之遙……」「……鳥道羊腸，箐深林密，僅闢一線以通行人。」「瑯嶠灣居民，亦不諳番語。」一把去龜仔用的路徑說得難如登天。

到了信尾，更是荒謬了：「依天津條約第十六款，有貴國人士遭欺凌殺害，皆由地方官自行懲辦。第十八條，地方官立即派撥兵役彈壓追查，但羅妹號事件之貴國人士，並非於清國之領土或領海內，而係於土番佔據區域遇害，故不適用於該條約……土番不隸版圖，我軍依法不應在該地行動。」

這就講白了：「拒絕出兵」。理由是「不隸版圖」！

這是什麼歪理！李讓禮馬上在六月二十二日回了一封長信給吳道台。信很長，但每一句、每一字都經過斟酌。李讓禮自認這是他寫給清國政府最好、也最重要的信件①。

李讓禮找出這封信，從頭到尾又仔細念了一遍：「閣下突然對『羅妹號事件』驟下之結論及辯解，都讓我們非常失望。本來閣下毫不懷疑羅妹號是在貴國海域觸礁，船員也在貴國領域被殺，否則閣下在四月二十四日，費米日艦長與我拜會閣下時，希望閣下出面調查處理這件事，閣下就應拿出地圖，說出閣下的看法……提出閣下反對的理由……不是現在才出爾反爾。

「事實上，閣下曾經這樣函告我：

「『有關羅妹號船長與船員為蠻人殺戮一事，在您到達之前，我們已行文當地將領及文官，妥善措施。為維繫大清與貴國友好關係，我們將戮力以赴，嚴懲罪犯。閣下在一八六七年四月十九日之大函表示，將指示將領率軍協同民勇進剿，而不勞本國派兵，以免有事，反而不美。』

四月二十九日又收到閣下遵守我方要求之保證，惟請求暫緩數日，以待將士熟悉山地作戰。』

「閣下更說：『大清將士必完成懲處土番之責。唯此次遠征之成功與否，下官須對朝廷負絕對責任，故將全權指揮軍隊，不擬接受任何外援。』

「因此費米日艦長與我才決定保持旁觀者立場，因為我們相信閣下徹底了解條約中所載責任，亦將確實執行該光榮任務……」

「閣下不能推拖曰不知羅妹號出事處，因為閣下曾在四月十九日函中提到出事地點於『紅頭嶼』。閣下亦非不知羅妹號船員遇害地點，因同信中，閣下已稱當地人稱該地為『龜仔甪白沙』。

「……現在閣下另有說詞，稱羅妹號案中的美國人士，並非於貴國領土或海域被殺，而是於土番佔領之地，因此，不得要求貴國救濟！

「……我謹代表美國政府，對閣下於此重大案件之反覆態度表示嚴重抗議！」

李讓禮在信中顯示了他的雄辯及氣勢。

「……閣下應該考量到，羅妹號船難事件及其船員被南台灣（屬於大清帝國的附屬地）土著殺害一事，不僅有關美國利益，也將影響到與貴國具貿易關係的西方各國利益。

「……十有九次，遭遇大自然不確定因素襲擊的船隻，都會選擇停靠南灣，這裡是上天所賜的天然避風港。因此，依人道原則，文明國家有義務讓此地域不讓任何野蠻族群盤據。如果貴國政府未能執行，無論是聲稱管轄權不及於此，或無此能力，則外國勢力只好接手。

「美國政府不願見到西方國家採取此項措施。各國對台灣土地未有佔領之意，但若迫不得

①這封信亦是源自於Charles W. LeGendre所著，黃怡中譯，陳秋坤教授校訂的《南台灣踏查手記》（前衛出版社，二〇一二年十一月）。

已，只好予以佔領……」

關於土番之地，雖是「化外之地」，但是否「域外之地」？李讓禮是律師，而且正好美國境內也有「化外之民」印第安人，因此李讓禮以印第安人為喻。李讓禮自認他真是苦口婆心地為清國官吏上了一堂「國際法」。他想，他真的處處是在為清國政府的權益著想！

「台灣土著之現況與當今美國廣大地區的印第安人甚為相似。我們對兩者（印第安人和台灣土番）採取一致立場。基於國家利益，我政府對外堅稱，印第安人地域完全屬於我國管轄範圍。」

李讓禮認為，他已經把道理剖析得很清楚，清廷應可了解。「……如果閣下認為原住民土地屬於蠻荒未開之地，那就等於承認彼為無主之土。任何人乃可先佔先贏，據地為王。與西班牙當年發現新大陸，或閣下當初在台灣西岸建立殖民地之狀況雷同。」

「因此，閣下應了解我國立場，不能將土番視為化外之民，也不能承認土番擁有該領土。事實上，閣下允許台灣西部民眾遷移到東海岸開闢新天地，並以武器驅趕當地生番，表示貴國政府早已視為治理之地。相信不久之將來，華人將自台灣海峽這一端擴張到太平洋海岸那一端，從而佔有全台灣島。如此一來，便是『法體上』（de facto）證明我的說法是正確的。

「……其實，貴國政府官員早已預期華人勢將全面佔領土番地域，故早已訂立極為苛刻律令，控制商人和土番的交易活動。

「舉例而言，樟腦，此項台灣特產即來自生番地界。任何外國人不得入內採伐，亦不得經營樟腦的出口貿易。貴國政府已宣布完全擁有樟腦出口利益。任何侵犯此獨家專賣利益者，一律處死。

「所以，貴國政府控制台灣原住民，更甚於美國對待印第安人。事實上，過去兩百年來，貴國政府一直悍然宣稱享有土番全境的管轄權及統治權。此即明白表示，任何土番衍生之糾紛，皆由貴國政府處理。

「……此地域上所發生之犯行，不管肇事者是華人或是土番，均為貴國政府之職責。儘管土番域內住民並非華民，仍屬貴國領土。事實上，貴國政府可隨時視情況而針對在地居民的日常生活採取管制措施……

「我誠摯希望此信足以讓閣下就兩國雙方重視之事，重做判斷。

謹致上崇高的敬意與問候

此致

台灣道台」

明天，他又要會見道台和總兵了。不知他們對這封信的反應如何？有沒有說服他們？雖然中間有貝爾將軍出兵南灣的風波，但是在六月二十二日的長信，他已經把利害關係剖析得如此清楚，還以本國的印第安人為例。他期待著，希望明天會有滿意的結果。

第六部

鳳山舊城

第三十五章

蝶妹自三月底來到旗後的西醫館，已近半年。而松仔在五月初來到打狗當碼頭搬運工，也有四個月了。

打狗港有新舊兩部分。旗後小島是舊漁港、老市街，福佬移民在此聚居打魚已有近二百年歷史。旗後島上的旗後山與台灣本島上的打狗山，一水之隔，遙遙相望。福佬移民稱這座突出海邊的山為打狗山，因打狗山上有成群亂闖的獼猴，十七世紀來此的荷蘭人稱此山為猴山（Apen Berg）。一八五四年，美國海軍培里的艦隊東來，完成了第一張福爾摩沙地圖的繪製。此台灣完整地圖上，也標註了英文Ape Hill，依然是猴山。猴山腳下也是一個小漁村，稱為哨船頭。

十八世紀初，唐山和台灣之間，僅有廈門與安平對渡。當時旗後港只是偶有走私者選擇上岸的小漁港。到了十八世紀末葉，安平因港道日益狹窄，遇北風盛吹時，船無法入港。旗後港因為距離安平甚近，廈門來台的船隻乃改至旗後港停泊登岸。

十九世紀初的一八二三年（道光三年），台江內海因漚汪溪改道，到安平的水路迅速淤塞，於是到打狗停泊的商船更多。此時打狗港周圍平原腹地已逐漸開發，鳳山舊城、新城相繼建立。歐美商船開始來此收購米、糖、水果等物產。此時的打狗港指的是旗後港的部分。

一八五四年，咸豐四年，旗後設立了第一間洋行，是美國人羅賓奈（W. M. Robinet）所開。一八五五年，美國人奈伊兄弟洋行（Nye Brother Co.）與威廉士洋行（Anthon Williams & Co.）相繼成立了。於是羅賓奈洋行、奈伊兄弟洋行、威廉士洋行合購「科學」號共營，船長喬治．波特更與台灣道台裕鐸正式簽約。

簽約內容是，美國商人負責建設打狗港，以交換台灣樟腦的經銷獨佔權。美國商人投下鉅資，大舉建設旗後島對岸，打狗山下的哨船頭。他們挖了一條五十四公尺的內港港道，又建橋、建訊號台，還建了一間容量一千噸的花崗岩倉庫及兩幢住屋；最後是一座裝卸貨碼頭。於是哨船頭以全新面貌出現。一八六〇年打狗開放國際通商後，海關和洋人新建築幾乎都設在哨船頭這一邊。哨船頭成了打狗的新市街、新碼頭。

去年，一八六六年，馬雅各到打狗傳教兼行醫，他在旗後山腰租地，仿照台灣府看西街的經驗，先起造了禮拜堂，然後完成一間有八張病床的醫館，稱為打狗醫館，當地人多稱之旗後醫館。他本人忙於傳教，醫館業務由萬巴德醫生一人負責。蝶妹來到這裡，也很喜歡這裡的環境。

松仔的工作則在哨船頭這一邊。松仔白天搬貨，晚上就和一些福佬苦力窩在那座花崗岩倉庫一個圈起來的角落裡，一塊兒打地鋪。

洋人是做禮拜的，於是蝶妹和松仔也隨著在這一天放假。每到禮拜日，松仔就會渡海到旗後，和蝶妹一起在旗後的市街上逛街。他們特別喜歡在媽祖宮附近最熱鬧的市集看雜耍、吃海鮮。三、四個月來，已逛得有些厭煩了。

這一天，兩人決定改由蝶妹過來哨船頭這邊。松仔帶著蝶妹沿著哨船頭的碼頭，沿著海岸信步而行。岸邊開始出現鹽堆，原來是這裡的居民引入海水，在岸邊曬鹽。那雪白的鹽堆竟幾乎像人一

樣高，在陽光下閃閃發亮，很是壯觀①。

走過鹽堆，是一條河道出口。河水清澈，河道寬廣，幾乎形成一個大潟湖②。兩人本想再往裡走，但已是一大片密林。雖然岸邊有小路，過去還可看到一些民宅，但潟湖水多，岸邊泥濘並不好走。兩人坐了下來，遙望對岸，有一個小漁村，有漁民正在曬網③。

蝶妹望著眼前景色，有漁船、有鹽田，背後則是珊瑚礁石堆積而成、群猴亂跳的打狗山。這些都是社寮和統領埔看不到的，她不覺遊興大發。她想起有一次，有一位病人說是自「舊城」來的。他家人說，他們先自舊城走到萬丹港，然後搭船自萬丹來到旗後。蝶妹這才知道，原來打狗港北邊有個萬丹港④，萬丹港附近有一座造得很壯觀的城，城中有山，山上有寺廟。那病家說，夕陽西下之時，不論看山、看海、看市街都很漂亮。蝶妹不禁神往，於是和松仔商議，下次要搭船去萬丹港，好好玩一玩。

蝶妹和松仔過了一個愉快的禮拜天，再自哨船頭搭了渡船回到旗後。在歸程的船上，兩人有意無意地倚靠著，蝶妹可以感覺到松仔的體溫，又羞澀，又捨不得分開。她偷偷向松仔那邊瞄過去，竟然和松仔的眼光相遇，原來松仔也正偷瞄著她。蝶妹羞怯地低下頭，松仔看在眼中，心中洋溢著幸福的感覺。

兩個人離開社寮來到打狗，都是生活新體驗。過去四個月，蝶妹已沒有回社寮的迫切感。松仔曾經想回去，但算一算，這樣一趟旅程，就會把這幾個月賺到的錢花光，實在捨不得。再者，松仔心裡盤算著，好不容易在哨船頭站穩了地盤，有船入港時，工頭們都會想到他。如果他離開一個月，甚至半個月，地盤被新來的人搶了，那就前功盡棄了。他一個平埔半番，好不容易才打入福佬人的圈圈裡，雖然做的只是苦力差事，但畢竟是自己的汗水掙來的。這工作工錢還算不錯，又有吃有睡，可以小有積蓄，算是得來不易。還有一點，他心裡相當自豪，那些福佬苦力，閒下來就會聚賭，他不是沒有動心過，但一想到蝶妹知道了一定會生氣，他就忍了下來。他當然想念社寮。他想，就忍到中秋節吧，現在是陽曆七月，農曆六月，再等兩個月就是中秋節了。何況在打狗，有蝶妹相伴，想起來心中也是很甜蜜。

至於蝶妹，她想念的是文杰。但是去看一趟文杰，談何容易。

在對病人的照顧上，蝶妹已經愈來愈有信心，英文也愈來愈進步了。她現在已經成為旗後西醫館很受歡迎的人物。萬醫生喜歡她，許多病人誇獎她個性伶俐，技術嫻熟，甚至還呼朋引伴來醫館求診。台灣人本來對「洋鬼子醫館」充滿疑慮與排斥，但因蝶妹的出現，有些本地人於是壯膽來求診。洋鬼子醫生雖會一些福佬話，但總是不太流利。有了蝶妹當翻譯，本地病人的膽子突然變大敢來，也覺得倍感親切。而且蝶妹大方的行事風格迥異於一般閩客婦女的懦怯退縮，對民眾而言，甚是新奇。雖然也有少數人看不慣，但反正那些人通常也不會上西醫館來。

蝶妹成了吸引台灣人來西醫館的招牌，讓萬醫生有著出乎意料的驚喜，有些福佬人知道她來自瑯嶠傀儡山，戲稱蝶妹為「傀儡花」，蝶妹相當喜歡這個稱呼；也有稱蝶妹為「番助手」的。蝶妹

①鹽埕埔，今鹽埕區。
②今愛河口。
③苓仔寮，今苓雅區。
④今左營軍港。

也不以為忤。對馬雅各醫生而言，他更是感慨良多。他在二年前一八六五年初到台灣府，帶著二位福佬助手，一位配藥師，一位老僕，在看西街租屋，前面禮拜堂，後面做醫館，行醫兼傳道，但卻被府城的漢醫與福佬人造謠說是以人肝、人眼製藥。六月十六日才開張，七月九日府民就去包圍拆屋。馬雅各醫生才行醫二十四天就被趕出台灣府，搬到旗後英國領事館避難。馬雅各醫生一度非常頹喪。虧得也在旗後的畢客淋，帶領馬雅各醫生進入木柵⑤、拔馬⑥及大武壠⑦、蕃薯寮⑧、六龜里等過去與紅毛有淵源的西拉雅平埔地區遊歷兼傳教，竟大受歡迎，馬雅各醫生才重拾信心。他回到旗後，重整旗鼓，租了房間當醫館及禮拜堂。萬巴德醫生來得正是時候，於是醫療由萬醫生幫忙，馬雅各大部分的時間花在新埤頭⑨教會的創立。這次，皇天不負苦心人，終於站定腳跟，更沒想到，因為意外有了蝶妹之助，醫館十分順利，讓馬醫生大感欣慰。

這一天，他很高興地向大家說，他現在醫療上有萬醫生，傳道有李庥牧師⑩即將來到打狗。有這兩大支柱撐著，他年底就要離開福爾摩沙，去香港度假，並和未婚妻完婚。

馬雅各醫生雖然欣賞蝶妹，但蝶妹也有一點讓他很不滿意，那就是蝶妹很熱心學習醫療，但卻從來不肯上禮拜堂做禮拜。這讓馬醫生很失望，還好萬醫生比較不置可否。每次馬醫生要她去做禮拜，蝶妹只是笑笑，然後到時卻不見人影。蝶妹寧可到旗後的街道散步，或到港邊看著來來往往的船。

蝶妹的父親是拜觀音、拜關公、拜土地公的。父親過世之後，姐弟倆也將這三尊小木雕神像攜到社寮，放在自己房間內，每天早晚以雙手膜拜。今年三月底，蝶妹臨時起意上了鸕鶿號，文杰則突然當了豬勝束頭目養子，後來四月下旬蝶妹隨著李讓禮搭亞士休落號回到社寮，蝶妹才又把神像整理好了，攜回旗後。但觀世音神像卻不知怎麼的損壞了，讓蝶妹非常懊惱。住在洋人醫館的房舍，蝶妹自然不敢公然擺出來，因為洋人是不拜偶像的。她只能在心情不好時，偷偷把神像自行李中請出來，喃喃祈拜。

⑤內門。
⑥左鎮。
⑦玉井。
⑧旗山。
⑨鳳山。
⑩Rev. Hugh Ritchie（1840-1879）。一八六七年來台，是台灣長老教會首任宣教師，一八七九年因瘧疾病逝於台南。

第三十六章

蝶妹的運氣不錯，那位來自舊城的病家，竟然又出現了。這一次，蝶妹把握機會，請求病人帶她去舊城玩一趟。病人是一位年近五十歲的陳姓老爺，不但表示歡迎，還說要在家中設宴招待蝶妹。

於是在一個禮拜天，陳老爺的一位小妾，由家丁陪著，駛著自家的貨船，來到旗後港接蝶妹去玩。蝶妹不敢向他們啟齒提到松仔。她向松仔說，她先去一趟，下次就可以自行和松仔出遊。

船出了打狗灣向北，繞過打狗山。山上猴群跳來跳去。然後，竟然萬丹港就已在望。蝶妹想不到原來哨船頭和萬丹港就是隔著一個打狗山而已。

萬丹港內漁船與商船熙來攘往，甚是熱鬧。原來萬丹港緊臨興隆里老街。陳家小妾告訴她，當年國姓爺鄭成功來到安平及府城，把南部地區設為萬年縣。人員南下後，文官設署，就是「興隆里」；武將設營，定名「左營」。兩地地名雖異，實則相鄰，萬丹港就是其港埠。

陳家小妾邀請蝶妹坐上她的轎子，一行人由萬丹港向東往內陸走了大約十來分鐘，果然一座魁偉城牆迎面而來，竟不輸台南府城的城牆。小妾說：「這裡就是舊城了。」

蝶妹看到城牆上有「奠海門」三個大字，城牆門邊刻有人像圖案，栩栩如生。蝶妹奇道：「這城門、城牆看起來都很新又很完整啊，怎麼叫作舊城了？」

小妾笑說：「我也不知緣由。我家老爺應該知道吧。」說著，一行人進了城門。城裡的街道，比起外面的興隆里，既寬闊又筆直，奇怪的是卻沒有興隆里熱鬧，連行人也稀稀疏疏。轎子轉過兩個街道，停在一座大廟門外，廟額是「慈濟宮」三字。小妾說：「老爺就是這個慈濟宮的廟祝。通常我們外出回來，都會先到廟裡向保生大帝拜拜，請安祈福。老爺自上次到洋醫生館看病回來，身體已健朗許多。他在廟裡等妳。」

陳廟祝出門迎接。旁人見到廟祝出來迎接的，竟是一位少女，不禁大為詫異。陳廟祝笑呵呵向眾人說：「這位林姑娘，年紀輕輕，包紮療傷很有本事。老夫前一陣子腿部化膿，差點不能走，而且愈來愈惡化，靠了旗後醫館的萬醫生和這位林姑娘的悉心照顧，方才痊癒。其實我應該尊稱一聲『小大夫』才是。」

蝶妹邊笑邊搖手：「我哪裡算是大夫了，只是萬醫生的助手而已，還是叫我林助手或林姑娘吧。」

旁邊一位書生打扮的中年人，捧著水煙斗，先咳了一聲，提高了聲音，帶著怪腔：「唉呦，陳老爺子啊，你自己管理保生大帝的廟，這裡全是慈濟宮的信徒，你本人竟然不求漢醫求洋醫，不用祖宗草藥，而用起夷人的藥膏來了！」

陳老爺子有些尷尬說：「我是向保生大帝擲了筊，連得三個聖筊，保生大帝允准才去的。保生大帝慈悲為懷，只要病會好，是不在乎什麼漢醫、西醫的。」

書生嘿嘿兩聲，走了出去。

蝶妹雖然不知保生大帝的來歷，但知道是福佬人所虔信的保佑民眾健康的神祇。再看那神像，果然是慈眉善目。陳廟祝燃了三枝香，交給蝶妹。蝶妹心裡想，自己學的是醫藥護理，若以福佬人的觀念來說，正是保生大帝的女弟子，也很虔敬地拜了三拜。

廟內香火鼎盛。陳廟祝很驕傲的說：「我們慈濟宮是這裡最旺的廟。信徒不僅來自舊城，也來自興隆里、萬丹仔港，也有遠自旗後和哨船頭、鹽埕埔過來的，聽說還有人自埤頭縣城那邊來呢。我們廟前這一條街，原來叫作縣前街，因為舊城於四十年前建成時，縣太爺官署就在這街上。沒想到後來縣署還是遷到埤頭的新城去了。而這條街上最重要的就是我們保生大帝的慈濟宮了。保生大帝又稱『大道公』，於是大家都叫這條街『大道公街』。」

老廟祝愈說愈得意：「通常在福佬人的市街上，大道公廟和媽祖廟分庭抗禮，不相上下；但在舊城和興隆里，慈濟宮香火最盛，媽祖廟則遠在半山上。這附近還有個觀音亭①，也有許多信徒。雖然大家逢廟必拜，但香火之盛，還是我們慈濟宮數第一！」

蝶妹聽到觀音嬤，想到爸爸常叫她默禱的「南無觀世音菩薩」。而家裡那一座古老觀音木雕卻在搬動過程中受損了，讓她懊惱。聽到這附近有奉祀觀音嬤的寺廟，瞻拜之心油然而生。廟祝得悉，面帶笑容說：「沒問題，沒問題。觀音亭就是在這旁邊龜山上，等林姑娘用了午餐，我請人抬了轎子送妳上去，我家小妾也會陪著妳。」

蝶妹奇道：「老爺子說，觀音亭所在的山叫作龜山？」

廟祝說：「是啊，叫龜山，因為形如烏龜。」

蝶妹不禁笑出聲來：「這可真巧。我們社寮的屋後的山，也叫龜山呢！山不高，才二、三百尺左右。」

這次是陳廟祝笑了：「妳真是與龜山有緣了。這裡的龜山也是二、三百尺高。大概是我們老祖宗看到低矮平坦、圓如龜背的矮山，就喜歡稱為龜山吧！龜是長壽的動物，代表吉祥，大家都愛呢！」

＊

陳廟祝的屋子，原來就在慈濟宮的比鄰。眾人隨後移到廟祝家歇息。用餐之時，蝶妹問起：「這舊城明明甚新，何以稱為舊城？而城牆宏偉，街道寬闊，何以行人不多？又為何縣衙門不在此處？」

陳廟祝聽了蝶妹的問題，長嘆了一聲說：「此城命運坎坷，說是舊城，卻是新蓋。我小時候是看著這座城蓋了起來，有幸目睹縣太爺、眾官老爺威風凜凜搬了進來，十多年後，卻又眼睜睜看著他們搬到埤頭去了。唉，那埤頭哪有我們這城壯觀雄偉！既然縣太爺衙門搬了出去，我們這裡當然就沒落了。現在埤頭鳳山縣城有八千戶，我們這裡才五百戶，可說是靠著我們慈濟宮、觀音亭幾間大廟撐著。」說完，陳老爺子又長嘆了一聲。

蝶妹好奇又問道：「老爺子方才的話『說是舊城，卻是新蓋』，而大家也都稱這裡為舊城，是

---

①觀音亭：今高雄左營興隆寺的前身，為清代名剎，〈康熙台灣輿圖〉上已有之，原址在今左營龜山山腳下，依興隆寺之「開山碑」（見附圖）記載，觀音亭建於康熙己巳年即康熙二十八年（1689），即施琅領台後的第六年。昭和十三年（1938）日軍將左營港（舊名萬丹港）建為軍港。為了保護左營軍港，具有制高點性質的舊城及龜山被劃為軍事特區，觀音亭及其上方之龜峰巖媽祖廟遂被遷出，即今日之興隆寺。

怎麼回事？」②

陳老爺子撚鬚笑了出來：「林姑娘真的和一般女眾不同，有疑問就追問到底。」頓了一下，若有所思，再說：「林姑娘對我是有大恩，也算有緣，正好今天我的家小也俱在此，我就將這城的歷史，也等於把我的身世之祕告訴林姑娘，也告訴你們幼輩吧！我也老了，再不說，怕永遠來不及了。」陳老爺子說著，面色轉為凝重，站起身來，進入後房。廟祝的妻妾兒女，顯然並不知道老爺子有什麼身世之祕，大家面面相覷。蝶妹嚇了一跳，卻不知應說些什麼。過了幾分鐘，陳廟祝自房中走出，手上捧了一堆泛黃文稿，顯然年代已久。

陳老爺子小心翼翼把文稿放到書桌上，然後正襟危坐，幾乎是閉著雙目，似是默禱，張開眼後，輕聲說道：「其實我們家這『陳』是從母姓。我的生父姓姚，就是將近三十年前的台灣道台姚瑩大人③。」

蝶妹看到幾位年紀較大的男女都面露驚訝之色，有的還「啊」的叫出聲來。她來自瑯嶠，從未聽過「姚瑩」，但道台是台灣最大的官，她是知道的。來到打狗數月，她也知道，台灣的官吏都是由唐山內地派來的，任滿之後幾乎都再回去內地，沒想到竟有台灣道台把後人留在台灣。而陳廟祝的家人第一次知道自己是前道台的後裔，更是把驚異寫在臉上。

陳老爺子似乎並不在意眾人的反應，繼續說：「這座鳳山舊城，其實是姚大人所參與設計的。雖然他並沒有參與建築，但他在城池落成那時，還特別寫了一篇文章。姚大人的文筆之佳是公認的，他出身安徽桐城，而桐城派文風可是赫赫有名。」

陳老爺子拿起一杯水，喝了兩口，又停頓了好一會，似乎千頭萬緒，不知自何說起。終於，他坐直身子，開口了：「我就自父親姚瑩說起。姚大人在二十三歲高中進士，那是嘉慶十三年。他自三十歲開始，一直在漳州、泉州一帶做知縣，所以學得一口流利的福佬話。三十五歲時，被派任台灣縣知縣兼海防同知。百姓們都稱讚他很幹練。因為台灣難得有會說福佬話的父母官。姚大人也如魚得水，很受道台器重。

「再說這鳳山舊城。施琅平台後，朝廷在台灣設一府三縣。一府是台灣府，三縣則中為台灣縣，以台灣府為府治，北為諸羅縣，南為鳳山縣。鳳山縣是因為這附近有山如鳳展翅而得名，鳳山縣的縣治，就設在興隆里這裡。康熙六十一年，鳳山知縣在此地興隆里龜山、蛇山之間，以土築城，這是台灣第一個城池呢！但到了乾隆五十一年林爽文事件時，土城被其徒眾莊大田攻陷了，於是縣署就搬到埤頭去了。但才到了嘉慶十一年，海賊蔡牽攻台，又有吳淮泗等亂民攻陷埤頭。

「後來大家都覺得興隆里的舊城倚山面海，形勢雄壯，於是決定遷回這裡。嘉慶十五年，閩浙總督方勤襄來到台灣視察，就這樣定了案，並建議用石城，不要用土城。又因為過去龜山一半在城

---

②左營的鳳山縣舊城。建城歷史已如文中所述，是道光五年（1825）由土城改建，第二年（1826）完工，當時稱為「鳳山新城」，但相對於後來在埤頭的鳳山縣「新城」，於是又變成舊城，目前東門、南門、北門及城牆、護城河猶存，為國定古蹟。

③姚瑩（1785-1853）：安徽桐城人，一八一九年任福建台灣縣知縣，兼福建海防同知，一八二一至一八二六年調噶瑪蘭通判。他將自台南前往噶瑪蘭就任旅途之見聞寫成〈台北道里記〉。一八三八至一八四三年又回任台灣，任福建台灣兵備道兼按察使銜，為台灣最高軍政官員，一八四〇年鴉片戰爭。他嚴守台灣，一八四一年，英船Nerbuda號及Ann號二艘，在台灣附近海岸為清軍所俘，所有船員押往台灣府下獄。一八四二年八月，一百九十七人全部被姚瑩斬殺。姚瑩認為這二船窺視台灣，屬戰爭行為，英方則認為姚瑩殺害遇船難之無辜船員。一八四二年十月，清廷與英國訂立南京條約，英國追究此事責任，姚瑩遂被去職移送刑部。但清廷實際上對姚瑩明降暗升，隨即調任四川。咸豐時又任廣西按察使。

內，一半在城外，盜匪可以自高處俯攻，容易得手，於是方總督建議把龜山整個納入城中，而捨棄蛇山。

「方總督這樣建議，大家都贊成。但朝廷不贊成，因為費用太大了，編不出經費。

「姚大人在嘉慶二十三年來到台灣。他是台灣縣縣令，與當時的鳳山縣令公私情誼皆佳。姚大人向道台及鳳山縣令獻策，經費一半官方編列，另外一半向這裡的居民及廟宇樂捐。道台大為稱讚，要他以海防同知之名也參與建城策劃。於是姚縣令時常來到這裡勘察地形。」

「如眾所皆知，慈濟宮所奉祀的醫神保生大帝吳夲是泉州同安白礁人氏，因此在漳、泉地區最為興旺。而姚大人在漳、泉當過五年的縣令，來到這慈濟宮自是倍感親切，和廟祝談得非常投機，破例在廟裡留宿了一夜。後來姚大人就常以勘察新城牆地點為由，來到興隆里。而每次來，總是在慈濟宮歇息及過夜。

「依照清律，官員自內地來台，不准攜家帶眷，因此姚大人來台多年，一直是獨身。卻不料因此看上慈濟宮廟祝家的姑娘。因姚大人已有妻室在唐山，乃經過正式下聘，納為二房。兩人雖是明媒正娶，但姚大人娶了新房之後，卻不敢帶回台灣縣令官邸。原來在唐山的姚夫人是有名的悍妻，在唐山時不准姚大人納妾。因此這位姚縣令的二房夫人竟然還繼續留住娘家。

「後來不知是何緣由，總之姚大人的元配竟到了台灣。更糟的是，姚大人納妾的事竟然還是被元配得悉了，元配大吵特吵，要姚大人出妾。這時小妾已經懷孕。沒錯，肚裡的嬰兒就是我。嘉慶二十五年冬天，可憐的母親生下我。我彌月之後，她就到龜山下的觀音亭剃度為尼了。而因為這件事還是傳開來，於是道台大怒，認為姚大人既違朝廷規定，兼治家無方，竟把姚瑩大人由台灣縣令兼海防同知降調到台灣東北角最荒涼的噶瑪蘭擔任通判，這是第二年道光元年的事。」陳老爺子搖搖頭：「還好道台惜才，這降職的真正理由，並未載於公文書中。

「第二年，姚大人的父親過世了，於是姚大人回家鄉守喪。一年後方再回噶瑪蘭任所。

「道光四年，新任福建巡撫孫爾準來台灣巡視，正逢又有亂民在埤頭縣城騷擾，更令官府及民眾都認為有必要在此地重建石城，經過一番研究，巡撫大人採納姚大人過去的獻策，既依姚大人所勘測的路線築新石牆，也激勵民眾自動捐款。姚大人的策略果然大為成功，民眾及寺廟紛紛慷慨解囊。工程在道光五年正式動工，第二年就完成了。那時我五、六歲，現在還依稀記得許多苦力自打狗山挖出咾咕石，再以牛車搬運過來建城的一幕。聽說自打狗山就地取材，也是姚大人和鳳山縣令想出來的，不但堅固，更是大大節省經費。道光五年完工時結算，大約民間募款百分之五十五，官府出資百分之四十五。

「那時，姚大人已到噶瑪蘭擔任通判五年。道台論功行賞，認為姚大人厥功甚偉，於是將他由噶瑪蘭召回打狗。姚大人文名鼎盛，是桐城派名家，道台乃命姚大人為文紀念這個名為『舊城』，實則台灣第一座石材新城的落成。於是姚大人寫了一篇〈重建鳳山舊城〉，大家都說這文章寫得好極了。而福建總督也感念姚大人是個能吏，決定報請朝廷，將他調回江蘇擔任知縣。」

陳老爺子眼眶已濕。他不禁朗聲吟出：「……前後十二亂，鳳山獨居其八。此一隅兵燹尤多者，何也？則近郡之故也。譬諸一身，郡城如心，鳳山則元首也，嘉則腹而彰則腰，淡水直脛股耳。…古者，五十里之國必有三里之城。今鳳山北自二贊行溪，南至琅嶠二百二十里，至沙馬磯頭四百里，西至海，東至傀儡山下，亦百餘里，而無城，欲醜徒無覬覦之心，不可得也……[4]

「姚大人自嘉慶二十三年來台灣，先任台灣縣令，後貶噶瑪蘭通判。道光六年終於再回打狗，也接到將回唐山升官的訊息，可說百感交集。我還記得，他臨別台灣來看我。這是我第一次見到父親。但我一則年幼不懂事，二則我從母姓姓陳，當時並不覺有父子之深情。而姚大人雖來看我，但並未有把我攜回故鄉，認祖歸宗之意，讓外祖父大失所望。後來，他到觀音亭求見已出家的母親，母親的回答竟是俗緣已了，不願見面。

「父親失望之餘，就把他那幾年所積的手稿再抄寫了一份，然後央求外祖父，表示希望寄存一份在我身邊，陪我長大。外祖父雖然答應他，但這一份文稿其實由外祖父收藏。

「我十二歲那年，母親過世了。

「父親回到唐山以後，在江蘇任官。因為官聲甚佳，步步高升。也許他惦念台灣吧，總之，在我十八歲那年，他又回到台灣來當官。這次他當了台灣最大的官，全銜是福建台灣兵備道，也就是我們通稱的道台大人。其餘的事，我想大家就比較熟悉了。從道光十八年到二十二年，他任台灣道台的這幾年，正好遇到朝廷因為鴉片的問題和英國人交惡，後來竟打起仗來。姚大人忙著外事，全台奔波，俘獲英國船隻兩艘，斷了英國窺視台灣的企圖，立功甚偉。誰知英人狡猾詭辯，後來竟因斬殺兩條英國船一百九十多名水手的事件，被英方以濫殺俘虜向朝廷問罪。道光先皇爺不得已，將姚道台調回內地。這一段事，台人皆知。

「父親第二次任官台灣的五年間，只來看我兩次。一次是道光十八年他上任時，另一次是道光二十二年他離任時。也許是方面大員忙於政事吧。他第二次來台灣赴任時，我已十八歲。他那時才知道母親過世，大吃一驚。因為我一直姓陳不姓姚，又難得見他一面，總之，父子之情甚疏。

「父親第二次離台時，召我去鳳山埤頭縣城覲見他。我們父子之間依然冷淡。他只是問我生活如何，再給了我一筆銀子。那時外祖父還在，父親並沒有問起手稿的事，但問我有無去應科赴考。我從實告訴他，考上了貢生，但兩次秀才不第。他似乎很失望，要我來年再試，不要放棄。直到外

④姚瑩「復建鳳山縣城」全文（道光九年收入《東槎紀略》）：

鳳山縣舊有土城，在興隆里龜、蛇二山之間，外有半屏、打鼓二山環抱，形勢天成。康熙六十一年，知縣劉光泗建。雍正十二年，知縣錢洙環植莿竹。乾隆二十五年，知縣王瑛曾於四門增建砲台。五十一年，廢於莊大田之亂，改治埤頭，插竹為城。嘉慶十一年，蔡牽攻台灣，吳淮泗乘間陷埤頭，頗有殘毀。議者皆謂埤頭土薄水淺，地苦潮濕，不如舊城爽塏，且負山面海，形勢雄壯。將軍賽公沖阿遂請移回舊治。十五年，總督方勤襄公維甸至臺相視，奏如賽議，改建以石，並請圍龜山於城中，以免敵人俯瞰。費鉅，部駁未行。其後頗思捐建，而民間未有應者。

道光三年勤襄從子傳穟署台守，瀕行，總督趙文恪公令相度成之。明年，巡撫孫公爾準巡台，復採輿論奏建。適有楊良斌之亂，傳穟議請官捐以為民倡，眾從之。因為檄諭諸紳士曰：「台灣，富庶之國也，而困於兵燹亟矣。自康熙二十二年入版圖，三十五年則有吳球之亂，四十年有劉卻之亂，六十年有朱一貴之亂，雍正九年吳福生亂於岡山，乾隆三十五年黃教亂於大穆降；五十一年林爽文、莊大田相繼亂，北路先陷，南路應之；六十年陳光愛、陳周全相繼亂，南路甫平，北路旋失；汪降之亂也在嘉慶五年，許北之亂也在十五年，中更間以蔡牽之亂，則吳淮泗陷鳳山矣，胡杜侯之亂則陳錫宗據曾文矣。百三十年，變亂十一見。近者，楊良斌之事又用兵，雖饒富其何堪乎？且亂賊如吳球也、朱一貴也、莊大田也、陳光愛也、汪降與許北也、吳淮泗與楊良斌也，皆鳳山之事。前後十二亂，鳳山獨居其八。此一隅兵燹尤多者，何也？則近郡之故也。譬諸一身，郡城如心，鳳山則元首也，嘉則腹而彰則腰，淡水直脛股耳。嘉義以北，關鍵重重；鳳山逼近咽喉，朝發而夕至，中無屏障；元首病則心以之，豈腰腹脛股所能救哉？此賊之所以常在於南也。南路有事，郡城必先受兵，北路之賊乘間再發，則郡城恆有不及之勢；故鳳山尤重。南路安，則北路即有事，可無虞矣。古者，五十里之國必有三里之城。今鳳山北自二贊行溪，南至瑯嶠二百二十里，至沙馬磯頭四百里，西至海，東至傀儡山下，亦百餘里，而無城，欲醜徒無覬覦之心，不可得也。鳳山舊城之宜建，眾議僉同。今將易土而石，乃以費重久不舉行，豈台人好義之風稍衰乎，惟無以倡之耳。命匠計工，需番銀十二萬有奇。願官與民分任之。今本道衙門籌捐三千，府捐一萬二千，鳳山縣捐六千，淡水、台灣、嘉義、彰化四廳縣捐一萬二千，台防同知捐二千五百，鹿港、澎湖、噶瑪蘭三廳捐四千五百。凡官捐者四萬。外此不能不於士民是望！台人感動。於是鳳山士民僉議：納正供者，每穀一石，捐番銀一圓，凡四萬有奇；富民別捐又四萬四千。郡中紳商聞之，亦捐二萬五千有奇。傳穟乃選紳士黃化鯉、吳尚新、黃名標、劉伊仲等為城工總理，分門鳩工，不經胥役。自與知縣杜紹祁親巡督之。道光五年七月十五日興築，六年八月十五日工竣。為石城，周八百六十四丈，城樓砲台各四，用番銀九萬二千一百。又建知縣、典史衙署各一，倉廒監獄備具，參將衙署一，火藥局附，用番銀二萬五千，以次興修。尚餘銀三萬，為歲修之費。巡撫韓公克均奏聞，議敘紳商有差。其明年，署淡水同知李慎彝亦勸捐建城竹塹焉。自是山前郡縣始皆有城矣。

祖父臨終前，我才知道有這些文稿存在，大吃一驚。這時父親好像已經遠派到西康、西藏。在咸豐三年，有小通差來報說，父親過世了。時間好快，算算已十四年了。父親在道光九年已經把這些文稿付梓，叫《東槎紀略》。我手上並沒有這本書，我認為這些父親的手稿要珍貴多了。我雖然不愛念書，仕途不順，但還好外祖父留下不少財富，我經商也算成功，對鄉里也做了一些善事，才有今天的局面。我年紀愈大，愈能體會他的苦衷，也愈加懷念他。」

陳老爺子說完，眼眶已然發紅，眾人也一陣默然。

「我以前告訴你們說，父親在我未出生前就過世了，其實不是真的。」

蝶妹本來問的是鳳山舊城，陳老爺子卻因生父姚瑩與鳳山舊城的特殊因緣，感懷身世，竟說出這段祕辛。說完之後，陳老爺子閉上雙眼，淚珠潸然滴下。全家人也跟著心情激盪。蝶妹原先的問題，既然鳳山舊城如此壯觀，又新蓋不久，怎麼後來鳳山縣衙卻很快又搬回埤頭去，導致舊城沒落冷清，陳老爺子終究沒回答，也無心回答。蝶妹則感懷人世間的悲歡離合，並非自己才有，心中迴盪不已。

第三十七章

陳廟祝雖心情激動，卻不忘在飯後親自帶蝶妹去龜山觀音亭。

陳廟祝說，龜山其實很近。

他親自帶著蝶妹，還有幾位家人同行。走出家門口向右轉，龜山已在眼前。他說：「這龜山的高度雖然只有二、三百尺高，但山勢渾然天成，乃由半屏山綿亙而來。妙的是中間凹陷，成了蓮池潭。龜山位在本城的北門和東門之間，出了北門就是蓮池潭；出了東門，沿大路直行，就是埤頭鳳山新城。而觀音亭在北門那一邊。」

陳廟祝又讚嘆著：「這觀音亭，不但在興隆里信徒眾多，而且歷史悠久，可以追溯到康熙二十年左右。在康熙台灣輿圖、雍正台灣輿圖，都可以清楚找到『龜山』及『觀音亭』的標示，不但是鳳山縣的地標建築，也是台灣代表性名剎。」

觀音亭就在通往北門的大路上，倚龜山而建。到了觀音亭，蝶妹卻見寺的匾額寫著「興隆寺」，面露困惑之色。

陳老爺子說：「沒錯，興隆寺就是觀音亭。這匾額是後來增建修繕時，由當時縣令掛上的。」

陳廟祝在這一帶頗受尊敬，進入觀音亭後，才講了幾句話，已有寺內小尼姑來問訊奉茶。再一會，住持老尼竟然親自迎迓。

「不敢當啊。」陳廟祝還了禮。「這位林姑娘，在旗後洋人醫館任職。今天來舊城遊玩，一聽到這龜山有個觀音亭，就說要來參拜，很是虔誠呢。」

住持乙真法師身形稍胖，慈眉善目，笑著說：「善哉，善哉。姑娘來自洋人醫館，卻專程來我廟參拜，定是與觀世音菩薩有緣啊！」

蝶妹說：「我來自社寮，家父是統領埔客家人。家父生前也虔拜觀世音菩薩，也教我平日要念念南無觀世音菩薩。」

乙真聞言大喜道：「姑娘既是有緣人，我來領路。」

乙真帶著蝶妹等人，來到正廳，向菩薩做了三問訊之禮。蝶妹望見所供的觀音塑像坐在蓮花座上，金身燦爛，法相莊嚴，但卻有十八隻手臂。更怪的是第一雙手臂，一手執劍，另一手持不知名銳器，雙手向上，神情雖不帶怒氣，但給人的感覺是端肅超過慈悲。

蝶妹未見過這樣的觀音造型，問道：「住持師父，這是千手觀音嗎？」

乙真說：「不是。這是『十八手準提觀音』，也就是『準提佛母』。」

蝶妹再細看，那十八手，每一手都持著法器，除了利劍之外，尚有蓮花、數珠、花髮、藻瓶、繩索等。蝶妹又問：「那麼準提菩薩與我們說的觀世音菩薩，又是什麼關係呢？」

乙真微微一笑，說：「觀世音菩薩化六道眾生時有六種化身，準提觀音就是其中之一。六觀音就是聖觀音、千手觀音、馬頭觀音、十一面觀音、準提觀音、如意輪觀音，各渡不同神域生靈。而準提觀音渡人間眾生，是最親近世間凡人的觀音，所以又稱準提佛母。」

蝶妹又問：「為什麼準提菩薩的十八手各持這麼多不同的法器？」

乙真答道：「這些都是準提菩薩救度人間眾道的法器。用劍摧破人道眾生的各種惑業，用藻瓶淨化人間，手握蓮花以治療疾病，握繩索以增進人與人的關係。」

乙真滔滔不絕講完，又說：「本寺這座準提觀音，造型與台灣各寺的準提觀音不太相同。例如台灣府的法華寺也拜準提觀音。法華寺的建立，在鄭經、陳永華的時代，他們的準提觀音像，應該是直接自福建運過來的。而本寺的準提，因為帶有東土的風格。全台灣的準提觀音都是三目，分別代表佛眼、法眼和慧眼。只有本寺的準提觀音是二目。所以有人說本寺的開山祖師茂義師父，是來自日本的和尚。但老實說，我也無法證實。」

蝶妹再度凝視準提菩薩。她覺得準提的容貌之中，莊嚴之外，英氣逼人，不禁想起剛剛乙真說的「傳智慧」及「滅罪業」。特別是持長劍的姿態，讓她覺得，原來人生除了真誠為善之外，尚需慧劍斬猶疑……蝶妹突然領悟，觀世音，準提就是菩薩的一體兩面。觀世音強調的是「慈悲面」，悲憫世人，讓無助的人得到關懷；準提則是強調「理智面」，幫助猶疑的人理性判斷做抉擇。人生常會面臨抉擇的時刻啊，蝶妹想。

蝶妹正冥想間，忽然一行人又向右方走去。原來是陳老爺子問乙真，他久聞觀音亭有三大碑文，與觀音亭的歷史及鳳山舊城的歷史都有相關，可說是鎮寺之寶，請求乙真帶大家觀看與解說。

乙真淡然一笑說：「這三碑分別是『開山碑』、『去思碑』和『邑侯譚公德碑』①。開山碑立在本寺後院，記載本寺開山祖師爺開山立廟的艱辛過程，大概立於本寺成立三、四十年後的康熙末

---

①此三碑目前均存於高雄興隆寺。

到雍正初左右，離現在大概有一百四十年左右了。也只有這『開山碑』與本寺歷史有關。另外二碑並不在觀音亭，而是在本寺後，龜山頂上的天后宮，也就是大家常說的『龜峰巖』媽祖廟。我這就帶大家上去。」

果然廟後就是龜山，建有石階。大家拾級而上。路邊有樹林茂密，鮮花鬥艷，鳥聲蟲鳴，亦見群猴穿梭。陳老爺子吟了起來：「『龜山守風城中，石秀山青，猿啼鳥語，花月芳辰，景物堪娛。』這段文字是一位興隆里舉人卓肇昌在一百年前寫的。他還寫了『龜山八景』八首詩呢，我沒有能一一記得八景名稱，只記得有山嵐曙色、層巖晚照、寒夜猿啼。」

乙真住持笑說：「我記得還有『古寺薰風、晴巒觀海』。上了山頂，可以看到大海。」

這也是蝶妹首次聽人吟詩誦文。蝶妹方才知道，眼前這一位廟祝，一位住持，雖不算書生雅士，但胸中均略具文墨，大起敬意。

山頂果然又有另一間廟，外觀較為古樸，廟內已見斑痕。蝶妹抬頭見那廟匾題著「龜峰巖」三字。乙真住持說：「這龜峰巖天后廟，也是茂義祖師爺建的。佛門弟子建道家廟樓確實少見，但也顯示茂義祖師爺的有容乃大。民間大都稱這裡的媽祖為樓頂媽。」

進得廟中，那媽祖的塑像並不大，比準提菩薩的塑像要小多了。媽祖像是金面，披著綿袍，左右還有兩位侍女，皆為金身。

乙真住持說：「因為媽祖和侍女都是金身，表示是來自官府。因此民間有人說，這尊媽祖是康熙二十二年施琅將軍打到澎湖時，船上所供奉的那一尊。但我們無法證實②。最主要是我們並無法確定茂義法師建這龜峰巖媽祖廟時，是在施將軍來台之前，還是來台之後。

「至於陳老爺子提到的碑文，『去思碑』在廟的左壁，『譚公德碑』則在右壁。」

乙真住持笑說：「其實我更喜歡的，是我們廟前屋簷下的這一排燈。聽說到了晚上，這龜峰巖殿簷的廟燈，是打狗附近海域作業船筏，夜航或歸航的方向指示燈呢。」

蝶妹覺得乙真的話語充滿慈悲關懷而不濫情。而準提菩薩「持刀砍斷」的意象，與另一慈母意象的觀世音菩薩相比，似乎是另一意境。她不在乎準提與觀世音是相同還是不同。最主要的，今天，她對人生有新的認知。人生在世，不是只有慈悲善良就好，還要有智慧與決斷，要能捨能棄。

同樣是勸人為善的宗教，奇怪的是，她並不能接受萬醫生他們視為神聖的耶穌基督或禮拜儀式。他對松仔和棉仔所祭拜的姥祖或矸仔祖也沒有太多感覺。她喜歡的是父親傳承下來的觀世音、媽祖婆，還有現在面前的乙真住持。她說不出原因，反正這就是心裡的感覺。

②民間咸認施琅攜來之媽祖，應存於鹿港天后宮。

第三十八章

蝶妹覺得納悶，因為她已經接連三個禮拜日沒有見到松仔了。七月底的那個禮拜日，她因為去萬丹港和鳳山舊城，所以事先告訴松仔不必來。

去了鳳山舊城，參拜了龜山下的觀音亭及龜峰巖的媽祖廟之後，她有太多的感受想要和松仔分享。然而，接連下來兩個禮拜日，松仔都沒出現。八月的第一個禮拜日天氣不怎麼好，雖然打狗港的風浪其實並不大，但因為一直下著雨，還可以解釋為何松仔沒有來。但上個禮拜日正逢中元節，旗後街上做普渡，自天后宮門口開始，整個街道中央排了足足有一、二百尺長供桌，上面擺滿了食物、蔬果與紅龜、發糕，要供奉好兄弟，也讓一些乞丐遊民吃個大飽。這麼熱鬧的日子，松仔竟然沒有來，讓蝶妹大失所望。

蝶妹想起父親生前，每逢七月鬼月，總是戒慎恐懼。爸爸到了中元，不但祭祖，也祭他所殺的牲畜，但祭品並不多。她對旗後中元普渡的盛況大為驚嘆。反而是萬巴德醫生很淡然的說，他去年在府城看到的中元普渡才誇張呢，幾乎每一條街都被供桌佔據了。他還反問說，你們怎麼那麼怕鬼？蝶妹不服氣反駁說：「我們不是怕鬼，是尊敬祖先及鬼神。」萬巴德若有所悟，對蝶妹傻笑著。

連續三週未見到松仔，包括熱鬧滾滾的中元普渡。再下一個禮拜日，蝶妹一大早就去渡頭上等，自哨船頭過來的渡船，每一班都擠得滿滿的，卻都不見松仔到來。松仔會是病了嗎？還是發生什麼意外了？

到了中午，蝶妹按捺不住了，於是決定去一趟哨船頭。松仔不來找她，她就過去找松仔。

松仔與一大群苦力住在哨船頭的一個倉庫角落。蝶妹在倉庫附近徘徊著，她不敢貿然去敲門。她猶疑著。

一個念頭閃過她的腦中。她住在統領埔的時候，很喜歡學媽媽模仿各種鳥叫聲，而且有時故意拉長或重複，那是部落土番與族人在高山密林中的聯絡方法。不同的鳥叫聲，不同的旋律組合，就代表著不同的情況暗號。後來她和文杰到了社寮，心情好的時候，也會吹上幾聲。松仔覺得很有趣，也學會了一些。

於是蝶妹學五色鳥叫聲，叫了幾次，果然松仔慢慢自屋內走了出來。

蝶妹好高興，迎向前去。這時她才發現松仔有些怪異，他走得很慢，腳步是用拖的。還有，他的手放在背後，因此形成一個很不自然的姿勢。更不尋常的，他一副哭喪臉的樣子。

*

蝶妹躲在自己房內。由於內心受了太多的衝擊，她的雙手微微顫抖著。

天已黑，但她讓自己關在黑暗中。

「怎麼會變成這樣？松仔怎麼辦？我怎麼辦？」她心中喃喃問著。她太年輕了，她無法面對這些突如其來的問題。

下午，松仔吞吞吐吐，她好不容易才將事情拼湊完整。

原來，松仔交了壞朋友，出了事。

這裡的福佬苦力到了晚間，就到附近一家賭場聚賭，玩天九牌。他們有時也會邀松仔加入，松仔一開始總是拒絕。一個多月前的一個晚上，苦力老大贏了大錢歸來，說要請所有倉庫內的苦力們去逛窯子，找姑娘。松仔從未親近女色，本來不敢去，後來經不起大家半慫恿半激將，說反正不花錢，不去沒男子氣魄。松仔最後竟然跟著去了。之後，苦力老大再來邀賭，松仔起初拒絕。但老大變臉說，玩姑娘你去，玩牌你不去，豈有此理。將來有工作就不讓松仔去賺。松仔不堪脅迫，竟然就跟著老大去了賭場。賭場不遠，在半山上一座土地公廟旁。松仔竟然贏了一些錢。不久，松仔又隨老大去了一次，贏了更多。

第二晚，苦力老大喝得醉醺醺睡著了，松仔竟然一個人就自行到賭場報到去。松仔一開始也是小贏的，但接著手氣愈來愈差，到後來竟把前幾次贏來的也差不多都吐了回去。松仔心裡非常焦急，為了扳回，竟愈賭愈大，也愈輸愈慘。松仔輸掉的錢實在太多了，賭到最後，松仔為了翻本，竟然向賭場借了高利貸。賭到第二天早上，松仔欠下的錢，即使三個月的工資都還不完。

自此之後，賭場的人天天來催債，松仔白天賺到的錢，晚上就被賭場派來要債的拿走。松仔自己有一餐沒一餐的。到了中元節的前一天晚上，賭場派了兩個大漢來，把松仔圍毆了一頓。松仔一再表示真正沒錢了，兩名大漢竟然把松仔的左手小指剁了下來，說是拿回去覆命。臨走前還放話說，他們一個月後再來，如果松仔還還不出來，就剁下第二根手指。以後幾天，松仔無法上工，也沒錢吃飯，只能躲在倉庫一角流淚，恨自己糊塗沒用。苦力老大也自覺有些內疚，收集了一些剩飯剩菜給他吃。

還有更糟的事。就在這幾天，松仔小便的地方開始腫痛，有時還有膿滲出，帶著臭味。苦力們反而譏笑松仔，說：「中鏢了！」

就這樣，一直到蝶妹去探望他，松仔差不多是廢人一般。

*

蝶妹對松仔真是又生氣又難過。松仔遠自社寮來打狗陪她，她當然高興。雖然一開始她嫌松仔在打狗不識幾個大字，只能打零工。後來兩人日久生情，她也慢慢接受了松仔。唯一的要求，是松仔不要遊手好閒，不要有不良品行。

結果，現在，一切成空了。

去哨船頭探望松仔回來的第二天，蝶妹向萬醫生請了一天假。她先搭船到興隆里，進了鳳山舊城，直奔觀音亭。她跪在準提菩薩前的蒲團上，祈求菩薩教她解決松仔的問題，卸除她心中的重擔。對松仔，她有遺憾，也有愧欠。松仔如果不是為了她而離鄉背井來到這人際關係複雜的打狗，也不致如此。松仔的家在社寮可是大戶人家，他也大可在家鄉輕鬆度日。到了打狗，卻一失足成千古恨，不但少了一根手指，又下體中鏢，這樣回去和棉仔怎麼交代？

蝶妹閉上眼睛跪了良久，慢慢覺得心裡清明。她覺得她似乎找到了思緒。她繼續跪著，祈求菩薩賜給她智慧。她將事情一一剖析。她凝視著準提菩薩的容顏。逐漸有答案在心中浮現的感覺。或者說，準提菩薩在她的心中注入了判斷的智慧。

松仔不可能繼續在哨船頭碼頭做工了。否則下個月，賭場討債的一定斬了他的第二根指頭。更糟的是，債會愈積愈多，因為還有永遠還不清的利息。

她站起身，向準提菩薩拜了三拜，她心中空明。回到萬丹港，很幸運地正好有船到哨船頭去。到了哨船頭，她毫不猶疑地進入松仔的倉庫。她先把松仔帶到旗後，紅著臉向萬巴德醫生說明了松仔的病情。萬醫生把松仔留在醫館住了幾天，果然病情大有改善。她看了船期。於是十天之後，松仔一個人搭了回社寮的船。蝶妹知道，這是松仔唯一離開賭場的做法。松仔起先不肯離開打狗。他一再表示，他可以到萬丹港打零工。松仔也發誓，經此教訓，他不會再上賭場。蝶妹沒有說出來的是，松仔竟然上了私娼寮，還得了病，這一點，她很難原諒他。松仔試著說服蝶妹，他會努力工作，不沾酒色，不到賭場，幾乎要跪下來了。但蝶妹始終緊繃著一張臉，不說一句話，不管松仔說什麼，她就是搖頭。

松仔終於上了船。等船影漸遠，蝶妹才回過身來。她面無表情，快步離去。回到醫館，她進入自己房間後，再也忍不住，馬上大哭一場。

之後，每隔一個禮拜日，她一大早就出門，到鳳山舊城觀音亭，然後跪在準提菩薩的尊前。住持遇到了她，總是微微一笑，有時拍拍她的肩膀。她覺得，當跪在準提菩薩尊前的時候，就是她心裡最寧靜、最清明、最有條理的時候。

第七部 出兵

第三十九章

號角長鳴，戰鼓齊響。

台灣府城北的台灣鎮大營中，李讓禮穿著美國將領軍裝，意氣風發騎在馬上，和台灣鎮總兵劉明燈並肩緩步前進，一齊巡閱大清帝國即將派往南岬和生番作戰的七百五十位將士。李讓禮留心觀察，士兵所配備的槍枝，相當進步。槍身、槍孔都呈六角形，外面光滑亮麗。士兵的穿著也不錯，新式制服，甚為統一，個個也都精神飽滿，顯然是清國的精兵。

李讓禮側過頭來，望著這位英姿煥發的劉總兵。才三十歲不到，竟然已經擔任如此重要的職務。聽說他因為在三年前清國平定太平天國的戰役中，立了大功，因此得到上司左宗棠和曾國藩的賞識，不次擢陞。而自這幾天的相處，李讓禮也覺得他確實是有擔當、有氣魄、有見識的將領。

李讓禮回想起四天前，九月六日那天，他再度與台灣道大小官員見面的過程。李讓禮堅決要求台灣道台遵守福建巡撫的指示，出兵南征龜仔用。沒想到台灣道署內自道台吳大廷以下，大多數的清國官員都言詞閃爍，一味推拖。有的說出兵蠻荒地帶尚未有充分準備；有的表示尚有重要公務待辦，不克分身；有的甚至說，是為了顧慮領事閣下安全，萬一閣下不幸為野蠻番人所傷，他們擔當不起。竟然還有人自以為聰明，出了一個爛點子，建議乾脆出重金，找幾個生番殺了，砍下人頭送到福州向巡撫大人交差了事。大家七嘴八舌。道台眼看著李讓禮的臉色愈來愈難看，打圓場說：「請閣下稍歇，待會兒再談，先用些小點心，台灣府的小吃很不錯。」

李讓禮心裡嘆息，這些清國官吏怎麼如此不堪。他深怕有人趁機溜走或轉移話題，正要開口反對休息，坐在李讓禮身邊、始終一言不發的台灣鎮總兵劉明燈突然站了起來：「諸位，請聽我說幾句話再休息。第一，巡撫大人有令，我們就應該確實執行這個命令，絕不可草草了事。第二，到龜仔用雖然路途遙遠，但絕對可以克服。第三，補給確實不易，那麼，坐而言不如起而行，趕快準備就是了。我相信，給我三天，也應該夠了。」他停頓了一下，目光緩緩掃過每一個人，然後向道台吳大廷深深一鞠躬：「如果道台大人同意，我願意向李讓禮領事保證，四天之後，九月初十，我們的軍隊就可動身南下。」

這一席話震驚全堂，其他大小官員都一副不可置信的表情。道台則皺起眉頭，猶豫了一下，無可奈何地允准了。

突然峰迴路轉，令李讓禮又驚又喜。這位年輕總兵馬上轉過身來，臉上充滿信心，雙手抱胸向他作揖：「領事閣下，請略事休息，半個時辰後討論出兵細節。」劉總兵和吳道台又交頭接耳了一陣，再召集了一些部屬來商議。李讓禮則在賓客廳稍候。不久，劉總兵又帶著笑容出現了：「如方才所議，我們需要三天來準備軍需。這三天道台會派人陪同閣下暢遊府城。我們知道領事閣下已經第二次來造訪府城。台灣府雖然不大，但仍有可觀之處。」

李讓禮對這位年輕總兵刮目相看了。他辦事劍及履及，而又井井有條。其後兩天，李讓禮在台灣府尹葉宗元陪同下，參觀了這個十二萬人的城市。安平他去過了，所以主要是在台灣府城內遊覽，到文廟、武廟、海會寺①、竹溪寺等地。府尹備了好幾座大轎。但是李讓禮卻說，他喜歡下來行走，這樣才能看清楚。府城百姓看到平日坐轎的大官陪著洋人，紆尊降貴，一路步行，有些驚奇。李讓禮甚至要求只帶著四、五位侍衛及通譯，讓他在街道隨意行走，而不要清國官員陪伴。

這個府城深度遊覽讓他印象最深的，是台灣府的城牆及格局。城牆的磚壁，厚達十五呎，高約二十五呎，周圍約有五哩，有東西南北四大門，都建有高哨塔樓。主要寺廟及文武衙門都蓋得非常氣派藝術化，而且佔了城內面積的大部分。然而，李讓禮發現，官民之間落差極大。官府所在，街道寬敞，建築宏偉。而民居卻多粗陋矮小，巷道窄，路面差。

有一項吸引李讓禮的是，城裡書院很多。在巡道署的旁邊不遠，就有一個大書院。在赤崁樓，過去荷蘭人所建的城堡之旁，也有書院。書院多，讀書人自然也多。讀書人的穿著打扮與平民有顯著不同。他們曳著藍色長袍，面帶傲氣，對外國人不太友善。反之，一般民眾則謙卑有禮，很喜歡招呼洋人進去店鋪內參觀及奉茶。

還有另外一種人也不少，那就是乞丐。李讓禮注意到，他們之中，殘障、駝背或眇目者甚多。他們坐在路邊，故意展示病變。一般平民販夫走卒還會投以同情眼光，給予施捨；但讀書人反而睥睨而過，似乎認為那些人成為乞丐是本人的錯。

李讓禮強烈感覺，這個國家是屬於官吏和讀書人的。他們高傲作態，而市井小民則卑微窮困，卻又善良認命。李讓禮注意到，在路上看不到幾位平埔，若有，皆為僕役；也見不到客家。台灣府是完全屬於福佬人及官員的城市。

*

九月十日，劉明燈如約宣布，大軍向瑯嶠進發。

李讓禮在校閱場上望著劉明燈，心情矛盾。迄今為止，劉明燈表現出來的勇於任事、見識及效率，都讓他覺得，這位總兵和其他清國官吏不太一樣。李讓禮聽說，這位出身「湘軍」的總兵，雖然也是湖南人，但不是漢人，屬於「土家族」。也許因此他沒有那些漢人官吏的僚氣。但也正因為劉明燈能幹，如果和自己合得來，那就好辦事；萬一在南征期間，劉明燈的看法與自己迥異時，那就非常頭痛了。

辰時，大軍自總兵鎮開拔。道路兩旁有不少民眾圍觀。當前導軍士接近城門時，鼓聲及鑼聲再度響起，大隊人馬緩緩步出雄巍的台灣府大南門。劉明燈為李讓禮安排了轎子，李讓禮婉拒了，他要騎在馬上，和劉明燈並肩走出台灣府的城門。李讓禮再回頭望了一眼這個厚十五呎、高二十五呎的堅固城牆，他不得不承認清國人的築城技術優於歐洲人。

李讓禮沒想到，筆直的大道在出了大南門之後，路況馬上變得很差。首先，寬度只有二輛牛車可以交錯而過。雖然路邊不遠就是整理得平整的稻田與農家，但道路卻凹凸不平。路旁雜草叢生，也沒有路樹。隊伍拖得很長，天氣又熱，李讓禮也就下馬坐轎了。李讓禮的轎子，被排在隊伍的中間位置。台灣府知府很大方，連李讓禮帶來的通譯寶內（Joseph Bernare）也備有轎子。清國還安排了二位侍從，以及專人負責行李配備，並有隨扈全程護送。

另一項讓李讓禮驚訝的是，他在台灣府內看不到平埔，但出了台灣府，穿平埔衣著，或雖穿福

①今開元寺。

佬衣著但說話卻帶濃厚平埔口音的，非常之多。

隊伍的行進速度甚為緩慢。當天傍晚，大軍在阿公店②過夜休息。換句話說，自早上至黃昏，軍隊才行進了二十五公里左右。

翌日，九月十一，軍隊自阿公店出發。路還是一樣狹窄。李讓禮坐在轎子內，一路上目不轉睛望著兩旁的景色，手上則執著羅盤，隨時定位、計時，活像個測量師。他本來就對地質學及地理學很有興趣。這是他第一次走陸路由台灣府南下。

中午時分，李讓禮看到右手邊翠綠的半屏山，這就表示旗後與打狗近了。他想起在旗後工作的畢客淋、萬巴德醫生，還有那位來自瑯嶠的女孩。他好希望見到他們。這一次來台灣府，他沒有能見到任何一位居住在台灣府的西方人。劉總兵今天早上告訴他，他們將直接行進到鳳山縣府，而不會經過打狗或旗後。

又稱為埤頭的鳳山縣城到了，規模遠不如台灣府。軍隊由北路入城，南路營參將凌定邦來迎。今晚將在此過夜。李讓禮覺得，士兵們有些懶懶散散，甚至垂頭喪氣。他開始擔憂了。

九月十二日，李讓禮一大早就整裝待發。奇怪的是，一直到中午，整個軍隊依然沒有要開拔的樣子。李讓禮甚至發現有幾位軍士聚在一起吆喝嘻笑，似乎在賭錢。他去找劉總兵，得到的回答竟是，總兵應當地官吏之邀，出營了。出營前表示，要黃昏才會回來。既然今天軍隊開拔無望，李讓禮反倒不再心躁。他對福爾摩沙充滿了好奇，自然不肯放過遊歷鳳山縣城的良機。他帶了福佬通譯，走出南路營營房。一行人漫步不久，看到一座大廟。通譯說，這是「鬼王兼陰間縣令」的廟。李讓禮大為好奇。

進了廟裡，李讓禮望見閻羅殿中吐長舌著白袍的高瘦謝將軍像，笑曰：「沒想到漢人可以把地獄如此具體化。」又見兩廂中有二十四位神明各有所司：「賞法司」、「功過司」、「功考司」、「罰惡司」、「巡察司」、「感應司」、「速報司」、「瘟疫司」、「來錄司」、「記功司」、「保健司」、「察過司」、「功曹司」、「刑法司」、「警報司」、「掌善司」、「監獄司」、「陰陽司」、「庫官司」、「註禱司」、「見錄司」、「改原司」、「事到司」、「人公司」，李讓禮不覺失笑說：「連現在西方各國政府的司法系統也沒分工這麼細，清國人真是怕官啊，生死俱脫不了官威。我們天主教的『最後審判』也沒有如此繁瑣複雜。」

出了城隍廟，旁邊就是「鳳儀書院」。不少青年學子在學堂中上課，晃頭擺腦吟著詩句古書。李讓禮望著學堂外「登雲路」的匾額，想到這些清國人「一步登雲」的捷徑竟是古人詩文，不禁搖頭。清國人專學古人之學，對今人之科學進步顯然忽視。雖然也許當今高官如曾國藩、左宗棠、李鴻章或者劉總兵，這些與洋人有接觸的將領已有體會，但躲在北京紫禁城的滿洲皇室，有多少認知，有多少了解，實在難說。他心中感嘆著。

書院之旁，有一座新廟，不大，但香火卻比城隍廟還旺。新廟神像造型與城隍廟那些怒目神像不同，就像一般官吏的打扮，而且慈眉善目。通譯說，這「曹公祠」裡祭拜的「曹公」是三十年前這裡的鳳山縣太爺。李讓禮大為驚奇說：「才三十年前的縣太爺，就可以成為膜拜的神明了？」通譯解釋說，這位曹謹大人雖然擔任鳳山知縣僅僅四年，但任內大興水利，築圳引水，一舉解決了民

②岡山。

眾多年的缺水問題，更大大提升了農物栽作。雖然曹謹早已回河南故鄉，且在十八年前過世了，但鳳山縣民依然感念不已，於是在七年前蓋了曹公祠，視曹謹為神明。

李讓禮默默無語。望著曹公祠的神像，心中對清國人的觀感，由在城隍廟中的瞧不起，頓時間變成感動了。「死後竟然可以立即成神。」清國百姓的感恩心情，讓李讓禮不禁神馳：「如果自己在為官之後，也讓百姓建廟膜拜，這樣的人生真有意義。」想到清國官員的僚氣與對上級阿諛奉承、對下級頤氣指使的態度，不禁感嘆：「清國的庶民與官吏，怎麼會有這麼大的不同。清國百姓如此善良，官吏則狡黠居多，顯見清國人的教育，反將讀書人的人格扭曲變樣了。」

李讓禮默默走著，通譯見他突然不發一語，神情肅穆，也不敢亂問，只跟著他繼續走。不覺來到一個寬廣湖邊，湖邊民宅不少，有民眾在此釣魚，也有漢人民婦在此濯衣。通譯說：「這是柴頭埤③。這裡到左營鳳山舊城之間，有不少這樣的大埤。」這裡林蔭盎然，鳥鳴成趣，李讓禮喜愛這情境，就在樹蔭下坐下來，閉目養神，兼聽鳥叫。通譯以為他累了，說：「李大人，那我們打道回府吧。」李讓禮兩眼圓睜：「哪裡的話，這樣就累了？再走再走。還有哪裡可以去？」

通譯嚇了一跳，忙說：「那曹公不僅開了大圳，也增建城樓，並興建六座砲台呢，各別在城牆轉角處。因為這鳳山城是鞋形，不是方形，所以砲台有六座，因為有六個轉角。」李讓禮料想三十年前的砲台，大概無甚可觀，於是笑說：「我們還是多看一些古廟及文物吧。」

於是通譯又帶了李讓禮到雙慈亭看媽祖，到龍山寺看觀音。李讓禮已在府城看過「大天后宮媽祖廟」，對媽祖本身不怎麼感興趣，對清國民間的順風耳與千里眼的神話與造型，倒覺得頗有古希臘神話的韻味。而清國人的多神信仰也接近古希臘人。他不覺比較起來，發現孔夫子年代竟比希臘的蘇格拉底、柏拉圖、亞里斯多德時代還早，心裡不覺多了幾分敬意。但總覺一旦面對清國官員，不論是漢人、滿人，就是尊敬不起來。

走了一下午，天也黑了，李讓禮回到南路營營房，劉總兵已在等他。

劉總兵解釋表示，這一天正是中秋節，因此，軍隊在營放假一天。阿春，那位福建巡撫派給李讓禮的通譯，告訴李讓禮，中秋節相當於美國的感恩節，是全國性重大節日，僅次於新年。因為清國的規定，清國在台灣的軍隊都來自內地，而且不可以是來自漳州或泉州，也不可以攜帶家眷，包括高級將領在內，通常三年後會再輪調內地。因此不論軍官或士兵，平日俱在營中，好不容易盼到假日，才可以離營出遊。當初劉總兵為了向李讓禮宣示決心，所以沒有等待中秋節過後，就出師南征。李讓禮本來對軍隊行程白白延誤一天，一肚子怨氣，這時突然覺得反而是自己應該向劉總兵道謝了。駐軍台灣的軍隊竟然不是台灣本地人，而是自內陸調來的「精兵」。阿春告訴他，在台湘軍所使用的湖南家鄉話，也不同於福佬話或客家話，因此與百姓不太能溝通。李讓禮一愣，心想，那台灣簡直是殖民世界了，複雜到不可思議的殖民世界。因為統治階級的官員、軍隊、移民與原住民竟然使用三種以上不同的語言。

劉總兵告訴李讓禮，上午鳳山縣知縣凌樹荃來拜會他。後來一行人一起去了鳳山縣署聽取報告，除了進一步了解瑯嶠的狀態外，還有一個目的。因為他們自台灣府出發時，道台來不及撥調軍餉給他，所以他向鳳山縣及南路營借餉支援，還好凌知縣和凌參將都答應了。劉總兵高興表示，軍

③柴頭埤是當年面積僅次於今蓮潭之大埤。鳳山的舊名「埤頭」，即由此而來。地圖上右下之柴頭埤岸即今鳳山三民路後方（見地圖）。這些建築真正的排列順序其實是（由東而西）：柴頭埤、鳳儀書院、城隍廟、曹公祠。

餉有了著落，後天九月十四日一定可以開拔，而且有部分南路營駐軍也會加入行伍，以壯軍力。

十四日早上，道台那邊仍然沒有消息，劉總兵還是下令出發。路愈來愈窄，到了一條大溪流，河面甚寬逾里，士兵們雖用輕竹筏渡過，但已耗去一整個上午。

李讓禮在上次自海上看過這個壯闊出海口，知道這是東港河。劉總兵反而未曾來過，不覺汗顏。渡了河，已是原住民的阿猴大社。自此開始，一路是原住民部落，只在河口處偶有福佬聚落。此後，又渡過三條河流。士兵甚為辛苦。

這一晚，在東港的糖廍過夜。

九月十五日，軍隊由東港到了枋寮。南路營部將說，枋寮福佬人在此僱用平埔居民砍伐山上大木，製成木板，或造船或運銷他地。「枋」者，福佬語木板之意也。這是台灣道所能管轄的最南端。換言之，軍隊已到最前線，再往南，就是生番地域。劉總兵的臉色開始凝重起來。

出了枋寮，再走不久，到了加祿堂隘口。這裡一邊是山，一邊是海，中間平地狹窄。大山橫亙，草木叢生，只勉強有獵人踏出的小徑。劉總兵親自勘察了地形後，一直搖頭：「這真是名符其實的羊腸鳥道！」

「自枋寮到柴城，都是這樣的路嗎？」劉明燈問著當地的嚮導。

嚮導點點頭。

李讓禮說，他半年前曾經坐著亞士休落號，勘察過自這裡到龜仔角之間的海岸線。他說，大致說來還算平坦，只有枋寮到柴城這一段少數地方有懸崖峭壁，但要開出一條大路，應該不難。

劉總兵倒現出笑容。他說，昨天已收到道台自台灣府送來的八千兩銀子。軍餉、施工都沒有問題。他同時指出，八十年前，早有福康安將軍在林爽文事件時，一路自阿里港殺到柴城，還立碑記功。劉總兵豪氣地說：「福康安王爺做得到，我們當然也做得到。」

於是劉總兵下令：「立刻開闢大路，由枋寮到柴城，限七天內完成！我們要揮師龜仔用，重懲殺人生番，為大清立威！」

有下屬憂心忡忡：「開路時，難保此處生番不會自山上偷襲。七天內是否可以完成，不無疑慮。」

劉總兵很有自信地說：「這裡的生番，與南岬生番不同族群。我已派本地福佬頭人和獅頭社及牡丹社生番達成協議：我們出兵，是為了剿滅龜仔用，與這一帶的生番諸社無關。我已事先派人帶了不少禮物去打點。這裡俱已承諾不涉入此事。」

劉明燈的積極與周詳，讓李讓禮更是刮目相看了。

即將進軍番界了，李讓禮內心很興奮。

第四十章

農曆八月十五日中秋節，不論是對柴城的福佬人，保力的客家人，或社寮的土生仔而言，都是重要節日。

對身處在豬勝束的文杰而言，更是別有深意。雖然身處生番部落，文杰對中秋節依然是有感情的。更何況，文杰的父親就是一年前的中秋節過世的。

文杰早在十多天前就想好，他計畫在中秋節的前一天先到社寮，一方面去感謝棉仔一家照顧他們姐弟將近一年之恩，一方面他也希望能遇到姐姐。他期待蝶妹和他一樣，會由打狗回來祭拜父、母親。何況，中秋節也是個傳統團聚的日子。

爸爸媽媽的墳墓都在統領埔，所以他希望十五日清晨就由社寮動身出發到統領埔，中午以前祭拜完畢，然後巡回豬勝束。

他向養父卓杞篤提出這個請求。養父想了一下，說，希望文杰能藉此機會，順便也辦一些事。

卓杞篤說，四個多月前，十八個部落組成聯盟。也虧得大家合作，三個月前，才能在龜仔用迫使白人的二艘大砲船和兩百名士兵無功而返，迄今平安無事。

卓杞篤說，斯卡羅四大部落是自己人，你代我出馬，到各斯卡羅部落向頭目們致謝，特別是龍鑾及猫仔。我自己則往北，到蚊蟀、四林格、八瑤、高士佛、牡丹、加芝萊等新結盟部落走一趟。」因此，卓杞篤要文杰提早兩天出發。同時卓杞篤指派了兩名勇士陪著文杰，向各部落贈禮。

文杰和兩名勇士，先到射麻里，再到龍鑾，拜會龍鑾部落的頭目。

龍鑾的頭目盛大設宴歡迎這位斯卡羅大股頭倚賴甚殷的養子。在宴席中，頭目像是突然想起什麼，向文杰說：「對了，我聽部落裡的人說，大約二十天前，有二位白人一直在大繡房到我們龍鑾部落這一帶走動。其中一位，是那艘紅毛船船長夫人的家人所僱用，專程由洋人國家來到這裡尋求船長夫人的遺骸和遺物；另外一位，福佬話說得不錯，甚至還會說一些我們的土語，聽說是自打狗來的。」

文杰聽說有白人在這一帶走動，耳朵馬上豎了起來。龍鑾頭目又說：「而且，聽說他們已經找到船長夫人的頭顱和大部分遺骸，甚至部分遺物也找到了！」

文杰大吃一驚，急問道：「真的！怎麼找到的？」

六個月前，英國船艦鸕鶿號來到社寮，文杰就親耳由英國領事賈祿的福佬通譯口中聽到，要重金懸賞船員的遺骸和遺物。文杰感慨著，那艘失事船隻，改變了自己的命運，也改變了蝶妹的命運。甚至整個瑯嶠，都起了翻天覆地的變動。沒想到，六個月後，白人仍然在尋找這些船員骨骸。

「既然白人如此有毅力，如果他們存心向龜仔甪算這筆帳，白人軍隊一定還會再來！」這是他的第一項聯想。

「那麼，是在哪裡找到的呢？是誰藏了這些屍骸與遺物？」這是他第二項聯想。

因為他確定，龜仔甪的人沒有拿。巴耶林曾告訴卓杞篤，他們殺害這些船員，是因為這些船員是入侵者。他們並不知道他們遭受船難，也不是要趁機打劫。

巴耶林告訴大股頭，事發之時，他們發現誤殺了女人，就大驚而一哄而散，什麼東西都沒帶走，連她的頭顱都丟在海灘上。至於其他屍首，有部分被丟下海中，部分仍在岸上。幾天後，他們再度到海灘時，就只剩下舢舨，其他的東西全消失了，究竟是誰取走，他們也不知道，反正不太可能又被大浪沖回陸上。

這些話，他也在旁邊聽得清清楚楚。

出事海灘雖是龜仔甪地界，也常有龍鑾的土民或一些自大繡房過來的客家人、福佬人出沒。龍鑾的斯卡羅人不像龜仔甪那麼封閉，他們和大繡房那一帶的平地人往來甚為密切，常有交易行為。而且，龍鑾的居民很混雜，除了原來的斯卡羅族外，還有一百多年前因為唐山移民的壓力，而自鳳山八社趕了大批牛群來，移居到此的平埔馬卡道族。再加上近年來，龍鑾來了不少客家人屯墾居住。

文杰說：「我可以斷定，洋人的物件不是龜仔甪的人拿的，他們對財物沒有興趣。既然是在龍鑾這裡發現的，我猜也不是斯卡羅人拿的吧？最有可能是客家人拿的？」

頭目苦笑說：「你猜對了。不是斯卡羅人幹的。但平埔土生仔和客家人都有份。先是土生仔在海灘上看到屍體和遺物，就把遺物拿了。大部分屍骨被丟入海中，少部分則埋在龍鑾海邊一棵大茄苳樹下，表示兩不相欠。

「後來，他們聽說白人派了軍艦來搜尋遺物，開始害怕。於是他們去當初埋屍所在，把骨頭掘出。當初因為自船長夫人身上取了一些穿戴的飾物下來，所以將她也埋了，但後來只找到頭顱及少數肢骸。土生仔因為聽說白人派了軍艦來報仇，反而不敢拿出來。相反的，客家人很機靈，看到軍艦來找，相信這些東西絕對可以賣個好價錢，就四處探聽。

「客家人先找到私藏這些遺物的平埔土生仔。客家人表示願意當中人，出面來替他們賣個好價錢，並保證不會被白人興師問罪，但當然要從中抽取厚利。客家人說服了土生仔，同時放出風聲。價格當然開得很高。奇貨可居啊，嘿嘿。」龍鑾頭目顯然不滿客家人作為，但又無可奈何。

頭目說：「客家人可惡的地方是，他在白人與土生仔之間扮演兩面人。客家人在白人面前大罵土生仔殘暴殺人，又向白人訴苦說土生仔要價很高；然後見了土生仔，又恐嚇土生仔說，白人很生氣，要引軍隊來報仇，必須給他一筆封口費，讓白人不知道土生仔住在哪裡。於是客家人兩邊得利。聽說最後是白人、客家人和土生仔三方在大繡房找了一間客家人房子見面訂約。白人交了錢，土生仔也把東西交出來，雙方約定不再有瓜葛，到此為止。交易價格多少我不知道，但是賺得最多的，一定不是土生仔，而是客家人。」說完又嘿嘿笑著。頭目猛然想到文杰父親也是客家人，又尷尬說了聲：「抱歉，令尊雖然也是客家人，卻是老實的客家人。」

文杰微微一笑，拍拍頭目臂膀，表示沒放在心中。他心裡則想，這瑯嶠的族群恩怨真複雜，也真難解。平地人和原住民爭地，而同為平地人的福佬與客家，語言不通，壁壘分明，互鬥不往來。福佬娶土生仔熟番，客家娶山地生番，複雜啊！即使是山地人，又分成本地斯卡羅，東部來的阿眉。現在洋人來了，高山上的原住民在養父的努力下，已經團結了，但平地的族群仍然一盤散沙，各有各的盤算。文杰想，平地的各族也應該合作，不要分彼此。他想，語言是最大問題，不同的語言就會產生隔閡與對立。

*

文杰別過龍鑾頭目，再到猫仔坑部落。猫仔坑已接近猴洞一帶的平原，路也變得平坦，但文杰的心反而不平坦。龍鑾頭目告訴他，龍鑾的土生仔在大繡房和白人見面時，一再強調羅妹號船員不是龍鑾這一帶的人殺的，是龜仔用人殺的。洋人既然人、物、地證據俱全，焉有不再興師問罪之理。萬一洋人這次學乖了，不直接攻堅，而找大繡房或龍鑾的客家或土生仔帶路，側路進攻龜仔用或射麻里，那就很麻煩了。

農曆八月十三日的下午，文杰到了保力。保力是廣東客家人的大本營，由此沿著社寮溪下行，如果腳程快一些，不到一個時辰就可到社寮海邊。社寮在望，文杰突然有近鄉情怯的感覺。

他和兩位同伴走進一家客家小店休息，點了炒米粉、客家小炒等。這裡的土番進入平地人地區，就會穿上平地人衣飾，以免太過惹目，但往往還是可以輕易看穿。進了店裡方才坐下，就聽到鄰桌一老一少以客家話大聲對談。少的問：「聽說最近清國官府要出兵柴城？是真的？」老的拍桌大罵：「都是這些生番惹禍，胡亂殺人，現在清國的官兵準備攻打龜仔用，傀儡番罪有應得，但只怕牽累了我們保力無辜人士。那些官爺、軍爺可不好伺候。」

文杰聽到了，大吃一驚，忙轉過頭來問那少者：「清國軍隊要攻打龜仔用？這是什麼時候的消息？」

少年回答說：「是啊，昨天柴城和保力都分別張貼著一張台灣府的告示，說是中秋過後，將會有八千五百名士兵進駐柴城以南村落，以攻伐傀儡番，同時也呼籲所有瑯嶠居民協助軍爺們。」

「八千五百名？」文杰大吃一驚，叫出聲來。

老者搖頭晃腦：「我還記得告示上的其中幾句：『龜仔甪番，凶惡殘忍，戕殺洋人，法所不容。而猶負嵎恃險，妄逞螳臂，若不大張撻伐，不足以儆凶頑。』好文，好文！」老者說到最後，得意地笑了起來：「老弟要看全文，保力三山國王廟或柴城福安廟廟口，必有張貼。」

文杰又問：「是中秋過後？」

老者笑說：「是啊。看來幾位小兄弟和山上部落有些淵源，快去告知他們頭目吧！今天是八月十三日，後天就是中秋了。說不定再過三、五天，官軍就來了，他們不會只打龜仔用的，叫各番社趕快準備應戰吧！」說到最後，口氣有些幸災樂禍。

文杰和兩位同伴彼此使個眼色，三人向老者稱了聲謝，走出門外。文杰告訴兩位弟兄：「你們都聽到了，來的不是洋人，卻是台灣府的官軍。台灣府的官爺把我們當作盜匪，中秋過後就要大舉來攻了。你們兩位馬上火速趕回，向大股頭報告，趕快準備應戰。也請告訴大股頭，我一人趕往社寮，提早明天一早到統領埔拜祭生父，然後即回豬勝束！」

另外兩位弟兄堅持要有一位陪著文杰。文杰說他們不過，只好讓他跟了。另一人回豬勝束報訊。

第四十一章

文杰匆匆趕到社寮。

意外的，社寮平靜如昔。社寮人看到文杰和一位生番同行，表情各異。有人訝異，有人視而不見，也有人似帶訕笑。棉仔倒是非常親切地歡迎他。更高興的，蝶妹果然也自打狗回來了。

與文杰同來的弟兄，見文杰已與家人團聚，表示要自行到龜山下林中等候。文杰也只好從他。

雖才陰曆十三，已見滿月。文杰說明緣故，蝶妹也同意提早一天到統領埔祭拜父親。

這一夜，文杰、蝶妹和棉仔一夜長談，但卻不見松仔。

文杰憂心忡忡，竟不先問蝶妹在打狗的生活，反而先向棉仔請教對台灣府大軍南下的想法。

棉仔說，他其實沒有想太多。雖然清軍南下，一定會騷擾到柴城和保力兩個分別屬於福佬與客家的大鎮，但是他仍然認為社寮是天高皇帝遠。

「我們社寮又不歸大清國管。大清國管的是福佬與客家。我們算是土生仔。」這是棉仔的第一個反應。

「再說，社寮離傀儡番最遠，清軍大概不會跑到這裡來吧！還好軍隊不是走海路來的。」棉仔嚼著檳榔，有些懶洋洋地回答，一副事不關己的樣子。

文杰提醒他：「那也不盡然。柴城市街頂多再住上二、三千人，保力頂多上千人。如果真的來了八千多名士兵，要吃的，要喝的，再加上軍馬、輜重等，柴城、保力哪裡裝得下養得起？清國士兵來向社寮要糧要材，大家能不給？說不定……以後你們可能得每年向清國繳稅了。」文杰又說：「清國若在這社寮設了官衙門，派了官吏，說不定大哥這頭人的地位會受到威脅。大夥兒從此聽官吏的，不再聽大哥的。」

棉仔似乎心神一震，斜躺的身子坐直了起來。

蝶妹在一旁插嘴：「以我在打狗和台灣府看到的，地方小吏反而更會作威作福。」

文杰問蝶妹：「妳是農曆八月十一日搭船離開打狗的？那時沿路可看到清國軍隊了嗎？可聽到有多少官兵南下嗎？」

蝶妹說：「我完全沒看到什麼。旗後很平靜。我也沒聽萬醫生提到有台灣府軍隊南下，也沒提到李領事要來台灣。萬醫生倒是提到畢客淋，說他自陽曆八月初就和一位來尋找船長夫人遺物的英國人來到瑯嶠。」

棉仔說：「這個我知道。那位英國人叫洪恩①。他們在八月中旬自枋寮坐船來到這裡，然後就

---

①受託尋找杭特夫人的是英國人洪恩（James Horn），後來也留在台灣。洪恩娶了噶瑪蘭頭目之女為妻，並與德國商人美利士（James Milisdch）合作，在大南澳開墾，從事伐木，也打算栽植茶葉。但因開墾規模太大，引起噶瑪蘭通判丁承禧干涉。一八七〇年秋，大南澳開墾區被清廷夷平，洪恩與同伴三十多人乘船赴蘇澳途中遇風浪，死於船難，有數名船員流落至豬勝束，再經畢客淋贖回。一、二十年後，有人在大南澳看到金髮女性原住民，貌似洋人少女，疑似洪恩之後。

到大繡房那邊去了。後來的事我就不太清楚了。」

文杰說：「他們在龍鑾大繡房一帶找到船長夫人遺物了。」

棉仔驚訝地說：「真找到了？」

文杰聽到蝶妹提到李領事，想到上次蝶妹和松仔曾經搭他的座艦來到社寮，心神一動：「這次李領事也會隨著清國軍隊一起來此？」

蝶妹搖搖頭，表示不知。

棉仔說：「應該吧。沒有李領事的壓力，清國官府何必勞師動眾，大張旗鼓南下，賣命來和生番作戰呢？」

文杰沉思了片刻，方才抬起頭來，正肅地說：「姐姐，文杰有一事，鄭重拜託。」

蝶妹：「你說啊！」

文杰說：「首先，我不希望有戰爭。對媽媽的部落，對棉仔大哥這裡的人，對瑯嶠的住民，不論是新到的客家或久居的福佬而言，不打仗都比打仗好。也就是說，我們必須盡力不要讓戰事發生。」

蝶妹想到她在龜仔甪海灘的恐怖經驗，點頭附和，卻隨即問道：「但是我們哪有那麼大能力？」

文杰說：「也算是機緣吧。這次雙方的決策者，一邊是我養父，另一邊也許是妳認識的李領事……」

蝶妹想回話，棉仔用手勢打斷她：「先讓文杰說完。」

文杰望著蝶妹，慢慢地說：「我回去之後，會勸養父萬萬不要先出手。希望你們也能找到李領事，拜託他不要打，至少不要先動手。只要養父和李領事雙方互相同意不先出手，這場仗就有可能不打。」

棉仔緩慢頷首，似是同意文杰的想法。

蝶妹卻搖搖手說：「這可不一樣。大股頭和你是父子，信任你，你可以說服得了他；而我和李領事差遠了，只是偶然相識。我在他面前算哪根蔥，我怎麼有能力去說服李領事？」

棉仔插嘴道：「蝶妹，雖然妳和李領事只是相識，我覺得他對妳頗有好感喔。妳記不記得上次他自社寮要到南灣，為了要妳同行當通譯，他還特別多留一天。文杰的提議，我認為妳可以試試看，不必輕易說不可能。」

蝶妹說：「可是我並不喜歡和他打交道啊，我甚至一直避著他。」

文杰說：「姐姐，為了整個瑯嶠住民，也為了斯卡羅族的福祉，就儘量試試吧。」

蝶妹沉默了一陣以後，勉強點頭，說：「那我就多留社寮一陣子，等待李領事到來。那時再請棉仔大哥帶我去見他。」棉仔馬上點頭說：「那有什麼問題。」

文杰大喜，蝶妹則苦笑。

棉仔又說：「那麼，明天一早，我和松仔就陪你們姐弟倆到統領埔一趟。我也去祭拜林大哥。然後文杰和同伴回豬勝束。我和蝶妹、松仔回社寮。蝶妹，妳就慢幾天回打狗，留在社寮。等李領事一來，我們就去求見。」

文杰說：「對了，怎麼不見松仔？」

蝶妹面無表情，棉仔則嘆了口氣說：「年輕人不懂事。」文杰知道有些蹊蹺，也不再追問。

文杰上次回社寮，覺得棉仔似乎與他有些疏遠，這次卻又熱絡起來，頗感欣慰。文杰自然能體會，在此多族群地域，族群間複雜的恩怨情仇與利害關係所產生的錯綜影響。棉仔態度的改變，激勵著他。

他想，族群矛盾並非完全不能解決。他自己是混血，混血讓族群意識變得模糊。

他想，瑯嶠這地區的各種族群若能因通婚而融洽相處，絕對是好事。

他望著棉仔。棉仔一家是平埔馬卡道與福佬混種的土生仔，能收容他父親一介唐山客家，又能視他和蝶妹有若親友，真是不容易。他對棉仔，一直懷著感恩之心。他想，以後他會把統領埔、社寮和豬勝束，都視為他的家鄉。他要為這三個地方的居民福祉而努力。這三個地方的語言：客家語、福佬語②、斯卡羅，也都是他的語言，也會是他兒孫的語言。將來，他要告訴子孫，三種語言都應該會。整個瑯嶠，都是他們子孫的原鄉，不必拘泥於一個村落或一個族社。時代變了，大家不可墨守祖先的格局。

②後來潘文杰的後代往往福佬話講得比客語還流暢，而斯卡羅語和馬卡道語則早已失傳。

第四十二章

文杰離開後二天，社寮港來了一艘不算小的帆船，自台灣府的安平港載了許多貨物過來。船老大說，船半途到枋寮休息時，看到枋寮村落內外，都有許多官軍，率領著大批顯然是徵調而來的民夫正在逢山開路，遇水架橋。他們說，清軍工作效率甚高，看樣子再過七天、十天，就會打通自枋寮到柴城的山路。

松仔聽到了這消息，趕快回來告訴棉仔和蝶妹。

蝶妹問松仔：「那些人在枋寮有看到洋人嗎？」

松仔說，船員沒有提起。

蝶妹說：「那表示，如果李領事在枋寮，他至少還會停五天？」

棉仔笑著說：「所以妳要搭船趕去枋寮見李領事？」

蝶妹望著棉仔，像是求情：「是啊，如果我們租了這條船，明天一早出發，是不是下午可以到枋寮？如果能找到李領事，可以向他懇求。」

棉仔說：「這艘帆船不小，加上僱用水手，枋寮來回，少說兩天，也是一大筆費用。」棉仔說到這裡，笑了笑：「不過，茲事體大，花這筆錢如果能化解一場戰禍，也是值得。」

蝶妹感激地不知如何稱謝，只是一味彎身作揖。

於是，三個人再加上二個隨從，五個人搭了一條空蕩蕩的船，駛向枋寮。

松仔雖然隨行，但他與蝶妹兩人之間卻很少互動或交談。松仔在一個多月前隻身回到社寮，休息了一陣，身體算是恢復了。但他與蝶妹的感情似乎再也回不來了。少了一根小指，對生活倒也無大礙。也多虧萬醫生的治療，身上不可告人之病也大半好了。但他整個人變得比較沉默寡言，在應對進退及待人處事方面則反而顯得沉穩成熟許多。棉仔看在心裡反感欣慰。

＊

枋寮街上木材店林立。他們探問到，清國軍隊的統帥住在保安宮內，也確實曾看到幾位洋大人坐著轎子出現在街上。由木材店老闆所描述的，其中一位洋大人以布罩蒙住一邊眼睛，那應是李讓禮無誤了。三人大喜。木材店老闆表示不知洋大人們居住何處。三人已心花怒放，直說，沒關係，沒關係。

棉仔說，我們守株待兔吧。我相信，李讓禮和清國將領一定會常常碰面，我們在保安宮廟口守候就是。

＊

李讓禮來到劉總兵的行營，一座枋寮的大廟。轎夫停轎在廟埕，李讓禮步出大轎，正要步入廟內，忽然聽到有清脆女聲叫著：「李領事，Sir, please……」接著是衛士阻擋叱喝之聲。李讓禮聽到有女聲以英文呼喊，很是訝異，轉頭一看，竟是蝶妹、棉仔、松仔三人，又驚又喜，邊招手邊走過來。蝶妹依然站立，棉仔和松仔卻先後跪地叩首。李讓禮嚇了一跳，忙說：「起身，起身。」又對著蝶妹說：「蝶妹，好久不見了，這是怎麼一回事？」

蝶妹用英文說：「Sir, please stop the war. No war, please.」（先生，請制止戰爭，拜託不要打仗。）

李讓禮說：「你們不必太擔心，社寮應不會有事的。」此時已有清兵自廟門口衝來阻擋。蝶妹急急又說：「領事，打仗不好。」

李讓禮怔了一下，用英文說：「總兵在等我開會呢。再說，你們在這裡也不方便。就這樣吧，你們先回家去。等我到了柴城，你們再來，大家一起好好談。」說完，轉身進入廟內。還好寶內在身旁，替他做了翻譯。

蝶妹等三人失望極了，花了好大工夫，也很幸運見到了李讓禮，卻談不了幾句，未能深入說明。然而，話說回來，大軍籌備多日，然後千里迢迢到此，已如箭在弦上。三人也了解，不可能單憑自己幾句話就罷兵。但是三人遠路來此，無法充分表達意思，總是遺憾。還好李讓禮相約在柴城見面。總之，大軍壓境瑯嶠顯然是無法改變之事，而且就在未來這幾天了。

三人於是又搭上帆船，怏怏返回社寮。

第四十三章

李讓禮做夢也沒有想到，他在枋寮不但遇到蝶妹，也遇到懂土番語及福佬話的畢客淋。而且畢客淋竟是自瑯嶠過來的。

原來畢客淋就是龍鑾頭目口中，向土民購買到羅妹號船長夫人頭顱及遺物的兩位白人之一。另一位則是被委託專程由國外來福爾摩沙尋找船長夫人遺體及遺物的洪恩。

畢客淋和洪恩，陽曆八月三日由打狗出發，先到社寮，再往南到移民最南端的大繡房，甚至深入龍鑾去搜尋了將近一個月。結果皇天不負苦心人，他們不但成功找到羅妹號杭特夫人的遺物，而且還因緣際會進入豬勝束，並可能和莫測高深的卓杞篤交手過！

畢客淋得意洋洋地向李讓禮敘述他們進入「下瑯嶠十八社總頭目」卓杞篤所在的豬勝束的過程。

畢客淋說，他們在大繡房時，意外知道最近又發生一件船難。有人告訴他們，那些外國船員被囚禁在豬勝束，但有一位逃到了大繡房。於是他們費了不少工夫，終於見到這位腳傷落難的巴士島人。

巴士島是福爾摩沙南端與呂宋島之間海峽上的小島。巴士島人用西班牙文告訴他們：「我們獨木舟上一共九個人，被風吹到了福爾摩沙東部岸邊，被原住民持槍射擊。後來我們才知道，這些土番叫牡丹社，以凶悍著稱。

「我們拚命向南划，獨木舟終於脫離了土番的射程。大家驚魂甫定，來到一個大河口，河岸兩旁有許多結了大果實的樹木。我們上了岸，採到一些水果充饑。

「我們遇到一個又聾又啞的老者。他很好心，把我們帶到他的屋子，並且拿了許多食物給我們吃。

「不久，門口人聲沸揚，原來族裡有些男人聽說這裡來了外人，拿了刀、棍，要來砍殺我們。沒想到這位老者看似柔弱，實則身手矯健，拿了一支長木棒，擋在門口，怒視自己的族人。

「來者對老者似乎很尊敬，馬上放下刀棍，向老者一鞠躬，然後轉頭走了。這老者似乎是個貴族。到了下午，部落的大頭目自外地回來，聽到了這件事。他先謝謝老者阻擋了部落裡的人殺害這些巴士島人。接著大頭目和部落裡的人開會，得到下列結論：

「一、不可殺害這些遭遇船難而流落到部落的外人，才不會像上一次一樣，惹來白人軍艦報復。

「二、為了避免讓這些人在外面亂跑，而使部落受到傷害，或導致他們因而受傷或死亡，以致引起營救他們的白人軍艦或人士誤會怪罪，就必須把他們監禁起來，但會給他們好的待遇與食物。

「三、若有人來尋救他們，必須付錢，才能將他們贖回。

「老者也接受了這樣的條件。似乎開會的決議，人人都必須服從。

「於是，我們自老人的屋子被遷到另外一間土殼厝。我們並沒有被綁起來，但他們不允許我們走出屋外。有一天，我和另外一位同伴試著到屋外走走，沒想到同伴馬上被守衛殺了，而且割下頭

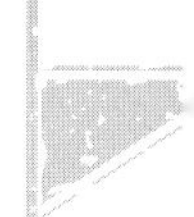

顱。我大為驚駭，沒命地奔跑，滾下山谷，僥倖逃脫，但也因此腿傷嚴重。還好碰到這些好心的龍鑾人，把我帶到大繡房這裡來。」

*

畢客淋和洪恩決定去救出那些巴士島人，但他們必須先把船長夫人的頭骨和遺物送回打狗。兩人在大繡房分手，洪恩在大繡房守著那位巴士島人，畢客淋帶著船長夫人的遺物由大繡房回到柴城。柴城人知道那是杭特船長夫人遺骨時，還焚香祭拜，但卻不准把遺骨攜入屋內。畢客淋先遵照其言，埋在屋外空地，但到了夜間，又挖了出來，攜入屋內。幾天後畢客淋自柴城搭船到了打狗，將船長夫人遺骸及遺物交到英國領事館，然後又馬不停蹄自打狗回到大繡房和洪恩會合。他們由龍鑾人陪同，想去救出其他被囚船員。兩人為了表示誠意，要求已逃到大繡房的巴士島人也同行，並且也多計入一份贖金。眾人到了原來巴士島人被監禁之所在時，畢客淋才恍然大悟，他竟然到了卓杞篤大本營的豬勝束。

畢客淋和洪恩到了豬勝束部落外，沒有獲准進去部落，也見不到卓杞篤。有人說，卓杞篤出去了，現在由旁人代理頭目。有一位中人出來傳話說，頭日為了照顧那七名巴士島人，花了許多人力與糧食，因此要求二百銀元才願釋放那些島民。

畢客淋找到一位番婦，聽說是頭目的親人。畢客淋託她帶著二百銀元去勸服頭目，並說如果事成，就再給她二塊銀元的酬勞。

婦人回來以後，告訴畢客淋說，她見到了那些島民，也見到了頭目。頭目本來答應二百元就放人的，但來了一位客家人，結果生變。客家人告訴頭目兩件事。第一件是，他自己願意出價四百元來搶這筆生意。這位客家人還大刺刺說，他買來之後，會再轉賣給洋人。他相信，洋人絕對出得起他開出的價碼。第二件是，客家人昨天農曆八月十三日在保力看到一個告示，說是台灣府的軍隊和美國大官一起要來征討傀儡番了。番婦說，頭目聽到客家人的話，非常生氣，於是要番婦傳話給畢客淋，若拿不到五百元，他寧可殺了那些島民，作為報復美國人與清國軍隊在他領域可能造成的傷害。頭目說，洋人既可惡又不聰明，把台灣府的清國軍隊拉扯進來，不但不能解決問題，只會使事情更複雜。

顯然大頭目被清國軍即將到來的消息激怒了，轉而遷怒島民。本來頭目已經允許他們在村莊自由走動，現在反更嚴厲控管。白天像奴隸一樣幹活，晚上則關在狹窄的草房。食物供應變少，並常藉故毆打。

畢客淋無可奈何，只好乖乖付出五百元成交。

第二天，農曆八月十四日（九月十一日），番婦帶了五百元去，帶回來那七名巴士島人。番婦又告訴畢客淋和洪恩，客家人也藉著清兵南下的消息，趁機慫恿頭目購買大量槍械彈藥以備戰。他們教頭目如何將沙包疊成沙壘，以及在通往高山的隘口處廣設沙壘；又教頭目將巨大檀木或其他大樹的樹幹鑽孔，用鐵箍環繞起來，以強化沙壘。客家人還送頭目幾把小鐵槍，很可能是他們自某次船難中撿來的。

番婦又說，這位客家人非常奸猾。可以預見，等他回到平地，一定又會去找柴城的福佬人兜售情報賣錢，或想辦法雙邊撈錢。

而畢客淋和洪恩則帶著七名巴士島人，自豬勝束到了柴城。為了超額贖回巴士島民，兩人都已把所有錢花光。還好他們在柴城聽到清軍和美國高官來到枋寮，心想李讓禮一定也會在，於是搭了船由柴城出發到枋寮。這是九月二十日（農曆八月二十三日）。果然李讓禮就在此地清軍大營內。雙方見面，皆大喜過望。

李讓禮把巴士島人帶去見劉總兵。劉明燈答應還錢給代付了贖金的畢客淋；也答應把巴士島民送到打狗，安排返鄉之途。

劉總兵在台灣府就認得畢客淋。他見到畢客淋也大為訝異，聽到畢客淋竟是自柴城來此，更是又驚又喜。他一直探問畢客淋，瑯嶠的居民的反應如何？

畢客淋回答，瑯嶠人心惶惶，百姓深怕軍方一去，生番未傷，民間先受害。畢客淋引述民間觀點：官軍到大繡房攻打生番，不論勝負，必然會有不少死傷，還要花大筆軍費，這何苦來哉。民間說，既然路已開通，不如派人到柴城，重賞之下，必有見錢眼開之徒去冒險襲殺生番。弄到二十個生番人頭不是難事，然後由官軍把頭顱送到福州，向巡撫大人宣稱大捷，表示生番已臣服。屆時，總兵不但可以號稱凱旋歸來，還能荷包滿滿。台灣府為這次軍事行動撥下的軍費，即使歸還大部分到國庫，還是一大筆財富，眾官員及軍隊人人皆可沾到不少油水獎賞。

畢客淋講完，劉總兵面露不屑的表情，說，這論調在台灣府早有人提出。劉總兵回答畢客淋：第一，他一定會南征，這是長官命令。他決心速戰速決。第二，他的軍隊紀律嚴整，絕不擾民。劉明燈義正辭嚴：「明天一早，本官會張貼文告，表明我絕對遵守巡撫命令，征伐到底。任何企圖阻擾這計畫的人，不論是官、是軍、是民，必定嚴懲！只要是良民，對官軍之來到就不必不安。本官保證絕不擾民，即令一柴一木，亦必公帑購買。生番若願降服，我也願意給他們機會，聽聽他們的條件是否能讓李領事滿意。」

劉總兵大聲說：「畢客淋先生，麻煩你為我再跑一趟瑯嶠。請告訴居民，官軍將至，支持者厚賞，不從者必斬！」

第四十四章

同治六年八月二十五日，西曆一八六七年九月二十二日，大清台灣鎮總兵劉明燈率將士九百餘人，自枋寮向柴城出發。

這是大清國的軍隊自乾隆五十三年，西曆一七八八年以來，第一次出現在瑯嶠。

劉明燈騎在馬上，踏著腳下這條他在七天之內開出來的道路，顧盼自雄，滿意極了。七十九年前，乾隆五十三年二月，在這條道路上奔馳的，是欽差大臣嘉永公福康安。福康安受乾隆皇帝寵信的程度，讓民間謠傳他是乾隆皇帝的私生子。他當時率兵上萬，直奔柴城，一舉剿滅了莊大田的餘眾，為剿滅林爽文畫下完美的句點，讓乾隆列為十大武功之一。

劉明燈陶醉著，他雖然只是總兵，率領的部眾也只有九百多人，然而，他奉命討伐在隘線外擾民的生番，不也像是當年奉漢武帝之命出長城討伐匈奴的衛青、霍去病一樣，一旦成功，足以勒石記功，揚名垂世。

軍隊出發大約半天之後，有生番頭目跪迎於路旁，並獻上酒、米、全雞及全豬，表示宣慰王師。

劉總兵意興風發，轉身向並肩騎在馬上的理番同知王文棨①說：「我朝自道光之後，只有外人來興師問罪，未曾以王師去征伐境外強梁貔貅。今日我等二人有此壯舉，也算為我朝添加威風了！」

他想像著，到了柴城之後，在當地仕紳鄉勇的配合指引之下，翻山越嶺，大破傀儡番！至於身處隊伍中央，坐在轎中的李讓禮，也面露得意之色。在他的努力下，清國終於出師，即將對龜仔用生番展開懲處行動了。

*

然而，在李讓禮的心中，卻多了一塊大石頭。

前天晚上，畢客淋密訪他。出乎他意料之外的，這位自瑯嶠帶來第一手狀況的福爾摩沙通，他自認最得力的第一助手，竟然花了二小時勸阻李讓禮，請李讓禮打消這次南征之行。

畢客淋說，他看了劉明燈部隊的人馬與配備後，心裡的直覺是：這一支部隊不會是卓杞篤的對手。

畢客淋更直率地說，以他自己隨貝爾出征的經驗來看，李讓禮隨清軍出征也不見得安全。

畢客淋說，洪恩留在大繡房時，曾向當地土番探問各社的人口總數及戰士人數。據估計，下瑯嶠十八社的戰士總數至少一千二百人，而畢客淋的情報則指出，十八社都已宣誓團結在大股頭的指揮下，積極備戰。現在這一千二百人配有滑膛槍，而不只老式火繩槍。

畢客淋說，上次隨貝爾出征，以及這次的豬勝束之行，他都目睹那些土番在山地奔跑如履平地。他從未見過如此精悍的戰士。他們雖然不高大，卻粗壯有力，快速敏捷，行動有如魑魅。畢客淋把卓杞篤的勇士比喻為尼泊爾的「廓爾喀勇士」。他說，貝爾的遠征軍一百八十一人無功而返，一點也不意外。

畢客淋甚至認為，貝爾遠征軍只死了一人，是土番們手下留情，意在警告，否則傷亡絕不止於此。他當時正好坐在陣亡的麥肯吉少校身旁。他認為，當時生番如果真要下手，傷亡絕對更多。他雖倖存，迄今仍覺心有餘悸。

畢客淋說，他這次豬勝束之行有深刻感受。他說，福爾摩沙生番並不會無故殺人，而是「人不犯我，我不犯人」。因為他們誤殺了美國船員，自認有些理虧，所以對美國軍士還算手下留情。而傀儡生番本就痛恨漢人，這次傀儡番自認沒有得罪平地人，而清國卻出動軍隊，全體傀儡番非常生氣，新仇舊恨一起湧上。

畢客淋說到這裡，向李讓禮湊近過來，低聲道：「此次劉總兵帶了多少人馬南下？」李讓禮一怔：「大約千人左右吧。自台灣府出來，號稱八、九百人。到了埤頭時，又加入了一、二百人。埤頭的軍隊，穿著及配備都不及台灣府的，可能是以勤務為主吧。」

畢客淋詭譎一笑：「將軍可知道，官府給瑯嶠的通告文書怎麼寫的？八千五百人！」李讓禮大驚：「你沒看錯？」畢客淋說：「浮報也好，故意虛張聲勢也好，反正這是清國官府一貫的作風。

①王文棨：山東人，同治二年（1863）進士。同治三年（1864）赴台灣，任嘉義、彰化知縣。因平戴潮春事件有功，同治五年（1866）任台灣府海防兼南路理番同知，同治七年（1868），回任嘉義縣知縣。同治九年（1870），任噶瑪蘭通判。力去積弊，案多平反。去任後，居民感念，設位入祀於文昌祠。光緒元年（1875），台灣增設台北府，王文棨被任命為第一任台北知府，諭旨已下達，王文棨卻在赴任途中病逝，因為未到任，台灣史書少有記載。王文棨在台灣十二年，也死在台灣，足跡遍布全島，貢獻甚多。

到了瑯嶠，再怎麼招募鄉勇，也不可能比一千五百人多。」

畢客淋直搖頭：「清國的一千五百人，碰上卓杞篤神出鬼沒的一千二百多名戰士，又不熟悉地形，將如羊入虎口。」

畢客淋又說，由這裡到柴城，會經過牡丹社。牡丹社可能已和卓杞篤結盟，這一段山路，處處有可能被牡丹社伏襲，恐怕大軍甚至到不了柴城，就先被牡丹社擊潰。

最後，畢客淋說，如果將軍不願意聽從規勸，就請他與劉明燈在此地多留幾天，他要去打狗把賈祿請來枋寮，說服李讓禮。畢客淋說，他相信只要李讓禮點頭，劉明燈有了交代，就樂得罷兵。

李讓禮沒想到畢客淋會反對他出征。畢客淋講話一向是滔滔不絕的，李讓禮等他完全說完，訝異地望著這位天不怕地不怕、四處闖蕩的浪子，竟然會勸阻他南征。而在言詞中，竟對福爾摩沙生番的評價如此之高。

李讓禮告訴畢客淋：「謝謝你的好意。但我心意已決，大軍已動，不要浪費時間去打狗找賈祿了。

「我希望繼續遠征。」李讓禮語氣很堅定：「首先，我是歷經千辛萬苦才走到這一步，讓遠征成為事實。從我一開始與大清國協商出兵南征，每個人都反對我。」

李讓禮咬了咬下唇，沒有蒙住的右眼閃閃發亮，瞪著畢客淋。

「首先反對的是台灣府官員，因為遠征要花大錢，而且沒有必勝把握。

「其次是我在北京的上司，每次我提起出征，他們都當我是好戰的瘋子。

「接著是艦隊司令貝爾。奇怪的是，他知道出征是對的，卻自己出征而不通知我。然後我要來福爾摩沙時，他的整支艦隊就停泊在香港，卻讓我一路獨行，不給我公家的保護。

「即使一直到我說服福建總督借我一艘輪船志願者號，也因打狗海關稅務司的干涉而幾乎無法成行。他們的說詞是，假使讓這艘船駛往打狗以南那段驚濤駭浪的海岸，也必折損無疑。因此，船長把船停在安平，不願聽從我的命令開到南岬。結果我必須和劉總兵的軍隊一起步行來到瑯嶠。

「如果我在此關鍵時刻退縮罷兵，我會淪為笑柄。」李讓禮表情剛毅。

「我要向每一個反對過我的人證明，我的意見才是對的！」

李讓禮突然神采飛揚：「我要實現凱撒的那句名言。」李讓禮用拉丁文說出：「Veni Vidi Vici!（I come, I see, I conquer! 我來我看我戰勝！）②

「何況，我們也有充分的準備，例如說你所擔心的被牡丹社突擊的事。」李讓禮的臉上充滿自信，眼睛睜得很大：「牡丹社靠著和枋寮、莿桐腳及柴城的平地人做生意，得到許多利益。因此，我們已讓牡丹社人了解，如果他們膽敢對清國軍隊開槍，他們從沿海居民購買彈藥、武器，還有食鹽的供應線馬上會被切斷。如果太過分，我們大軍摧毀他們的家園，槍彈打穿他們的身體。

「相反的，假如他們不干擾我們，當我們抵達沿海每一駐點時，會犒賞當地的部落頭目。

「據我所知，牡丹社已完全接受此建議③。這可見，所謂十八社結盟，並非那麼緊密真心。」

李讓禮得意一笑。

「至於清軍及生番如果決戰，誰勝誰負？我必須說，以我的觀察，劉總兵身經百戰，絕對是具

---

②出自凱撒的《高盧戰紀》。

③其實這一帶生番屬於大龜文社群而非牡丹社群，李仙得、劉明燈的認知可能有誤。

有應變機智、有領導能力的將軍。我對他評價甚高。

「也許劉總兵帶下去的軍隊不多，但是他是台灣總兵，台灣六萬兵馬都在他的統率之下。這一千部隊，只能算是先鋒部隊。」李讓禮嚴肅表示：「我預測，如果兩軍對戰，生番憑著地形優勢會打贏第一戰，但是之後就不同了。首先，生番缺少彈藥補給，他們的火力不可能支持太久；其次，我對劉總兵有信心。再過一個月，生番必定崩盤投降，這是我的看法。部隊作戰，和游擊隊畢竟不同，我打過南北戰爭，我了解其中的奧妙。

「剛剛，劉總兵說，大路已完全打通，只待最後整理。他要你先行南下柴城，告知柴城父老，官軍即將到達，保證絕不擾民。我也要拜託你，等我到了瑯嶠，我們在那所大廟會面。我也要請你幫我一個大忙。你去過豬勝束，而且和卓杞篤打過交道。這次他們可以不殺巴士島人，我相信他們開始對我們有某種程度的了解了。我希望他們了解我們對航海安全的需求。我希望能和卓杞篤對話。雖然我認為清軍會贏，但是你說得對，我也不保證清軍一定贏。萬一清軍吃了敗仗，將來生番對我們可能更敵視。所以我們必須有所準備，擬定第二種方案。」

雖然李讓禮很堅定，但對這位台灣通的看法也不敢全面否認。於是他發揮了外交官的折衷與彈性。

畢客淋咯咯地笑說：「閣下英明。」

於是畢客淋比大軍早一天南下瑯嶠。

李讓禮想，畢客淋現在應該已到瑯嶠了吧！

第八部

傀儡山

第四十五章

整個柴城都震撼了。

自台灣府來的官府文書說：中秋之後，會有大軍來此，南征生番。

從那一刻起仕紳們頻頻集會。集會地點是當地最大的廟宇福安廟。

福安廟是瑯嶠福佬人的信仰中心，前向柴城街邑，後背台灣海峽黑水溝，左依鯉龍山嶺，右倚龜山。

廟後的海岸，古時稱為「鐵錠港」。雍正乾隆年間，來自閩南的福佬移民，到了安平，發現台灣府已無地可墾，於是有些轉往南台灣，尋求拓墾平原。到瑯嶠的，多由「鐵錠港」上岸。當時之大帆船，由唐山載貨抵達安平港後，再散裝到小型貨物船，至鐵錠港卸貨，再轉運南台灣各地。因此，柴城成為南台灣發展史上最早的集散地，瑯嶠福佬的第一大鎮。

福佬初來之時，此地為馬卡道平埔散居之地，人數不算多。移民新到，水土不服，為求平安，乃立柴欄為防，「柴城」之名由此而來。移民建土地公廟於此。

乾隆五十三年（一七八八年）漳州人林爽文反清，出身鳳山的莊大田響應之，後來不支逃至此地。同為福佬的柴城民眾本就不太理會清國官署，莊大田喘了一大口氣。乾隆派出重臣福康安率萬餘人馬駐師柴城。莊大田的陣容除了漳州移民後裔，也雜有平埔馬卡道徒眾，因此得到柴城漳州同鄉及部分馬卡道平埔的暗助，和官軍纏鬥了一個多月。但畢竟清兵武器精良，人多勢眾，莊大田及其徒眾終於壯烈成仁。福康安將此役歸功於神靈降佑，呈奏乾隆褒封，並勒石為記。因福康安之故，民眾稱此土地公廟為「福安廟」。

由雍正、乾隆而至同治，柴城居民已有四、五千人左右，雖也雜有少數土生仔，但一直是瑯嶠最具典型福佬風味的第一大鎮。柴城因在隘線之外，平日並不受清國官府之管轄。此時遽然收到清國官府文書，想到八十年前的不良紀錄，大家憂心忡忡，因此仕紳集會福安廟商議。

在福安廟東廂的房間裡，二十來位仕紳團團圍坐，人人面色凝重。柴城庄長，一位白髮長髯老者，首先發言：「中秋節之前的台灣府官文，表示官府軍隊將於八月十六日南下。今天八月二十五日了，可有人確知官軍的行蹤？」

有人回答說：「向庄長稟報，好多天前就有台灣府派來之前哨，駐紮在柴城郊外，並重金招募民工，要拓寬北面到風港之間叢山的小徑。想來只要南北接通，官軍就會到來。我猜快則一、二天，慢則三、四天吧。另外，社寮頭人棉仔三天前自枋寮回來，他在那兒見到了官軍，也自海上看到了官軍築路，應該已快開通了。」

又有人問：「官兵的軍力配備如何？」

馬上有人接著回答：「那官文書說官軍會有八千五百人之多。堂堂台灣鎮總兵督師南征，豈會太少！當年福康安來，兵員超過一萬。至於配備，聽說那是湘軍的精銳之師，當年劉總兵所率領，在攻打太平天國時立過大功的，軍力自然是一流。說不定還帶有大砲，一定可以把傀儡番轟得鬼哭狼號。」

有人接著叫好：「我們受傀儡番欺凌甚久。此番官兵來到，狠狠給傀儡番一個教訓！」但應和的並不多。反倒有人提出疑問：「軍隊運來的大砲上得了傀儡山嗎？」

一陣寂靜之後，有人說：「雙方大概勝負機會各半吧。那些傀儡番也非弱者，聽說他們已準備許多槍枝彈藥。」

庄長又問：「諸君，大家認為這一戰，要打上多久？」

一位中年文士回答：「唉！如果官軍一戰而勝，傀儡番馬上投降，那也還好；萬一官兵敗仗，官府面子放不下來，說不定會繼續增援到打贏為止。打愈久，我們柴城就愈慘。」

許多人點點頭。老庄長也同意：「言之有理，請繼續說。」

中年文士乾脆站了起來，向眾人作個大揖：「庄長大人，各位爺們，請容許晚輩從頭分析。

「首先，不論雙方對戰的結果如何，台灣府的軍隊一到，我們第一件要做的事，是宣誓效忠。首先，對清國而言，柴城在八十年前有包庇窩藏莊大田的不良紀錄。再加上，這裡名義上雖是大清轄地，但因身處番界，我們過去從未向清國官署繳過賦稅，反倒是向生番繳過稅租的，比比皆是。再說，生番武器槍彈說起來也是我們平地人供給的。官軍雖然是來打生番，是否對我們有敵意，猶未可知。因此我們必須先向官府表態效忠，表示願意全力支援官軍的剿番行動。

「其次，在我看來，官軍到此，第一仗勝也好，敗也好，都不能改變一個結論：官軍是無法征服傀儡番的，因為生番一定會躲進深山中，而官軍不可能深入大山，殺盡生番。官軍來了，我們當然得協助官軍攻打生番，但是這也表示，獻糧納幣是免不了的。官軍征伐，軍需一定會向我們伸手，我們只有乖乖服從。但等到官軍撤退，生番又會怪罪我們，下山報仇，把我們好不容易剩下的一些財帛，再搜刮一空。假如官軍全勝，以後繼續進駐瑯嶠，那麼各種名目賦稅與賦捐也在等著我們。」

中年文士嘆了一口氣：「總之，一旦戰爭，壞處多，好處少。」

中年文士突然打起精神，大聲說道：「諸位父老，不怕官，只怕管。過去我們在這裡，自由自在，天高皇帝遠，只要向生番略施小惠，就可取悅他們。生番雖然凶暴，但是容易滿足，也容易應付；萬一官軍來了之後，不論征戰或管轄，我們會夾在官府和生番之間，兩邊都要應付。那絕不是好事。」遲疑了一下，又說：「古代不是有句話，『苛政猛於虎』，呵呵。」

「那麼，」老庄長問道：「我們怎麼應付？」

中年文士說：「我希望官軍若來，停留的時間愈短愈好。最好只是擺擺樣子，嚇唬一下傀儡番，向上級交差了事。」臨坐下時又補上一句：「最怕是請神容易送神難。」

眾人討論至此，門外廟中執事通報，有通曉福佬語的洋人畢客淋，帶著劉總兵八月二十四日（陽曆九月二十一日）最新頒布的官文書來此。

庄長把官文書一字一句念給眾人聽。大意是：一、官軍先頭部隊千人，將於八月二十五日啟程，先宿風港，八月二十六日進入瑯嶠。二、劉總兵保證絕不擾民，一柴一木，皆不會取自民間，必由軍方出錢購買。三、從者有賞，違者必斬！

老庄長念完，眾人聽畢客淋說來的只有千人上下，不是八千五百人，如釋重負。但庄長表示，千人可能只是先頭部隊，後面還不知會有多少大軍。中年文士說：「大家先來商討如何接待劉總兵和這一千人的行伍吧。看來劉總兵也不是魯莽武夫，大家邊走邊看吧。請庄長帶領我們，明天一早來向福德正神祈福。大家一起請土地公保佑柴城吧！」

第四十六章

李讓禮覺得，一八六七年九月二十三日上午，他和清國官兵進入柴城的情景，是他一生中所歷經的最壯觀、最堂皇的一幕。他在日記中這樣描寫：

當部隊來到距柴城一．二五英里時，柴城已隱約可見。我們站在進入瑯嶠入口的山谷高地上，遙望這城鎮。先鋒部隊、劉總兵、我，以及部屬與侍衛，停下腳步，重新整隊。走在前列的是五十至一百人扛旗軍士。在其後，軍隊分成兩縱隊前進；數座八人轎位於中心，抬著劉總兵、我，以及重要部屬和侍衛。

當接近柴城時，軍旗迎風飄揚，部隊朝空鳴槍。離柴城四分之一英里時，柴城頭人急急前來，在我的轎邊跪下求饒，並呈上一份手寫歸降書。我做手勢要他平身，由侍衛帶他去見劉總兵，因為劉總兵才是整個軍事行動與政令之負責人。

我不知道劉總兵和他的交談內容，但隊伍並未停止，我們繼續緩步向柴城前進。

瑯嶠主要是一條長而寬的大街，由此延伸出幾條窄路。大軍自然由主要入口進入。自入口前數碼起，擺著中國式供桌，立著木牌，上書人名。我猜是大清皇帝帝號，或是劉總兵之官銜姓名，或甚至是我的名字。我並無意去追根究底，因為我了解，無論上面名字為何，均為表明他們完全歸順之意。

供桌前端，擺有香爐，燒著檀香。香爐兩側，點燃著數根紅燭。進入入口之後，此類供桌愈來愈大，數量也愈多。進入城內後，家家戶戶門前都擺了供桌，居民在供桌之側下跪叩拜。」①

柴城庄長把劉總兵、李領事等人迎到福安廟。這廟是柴城的象徵，也是最堂皇的建築。畢客淋也已在廟裡等候。李讓禮和劉總兵見到畢客淋，都很高興。劉總兵顯然很滿意柴城民眾的接待大禮，拍拍畢客淋的肩膀說：「幹得好！」

庄長說，已空出大廟西廂，作為劉總兵的行轅兼指揮所；東廂則作為幾位洋大人的下榻處。

李讓禮點點頭。他在整整五個月前的四月二十三日來過柴城一次，這次已算是舊地重遊。畢客淋更已是常客了。李讓禮想起，上次導覽他遊歷柴城及社寮的蝶妹和棉仔，也想起幾天前在枋寮還約了他們在柴城見面。

他步出大廟，畢客淋也陪著。兩人在廟門口觀賞著這座廟的工藝。李讓禮覺得東方的龍柱、石雕、木雕、飛簷，真是一絕。雖非初見，還是讚嘆不已。但是壁畫則遠不及西洋。清國兵士執槍在側護衛。柴城的居民既好奇又膽怯，聚集在遠處向這邊遙望。有些居民認出他來，叫著「是上次社

①這篇日記是源自於Charles W. LeGendre所著，黃怡中譯，陳秋坤教授校訂的《南台灣踏查手記》（前衛出版社，二〇一二年十一月）。

寮來的那位獨眼白人」。

李讓禮的眼光在人群中掃了一遍，沒有看到蝶妹諸人。不一會，卻有一小隊清兵帶了蝶妹和棉仔來見李讓禮。原來蝶妹直接去找護衛軍求見李讓禮，說已和李讓禮約好見面。蝶妹等人見到李讓禮非常高興。不料李讓禮先開口了，而第一句話卻是：「棉仔，你有沒有辦法替我們在社寮安排住屋？其他的事，到社寮再說！」棉仔一怔回答：「我們可以空出一間屋子，應該夠大，只是較簡陋。」

*

清國衛士驚愕地看著李讓禮領事。他進入廟中不久，就帶著隨扈及行囊要離去，而且不要清國衛兵護送。劉總兵送行到廟口，但顯然笑得有些勉強。於是一群洋人，在幾位當地土生仔的帶領之下，上了牛車，往社寮的方向去了。

第四十七章

陽曆九月十二日，是民間最重視的中秋節。文杰提早於前一天的清晨到統領埔掃墓完畢，就匆匆趕路，在太陽下山前，就已回到了豬勝束部落。

卓杞篤謝謝文杰第一時間派人回報清國軍隊南下之事。大股頭得意地提到最近巴士島人之事。由於客家人幫忙他向洋人喊價，讓部落多賺了好幾百元。他已向這位客家人訂購了二百支滑膛槍及一大批彈藥，他的目標是第一線的戰士都可以配備一把好槍。更難得的是，那位客家人說，他農曆八月二十日以前就可以交貨。

客家人分析說，即使清軍真的在中秋過後立即到了柴城，也不可能馬上發動攻擊。他說，軍隊遠道而來，一定會休息個三、五天。而且，清國將軍也得再花個三、五天把地勢弄清楚，才能擬定作戰計畫。客家人斬釘截鐵說，農曆九月一日之前，清軍不可能發動大部隊攻擊。雖然小部隊斥堠必不可免，但那只是為了熟悉地形地勢。客家人說，完全沒有必要去見獵心喜殺害斥堠，那只會觸怒劉總兵。他若面子掛不下，會提早開戰。所以只要在農曆八月二十日、陽曆九月十七日前交貨，卓杞篤仍有充裕時間來佈署。

巴士島人事件正好發生在文杰環遊南瑯嶠的期間。文杰聽了卓杞篤的說明，才弄清楚這起事件的來龍去脈。文杰說，他的想法是，只要不殺人，就是好事，能因此得到重酬，當然更好。卓杞篤問文杰，是否知道畢客淋這個人。文杰說，他聽蝶妹說過，但未見過此人。卓杞篤又問：「此人可信嗎？」文杰說：「我不知道。但此人與李讓禮的交情似乎不錯。」卓杞篤點點頭。

文杰沉默了一下，抬起頭問養父：「Kama，如果真打起來，我們勝算如何？」

卓杞篤微微一笑：「記得上次我們怎麼打敗上岸的白人嗎？我們和他們玩捉迷藏的遊戲。如果第一仗不利，就先保留實力，先躲起來，不和對方正面衝突，祖靈會庇佑我們，時間也站在我們這一邊。然後，我們偶爾下山突襲平地人的村莊。我相信，只要我們到柴城、保力各拜訪一次，白浪和傜傜就會要求清國軍隊不要再打下去了。那時他們就非退兵不可，我們也就可以繼續過以前的日子。」

文杰邊啃著一塊卓杞篤為他準備的山羌肉，邊說：「聽說這次清軍帶了大砲來，威力很可怕。如果我們部落被轟，可能就炸為平地，家園就毀了。」

卓杞篤似乎仍頗為樂觀，說：「你在平地久了，有所不知。我們部落常是遷來遷去的。這裡不能住了，就遷到別處就是了。」

文杰奇怪上次洋人軍艦來此，養父的態度極為謹慎，這次清軍來，卻又如此樂觀，甚至輕佻，心中十分訝異，猶疑了一下，就把心中的疑問說了出來。

「呵呵，」卓杞篤乾笑兩聲，眼睛望著星空：「因為我不喜歡他們，也看不起他們。平地人大都不守約定，不講信用，心機奸詐。」轉頭瞥了文杰一眼：又道：「至於白人，我聽說他們都能說到做到，而且他們的槍枝和火力比清國強大多了。清國人只是仗著人多而已。嘿嘿。」

卓杞篤站了起來：「聽說清國官府文告說，要來剿懲龜仔用部落。清國是受洋人的壓力才來的吧！」

文杰點點頭：「應該是吧！」

卓杞篤說：「那麼有多少白人軍隊跟著來？有沒有白人軍艦來？」

文杰說：「我也不知道。官府文書沒有提到。」

卓杞篤默然不語。顯然他比較在乎白人的軍隊。

「Kama這次北上各部落之行，成效如何？」

卓杞篤搖搖頭：「後來我派了朱雷去。他才是將來要繼承我這個位置的人。我也藉著這個機會給他一些磨練。自從你來到這裡，他有些振作了，這是好事。」卓杞篤指了指自己的座椅。

文杰點點頭。來到豬朥束後，因為備受大股頭重用，於是開始有流言說，大股頭有意傳位給自己的養子，而不會給哥哥的兒子。朱雷及他身邊一些人對文杰漸漸有了敵意。大股頭自然不願意看到內部衝突，所以近日也儘量突顯朱雷的地位。

「不過，你也知道的，對下瑯嶠十八部落大同盟，我只能盡力而為。柴城說我們有一千二百人，有些高估啦。我真正掌握的，自然是我們斯卡羅四大部落加上龜仔角，大約可以動員四百人左右。牡丹答應援助我們一百人，四林格、高士佛、蚊蟀、八瑤、竹社也各有五十至八十人左右。阿眉族的老佛社是聽命於伊沙的，也會有六十人加入。所以我們有把握的大約有八、九百人左右。」

文杰說：「公告說清軍會有八、九千人到來。」

卓杞篤不屑地哼了一聲：「不要聽清國人吹牛了。瑯嶠多大地方，一下子來了八、九千人如何吃？如何睡？即令柴城算五千福佬，保力有三千客家，如何養得起九千兵爺？我估計不會超過他們說的一半，頂多六千，說不定三千不到。」表情轉為嚴肅：「不過你說得對。論人數，我們是遠遠不及，所以我們當然要嚴陣以待。我當然不會輕敵。」

文杰說：「Kama，文杰是否可以給個建議？」

卓杞篤點點頭：「說吧！」

文杰說：「不論清軍是三千、六千、九千，我們至少不要先開第一槍。」

卓杞篤說：「那當然啦，你也知道我的原則。人不犯我，我不犯人。」

大股頭站了起來：「但他們如果真要打，我就不客氣了。捍衛祖先的土地，是我們與生俱來的責任。這幾年受到白浪和傜傜的欺凌及蠶食也夠多了，他們若在這土地和我們和平相處，我們還可以接受。如果他們硬要趕盡殺絕……」卓杞篤的語氣變得有力：「我們只好也將他們趕盡殺絕。至少同歸於盡。」

文杰望著養父：「我認為沒這麼悲觀。洋人這次逼迫清國人來此，是為船難海員被殺。只要這件事情解決了，不一定非開戰不可。」

文杰徐徐地說：「要解決這件事，只要白人滿意就好談。美國的李讓禮領事，蝶妹、棉仔和他都認識，蝶妹還搭過他的船呢。這次他很可能也隨清軍南下，我們找機會和他談談。他若滿意，也許就可以不打仗。」

卓杞篤反問道：「這倒是一件好事。可是打與不打，是清軍的頭目決定，還是這位洋人頭目決定？」

文杰說：「我也不知道，等他們來到柴城再說吧。我也不確定李領事是不是也來了。」

卓杞篤說：「好，我答應你，我們不開第一槍，但備戰絕不可鬆懈。」

第四十八章

上次李讓禮來福爾摩沙，蝶妹毫無緣由地儘量迴避著李讓禮。其實蝶妹對他也談不上有什麼惡感，但就是覺得不自在。但自從枋寮之行，蝶妹覺得自己卻又毫無緣由地想接近李讓禮。

蝶妹現在體會到，李讓禮這位異國人物對她看到和走過的土地，由社寮到柴城到統領埔，甚至到文杰所在的山上諸部落，竟是不可思議的重要。他似乎一個人就可以決定這一大片土地及蝶妹周圍這些人的命運。

李讓禮在自柴城到社寮的牛車上，再三向蝶妹和棉仔保證，如果有戰爭，他也會維護社寮的安全。他說，他搬到棉仔提供的住處就是對社寮最大的保護。

蝶妹試探問道：「什麼時候要開打？一定要打嗎？」

李讓禮笑著說：「這次行動是我向清國要求的。不打，生番如何會降服？至於什麼時候開始打、如何打，是劉總兵的事。」

到了社寮，棉仔把住家空了出來。但李讓禮另外在棉仔家門前的空地上又搭了一個大營帳。李讓禮大部分的時間獨自在帳篷裡工作、思考。工作累了，他才走出帳幕外，有時到棉仔屋內和大家在一起，有時則在附近社寮溪邊漫步，偶爾也走到龜山山麓，望著大海思考。

蝶妹殷勤地為李讓禮倒茶水遞食物，在帳幕忙進忙出。松仔一方面有頭人哥哥棉仔的交代，知道這是為自己鄉梓在做事，一方面他為了有機會再接近蝶妹，也忙得不亦樂乎。其他洋人像畢客淋、寶內等，也因此受惠。

在這些洋人的眼光看來，社寮的房子失之簡陋，也缺乏設備，但他們都算是探險慣了，並不太在乎這些。然而，設備可以少，糧食卻不可少。口味其次，安全才是最重要考量。李讓禮在登上「志願者號」時，準備了許多醃製食物。因為志願者號停在打狗沒有跟著來，這些醃製食品已經消耗得差不多了。又多了畢客淋，糧食更是告急。因此他們幾乎買光了所有看得到的新鮮肉類、蔬果及蛋。棉仔則要村民每天去撈一些水產來加菜，但洋人似乎不太習慣吃多刺的近海小魚。棉仔偶爾宰了自己所養的牛、豬、雞，但所豢養的有限。李讓禮都給以重酬。

食宿都穩定下來之後，李讓禮開始自己的策略佈署。李讓禮向劉總兵懇辭不留在柴城的說詞是為了環境衛生。李讓禮向劉總兵說，柴城是小地方，人口驟然暴增，免不了會有傳染病，因此他要避往地廣人稀的社寮。而那時炎夏剛過，正逢雨季及颱風季節，柴城確實有不少人感染熱病，因此李讓禮的推托言之成理。

其實李讓禮另有真正原因。廟宇空間雖廣，但他是天主教徒，廟宇的神像、陰暗的建築，他感覺甚不舒服。而和總兵宿於同一屋簷下，他的自由空間更少，精神壓力更大。

另外，蝶妹和棉仔都有所不知的是，李讓禮避免與總兵同住，是因為在到柴城路上的後半段，李讓禮改變了原先的堅持。李讓禮開始自問，攻打土番，對自己真有好處嗎？

而這其中轉折，說來微妙。畢客淋的經歷與看法，終於影響了李讓禮原先的想法。

李讓禮此行自己帶了洋人寶內當翻譯，但寶內的官話並不稱職。因為劉總兵不會說福佬話，只會他的湘西方言及北京官話。福建巡撫也撥了一位福佬人給李讓禮當翻譯，但他並不喜歡這位福佬翻譯，也認為這位福佬翻譯是來監視他的。等遇到畢客淋，他終於有理由擺脫這位福佬翻譯。而且畢客淋不但福佬話和北京官話都會，還會一些福爾摩沙原住民語言。

在枋寮無意間遇到畢客淋，讓李讓禮喜出望外，這是料想不到的機緣，是上帝給他的最好禮物。透過他自己上次勘察瑯嶠之行，以及畢客淋最近一、二個月的探訪，現在他自信比清國統帥劉總兵更能掌握瑯嶠的福佬人、客家人，以及土番的思維與動向了。於是他想自己掌握局勢，而不必受劉總兵所左右。他希望脫離劉總兵，自己成立指揮部。此次行動的結局必須是對自己最有利的，而不是對劉總兵最有利的。他想過了，他與劉總兵的利害關係也許相近，但絕非完全一致。

他比較著自己與劉明燈。劉明燈來到了柴城，雖然有瑯嶠父老的情報，但是他李讓禮對瑯嶠整體的了解，比劉明燈好太多了。例如，用兵豈能不了解地形。他去過南灣，看過整個南部福爾摩沙的海岸，上過龜鼻山下的海灘，甚至到過台灣東岸。劉明燈則幾乎一無所知，其他的清國將領也都一無所知。

而畢客淋，自柴城、社寮、大繡房到龍鑾這段陸路，更是已經來來回回好幾次了。更了不起的是，他參與了龜仔用的登陸行動。他還到了豬勝束，和這裡的大頭目打過交道，雖然畢客淋並沒有能見到卓杞篤本人。

怪的是清國台灣兵備道的大小官員，自道台、總兵以下，對這塊屬於自己轄區的土地與人民，竟然近乎全然無知。反而我們這些外國人，了解得比他們詳盡多多。這真是國際笑話。

李讓禮有著啼笑皆非的感覺。怎麼會有這樣的國家，這樣的官員？本來李讓禮認為劉明燈是位盡忠職守、勇於任事的好官員、好軍人，這時，他突然發現劉明燈的嚴重不足之處了。

或者，李讓禮想，問題的癥結在於：劉明燈有體認到這塊土地是自己的責任轄區嗎？或者是，清國皇帝與中央政府認真考慮過這塊土地與人民，真的屬於大清國嗎？

李讓禮回憶著一些清國官吏的言詞與作為，發現答案似乎很模糊。好像是，又好像不是。

李讓禮迷惘了。

不過，他又覺得，這個模糊是好的。讓他有執行最符合自己及國家利益計畫的空間，不必受制於劉總兵。有一些新的想法、新的計畫，慢慢在他心中成形。李讓禮在帳幕中整整一天凝神思索，他囑咐周遭的人，包括畢客淋，都不要打擾他。他只偶爾召喚蝶妹帶一些食物與水進去給他。他心中的嶄新計畫即將破繭而出。他嘗試著把這構想具體化、文字化，甚至步驟化。

第四十九章

早在自枋寮到柴城的半路上，坐在八人抬著的轎子中的李讓禮，心中就已充滿了矛盾。

清軍派兵南下，是在他的壓力下好不容易才實現的，照理說他應該很高興，但是他卻若有所失。畢客淋在枋寮勸他不要南下，蝶妹跑到枋寮去告訴他：「打仗沒有用的。」這些都讓他覺得，他原來的懲番構想似乎有著盲點。他曾告訴畢客淋，他要做到「我來我看我戰勝」。但事實上，打仗的是清國兵，是劉總兵，所以外界的看法會是：

劉總兵來了。

劉總兵戰了。

劉總兵勝了。

他藉由清國劉總兵軍隊得到幾個生番人頭又如何呢？這是他李讓禮真正要的嗎？這是美國所要的嗎？這是西方各國所要的嗎？

他及西方國家要的，應是航行在福爾摩沙周圍海域的船隻與水手的安全。清軍勝了，劉明燈提了幾十個甚至數百個人頭去見福建巡撫，他李讓禮致函國務院報告戰果。這樣福爾摩沙的土番及所有居民，以後遇到落難船隻水手就乖乖不搶、不殺了嗎？以後在福爾摩沙周圍有船難的水手就安全無虞了嗎？答案自然不可能是肯定的。

那麼，這一仗有何意義呢？雖然這一仗是他挑起的，但是他開始覺得，他需要考慮得更長遠、更深入。

*

於是，到了社寮，他躲入帳篷裡沉思。他要其他人不可打擾他，包括他的好朋友畢客淋。想了一夜，他終於想通了。

他需要清國上自官吏，下至民眾，包括土番，做出更多的保證才行。於是，新戰略構想出爐。他在紙上寫下他所希望的三大目標：

一、生番的保證：瑯嶠十八社要道歉並保證不再犯。

二、居民的背書：不只瑯嶠十八社，所有從柴城到大繡房的所有居民，包括平地移民和山上原住民對上述保證要背書。

三、清國政府的承諾與配套：他不能讓清國政府再做流於形式的口舌保證，他要清國拿出具體行動、具體保證。他苦思良久，決定要清國承諾在南灣建造一座具防禦工事的守望台或砲台，並長期駐軍，具體規範土番不可妄為。

李讓禮寫完，對這個三重保證策略滿意極了。但他面臨下一步：「我應該怎麼做，才能具體完成這三項？」

如果劉總兵出兵打敗了傀儡番，清國會認為他們花了大把銀子、大批人力，終於嚴懲凶番，已經仁至義盡了。要清國再建砲台、駐軍，做更多保證，顯然會有困難。

讓李讓禮在一路上也隱約覺得不太對勁的是，如果以下棋而言，雙方對手應該是「美國李讓禮對瑯嶠十八社的卓杞篤」。可是，離開台灣府後，領兵及做決策的是清國的劉總兵，他只算是隨軍顧問。換句話說，下棋的好像已變成「劉總兵對卓杞篤」。以中國象棋來說，劉總兵是「帥」，他反變成了「仕」。

這樣不行！李讓禮想，他必須奪回主導權。他必須讓清國軍隊變成自己的籌碼，他不能只是隨軍顧問。

李讓禮重新審視大局。六個月來的局勢發展，方向似乎有些偏離了。他一開始去見台灣府清國官員，是要他們承認自己的管轄疏失及責任，最終目標是保障區域航海安全。而現在的發展，劉總兵所接到的上級命令是「剿番」。所以劉總兵此行目的是「剿番」，並不等同於他李讓禮「保障區域安全」的目標。這有很微妙的不同，甚至有些背道而馳。

李讓禮決心改弦易轍了。首先，他必須牽制劉總兵，不讓他立即展開軍事行動。軍事行動一展開，主控大局的便是劉總兵了。

但是，他仍然需要劉總兵與他的部隊。他要讓瑯嶠十八社感受壓力，而壓力來自劉總兵的軍隊。這樣，才能逼迫卓杞篤因此接受他的條件，達成「保障南灣區域航海安全」協議。

他出現了新顧慮：劉總兵的部隊，會不會反而引起卓杞篤的反感?萬一生番先發制人，下山突襲，那就反而失控了！他聽說，生番極痛恨平地人，萬一卓杞篤先對平地人動手，那麼整個事件就變成平地人與生番之間的決戰。他李讓禮更沒有插手的餘地了，整個計畫也就破功了。

李讓禮的另一顧慮是，以柴城為大本營的福佬和以保力為大本營的客家人，雖然都是移民，但聽說客家人和福佬人的立場一向是敵對的。當年的朱一貴、林爽文事件，福佬與客家的立場就完全對立。現在柴城的福佬決定聽命清國軍隊，保力的客家人立場究竟如何？萬一客家人決定和傀儡番合作呢？聽說這次原住民的槍砲大都是客家人供應的。客家人的立場不能不弄清楚。而且客家人和原住民通婚的，遠比福佬人和原住民通婚的要多許多。

李讓禮警覺了：必須先防止生番和客家人結盟！

這時蝶妹的聲音在帳幕外響起。原來她端了一盤木瓜進來，順便整理他吃剩的晚餐。他怔怔地望著蝶妹，蝶妹被他看得不好意思，轉身走開。李讓禮心念一動，興奮地站了起來，高喊：「蝶妹，能不能拜託妳為我做一件事？」

*

蝶妹在中秋節受了文杰之託，一方面自己也了解，若能請託李讓禮讓清兵不要先出手攻打山上原住民，不但對高山上的母親族人，對瑯嶠所有閩客及平埔土生仔，都是功勞一件。但李讓禮一行人到了社寮之後，她成天面對著李讓禮，卻反不知如何開口是好。棉仔認為她不可以向李讓禮暴露她親弟弟是卓杞篤養子的事，否則她有可能被清軍抓去當人質。她自己則認為，如果她對李讓禮不開誠佈公，李讓禮如何信任她？而萬一李讓禮自他處聽到了，她豈不是可能反而被誤會成埋伏在李讓禮身邊的女奸細，不但跳進社寮溪也洗不清，而且還會牽連到棉仔一家！

李讓禮在帳幕中，常召喚她送水端飯。每次進去，李讓禮大都仍聚精會神做事，但有時也會停下來，似笑非笑看著她，看得她有些心慌。她知道，有時她轉身出去，李讓禮也會目送著她的背影。

李讓禮突然叫住她，還是請託的口氣，她吃了一驚。李讓禮以手勢要她坐下。

「蝶妹，」李讓禮重複著：「我要妳為我做一件事。」

蝶妹坐了下來，把碗盤放在桌子上。蝶妹手尚未收回，李讓禮突然握住蝶妹的左手。蝶妹嚇了一跳，反射式地掙脫收回。蝶妹脹紅著臉，眼睛不敢正視李讓禮。「我要先問妳幾個問題。」李讓禮的語氣與臉色都相當鄭重。

「我記得妳是半個客家人，是吧？」

「是的，我爸爸是客家人。」

「所以妳客家話沒問題？」

「當然囉。」蝶妹抬起頭來。她本來還有些不安，現在放心了。

「妳知道這次清國軍隊來此，保力客家人的立場如何嗎？」

「我不知道……」蝶妹搖搖頭，又說：「但是我知道保力頭人叫林阿九。我曾聽棉仔大哥提過，好像還有些交情。」

李讓禮大喜，他心中計畫可以成形了。

李讓禮計畫，由畢客淋代表他本人去保力拜訪林阿九，以便了解他們對這次軍事行動的立場，是與清軍合作？還是與土番合作？還是中立？客家人希望清軍出手？還是不希望？而蝶妹則充任翻譯。因為畢客淋都不太懂客家話，李讓禮也不希望這個行動太早被劉總兵知曉，所以不願請外人來加入。

第二天，九月二十四日，畢客淋一行到保力拜會頭人林阿九。林阿九非常客氣，他知道蝶妹是林山產的女兒，也提到他過去與林山產互有認識。畢客淋提出了問題，林阿九哈哈大笑，他說，雖然客家人賣武器給生番，但是那是在商言商，有錢賺就好。客家人雖然不喜歡柴城的福佬人，但也不可能去聯合生番而和官軍作對。林阿九還說：「在傳統上，客家人都是和清國政府站在一起的。」這句話，讓畢客淋大為安心。

林阿九說，最重要的是，客家人也希望和平，不希望有戰爭。而據他對生番的了解，卓杞篤應該不會先出手。生番的習性是，「人不犯我，我不犯人。」但一旦被攻擊，卓杞篤一定打到最後一兵一卒，最後一寸土地，最後一個部落。生番為了保護祖先的土地，是不會投降的。林阿九強調：他甚至不知道生番有沒有「投降」這個概念。

「只要清軍一開火，這場戰役會沒完沒了。官軍絕對無法征服生番，而生番應該也打不過官軍。」林阿九憂心忡忡的說：「我們客家不可能聯合生番，但客家也不敢公然協助官軍攻打生番。因為等軍隊撤退，生番一定會來找我們算帳，我這顆人頭，到時還不知是否保得住。」林阿九做了一個鹹首的手勢。

「所以，我們當然希望雙方不要開打，保持現狀。」林阿九說。

畢客淋故意說：「可是李領事和劉總兵都一心要開戰。尤其劉總兵所奉的指令是要『嚴懲土番』，要有實際的戰果報到上面，否則是違反上級命令，要被懲處的。」

畢客淋又說：「如果柴城的福佬、保力的客家、社寮的土生仔，以及其他大繡房等地的居民，大家都有共識，願意和平，那麼，我可以代你們向李領事求情。」頓了一下，又轉向林阿九說：

「另一方面，你們也必須去勸勸卓杞篤，不但絕對不能先動手，而且必須率龜仔用頭目正式表示歉意。如果領事先生覺得美國已受尊重，他可以去勸說劉總兵不要急著出兵，然後雙邊慢慢談。」

林阿九對李讓禮特別派人來與他洽談，覺得很有面子，因此處處表現得很合作。聽了畢客淋這番話，林阿九表示，自己對卓杞篤應該有些影響力，他願意去和卓杞篤說，請他自制，不要先出兵。但是他又說，他可不敢要卓杞篤道歉。他苦笑說，他沒有那麼大膽量。萬一讓大頭目和生番們認為這是羞辱他，羞辱部落，一定震怒。那反而壞事，而且說不定以後卓杞篤會拒絕與他往來。

畢客淋聽了回答說：「那就請你探詢卓杞篤是否願意和領事先生見面，由李領事當面去要他道歉，不必你去說。」

林阿九很高興：「這個我應當還做得到。」

於是約定雙邊分頭安排白人頭目與生番頭目的見面會談。三天之後，九月二十七日大家再見面交換初步成果。

蝶妹也很高興。終於可以確定，福佬人不希望打仗，客家人也不希望打仗。而她早知道，文杰也不希望打仗。有林阿九在外，文杰在內，大股頭理應不會先動手。只是，畢客淋提到李讓禮還有幾項配套條件。李讓禮的條件，除了要大股頭道歉外，會是什麼呢？如果太苛刻，會不會引起大股頭反感而破局。她擔憂著。

蝶妹好徬徨。她覺得她太年輕了，無法載得起如此複雜問題與重大責任。最後她決定，回去以後儘快向李讓禮表明她與豬勝束的微妙關係，也讓李讓禮知悉文杰。她的心裡無法隱藏這麼多祕密。她一向是事無不可向人言。說了，心裡的負擔會少一些，而且她希望在將來，李讓禮也可以把文杰視為朋友。

第五十章

清軍到了。卓杞篤注視著清軍的每一步動作。

清軍開山渡河而來。雖然才千人左右，但是整個瑯嶠十八社已經震動了。又有新消息傳來，清軍在柴城積極招募鄉勇，而且可能還有援軍自台灣府到來。

清軍顯然已經利劍即將出鞘了。雖然卓杞篤也同意文杰的看法，能不打則不打，但是部落裡的看法是認為一場惡戰似乎不可避免了。大股頭在積極備戰中。向客家人買來的槍枝，都已發給各部落勇士。

在十八部落聯盟成立時，卓杞篤與各部落頭目已做好策劃。現在，他向斯卡羅外的其他所有部落下令，開始動員。但其他部落的勇士如果全部集中到卓杞篤領域內，不但食物會成問題，也不容易指揮協調。因此，大家同意先做好準備，等一旦戰事發生，隨時待命馳援。

但為了向外界展示十八部落大團結，卓杞篤要求各部落都象徵性派遣少數人馬進入豬勝束和龜仔用，大部落三、四十人，小部落一、二十人左右，共四百人，作為「聯軍」。

卓杞篤召集了十八部落頭目來商談。他分析說，清軍在柴城，如果來攻，那大概會先自柴城往南到猴洞。這條路甚平，沒有什麼障礙。自猴洞有二個可能進軍路線，一是南下大繡房，然後沿著龜鼻山南側，進攻龜仔角，但事實上這條路並不好走，而且部落勇士可以居高臨下突襲。清軍仰攻不易，大砲也將派不上用場。二是清軍由猴洞沿龜鼻山北麓，也就是走山路到出火，然後進軍射麻里，那麼清軍就等於長驅直入斯卡羅腹地，甚至可以直搗豬勝束，再來消滅龜仔角更是易如反掌。整個斯卡羅族地域就支離破碎了。

卓杞篤說，他推測清軍會採第二案。他建議把主力放在龜鼻山北側，由伊沙帶領猫仔及射麻里大約一百五十人，作為第一線。龍鑾約一百人仍然據守海邊，作為呼應。

他本人率「聯軍」四百人守豬勝束與龜仔角，其他諸部落的勇士作為後援，哪邊告急就馳援哪邊。

清軍九月十六日在枋寮開始開路，卓杞篤在九月二十日就召集了各部落頭目到豬勝束，把武器分配好。當清軍到達柴城的那一天，「下瑯嶠十八部落聯軍」已經嚴陣以待了。

文杰看著卓杞篤外似氣定神閒，實則思慮週密，而又指揮若定，非常佩服。而他更高興的是，當夜，大股頭率了眾頭目，又上了大尖山向祖靈禱告時，大股頭向所有頭目三令五申：「敵人不開槍，我們絕對不開第一槍。」又說：「即使敵人開了第一槍，就當他們是擦槍走火。但如果槍聲響了十聲以上，那就是他們的不對了，我們也就不必客氣，盡力反擊。捍衛祖先的土地，道理在我們這一邊，祖靈會保佑我們。」

第五十一章

九月二十五日，畢客淋一早起來就向李讓禮說，他和林阿九約好明天見面。之後，他決定到大繡房那邊看看。上次他在那裡找到了杭特船長夫人的遺骸。那邊的客家、土生仔及生番，他都有人脈。而且，如果清軍出兵，大繡房絕對是必經之地與戰略要地。畢客淋說，那會是開戰後的第一個戰場，他先去勘察一下，順便向土番探聽情報。

畢客淋一向獨來獨往，於是他帶著幾個隨扈就出門了。沒想到，遠遠卻見到社寮村外，昨晚一夜之間突然多出了好幾個清軍營帳，還插著將領的旗幟。正驚訝間，一群清軍簇擁著一位年輕官爺迎面而來，仔細一看，是台灣府海防兼南路理番同知王文棨，劉明燈總兵此行的最重要副手。

王同知面掛微笑，向畢客淋做個長揖，說：「劉總兵顧慮李領事在社寮安全有虞，特別派我率兵二百人來社寮保護李領事，一方面也供李領事差遣。因此我們昨天連夜至此紮營。卻不知畢先生這麼早就出門，是要到哪裡忙？」

畢客淋心中暗暗叫苦。李讓禮想擺脫劉總兵，誰知劉總兵也在暗中較勁，馬上派人紮營社寮，以「保護洋大人」為名，實則監視。他只好實話實說：「我想去大繡房一帶看看，了解那邊的情勢。」

王文棨說：「畢先生真是高人。大繡房確是兵防重地，再過去就是番人地域。我這趟出來，正好道台大人新授我『南路理番同知』一職，因此到那邊巡視也算是我職責所在。畢先生若不嫌累贅，我們一起去吧，有衛士同行也比較安全。」

畢客淋心裡暗暗佩服這王文棨，口才、反應皆一流。在台灣府時就聽說這王文棨雖是文士，卻智勇多謀，在「戴潮春之亂」中立了大功，因此由嘉義知縣擢升為台灣府同知，相當於台灣府府尹副手。今日交手，果真不虛。畢客淋心想，有清國官吏同行，可乘四人轎，顯顯官威，倒也不錯。於是王文棨撥了一百人隨行，其他人留守社寮。

隊伍浩浩蕩蕩上路。約半小時後，王文棨突然說：「且慢！剛剛原是去拜見李領事的，必須向李領事問安後，才能南行大繡房，否則就對李領事失禮了。」畢客淋無奈，只好又跟著回到社寮拜見李讓禮，才又重新上路。

在路上，畢客淋探問王文棨，劉總兵大約何日出兵。王文棨微微一笑：「我的職務是理番同知。理者，護理也。我是來扶助保護生番的。生番不亂，官軍不打，更不會殺。」

畢客淋咯咯笑，道：「劉總兵不是來剿番的嗎？」

王文棨笑答說：「不戰而屈人之兵，方是上策。若生番願降，何必作戰！」

畢客淋哼哼兩聲，不再開口。

隊伍到了大繡房，大繡房的福佬吳姓頭人大老及客家頭人都已在此恭候。王文棨告知來意，表示希望能和附近土番頭目見面溝通。吳家和生番較無來往，客家頭人表明願意擔任此任務。

客家頭人立即派手下出門。不久之後，手下回報，已找到一位生番小頭目，聽說是龍鑾頭目的親戚。該生番頭目回說，願意第二天早上在附近一個平埔土生仔頭人的家中見面。

第二天，九月二十日，雙方見面了。對方矮小精壯，皮膚黝黑，倚著戶外一棵檳榔樹站立著，口裡還嚼著檳榔。見了王同知，呸的一聲，把紅色檳榔汁往地上一吐，露出一口黑牙，愛理不理。王同知臉上現出不悅之色，畢客淋看在眼中，心中暗笑。

王同知身邊一名偏將先開口說：「向同知大人和洋大人行個禮吧！」生番小頭目哼的一聲，竟不回話，兩眼直瞪那偏將。

王同知做個手勢，數十名清軍「啪！啪！」兩聲，一起卸槍，整齊劃一，連畢客淋都刮目相看。小頭目卻視若無睹，面無表情，眼睛轉而望著天空。好脾氣的王同知顯然動氣了，說道：「你們真是不知悔改，難怪白人領事急著要開戰懲罰你們。」

畢客淋接口說：「你們好意歸還了杭特夫人的遺骸，也不算冥頑不靈。你回去傳話，讓領事先生與卓杞篤大頭目見面，聽聽他的提議。我們已求領事先生延遲幾天再開始攻擊，好多給你們一些時間想想。」

小頭目這才開口：「打與不打，悉聽尊便。大股頭的指令很清楚，我們沒有欠你們什麼，為什麼要主動向你們求和。你們想打，我們就奉陪。」

畢客淋聽出了奧妙，說：「不是我們要打，而是因為你們多次殺害無辜洋船船員，領事先生又得不到你們的善意回應，所以領事不得不決定懲罰你們。領事先生現在好不容易按捺下性子，願意見見你們卓杞篤大股頭，希望他有善意表示。如果讓領事先生滿意了，就可以不打。」

王同知也接下去說，話聲高昂：「如果大股頭真的避不見面，領事先生別無選擇，劉總兵也別無選擇。而戰爭一旦開始，就易放難收了。劉總兵上級的命令，是要消滅你們。雖然我只帶來一隊護衛，但我們大軍有好幾千，又有大砲，會把你們的田園房舍都炸掉。」

畢客淋也威脅說：「如果讓領事生氣了，他還會召來美國的強大艦隊。洋人艦隊的威力，上次你們也領教了。這次再來，絕不會像上次一樣手下留情。不殲滅你們絕不罷休。」

兩人一唱一和。小頭目聽了，面色稍見和緩，回應說：「好吧，我答應把這番話呈報我們龍鑾部落頭目，再由他來轉達給大股頭。」

畢客淋馬上接著說：「我們昨天見過保力的客家頭人林阿九，請他當中間人。如果大股頭認為林阿九是可以信任的朋友，是否同意以保力作為大家見面協商的場所？」

小頭目再度表示會轉達上去，但也表示，希望有三天時間來回覆。

終於和卓杞篤有了第一步接觸，而且算是有實質進展。

王文棨和畢客淋都感到滿意，兩人各自回去向劉總兵與李讓禮匯報。

＊

李讓禮很高興，他終於掌握了主控權。而劉總兵聽到王同知的報告，說李讓禮試圖和卓杞篤見面，相當訝異。他以前認為李讓禮是強硬主戰的。他本人也希望打仗。他是武將，武將必須在戰場上立功。他想，對付武器落後的傀儡生番，當然比和太平天國的軍隊作戰輕鬆。

於是劉總兵在第二天派王同知再度拜訪李讓禮。王同知委婉表示，雖然福州上級指令是要滅絕龜仔用，但如果李讓禮正式要求劉總兵不發動攻擊，劉總兵願意配合。因為劉總兵接獲的命令，有一條就是盡量順應李領事的願望。

而劉總兵若下達攻擊令，那完全是因為福州的上級希望幫助李讓禮懲罰士番。王同知婉轉探

問，是否一向強硬主戰的李讓禮已經改變想法？

李讓禮回答說，他目前的想法是報仇無益，因為這也給了土番日後復仇的藉口。所以他決定放棄報仇，以追求長遠的和平。如果土人保證不會再犯，那才符合列強的利益，也符合美國的寬大政策。

李讓禮請王同知轉告劉總兵，如果卓杞篤不接受和議，那麼劉總兵儘可出兵；如果土人願意求和，他希望土番和清國都能接受他開出來的條件。

於是李讓禮正式把求和條件用文字寫了下來，鄭重地請王同知交給劉總兵：

第一，我要見到卓杞篤及十八社的其他頭目，他們必須向我當面道歉，並保證將來不再犯。

第二，清國當局必須提供給我方，從瑯嶠到大繡房的所有平地住民對上述保證所做的具結。

第三，清國應要求土人歸還畢客淋為取得杭特船長夫人遺骸所支出的花費，並追討土人手裡的所有船員遺物。

第四，清國須在南灣建造一座具有防禦工事的守望砲台，並保證此後會有駐軍保護。

第五十二章

在社寮的屋子裡，蝶妹看到畢客淋一早就帶著隨從出了門，屋內只有李讓禮和寶內，她想，這是向李讓禮表白的好機會。

昨天在保力，蝶妹全程擔任畢客淋與林阿九的翻譯，從而了解李讓禮其實並不急著出兵，而願意先與卓杞篤協商，心中一塊石頭落了地。

李讓禮今天看來心情不錯。用完早餐後，他並沒有進帳篷，而留在屋內和副官寶內聊天。他揮揮手，示意蝶妹坐下。松仔自動靠了上來，李讓禮也要他坐下。大家吃著廈門帶來的洋式甜點，以及柴城送來的福佬人糕餅及鹹酸甜。蝶妹則為大夥兒沏了茶。

「蝶妹，這幾天真偏勞妳了。妳也知道，我們一直很忙，都沒時間招呼妳。謝謝妳替我們做了這麼多事。」

蝶妹只是笑，沒有回答，卻突然站了起來，向李讓禮深深一鞠躬。

李讓禮詫異地說：「怎麼了，有什麼事嗎？」

蝶妹卻說不出話，脹紅了臉。

李讓禮看蝶妹粉頰飛紅，可愛極了。但究竟看得出蝶妹此刻是嚴肅正經，於是強壓綺念，問

道：「蝶妹，妳有什麼話要說嗎？」

蝶妹終於鼓起勇氣開口：「領事閣下，我有件事要向您說，但也只能對您說。」

李讓禮臉色和善，向寶內揮揮手，說：「你暫且到戶外去。」

松仔也要離開，蝶妹卻說：「松仔，你別走。」

這是蝶妹在回到社寮之後首次對松仔表示親密，松仔心中感到一陣喜悅。

李讓禮輕拍蝶妹的肩膀：「說吧，別急，慢慢說。」

蝶妹低著頭，說：「蝶妹有件事，不敢相瞞，但請領事閣下勿告訴他人，包括畢客淋。」

蝶妹頓了一下，鼓起勇氣，話聲急促卻清晰：「我已過世的媽媽，本是卓杞篤的妹妹。大約半年前，我們才知道這件事。而我的弟弟則被卓杞篤收為養子。那正好是您到社寮之前不久才發生的事。」蝶妹一口氣說完，頭更低了。

李讓禮一時之間幾乎不敢相信自己的耳朵，不知該從哪裡問起。松仔為蝶妹補上一句說：「領事先生，這其中故事太複雜，難以說明。不過事實就是如此。」他望了一眼蝶妹，蝶妹點點頭。於是松仔把來龍去脈簡要地向李讓禮做了說明。

李讓禮終於弄清楚這複雜內情，露出微笑，眼神和語氣都很和善，說：「好。謝謝妳告知。過去的事就不必解釋了。」

蝶妹向李讓禮說，她最近和文杰見了面。他們姐弟倆都不希望戰爭真的發生，因此彼此約定。文杰會向卓杞篤請求不要先開槍；蝶妹則儘量請求李讓禮不要出兵，所以蝶妹上次才遠到枋寮求見李領事。

蝶妹說著，微微顫抖，頭上冒汗。李讓禮這才知道，原來蝶妹專程到枋寮是為了豬勝束人去的，而不是為了社寮人去的。李讓禮也了解蝶妹這番告白是冒著生命危險說出的，如傳了出去，一定給清兵抓了當人質，說不定還會被酷刑逼供。

他望著眼前這位身形細瘦的聰慧姑娘，身上卻背負了使母親族人免於覆亡的大任，他感動了。他向蝶妹說，他對著聖母瑪利亞發誓，絕不會透露這個祕密，包括畢客淋。他也會儘量請劉總兵不要輕率出兵。相對的，他也希望卓杞篤早日表示善意，答應會面。蝶妹聽了李讓禮的保證，鬆了一口氣，眼淚在眼眶中打轉，趕緊別過頭去。

李讓禮想了一會兒，問蝶妹和松仔，是否能直接到豬勝束跑一趟，以安排李讓禮和卓杞篤早日見面協商。

蝶妹正不知如何回答是好，門口卻傳來一陣敲門聲，李讓禮和蝶妹都嚇了一跳。屋外傳來的，卻是寶內的聲音，他高聲說：「畢客淋這麼快回來了？怎麼還帶著一位清國官員？」

來者正是王文棨。他向李讓禮表示，奉了劉總兵之令來保護李領事。兩人彼此客套了一番。王文棨表示，身為南部理番同知，他希望能和畢客淋一起到大繡房去看看。

李讓禮笑笑，把門掩上，向蝶妹說：「豬勝束先不用去了。清國官員來監視我們了。」想一想，又說：「畢客淋和林阿九約定後天要回話的。如果卓杞篤肯見面最好，如果還不肯見面的話，蝶妹，妳再想想辦法，這個任務就交給妳了。」蝶妹點點頭。

李讓禮說：「妳也累了，回去休息吧。」

蝶妹回房之後，有力氣放盡的感覺，躺在床上，全身差點癱了。她心中說：「文杰，我盡力了。其他的，就看你了。希望你養父也能聽你的！」雖仍是上午，卻一下子就沉沉入睡了。

第五十三章

文杰也有著如釋重負的感覺。

昨日，保力頭人林阿九來豬勝束傳達美國李讓禮領事希望能與大股頭卓杞篤見面的訊息。

今天，又有龍鑾頭目也來傳達美國領事相同請求，而且還說，當時清國官員也在場。更重要的，還具體提出見面地點在保力。

這些訊息都傳達了一件事：只要能見面，能談出雙方都可以接受的結論，也許真的可以不必打仗。

文杰環顧著四周，雖然他才來半年，他對這片土地的感情一點也不遜於社寮或統領埔。他也常常在山上遙望統領埔與社寮。在豬勝束山上，三面都可以看到海，而不論是山、是海，都美得令人感動。他不敢想像，如果有一天，這塊美麗熟悉的山林竟然遭到焚毀；或者有一天，他社寮、統領埔，或豬勝束他喜愛的朋友與族人，竟然遭到屠殺的可怕場景。

有時，他會在惡夢中驚醒。

在瑯嶠這塊土地上，分成太多的族群。過去互相爭鬥、糾結。而這是第一次，不論福佬、客家、平埔土生仔或高山上部落，大家有著共同的看法和期待：不要打仗！清國的軍隊，帶來了戰爭的威脅，大家都希望這些軍爺們趕快遠離。過去這塊土地上，大家分「福佬」，分「客家」，分「生番」，分「熟番」，分「豬勝束」，分「阿眉」，分「龜仔用」，分「牡丹」，分「蚊蟀」……他想，為什麼大家沒有想到彼此都是「瑯嶠人」呢？他希望，這次清國軍隊撤退之後，大家會有這樣的共同認知。

他偷偷看著養父。養父眼睛閉著，身子卻挺得筆直。不知是坐著閉目養神，還是在思考？保力的客家頭人和龍鑾的部落頭目都沒有言及李讓禮提出了什麼條件。他想，既然如此，卓杞篤應該不會拒絕見面吧。他聽說李讓禮住在社寮，那麼蝶妹一定是遇上李讓禮了。他想，李讓禮之所以在清國部隊進攻之前先尋求與卓杞篤見面，會不會就是蝶妹之功？他在心中感謝著蝶妹，還有棉仔、松仔。他想，這中間一定有他們的努力，讓李讓禮態度軟化，不再咄咄逼人，一味想殺生番復仇。

「文杰，」卓杞篤不知什麼時候已經站到他身邊，文杰嚇了一跳。卓杞篤語氣堅定：「傳話給林阿九。我們十月四日晚上到保力；第二天上午和李領事見面。」又叫了朱雷來：「通知伊沙。我們聯軍四百人，十月四日早上出發，中午在射麻里用餐，再連同伊沙的二百人，傍晚抵達保力。我們自己準備乾糧，我們不吃林阿九的一口飯，不喝林阿九的一口水，我不要欠傢傢一絲人情。」

文杰心裡高興得想去山崖邊，大吼大叫一番！

*

李讓禮、畢客淋及蝶妹等都興奮極了。因為林阿九傳訊來，卓杞篤答應十月五日在保力見面。但是，李讓禮向林阿九說，他還有一件準備工作尚未完成。他的議和四條件，中間有二項是針對土番，另外兩項是針對清國政府的。卓杞篤既然答應見面，他判定，對土番的兩項條件「正式道歉」及「永不再犯」，卓杞篤應可接受。但是他向清國提出的二項條件，「所有瑯嶠居民背書」及「在南灣興建砲台及正式駐軍」，劉總兵迄未回覆。

李讓禮了解，土番單純，清國反多心。李讓禮是聰明的，他玩了兩面手法。他以劉總兵的軍力壓迫卓杞篤出面協商，再以卓杞篤的會面作為壓迫劉總兵答應兩條件的籌碼。

李讓禮向劉總兵透露了十月五日在保力與卓杞篤會面的訊息。他又強調，他尊重劉總兵，因此在沒有得到清國對兩條件的正式回覆之前，他不會與生番見面。但是，他又向劉總兵施壓，表示最好儘速同意兩項條件，否則萬一卓杞篤方面生變，後果由清國方面負責。

*

劉總兵當然也是聰明的。他接到了李讓禮的這二項條件後，罵了一聲：「這隻洋狐狸！」他當然了解李讓禮的用意與手法，是要台灣府為卓杞篤背書。

要將李讓禮的條件在三天之內上呈福州巡撫再等候上級答覆，當然不可能。即使到台灣府也不可能三天往返，這責任分明是自己得承擔了。

前項是泛泛的責任擔保，可以答應。後項有關南灣砲台的事是關鍵所在。他想過，南灣是險地，離龜仔用近，而離福佬、客家之地都有一段距離，萬一有事，即使自柴城派兵來支援都很不便。何況聖祖的詔諭是以枋寮為隘線，駐兵只能到枋寮。再則將來如果龜仔用生番有變，很可能轉眼間砲台就落入生番之手。那時砲台就不是對付生番，而是對付大清軍隊了。天險加上砲台，那龜仔用人將是如虎添翼，台灣府將奈其何。何況，砲台也有可能用於對付馳援的官方船隻或洋人砲船。

劉總兵猶疑再三。他想，這一條一定要和李領事周旋，可是李領事偏不給他時間。想來想去，他決定原則上同意，但是要留一點餘地。於是他回覆說，他同意建砲台，但位置是否在南灣，有待日後再協商。

*

十月五日的會面日期在即了，可是劉總兵的回覆還沒到。

李讓禮派畢客淋去向卓杞篤解釋，必須等候清國的回覆後才能過來見面，請大股頭稍候，快則一天，慢則二天。卓杞篤見到李讓禮沒有來，也只派了一位副手出來和畢客淋見面。畢客淋終於見識了大股頭的架式。他通過了長長的衛士群之後，才見到接見他的人。

畢客淋回來以後，對卓杞篤反讚不絕口：「卓杞篤的實力，真的不可小覷，單是他帶來保力的就有六百人，而且看起來每人都很勇武。再則他很講究對等及儀節。這樣講究應對進退的人，應該也是有原則守信之人吧！」

到了晚間，劉總兵的回信終於到了。於是第二天早上，李讓禮帶著畢客淋和寶內前去林阿九所安排好的雙方會面場所。林阿九已在場等候，但卻告訴了他們一個壞消息。卓杞篤大股頭在昨天黃昏，也就是畢客淋離開後不久，就把他的六百位戰士全部帶回去了。林阿九說：「大股頭說，是你們洋人不遵守約定，不是他的錯。」

林阿九用讚佩的語氣說：「這大股頭帶了六百人來到我們這裡，竟然不喝我們一杯水，不吃我們一口食物。」林阿九說的時候，眼神充滿了敬意，同時翹起大拇指。

李讓禮掩不住失望，望了望四周，問道：「那六百人前一晚睡哪裡？」

林阿九說：「卓杞篤找了一塊大草地，六百位壯漢就直接睡在草地上了。」

「昨夜不是下了一陣不小的雨嗎？」畢客淋有些訝異。

林阿九神色之間儘是佩服：「這些生番完全不當一回事。既不遮，也沒鋪，就直接把上衣脫了，躺下就睡。睡醒之後，再把濕衣服往身上一披，臉上都不皺一下。」

李讓禮一陣默然。

畢客淋說：「我倒認為卓杞篤是怕我們要求見面只是誘餌，以製造清兵夜襲的機會。他不完全信任我們。我佩服的是，卓杞篤不止進退有序，而且考慮周詳，反應迅速。」

李讓禮點點頭，問林阿九：「大股頭離開前，還有說些什麼嗎？」

林阿九拍了一下後腦袋：「對啦，我忘了告訴大人，卓杞篤臨走時要我傳話給大人：『我還一直以為洋人應該比清國人守信用，卻好像不一定如此。』」

李讓禮大笑：「知道了。卓杞篤真是高人。那麻煩請頭人您再替我們安排一次吧。這一次我保證準時赴會。」

第五十四章

三天之後，十月九日下午，已近黃昏，林阿九親自保力來到社寮求見李讓禮。

「卓杞篤要我親口來傳話，明日正午在射麻里的出火見面。」

「明日正午？這麼匆忙？出火不是更遠嗎？」李讓禮有些吃驚。

畢客淋在旁大笑：「我說對了。卓杞篤臨時通知我們，而且地點不在保力，在出火。那是他們斯卡羅族的境內。在保力，他安全感不足。所以卓杞篤基本上不願打仗。將軍，恭喜了，明天和議可成！」

畢客淋一向講話非常大聲，蝶妹及棉仔在房間外也聽到了，心中暗喜。

*

其實，畢客淋和李讓禮的猜測並不完全正確。

卓杞篤確實很謹慎，他不能讓他的部隊行蹤暴露，而陷入被突襲之險。何況保力仍屬平地，清兵大砲可以輕而易舉運送到此。

至於有第二次見面，事實上不是卓杞篤的本意，而是文杰極力促成的。

生番是很講誠信的。他們沒有文字，不像清國人或洋人一樣，要立文字約。他們口頭上一句話就是說定。因此，十月五日李讓禮沒有如約出現，讓卓杞篤大為失望，而諸部落的頭目則是生氣。以他們的觀點，李讓禮的爽約就是侮辱，儘管他把責任推到劉總兵身上。六百人白跑一趟，當天回到射麻里休息時，眾人情緒憤慨，有人甚至提議，先攻打一個村莊，以示懲戒對方的失信。這個建議被卓杞篤怒斥。卓杞篤說：「錯的是李領事與劉總兵，與這些小村莊的平地人何干。」他說，有種的話就直接殺進柴城，但是你們殺得完一千清兵嗎？

文杰發言說，大家都在生美國領事的氣，其實是誤會了。「劉總兵本來是奉令來攻擊我們，他之所以迄今仍按兵不動，是因為領事堅持先與我們和談協商。李讓禮是有誠意的。」他問大家：「美國領事和清國總兵，大家認為哪一位的話比較可信？哪一位對我們比較友善？」眾人依然七嘴八舌，但看得出對李讓禮的敵意減緩了。

當林阿九在第二天又來傳達美國領事要求在保力再度見面協商的建議時，仍有不少頭目表示反對，連有繼承身分的朱雷都站在反對這一邊。卓杞篤起初也有些猶疑。他心中同意和談，但深怕中伏。保力是客家地區，離柴城的清兵大本營太近，又是平地，大砲搬運無礙。卓杞篤並不懷疑林阿九及客家會出賣斯卡羅人，但清國總兵怎會把林阿九放在眼裡？

文杰知道養父的心結，於是提出在射麻里見面。伊沙則認為這樣自己大有面子，馬上跟進支持。於是卓杞篤順水推舟答允了。

朱雷看到大股頭不採納自己的意見，而採納文杰的，向文杰狠狠瞪了一眼。

第五十五章

當林阿九帶著卓杞篤約見在出火的訊息來到社寮時，王文棨和他的兵士也跟著來了。李讓禮望著王文棨，笑得很無奈。他厭惡王文棨的如影隨形，什麼動作都瞞不了這位清國官吏，但一方面心中也暗暗佩服王文棨的機靈盡責。王文棨向他深深鞠躬，他也還禮表示歡迎。

於是王文棨也在第一時間得知：卓杞篤明天正午會在出火等候李讓禮。

「明天正午？」王文棨插嘴：「這簡直是突襲啊！現在已經是黃昏了，卓杞篤總頭目要讓領事大人措手不及？」

李讓禮問林阿九：「自社寮到出火，需要多少時間？」

林阿九回答說：「腳程快一些的話，四個小時可到。」

「那麼，我們最慢七點出門。可是如果有雨，就麻煩了。」

林阿九說：「他們土番善察天色，會這樣約定，明天大概不會下雨。」

王文棨說，到保力，清國可以不必派兵護送；到出火，那是深入敵境，如果不派兵護送，他就是失職了。他表示，清國在社寮的二百兵馬，明天可以全員出動，護送李讓禮由社寮到出火。另外，他會火速向劉總兵請命，自柴城再調派四百精兵，明晨六點以前趕到社寮會合。王文棨的理由是，上次卓杞篤帶了六百人到保力，所以至少也要出動對等人數的清兵。

沒想到，李讓禮毫不遲疑拒絕了。

李讓禮說，出火既然是在傀儡番境內，那麼，六百名清國大軍壓境，別說深入到出火，只要一路浩浩蕩蕩接近番界，馬上挑動卓杞篤的緊張神經。基於生番對平地人的長期不信任，只要一個擦槍走火，明天就不是和談，而是雙方各有六百名軍力的火拼了。

王文棨接著建議，那麼就派社寮的二百人隨行就好。李讓禮還是覺得太多。兩個人經過一番折衝，最後決定，除了李讓禮這邊包括他本人、畢客淋及寶內兩位副手之外，王文棨本人也隨行。王同知會帶五十名清國武裝士兵隨行到出火；另外一百五十名在猴洞接應。

另外，李讓禮接受了王文棨提供的三名平埔做嚮導兼通譯。棉仔也很想隨行，他自忖土番話還可以。但是有王文棨在，既然李讓禮不提，他也有些忌憚。蝶妹也躍躍欲試。她不顧王文棨在場，理直氣壯地說，她土番話、客家話、福佬話都很好，甚至粗懂英文。她又說，傀儡番並沒有重男輕女。女兒可以當繼承人，女人當然也可以當通譯。

王文棨在一旁好奇地望著這位活潑的小女子這樣侃侃而談。這位少女面貌清秀，皮膚白皙，髮型也是客家式的，卻又穿著生番的小披肩，還掛著生番的珠子項鍊，又懂那麼多語言，而且和李讓禮又似乎頗為熟稔。他心中猜測著這位少女的出身。

李讓禮突然說：「蝶妹，天氣好熱，妳到廚房弄一些愛玉來給王大人嚐嚐。」

王文棨笑道：「有愛玉嗎？那太好了，那是南台灣獨有的消暑聖品呢！」

蝶妹進去廚房不久，李讓禮竟然也跟了進來。他走近蝶妹，附著蝶妹的耳朵輕聲說：「蝶妹，不要讓王同知對妳起疑。此人很聰明，萬一他知道妳和文杰及卓杞篤的關係，那可不妙。妳不用去。相信我。」

李讓禮說完，突然順勢把蝶妹輕摟入懷，飛快地在她耳後親了一下，迅即走出廚房。

蝶妹沒有想到李讓禮會有這樣的舉動，嚇了一跳，霎時滿臉通紅，趕緊回去準備愛玉，同時切了一顆西瓜。

耳邊傳來外面王文棨的聲音說：「那就這樣決定了。領事閣下，明晨六點，我帶五十位士兵在此恭候大人，其他一百五十人在猴洞待命。放心，我們會自制，只要傀儡番不動手，我們保證不會先動手，但領事先生的安全不容有所閃失。」

第五十六章

這天晚上，李讓禮在帳幕裡，輾轉反側，不能成眠。

李讓禮自在南北戰爭時就已發現自己有這樣的問題。每逢決戰前夕，他總是不能成眠。

雖然明天不一定有戰事，但是他的心底煎熬著。他彷彿又回到當年南北戰爭時，他的腦海浮起當年南北戰爭時的戰場廝殺聲。他希望，那種情景，明天不會再出現。打仗時，他總是在第一線的戰場上。

明天，他也會在第一線，這是他的風格。

在第一線，總是有危險的。有好幾次，他運氣好才活了下來。

決戰前夕總是令人神經緊繃，不確定自己在明天過後，是否還活著。那種無常的感覺，讓人的心裡很恐慌。雖說是軍令森嚴，但仍有不少軍士會拿出私藏的酒來麻醉自己。而李讓禮在戰場上是不喝酒的。在維吉尼亞草原的夜裡，他常幻想著自己正擁吻著克拉拉。

而克拉拉竟然在他最危險的時候背叛了他。一想到這些，他就心如刀割。

而現在，在福爾摩沙的瑯嶠，海風陣陣，帶著海水的鹹味，讓他的肌膚有著黏答答的感覺，心裡也黏答答的。他希望有人來拂拭他的肌膚。天氣很熱，他的心頭也很熱。雖然他相信，有清國兵士的護衛，明天應不致有生命之虞。但是，戰場上那種世紀末的感覺，卻突然又回來了。他的心情與身體都蠢動了起來，他有著強烈的慾望，希望能緊抱女體，抱自己喜愛的女人的玉脂身軀。

克拉拉在他的心中已經死去。現在，他滿腦子裡都是蝶妹的影像。甚至，他似乎聞到蝶妹的髮香及膚香。那是今天黃昏，他拊著她耳朵說話時所聞到的、屬於少女的清香。

他有六年沒有聞過女子的體香了。加入軍隊的那幾年，他的日子不是作戰，就是養病。等他退伍，卻發現克拉拉背叛了他。來到東方，既是自我放逐，也是尋求第二人生。但他的日子全是工作，他本來就是工作狂。廈門的工作環境，幾乎全是男人。廈門那些纏著小腳、扭捏作態的閩南婦女，在他眼中全無美感。因此，他來到福爾摩沙，初見蝶妹，那慧黠的大眼、少女的嫵媚與稍帶野性的活潑，對他而言，都是新鮮的。他頓生好感。

但是，一直到這次來社寮，他對蝶妹只有好感，少有綺想。事實上，蝶妹也一直有意無意避著他。直到這一次來到社寮，氣氛突然改變，蝶妹不再迴避他，而且殷勤對待他。他也常常欣賞著蝶妹曼妙的動作與燦爛的笑容。以西方女性的標準來說，她是嬌小，甚至是身形未足的。但她皮膚白淨細緻，幾無雀斑，更好看的是她特有的可愛表情與別具韻味的小動作，更是令他沉醉著迷。

二天前，蝶妹向他透露了她的身世之祕。兩人有共享的祕密，讓他不禁覺得兩人連心裡的距離都拉近了許多。

然後，在幾個鐘頭以前，他在偶然中親了她的耳朵。他好喜歡她不勝嬌羞而避開的表情。那個表情，令他想到含羞草。福爾摩沙的含羞草，長得小巧纖細。而歐洲或美國的含羞草體型都大了好幾倍，刺也大得多，碰到會很痛，難怪叫作「Touch Me Not，勿碰我」。而福爾摩沙含羞草雖然也有刺，但太細了，根本無感，因此稱為「含羞草」。好美的名字。就像時帶嬌羞的福爾摩沙少女。

蝶妹的美感，是西方女子所看不到的。

這個夜裡，他的眼前、腦海，都是蝶妹含羞帶嬌的笑容。而她又是活潑的，不像一般清國女子呆若木頭。蝶妹的青春身影喚醒了他心中沉寂已久的慾念。此刻，他有著世紀末的感覺。他渴望能抱著她。他知道蝶妹就在幾公尺外的屋內，他甚至有著起身的衝動。他勉強壓抑了下來。

*

在屋內，蝶妹也是心事重重，百味雜陳，未能成眠。

今天下午發生太多的事。突然之間，明天就是李領事與大股頭要會面的大日子了，那表示和議似乎有眉目了，她當然高興。但是李讓禮突然之間的親暱動作，則讓她心中大亂。她對男女之親是完全陌生的。松仔喜歡她，但從未有類似之表示與動作。她見過萬巴德與馬雅各醫生的未婚妻見面時，也會互貼臉頰問候，但萬巴德對她就未有過這個動作……她迷惘了。然而，她心裡尚有更重要的事。

王文棨臨走前的話，她聽得很清楚，她知道明天一早，王文棨將會帶著五十名清國兵士，護送李讓禮一行人到出火。李讓禮拒絕了六百人，她非常感激。但是這還不夠。她了解傀儡番。只要有清國兵士在場，氣氛就會大不同，不管是六百人、兩百人，還是五十人。何況，王文棨雖然不是福佬人，但福佬話說得不錯，長得也頗像福佬人。而傀儡番一向稱福佬為「白浪」，也就是「歹人」的福佬發音。王同知不是福佬人，但也會被視為「歹人」。卓杞篤見了王同知，就會心存戒意，不會開誠佈公地談，那麼和談將不會成功。

而如果這次和談不成，劉總兵就會有開戰的充分理由，而且變成是原住民理屈。那麼，一切都完了。

這些話，她必須向李讓禮講。然而王文棨離開後，李讓禮忙東忙西，然後早早就去就寢了。蝶妹輾轉反覆，心中愈來愈急。她想，不容這麼久的努力，卻因為王文棨和清軍的出現而功虧一簣，那真太遺憾了。

她望著前庭中李讓禮的帳篷。當日李讓禮遠在枋寮，她都自社寮租船去了；現在李讓禮近在咫尺，她卻在這兒乾著急？她生氣自己的畏縮了。於是，她下定決心，自床鋪爬了起來，走出戶外。一陣涼風吹來，在不算秋天的南國夜裡，她竟然打了一個寒顫。她抬起頭望著滿天星斗，心中默念：「菩薩助我！」

她走到李讓禮帳幕前，卻又躊躇不前，因為總覺得好像什麼地方有些不太對勁。良久良久，她終於鼓起勇氣，搖了搖帳幕，低叫「領事，領事」。

李讓禮正要強迫自己入睡。他不敢相信，就在他滿腦子幻想著蝶妹的時候，卻傳來蝶妹的聲音。是幻覺？

聽到蝶妹第三聲「領事」時，李讓禮確定，那不是幻覺。他拉開帳幕，看到蝶妹站在面前，心想：「慈悲的聖母瑪利亞啊，我做了什麼好事？」

蝶妹一見到李讓禮，就急急地說：「領事，我求求您，明天不要讓清國將軍一起去，那會壞事的。」

李讓禮壓抑著心中的綺念，怔怔望著蝶妹，完全沒有注意蝶妹說些什麼。他恍神了一下，才說：「蝶妹，什麼事，妳進來慢慢說。」

蝶妹進入帳幕中，李讓禮坐了下來。蝶妹站在他面前，匆忙說著，幾乎有些上氣不接下氣：

「領事，求您明天不要讓清國將軍和兵士一起前往。領事，我保證，明天大股頭不會動武的。文杰告訴我，大股頭也希望和平。文杰也告訴我，大股頭相信白人，但是不相信平地人。有平地人在，反而敗事。領事，明天千萬不要讓清國將軍隨行。」

李讓禮眼神朦朧，望著蝶妹，似醒未醒地點了兩下頭。蝶妹也不知道他點頭是否表示同意。

蝶妹急了，又說：「領事，請信任大股頭。明天，您們洋人出面就好。我懇求領事。」說著，曲下身來，蹲跪下去。李讓禮終於開口說了一聲：「好吧。」伸手似是去扶蝶妹起身，卻突然用力一拉，把蝶妹緊抱入懷。蝶妹身子突然被李讓禮緊緊攬住，幾乎透不過氣來，接著雙唇竟被吻住。

蝶妹只覺腦門一陣轟然。這些，似是意外，又似是意料中事，她腦中一片迷惘。在迷惘之中，她感覺自己胸前的衣襟被掀開了。李讓禮的手毫無忌憚地伸入她的裡衣，搓揉著她的肌膚。她雙眼緊閉，淚水自眼眶流出。她的手無力地想掙脫，但隨即癱了下來。

她感覺她像是被野獸攫住的小動物，她的幽祕被李讓禮的牙齒囓咬著。發自李讓禮喉間的低鳴聲，也像極了山豬在啃食獵物時的聲音。她感受到李讓禮的體熱，她卻渾身雞皮疙瘩。一陣寒意，掠過她的下身。她覺得她整個暴露了。她感到分裂的痛苦。她終於再也按捺不住，哭出聲來……

這一切，卻又突然中止下來，四周又回到平靜與暗黑之中，李讓禮伏在她身上，只有鼾聲。她鼓起勇氣，用力掙脫，李讓禮翻滾到一邊，仍然沉睡。

她默默起身，穿好衣服。她忍著痛，走出帳幕。大地星沉烏漆，黎明前的黑暗。蝶妹望著竹屋，竟然沒有勇氣踏入，眼淚汪汪地流了下來。她轉身，無力地、搖搖晃晃地走到山邊，在山腳下的草地上躺了下來。

一直到晨曦初現，她才又回到竹屋。松仔竟然也在竹屋外徘徊，兩人見到對方都嚇了一跳。松仔問她：「妳去哪兒了？」她只是搖頭，一言不發，逕自走入廚房，開始工作。

＊

天已大亮，王文傑領著五十名衛士來到，但李讓禮竟然仍未起床，這是嚴重失禮。寶內也很訝異，因為李讓禮一向早起。於是寶內進入帳幕叫醒他。

李讓禮睜開雙眼，看到寶內，似是吃驚，猛然坐起，才真正醒來。發現蝶妹已不在身邊，既失望又感到僥倖。他穿好衣服，走出戶外，向王文傑致歉。

廚房中，蝶妹若無其事的準備著眾人的早餐，看到李讓禮走進竹屋，頭急急低下，轉身入內，一直不出來。李讓禮招呼王文傑坐下，共用早餐。王文傑婉謝了。

李讓禮似是猶疑了一下，突然手往王文傑的肩膀一拍。這個親密動作連王文傑都嚇一跳。李讓禮卻開口了：「同知大人，我昨夜有個想法，如果卓杞篤真的不懷善意，我們帶二百人也無濟於事。但如果卓杞篤心懷善意，我們帶了五十名兵士，他就會懷疑我們不懷善意，反而破局。

「所以，」李讓禮坐了下來，豪邁地對王文傑說：「我決定冒險一搏。我賭卓杞篤確實有和解的善意。為了取信於這位十八社聯盟的大頭頭，我決定不帶衛士，也不帶槍。我們就單獨前往。你和你的二百名兵士就全部在猴洞等我吧！今天日落之前，我會在猴洞與你們見面。」

王文傑聞言，不敢置信，正想開口，李讓禮以手勢制止，說：「我心已決，不用說了。」往後進入房間。王同知怔怔站著，良久，迸出一句：「領事閣下保重了！」

第五十七章

在射麻里，十八部落的頭目幾乎都到了。四林格頭目因為年邁不良於行，加芝萊頭目因為生病未能親到，也都派了兒子來參加。

這是瑯嶠十八部落頭目首度在射麻里聚會。射麻里地勢較平坦，離猴洞也不遠，已經出現少數客家人聚落，甚至有些福佬人也搬來了。伊沙家的佈置更是相當令人一亮，有福佬式的桌椅、床具，還有水墨畫。

不過，十八部落頭目對這些平地人的文物傢俱並不見得喜愛。他們最羨慕的，反而是射麻里人養了一批僕役。原來幾十年前，有一批原來居住在東岸縱谷的阿眉族人，受到卑南人的攻擊而南遷到射麻里附近，卻又不敵斯卡羅族，於是臣服聽命，成為射麻里或豬勝束人的僕役。他們長得和斯卡羅人不太相同。瑯嶠生番一般黝黑矮壯，阿眉族人則較為白皙高佻，喜愛穿戴紅色衣物。雖然斯卡羅人和阿眉族人都有大眼睛，但阿眉族人的目光清澈，鼻子較挺，顏面的線條也較柔和。牡丹、高士佛、四林格等偏北部落的頭目們，好羨慕斯卡羅人有這樣溫馴的僕役。

今天，卓杞篤很嚴肅。他命令伊沙招待眾頭目，自已帶了朱雷和文杰，到他最愛的小瀑布水塘旁，雙眼微閉，有如打坐的姿勢坐下。

他在想，明天，李讓禮會提出什麼樣的條件？

李讓禮會要他交出龜仔用的人頭來賠罪嗎？

龜仔用部落殺了他們十一人或十二人，所以白人也會要回同樣數目的人頭？

他們若做這樣的要求，該如何應對？

或者他們會提出什麼物質賠償？會要求什麼？

雲豹？黑長尾雉？他知道洋人喜愛這些珍禽異獸。

他想起其他部落所羡慕的阿眉族僕役。他也想起，傳說中，古代的紅毛人自南方抓到許多黑人當他們的奴隸。

李讓禮會要我們送出一些族人去做他們的奴隸嗎？

他在心中揣測著洋人可能的條件，以及他可以接受的底線。最重要的，洋人真的可以信賴嗎？文杰引述蝶妹的說法，好像洋人比客家傜傜好，也比福佬白浪守信，是真的嗎？

明天……卓杞篤望著四周的美麗景色。

明天，如果談判破裂了，這美麗的土地會變成殺戮戰場？

明天，要如何面對美國領事？

上次去保力，他帶了六百人去，因為那屬於平地人的區域。這次，在斯卡羅的土地上，怕什麼？重要的是，十八位頭目要儘量參加，以彰顯十八個瑯嶠部落大團結。他不知道對方會有多少人來。不過他一再向林阿九表示，他的談判對象是洋人，不是台灣府來的清國將領。文杰一再強調洋人可以信任，那麼他想，就信任洋人一次吧。

＊

十月十日的早上是陽光照耀大地的好天氣。射麻里的天空飛過漫天的鳥群①，伴著聒噪的鳥聲。每年的這個時候，這些大鳥總會準時報到。雖然射麻里的鳥群已不如在豬勝束天空之壯觀，但對其他部落的頭目來說，還是很新鮮，令人興奮不已。斯卡羅人很喜歡這些鳥群，視牠們為吉兆。最近來到的傜傜會設陷阱捕鳥，斯卡羅人看到那些陷阱鳥網就有氣，毫不猶疑剪破，有時導致衝突。大股頭選在鳥群過境之日去和議，十八部落的人都認為是大吉兆。大家紛紛抬起頭來，望著天空中密密麻麻的大鳥，感覺上像是祖靈歸來陪伴著他們，為他們助陣，大家都歡呼起來！

廣場上聚集了來自各部落的頭目、戰士，以及射麻里的男女。女巫師一面舞蹈，一面唱著祈求祖靈保佑的曲詞，眾人和聲同唱，滿天的鳥叫聲則像是背景音樂。斯卡羅人常以鳥叫聲來判定吉凶。今天女巫師更朗聲宣布，今年這盈滿山谷的鳥叫聲非常愉悅，顯示祖靈對今天的會議是深表贊成的，是個上上吉兆。

在歌聲與鳥聲之中，卓杞篤領著一百名來自各社的戰士出發了。另外，有一百多名男女想跟著去，卓杞篤也同意了。

於是，卓杞篤坐上轎子，由四位勇士抬著，斯卡羅的勇士擔任前導，各部落的頭目緊跟在後。

①這些大鳥，主要是灰面鷲（灰面鵟鷹），數量可以多達十萬隻。

一行人浩浩蕩蕩出發了。

自射麻里到出火，以男性戰士的步伐，大約二小時可到。但今天人多，又有婦女隨行，大家邊吆喝，邊觀賞飛鳥。

陽光普照，滿天飛鳥，今年的鳥群好壯觀。大家本來心裡相當緊張，但女巫師的宣布讓大家心情大好。大家一面欣賞天空鳥群，一面聆聽著鳥鳴交織，充滿愉悅。不知不覺，出火到了。

「出火」是一個特殊的地方，在矮山所圍成的草地之中，卻有好大一塊沙地寸草不生，而自地上冒出好幾個熊熊火焰，有時可達一個大小孩的高度。甚至旁邊的小溪，也會在水中突然冒出火焰，或瞬即消失，或竄往溪中他處。夜間望去，火焰更是有如跳舞，有如鬼魅，非常詭異。斯卡羅人對這個地方又敬又畏。

離火焰不遠處，有一塊石板構成的平台，雖然微見坡度，卻非常潔淨。卓杞篤在石台中央坐了下來。他和十八部落頭目先坐成一個半圓形，然後近百名持槍戰士坐在地上圍成一圈，另一百多名男女圍成第二圈站立著。

不久，派出去的前哨戰士回報，對方已快到了，只有八人，沒有看到平地人軍隊，就只有這幾位洋人和通譯。

卓杞篤聽了，心頭一鬆。他想，文杰和蝶妹的話似乎是對的。這位美國領事看來可信，不過仍不可太大意。他示意圍成圓圈的族人空出一個缺口，讓對方八人可以進入圓圈的中央。

白人領事一行人接近圈子的時候，卓杞篤一個眼色，原來圍坐的戰士一致起立。等李讓禮一行人走到圓圈中央，一百多位持槍戰士又幾乎同時坐下，然後把槍擺在雙膝之間。

李讓禮等進入人群，在圓圈正中央與卓杞篤面對面坐下。李讓禮先是向總頭目點了點頭，雙手一攤，掏了掏衣襟，再微微一笑，表示自己沒有帶武器。畢客淋則用原住民語向卓杞篤問好。

李讓禮坐了下來，環顧一下四周，然後目光又回到卓杞篤。終於見到他了。李讓禮打量了一下這位近乎傳說中的人物。卓杞篤年約五十出頭，身材不高，但體格壯碩，肩膀寬厚，頭髮灰白，像清國人一樣削去前額的頭髮，留長辮子。衣飾則是傳統原住民式的，披著黑白相間外套，卻沒有頭目們必有的頭冠。他臉上線條剛毅，兩眼炯炯有神，戴大耳環，牙齒甚黑。李讓禮隨即發現，幾乎所有男男女女都掛著大耳環。

李讓禮等著卓杞篤開口，但對方雙唇緊閉，只是一直注視著他，不慍不笑，幾乎是面無表情。李讓禮覺得卓杞篤並不想講客套話，就開門見山：「我們與龜仔用無冤無仇，為什麼殺害我們的同胞？」

卓杞篤幾乎是接口就回答：「很久以前，白人來到這裡，見人就殺，龜仔用部落的人全死光了，只有三人躲了起來，僥倖不死，經過百年才恢復原來舊觀。」他神情正肅，不卑不亢：「龜仔用人謹記著這個幾乎被滅族的仇恨，他們的後代當然要報仇。」卓杞篤說到這裡，頓了一下，目光自對方臉上一一掃過。

等翻譯說完，卓杞篤繼續發言：「但是紅毛都在海上，龜仔用人沒有船可以追擊白人，只能盡己所能復仇，以慰被紅毛屠殺的祖靈。」卓杞篤講完，圍繞的民眾發出此起彼落的吆喝聲，似是表示支持。

李讓禮聽到最後一句，頓覺心中一軟，但仍然高聲說道：「雖是這樣，我們這邊被殺的人不是很無辜嗎？殺了無辜的人，你們不感到抱歉嗎？」

翻譯才說完，卓杞篤尚未答話，眾人已一陣喧嘩，似表抗議。卓杞篤做了一個手勢，聲音倏然已止。卓杞篤姿勢不變，臉色保持平靜，緩緩說道：「我知道。我也反對這樣做，所以才會到保力去與你見面，表示我的遺憾。」

李讓禮的臉突然變得嚴肅，問道：「那你們下一步要怎麼做？」

卓杞篤坐直了身子，聲音宏亮，一字一字地說：「如果你們打算開戰，我們當然應戰，結果如何，我也不知道；假如你們願意和好，我們也願意永遠和平。」

眾人再度一陣喧嘩吆喝聲，表示附和卓杞篤。

李讓禮想到畢客淋和蝶妹都提到的，福爾摩沙土番是「人不犯我，我不犯人」！他想，卓杞篤的和平保證，應該值得相信。他願意賭一賭。於是，他也朗聲回應：「閣下若能保證和平，我當然很高興能避免流血。」

通譯把這句話翻譯念出之後，卓杞篤馬上點點頭。圍繞的土番戰士這次並不出聲，卻動作一致，同時把滑膛槍由雙膝移放到地上，顯然有放下武器示好的表示。槍碰在石板地上，發出清亮的撞擊聲。李讓禮嚇了一跳，但心中暗暗叫好，覺得卓杞篤果然不是浪得虛名。而這些人雖說是「土番」，但一點不土。

雙方都釋出了善意，緊張的情緒剎那間鬆弛。群眾中有人開始發出笑聲。

李讓禮說：「我們關心的是航海人員的安全，只要你們保證將來不再殺害不幸的船難者，並照顧他們，供給他們飲食，再將之送交瑯嶠，他們可以由台灣府或打狗港回到家鄉。過去的冤怨，我們可以遺忘。」

卓杞篤簡潔回答：「我們承諾這樣做。」於是，又有表示支持的叫聲響起。

李讓禮說：「讓我們進入實質的細節與程序安排。航海的船員常常也需要補給，假如有船員被

派上岸取水或其他東西，你們不可侵犯他們，而且要幫助他們。」

卓杞篤表示答應。但他隨即補充：「我們也害怕上岸的人是來侵犯我們的。所以兩方必須有信號。假如船隻希望船員和平登岸，必須對我們族人出示紅旗。我們看到紅旗，就知道是朋友，不是敵人。如果沒有紅旗，請不要怪我們無情。」

李讓禮想想，也覺得頗有道理，於是同意列入議和的約定裡。

再來就是李讓禮構想的重點了。這需要「三邊協定」。他向劉總兵提出了，劉總兵顯然還在猶疑。他想碰碰運氣。如果卓杞篤同意，劉總兵就沒有藉口了；如果大股頭也不同意，自己也只能讓步。

於是他清一清喉嚨，大聲說：「我建議在南灣中央，也就是麥肯吉少校不幸犧牲的地點，建立一個砲台。」

卓杞篤有些會不過意來，回曰：「我們族人不需要砲台，我們也不會操作。」

李讓禮只好說清楚了：「我們會請台灣府派一百名軍隊來。」

這次群眾的聲音變得很嘈雜，有不少人舉起手來揮舞著。李讓禮心想大概不妙。

果然，卓杞篤直接拒絕了。他語帶憤怒地說：「我們有我們的土地，平地人有平地人的土地。我們尊重你們白人，因為你們和我們一樣講信用。如果你們把平地人士兵放在我們的土地上，他們的奸詐會激怒我們。」卓杞篤頓了一下，又繼續說：「把你們的砲台建在土生仔的土地上吧。他們和白浪及傜傜的關係都不錯，他們不會反對，我們也會滿意。」

李讓禮對卓杞篤的明快反應感到佩服。於是他點點頭，表示接受。

這時，卓杞篤突然站了起來，接著他的族人也紛紛站了起來。卓杞篤說：「我們說得夠多了，該告辭了。不要再出現一些可能使我們變成敵人的話，來破壞我們友善的會面。」

李讓禮雖然盡力挽留，但卓杞篤堅持離開。

李讓禮目送卓杞篤和他的戰士離開，心中衝擊著。這些人，其實是簡單而理性。外面的人太不清楚他們了。

他掏出懷錶，才四十五分鐘左右，卻談了這麼多、這麼具體。李讓禮不禁啞然失笑。沒有開場白，沒有客套話，沒有虛情假意，就是乾乾脆脆的「Yes or No」。連說No，也是直接的，而且馬上提出對方可以接受的合理替代方案。他想到一般在制定條約，雙方莫不拐彎抹角，勾心鬥角，錙銖必較，要拖上好幾天才能定約。

李讓禮繼續回味著方才的見面細節。卓杞篤本人壯而不高，臉上的剛直表情讓他印象深刻。圍著卓杞篤的，衣著打扮各有特色，顯然是好幾個不同部落。讓李讓禮印象也很深刻的是，福爾摩沙原住民的族群似乎相當複雜。例如，今天的與會者，有些女子高瘦而膚白，臉的輪廓很好看，眼睛大而圓。和卓杞篤帶來的族人不同，甚至和他看過的其他東南亞女性也有很大差別。還有他們的衣飾，雖不華麗，但大方有型②。

「多奇特的族群。」李讓禮覺得外界對他們的了解太少而誤解太多。他們因馘首之習惡名遠播，但給他的感覺卻理性溫和。太矛盾了。

在與卓杞篤交手之後，李讓禮尤其感覺卓杞篤和那些清國高官似乎正好是強烈對比。卓杞篤乾脆守信、質樸理性；清國官吏繁瑣、曲折、好面子、好拖延。難怪兩邊會合不起來。

而現在，他和卓杞篤的會談已畢，他又必須回去面對清國官吏那種多言少做，推拖繞圈了。不過還好，他想，劉總兵算是有決斷，又肯做事的。

剛剛卓杞篤說，砲台可以建在土生仔的土地上，不要建在他們斯卡羅人的土地上。他想一想，就屬大繡房最近南灣了，雖然不盡如意，也可接受。他想，他應該去大繡房實地看一看。去大繡房，畢客淋是識途老馬了。於是他們到了猴洞後，並不往北回社寮，而是往南向大繡房走。

在猴洞，他們又遇到了王文棨。王文棨知道協議已成，不打仗了，自忖他這「理番同知」應該也可記上一功，也很高興。李讓禮告訴王文棨，他原先向劉總兵所提的，在龜鼻山南側麥肯吉殉難處海灘設砲台之議，可以移到大繡房。他現在要去實地勘察建造地點了。於是兩人偕同畢客淋等，一起往大繡房走去。

*

李讓禮站在大繡房海邊一塊突出的岩岬上。這裡，可以看到整個南灣。往左邊望去，遠處海邊那塊巨石清晰可見，而岸邊就是杭特夫人等十二人以及麥肯吉少校魂斷異鄉之處。夕陽照著大地，遠處的大尖山雄偉峭立，海浪有規律地拍著岸邊的怪石。有一些野牛在他身後的草原上，或吃草，或奔馳。海風陣陣，吹得李讓禮幾乎站立不穩。他心中感慨萬千。風景如此宜人，陽光如此溫暖，但美麗的海岸卻又曾如此血腥。他望著遠方向聖母瑪利亞默禱，希望類似的悲劇，以後不要再出現在這塊明媚的土地上。

---

②指阿眉族奴隸。

第五十八章

回到豬勝束後的卓杞篤，向其他部落頭目一一謝過。二、三天後，總算送走了貴賓，才得空休息。

文杰看在眼裡，覺得只有卓杞篤才能坐得起這十八部落總股頭的大位，才能同時駕馭這麼多不同部族。

他回憶起十月十日卓杞篤領軍出發到出火見李讓禮那一天的種種細節，大為佩服養父的細心與週全。

天未破曉，他已被叫起來。傳話的人說，大股頭要和他共進早餐。到了卓杞篤屋內，朱雷也已經到了。

卓杞篤要他們兩人並肩坐著。大股頭自己則坐在對面。他為兩人各挾了一大塊鹹豬肉，放在小米飯上。他語氣慎重地說，朱雷是豬勝束大頭目及斯卡羅族大股頭的繼承人，所以他要朱雷留在射麻里守候。

卓杞篤說，此行前途未卜。萬一平地人的軍隊也來，說不定就是一場大戰。而豬勝束及斯卡羅不能同時失去大股頭及繼承人。他向朱雷說，你在此守候。萬一有壞消息自出火傳來，你馬上繼

位，領導十八部落聯盟。他正色向朱雷說：「記住你責任重大。」

然後他向文杰說：「文杰，你也留在此地。你不是嫻熟的戰士，卻是聰明的軍師。文杰，你要伴著朱雷，永遠做朱雷的軍師，侍奉朱雷，像侍奉我卓杞篤一樣。」文杰單膝跪地說：「Kama，孩兒一定做到。」

卓杞篤又轉向朱雷：「朱雷，我再強調一次。你是未來的豬勝束的大頭目，斯卡羅大股頭。」說著，拿起代表總頭目的銅刀，敲了敲地面：「記住！這把銅刀，將來是你要繼承的。」將來你責任重大。文杰的年紀雖小，但見多識廣，又熟諳傜傜和白浪語言與習俗。他可以幫你很多忙。」卓杞篤頓了一下，感嘆地說：「時局已經在改變了。現在只是開始，未來的日子會有更大的不同。你會遇到許多外來的挑戰，可能是平地人，可能是洋人，也可能是現在無法預料的對手。那時候，文杰會是你的好幫手，你凡事要和文杰商量。文杰，從此刻起，你必須一直在朱雷的左右側，讓朱雷馬上可以找到你。」朱雷、文杰都點頭稱是。

文杰現在回想起來，養父說那番話的神情，像在交代遺言一般。

文杰望著養父沉睡的身影，「謝天謝地，養父回來了，而且戰爭不會發生了。」

在他心中，養父是神。才半天的時間，戰爭的威脅消除了，而且豬勝束和龜仔甪都不必有人付出生命代價，也沒有財物損失。他想起在社寮的蝶妹。他想，蝶妹一定也盡力說服了李讓禮，所以李讓禮才沒有刁難大頭目，和議才能成功。

文杰完全想像不到，蝶妹為此付出了重大代價。

第五十九章

蝶妹裝成在廚房中忙東忙西，沒有出來。她故意把廚房的門敞開著，因此李讓禮與王文棨的談話，她一字不漏聽到了。李讓禮真的決定不帶任何清國衛士隨行。李讓禮甚至婉拒了王文棨和五十位士兵護送他到猴洞的建議。

她簡直不敢置信。她又想起昨晚的際遇，又高興，又心酸，眼淚簌簌地流了下來。一旁的松仔，只道是蝶妹喜極而泣。他知道蝶妹一直不希望清國軍士參與李讓禮和卓杞篤的談判，喜孜孜地向蝶妹說，太好了！

蝶妹目送著李讓禮、寶內與畢客淋等坐上王文棨所準備的四人轎子，帶著二名隨從，三位王文棨提供的平埔通譯，由保力客家頭人林阿九帶來的嚮導領路，向南出發。

蝶妹心中百感交集。她可以對文杰、對媽媽的族人有所交代了。然而，另外一方面，她的人生，卻遭遇了她從未想像過的巨大變化。

今天黎明之前，她躺在龜山下的草地，望著天上的星辰，祈求上天指引她今後應何去何從。她平日也自李讓禮的眼神感受到他對她的好感。但李讓禮的眼神有時是輕佻的，那種感覺和松仔給她的純純關愛明顯不同。那一刻，她幾乎想立刻逃離社寮，回去旗後的醫館。在那兒，她覺得生活最充實，也最安全。但現實的考量，讓她又折回竹屋，替眾人準備早餐。

正午了。李讓禮應該見到大股頭了。她默禱雙方會面後不要有衝突，和議能成功。但是，她的思緒瞬間又拉回自己不堪的際遇。昨夜，是抹不掉的惡夢。也許李讓禮不純然是肉慾的，但又能有多少情愛呢？她不敢再想下去了。昨天傍晚李讓禮突如其來的一吻已讓她嚇到，但能讓她感受到少許甜蜜；而夜半像野獸豬似攫取了她的身體，事前沒有溫情，事後也沒有慰藉，她的心沉到谷底。

然而轉念一想，今早李讓禮的決定與一些小動作，表示他對自己還是有些在意的。

「也許，他對我並非完全無情。」她想。下一刻，她又在心中暗罵自己自作多情。李讓禮早上起來，並沒有刻意找她談話，連一句撫慰的話也沒有。雖然在她捧著早餐出去時，李讓禮不顧正在與王同知說話，向她拋來幾個眼神。但是那又代表了什麼？當然，大部分時間，她都躲入廚房。她恨自己竟然替李讓禮找理由。她愈來愈迷惘……

她又想到松仔。在打狗的最後那個月，她對松仔真是失望透頂，她把松仔直接趕回社寮。這次中秋她回社寮，不是返鄉的心情，當然更不是回來探望松仔，而是回來掃墓。卻不料碰上了清軍南下，而意外地又和松仔相處了一段長時間。這期間，松仔有了改變，他開始認真念書習字，也變得較沉穩。於是蝶妹的心也漸漸軟了下來，又開始對他有說有笑，但始終無法恢復原來的親密互動。她無法原諒他去逛查某間，而且還因此染上了不可告人的隱疾。每次一想到這些，她心中就覺得不堪。

然而現在，她自己被李讓禮佔有了……她心中一陣刀割。她知道松仔仍然是喜歡她的，她也知道松仔不善於表白，也不敢表白。棉仔雖然一直對她和文杰不錯，但是說得好聽，是故人之情；說得直接一些，是老闆對長工的仁慈及照顧。她知道，如果談到婚嫁，棉仔一家還是有門戶及族群考量的。棉仔和松仔是以福佬自居的土生仔，她則是半番半客。而福佬與客家，在這瑯嶠地區是敵對的，更不談福佬對生番的鄙視了。更何況，她已喪失了處子之身……死了這條心，離開松仔吧，她想。蝶妹驚覺，自己還是很在乎松仔的……

在迷惘中，蝶妹突然念頭一轉，她暗罵自己何以胡思亂想。她和松仔之間本來就八字沒一撇。松仔家久久不提親，說不定就是閩客因素。而李讓禮更不可能對自己有真感情，也就不可能有未來。何況，眼前最重要的是會不會有戰爭。雖然看起來李讓禮與卓杞篤之間有好的開始，但結局才是最重要的。劉總兵會不會逕自向山上部落開戰？她母親族人的性命、文杰的性命，如果一開戰，就面臨大危機了，這些才是最重要的。她昨天踏入帳篷之前，不也是因為如此想過，才把自己豁了出去，不顧一切去找李讓禮嗎？

於是她又走回竹屋，等待消息。

出乎意料之外的，這天晚上，李讓禮一行人並沒有回來。到了黃昏時刻，棉仔發現，連王文棨也沒有回來。而在社寮的清軍軍營，兵士開始整理行裝，似乎已在準備搬遷。

連棉仔也沉不住氣了，和松仔到保力去打聽。保力那邊的消息是，確實沒有李讓禮等一行人的行蹤，但也未聽到清軍有什麼異常行動。保力的人說，至少沒有什麼壞消息。

棉仔和松仔於是又跑到柴城探問。柴城似乎一如往常，非常平靜。於是回來向蝶妹說：「沒有消息就是好消息吧。」

第二天一早，蝶妹終於聽到了好消息。

柴城的居民興奮地爭相走告：不會有戰爭了！花旗國領事和傀儡番大股頭達成了和議，而劉總兵也承認了和議。和議的細節眾人都還不知道，也不想知道。只要沒有戰爭就好。

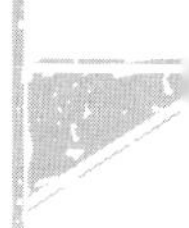

到了中午，李讓禮的隨扈回來，把洋大人們的所有行李都打包運走了。他們說，李讓禮、畢客淋、寶內等人都去了大繡房，短期間內是不會回來社寮了。但是他們為什麼去大繡房，並不清楚。

*

蝶妹心裡非常欣慰，大和解的消息，沖淡了她的身心創痛。該是回旗後的時候了。於是她拜託棉仔代為打聽到打狗的船班。很不巧的是，因為戰爭，船隻或被軍方徵用了，或避免來柴城。因此三、五天內竟無可搭之船。

蝶妹只好繼續等待。但好幾天了，毫無船訊。蝶妹度日如年，她一心想速回打狗，忘掉李讓禮。

繼續有消息自柴城傳來。

消息說，劉總兵在十月十一日也去了大繡房，大繡房將有一座新砲台。

消息說，劉總兵在十月十六日已經回到柴城，但洋人領事並沒有一起回來。

消息說，台灣府來的士兵決定自十月十八日起開始慢慢撤出柴城。

消息說，柴城的民勇已經收到通知，即將解散。

消息說，柴城人歌頌著劉總兵，說他的軍隊讓傀儡番震懾，因而答應和談。也有自軍方傳出的消息說，卓杞篤大股頭懾於軍威，不戰而降。但絕大部分的瑯嶠民眾都不相信傀儡番會投降。

消息說，柴城人對洋人領事和傀儡番大股頭都讚不絕口。

人們笑說，這是有史以來的第一次，瑯嶠人不論福佬、客家或土生仔，都講著一位傀儡番頭目的好話。

蝶妹東望著傀儡山，那雲層深處的山上，有她的弟弟、有她的母族。她手中撫弄著母親留給她的琉璃珠項鍊，心中默念著：「媽媽、文杰，我盡力了。」

＊

十九日那天的中午，棉仔自柴城回來說：「蝶妹，今天上午有一艘船進來了，預定明天一早回打狗。」於是蝶妹開始整理行李，準備第二天一早前去柴城福安廟後堤搭船。

當天傍晚，棉仔似笑非笑地對她說：「蝶妹，有件事想與妳談談。」

蝶妹回答：「棉仔大哥，怎麼如此客氣？什麼事呢？」

棉仔坐了下來，遞了一杯茶給她。「蝶妹，妳來我們這裡也有一年多了，我們全家都很喜歡妳。松仔確是曾經一度讓人很失望。但他最近，妳也看得到的，很努力向上，妳能接受他嗎？要不要正式好好考慮一下？」

棉仔的話，正好觸及蝶妹心底的痛處。一時之間，她不知如何回答，倒覺得眼眶有些濕了。她低下頭，一語不發。

棉仔本來想說，如果妳答應的話，明天就不用去打狗了。妳留下來，我們好好辦一場喜事，以後我們就是一家人了。但看到蝶妹低下頭，並無喜色，像是別有心事，只好改口說：「不急不急，等妳下次自打狗回來再說吧！」頓了一下，又說：「只是，我為松仔請求，讓他再陪著妳到打狗吧。妳一個人在打狗，不要說松仔，連我都放心不下。」蝶妹點頭稱謝。

這天晚上，蝶妹滿腹心酸，抱著枕頭斷斷續續哭了一夜。

第六十章

一八六七年十月二十日對劉總兵而言，是倒楣的一天。而劉總兵的倒楣，拖累了李讓禮，讓李讓禮更倒楣，也讓李讓禮與劉總兵一個多月來的良好關係毀於一旦。

劉總兵可以說是整個台灣的清國文武官員中，和李讓禮搭配最好的。九月初在台灣府，劉總兵獨排眾議，附和了李讓禮咄咄逼人的「建議」，同意率兵南征瑯嶠。他一開始只是不想在洋人面前丟臉。他在四、五年前攻打太平天國的時候，和英國人共事過，吃過英國人的苦頭，極為不堪，幸而最後靠著軍功，才讓英國人刮目相看。不想到了台灣，他又遇上了洋人。這次，不是老大的英國，而是只有短短一百年歷史的小老弟美國。他不想又被小老弟的花旗國看不起。而他知道，洋人是實力主義者，你表現出實力，洋人就對你恭敬；你光說不練，洋人只有更看不起你、更吃定你。

於是，他出兵了。他的部隊，有五百人是打過同治三年攻陷太平天國首府金陵之役的。他對自己的部隊有信心，他要藉剿番來立威。一來，他是武將，要打仗方能立功；二來，他要向李讓禮展示，大清並非不能戰。讓英、法兩個歐洲傳統強國欺凌，只好忍耐；但讓新成立不久的美利堅合眾國也看不起，未免太嘔。

來到柴城，他目睹了柴城，不，整個瑯嶠居民對自己及軍爺的畢恭畢敬。他深信自己可以「揚威瑯嶠」。而他在七天以內開闢了枋寮到車城的道路，將來自台灣府到柴城，將可暢通無阻。這讓他更是得意萬分，認為自己已然「功在台灣」。當他行過那一段狹長的新拓道路，他仰望左手觸摸可及的高山，再俯視右手近在咫尺的斷崖與大海。他覺得，在清國將領，他是前無古人了。如果不是山路太狹，他幾乎想下馬找個大石頭題字。他雖一介武將，書法卻是遠近馳名。特別是當他走過斷崖，終於迎面而來坦平大道時，他有著鯉魚躍龍門的感覺，於是他把這座橫亙的大山命名為「鯉龍山」①。他命手下備硯，準備揮毫題詩，勒石刻字，卻不巧正好李讓禮來找他商議，壞了他的興緻，也誤了這個大好機緣。

他一心剿番。剿番本是李讓禮堅持要的。沒想到，李讓禮到了柴城，卻又臨陣變卦，而決定與傀儡番頭目和談了。重兵已發，卻無法剿番立功，他當然失望。但是為了尊重李讓禮，他忍了下來，儘量配合。

他既非文人，也非純正漢人，卻能得到曾國藩及左宗棠的賞識拔擢，當然是有原因的。他雖是武將，但文武兼修，不但書法聞名，文章亦很不錯，頗有儒將之風，很合曾、左的脾胃。他也深諳「止戈為武」、「兵者不祥之器也」的道理。苟能避免戰爭，自然是上上之策。因此李讓禮要與傀儡番大頭目和談，他也樂觀其成；而十月十日和議成功，他也深感欣慰。隨後李讓禮馬上又出了一道難題「南灣建砲台」給他，他也自認應付得體。此行，對李讓禮、對朝廷，兩邊都算交代得過去。

①今之里龍山。

在南灣的大繡房建砲台，對他而言是憂喜參半。因為李讓禮在與傀儡番談判之前，開出的條件是要建在羅妹號失事地點的龜仔用海邊，那才真是強人所難。所以當李讓禮在與傀儡番談判之後，把砲台地點改到大繡房，劉總兵心裡大大鬆了一口氣。儘管這還是逾越聖祖「漢番分治」的界線，上級不見得一定同意，但至少不是孤軍深入龜仔甪番界。

設砲台是李讓禮到了瑯嶠之後，才向他提出的條件。李讓禮一再試圖說服他，在龜仔甪番地設砲台，對清國沒有壞處，只有好處。因為對內表示清國統治力量的延伸，對外展示了清國政府負責任的態度，一定會得到國際的尊敬。

劉明燈則向李讓禮力爭，砲台可以設，但不能設在龜仔用海邊。那是生番腹地。他怕將來一旦生番有變，這砲台將很容易落入生番之手。那時傀儡番將如虎添翼，鎮守砲台的士兵則像是羊入虎口了。但是李讓禮卻很堅持。

他慶幸卓杞篤也拒絕在傀儡番地界中設砲台。以傀儡番之觀點，那會是心腹之患。而李讓禮對自己態度強硬，一直堅持，卻在短短不到一小時內就向卓杞篤讓步。這讓劉明燈心裡很不是滋味。李讓禮新提議的大繡房，劉明燈認為還可以接受，因為那基本上屬於移民與平埔熟番的共有地界。

他下了決心，要表現給李讓禮看。他要爭回大清國及自己的面子。

*

李讓禮幾乎不敢相信自己的眼睛。他在四十小時之前才指定了建砲台的地點②，現在，砲台的外牆竟然已經聳立起來了。

才清晨七點左右，草地露水猶存，已有三、四十位清軍在此賣力工作。清晨的陽光不大，他們臉上竟已揮汗如雨，顯然已工作了一段時間。李讓禮看到劉總兵自圍牆內部走出來，笑吟吟向他揮手。劉總兵和他的手下都住在大繡房的古廟觀林寺③內。自觀林寺走到這個岬角，至少也要一刻鐘，可見這些清軍是微曦初現之時就來工作了，而且工作效率顯然很高。

「李領事，我們就地取材，以棕櫚樹的樹幹圍成砲台外牆，然後用沙包填補空隙。」總兵用手在圍牆上敲了幾下。「領事閣下覺得如何？應該很堅固了吧！」總兵的語氣很是得意。

棕櫚樹的樹幹高大拔直。李讓禮心中暗暗佩服這位清國總兵的機智及效率。

劉總兵又說：「其實，我們在福建的長官還沒有批准。不過為了向領事閣下證明我們的信用，我就先斬後奏了。」語氣中明顯有討人情的味道。

李讓禮趕忙向他致謝。他心中雪亮，這位劉總兵在與他「拚場」，福佬人的所謂「輸人不輸陣」是也。

劉總兵伸出手，比了五個指頭：「再給我五天的時間，我相信砲台就可以初步完成。而且，大砲已經在半路上了。」

李讓禮伸出大拇指表示佩服：「總兵大人真是神速。砲台蓋好後，我建議將軍派一百名守軍駐守在此。我至少每年會來此勘察一次。」

劉總兵沒有回答，轉身向手下吩咐了幾句。不久，手下抬了一個木箱過來。劉總兵向李讓禮

---

②砲台位置，推測在近核三廠排水口，背倚隱龜鼻高丘。

③今屏東縣大光觀林寺，位在核三廠排水口旁不遠，相傳建於清乾隆年間。

說：「我們找到了這些東西，還請閣下鑑定。」

李讓禮打開一看，是一些航海器材，一具望遠鏡，顯然是羅妹號小艇的物件。還有一張發皺的照片，照片中的女子竟是杭特夫人。李讓禮大喜過望，向劉總兵稱謝。

*

第二天下午，李讓禮再到砲台基地。不但工程大有進展，大砲也運到了。李讓禮的原意是大砲兩門，駐兵一百名。劉總兵向李讓禮說，他希望大砲多一些，駐軍少一些，因此加碼運來了三門大砲。兩人開始研商，砲口應朝哪個方向。

這時，卻見到畢客淋自東方小路踽踽行來，向李讓禮和劉總兵打著招呼。原來，十月十日李讓禮及卓杞篤大股頭談判結束之後，在到大繡房的路上，畢客淋一直不死心，滔滔不絕力勸李讓禮，不要在大繡房或任何附近海岸築砲台。

在這方面，畢客淋和李讓禮的意見正好相反。這位英國人的看法始終如一，他不願見到清國政府的手伸入瑯嶠的任何生番地域。他希望讓瑯嶠維持現狀，讓這裡的移民也好，土生仔平埔也好，高山生番也好，繼續保持目前的狀態。他說，建砲台來牽制傀儡番是多餘的。畢客淋說，既然卓杞篤大股頭承諾和平，他就一定說到做到。

李讓禮反問，如果大股頭過世之後呢？畢客淋說，他相信原住民，他們是守信用的族群。他反而不相信福佬，不相信客家，不相信清國官吏。他侃侃而談，天利洋行的倒閉事件就是福佬人吃裡扒外的見證，這樣的例子太多了。畢客淋表示，不論福佬或客家，皆狡猾無信，對原住民一向得寸進尺，以詐騙為能事。生番之地早就被蠶食鯨吞，退縮到目前的狀況，已退無可退了。李讓禮幫忙清國及漢人移民把手進一步伸入瑯嶠，讓清國正式派了官吏及軍隊長駐大繡房，簡直助紂為虐。將來生番一定受到更多的欺凌，反而會讓生番怪到白人頭上來。

李讓禮說，他建砲台，不全然是以武力壓制傀儡番，而是在海邊建個地標，讓路過的船隻能有辨識標誌。保障這區域的航海安全，是他此行來福爾摩沙的最大初衷。

畢客淋不死心繼續爭辯說，那就退一步，頂多讓清國的官方勢力只到柴城及保力，那裡已有大批福佬及客家，而將南灣這一塊淨土保留給平埔熟番及山上生番。

李讓禮煩了。他說不過畢客淋。這傢伙真礙事。他想，眼不見為淨，乃心生一計，把畢客淋遣開，免得他嘮叨不停。於是，在畢客淋替他在大繡房安頓好住宿之後，李讓禮做了三面紅旗，又自行囊中選了一些西洋物品，要畢客淋再去豬勝束走一趟，作為給卓杞篤的謝禮。紅旗則是在和議中由卓杞篤所提出，與船隻互做訊號用的。

於是畢客淋又自大繡房到斯卡羅來回。沒想到回來時正好遇到劉總兵。

畢客淋得意地向李讓禮報告，他此行雖未見到卓杞篤，但受到斯卡羅人盛大歡迎與招待。

畢客淋說話的語氣一向誇張，讓劉總兵心中很不是味道。他在台灣府時早就認識畢客淋。畢客淋一向不怎麼尊重清國官員，盛氣凌人。偏偏他此刻談到卓杞篤，卻充滿敬意。劉總兵不禁興起較勁的念頭，既和李讓禮較勁，也和卓杞篤較勁。本來，他是看不起傀儡番與卓杞篤的，但是他發現，在李讓禮與畢客淋的心目中，卓杞篤高高在上，而自己堂堂大清總兵，反倒不過爾爾。他心中愈來愈有氣。

於是，劉總兵心中浮起一個構想。既然和議已成，大軍放過傀儡番，他要傀儡番頭目卓杞篤前來柴城軍轅朝見及答謝他，他可是代表大清朝廷的方面大員！他必須把李讓禮和卓杞篤都比下去。

於是，劉總兵出招了。他決定先拉攏這位英國人。他向畢客淋恭喜，說畢客淋在這次羅妹號事件中既尋回杭特夫人遺體，又替劉總兵先跑了一趟柴城，在和議過程也大有襄助之功，立了三件大功。劉總兵表示，他要幫他取個漂亮漢文名字，叫「必麒麟」。麒麟，是漢人傳說中的吉祥獸。以書法聞名的劉總兵，還親筆以篆書寫下「必麒麟」三字，並且令手下工匠刻了玉石印章，賜給這位英國人。必麒麟果然狂喜④。

第二天，劉總兵帶來了幾位手下，請必麒麟帶領這些清國小官，攜帶劉總兵的禮品前往豬勝束，並邀請卓杞篤到柴城來。劉總兵說，他期待代表大清，在柴城接見及招待這位瑯嶠十八社的大股頭，以慶祝和議的達成。必麒麟也欣然答應。

當必麒麟領著這一隊清國代表啟程之際，劉總兵也向李讓禮道別，表示要回柴城接見卓杞篤。言下之意，李讓禮與大股頭平起平坐，而他則是等待傀儡番頭目來朝覲。

*

劉明燈自大繡房興沖沖趕回柴城，他隆重佈置場景。他想像著下瑯嶠十八社的大股頭卓杞篤率領手下，帶著山產奇珍來拜訪他大清台灣總兵，如邊疆小國之主來天朝朝覲……他要揚名青史。

必麒麟果然帶著生番代表來見他了。可是來者卻不是卓杞篤本人，而是卓杞篤的兩個女兒。平地人的傳統，不論福佬或客家，男尊女卑。女兒是沒有繼承權的；可是瑯嶠土番不一樣。劉明燈知道，傀儡番對女兒和兒子平等看待，都是有繼承權的。而且，大股頭沒有兒子。劉總兵以為，這兩位女兒會是未來傀儡番的大股頭，卓杞篤的繼承人，所以也不以為意，認為可以接受。他沒有弄清楚豬勝束的狀況，他並不知道卓杞篤大股頭所安排的繼承人是哥哥的兒子朱雷，不是自己的女兒。

劉明燈很高興地召見了她們。沒有想到，這兩位年輕番女見了他，既不下跪，也不行禮，反而大喇喇的說：

「我們是來代大股頭傳話的。我父說，他肯和洋人和談，是因為他尊敬洋人是勇士、是好漢。那一天，他親眼看到洋人軍士不懼槍彈，不懼炎熱，在高山密林中衝鋒陷陣；而美國領事先生也能不帶衛士，不帶武器，到斯卡羅的地域去談判。他欽佩他們！

「我父說，柴城和保力有人散佈謠言，說我父是害怕你們，所以不戰而降。我父要我們清清楚楚告訴你們，清國官員不值得他尊敬，他更不可能向清國投降。平地人總是不守信用，總是自吹自擂，自以為比我們聰明，所以他不想與平地人來往，更不可能來平地人地界接受清國官員的招待！

「我父的話，我們傳到了。我們回去了！」

於是，兩個番女像一陣風，高傲而來，搖擺而去。

劉總兵的臉脹得通紅，手氣得發抖。他真想一刀揮去。

但他只能在兩人轉身離去之後，把用來倒茶招待兩個番女的杯子摔得粉碎，叫屬下把番女未吃的糕餅拿去餵豬，以及番女坐過的兩張木頭椅子劈柴燒掉。他痛罵兩人無禮。但是他不能追、不能

---

④必麒麟在他晚年所著「*Pioneering in Formosa*」如此寫著「清朝大將軍喜出望外，熱烈地向我道謝，並賜給我一個新名字，要我印在名片上！以前，我僅依英文的名字發音拼出三個中文字，並沒有特別的含意。而這位偉大的黃馬褂將軍所賜予的名字，正是『麒麟』，還解釋麒麟是一種神聖又神祕的靈獸，只有在偉大聖賢誕生時才會出現，其他人也不斷地奉承：『你帶給我們莫大的幸運，一定是真正的麒麟！』」

打、不能殺，他不能背上破壞和議的罪名。

更糟的是，對方是女流，是大清社會中沒有地位的年輕女人。堂堂大清總兵被年輕傀儡番女指著鼻子罵，而且毫無反擊餘地，傳出去，簡直是大笑話了。是可忍，孰不可忍！

劉總兵氣憤難平，「這些傀儡番，膽大妄為！我不能用刀，就用筆讓你們這些生番不得翻身，永為貔貅小醜。」

於是他傳令屬下侍筆，磨硯蘸墨，然後振筆直書：

奉君命　討強梁　統貔貅　駐繡房
道塗闢　弓矢張　小醜服　威武揚
增弁兵　設汛塘　嚴斥堠　衛民商
柔遠國　便梯航　功何有　頌　維皇
同治丁卯秋　提督軍門臺澎水陸掛印總鎮裴淩阿巴圖魯劉明燈統師過此題

並即刻下令工匠刻字立碑，永遠立於福安廟中，讓世世代代後人看到⑤。

劉明燈餘怒未息。他查明了，兩位番女來回柴城，都是必麒麟護送她們。於是新仇舊恨一併湧起。他在台灣府對必麒麟本無好印象，此次賜名、贈印，是為了拉攏，希望經他搭橋與卓杞篤建立好關係。誰知他反偏著傀儡番！兩女出言不遜，誰知道不是他從中慫恿。

而對李讓禮，劉明燈也有著憤怒。「大清為你出兵，我為你賣命，還處處委曲求全讓你。結果傀儡番說尊敬你們，卻瞧不起清國大將，真是豈有此理！」

於是，劉總兵對李讓禮的新仇舊恨，霎時爆發，並立即付諸行動。

⑤此碑現仍存於車城福安宮內，見彩頁之照片。

第六十一章

部落裡，風風雨雨，傳言不斷。

傳言說，回首整個事件，文杰表現突出，而朱雷卻毫無作為。因此卓杞篤決心傳位給文杰，不傳給朱雷。

傳言說，卓杞篤派二位女兒去柴城，就是他不信任朱雷的另一明證。

大家憶起往事。卓杞篤本來不是豬勝束大股頭，大股頭是哥哥朴嘉留央，朱雷的爸爸。卓杞篤會當上大股頭，是因為文杰的媽媽瑪珠卡私奔，嫁了傜傜，引發一連串風波，讓原來的大股頭朴嘉留央心灰意冷，才讓位給弟弟。卓杞篤由哥哥手中接過大位時，許下承諾，將來會交回給哥哥的兒子朱雷。

傳言說，卓杞篤有意傳位給自己的平地人養子的理由是，朱雷終日酗酒，而文杰則見多識廣。對這些傳言，有人主張，雖然這樣有違誓約，不太厚道，但是朱雷確實不是當大股頭的材料。何況將來朱雷不只要率領豬勝束，還得統領整個斯卡羅族。外邊的世界變了，朱雷有這個應變能力嗎？為了斯卡羅族的未來，由文杰來繼任才是個公益大於私諾的明智選擇。

然而也有人站在朱雷這邊。他們說，誓言就是誓言，不容違背。否則祖靈會生氣的，不知會有什麼樣的報應呢。何況朴嘉留央雖然瘋瘋癲癲，但仍然健在。更重要的，文杰父親是倷倷人，不是斯卡羅純正血統。大多數斯卡羅長老都偏向這個看法。

很明顯的是，朱雷對文杰的敵視愈來愈明顯了。朱雷感覺面臨危機之後，自立自強了一陣子。然而，不到半個月，又故態復萌，天天喝到爛醉。於是有些長老也開始對他失望，轉而支持文杰了。

在出火與洋人領事商議之前，族人都有危機感，因此大家只是私下說說。等出火和議完成，竟變成公開談論了。甚至有為此而毆鬥吵架之事。豬勝束突然變得不太平靜了，連射麻里人也議論紛紛。

文杰也非常不安，幾乎是閉門不出，而且為了解悶，竟也開始喝酒了。

第六十二章

在大繡房孤寂的黑夜裡，李讓禮開始思念起蝶妹來。

即使在白天，他有時也會想起這位令他心動的福爾摩沙小女人。特別是現在，和議已成，砲台也有了雛形。

大繡房海岬的日落絕美①，但李讓禮無心欣賞。他歸心似箭，與幾天前初來的心情迥然不同。他希望能馬上看到蝶妹，他有太多的心中話語要告訴蝶妹。

在漫漫長夜中，李讓禮翻來覆去，腦海中盡是蝶妹的身影。

他懷念那一夜肌膚接觸的悸動。

那一夜，他完全未顧及蝶妹的感受，恣意地擁吻她。回想起來，他那時是粗暴的。他喜歡這位小女人，也乘勢佔有了這位小女人。漸漸的，他開始心生歉疚。

回想著那一晚，在佔有她之後，他又昏昏睡去。第二天竟然晏起，而蝶妹已不知何時離開帳幕。而後，為了忙於應付王文棨的到來和準備與卓杞篤之會談，那天早上，他竟然一直未能找到蝶妹撫慰她。還好他醒來之後，倒還記得她前一夜對他說過的話，於是決定無武裝前往談判。

他果然成功了。他心中對這小女人，又感激，又愧疚。他想念著她。他在大繡房這幾天，白天想的是砲台，晚上想的就是蝶妹。蝶妹微香的秀髮，潔白的頸項，以及溫軟的肌膚……他對這小女人有了情愫。

他那個受過傷的眼窩又痛了起來。劉總兵和必麒麟離開之後，大繡房這幾天一直颳著猛烈的落山風。落山風帶來的風吹灰也讓他的眼睛又紅腫起來，疼痛不已。

他想起在社寮時，有一次他眼疾發作，蝶妹用她溫軟的左手手指，按著他的額頭，右手以沾了乾淨涼水的細紗布輕拂著他的睫毛及眼眶四周，讓他感到無比的舒適。那一刻，他感受到了東方女子的細膩照拂。他這一生，從未體驗過那種被女性溫柔籠罩及疼惜的感覺。自那一刻起，他對蝶妹開始動心，或者說得更真確一些，有了慾念。自那時起，他開始捕捉蝶妹身影中不經意透露出來的微帶野性的嫵媚，雖然他早已欣賞她的聰慧及勇氣。

他又想起那一夜。他承認，他對她是魯莽的，甚至是粗虐的。雖然她沒有反抗，但是他看到了她雙頰上的淚珠，也感到了她身軀的抽搐及顫抖。他後悔他對她沒有一句示愛或甜蜜話語。他感覺到，在那之前，他對她只是欣賞，只是慾念；然而，他深悟出，他對她的慾念此刻竟已轉為真愛。他對蝶妹的愛戀與思念，在大繡房的烈日與長夜中，快速地滋長。他的功業目標已達成，現在，他的生命需要愛情。他開始關心她的感受、她的心情。他也希望，她能在他身邊伴著他。他需要這個溫柔慧黠的福爾摩沙小女人，他竟然愛戀上福爾摩沙小女人。他迷惘了，可是，這是事實，不容否

---

①就是台灣最美的「關山落日」。

認的感覺。在大繡房的日子，他愈來愈想她，本來只有夜晚想，現在白天也想。他開始決定，他要帶她回廈門，開展他的第二人生。

是的，第二人生。他在美國的人生，已經隨著克拉拉的背叛而走到盡頭了。他帶著威廉遠來廈門任職，就是潛意識中希望能與克拉拉完全切割。他在美國度過了十二年的青春歲月。他為了克拉拉搬到美國，為了美國在戰場上衝鋒陷陣。克拉拉的背叛，讓他十二年的血汗與奮鬥，戰場上的勇敢與犧牲，變得幾乎毫無意義。

還好美國沒有對不起他，讓他有機會到東方開展第二人生。事業方面，他已有了不錯的基礎，特別是福爾摩沙這塊土地，讓他恢復了雄心壯志。此刻，他開始希望找回家庭樂趣。自法國漂泊到美國，他自認適應得很好。自美國再漂泊到東方，他在廈門並不覺得快樂；幸而到了福爾摩沙，雖然人種、語言與生活方式是陌生的，但他找到目標，感覺滿足。蝶妹這個小女人，喚醒了他的情慾，喚醒了他的生命力，也喚醒他對家庭生活的渴望。克拉拉不願離婚，他是天主教徒，也不能離婚。可是他也不想回到克拉拉身邊。和蝶妹在廈門共組一個家，離克拉拉遠遠的，也許是個不錯的妥協方式。何況蝶妹有克拉拉所沒有的溫馴勤樸，而沒有克拉拉的驕縱奢華。

半年前，李讓禮第一次來福爾摩沙時，見到年輕活潑、竟然會說幾句簡單英文的蝶妹，只覺新奇，因為他在廈門的生活環境，很少見到清國的年輕女性，即使有，也是羞澀裹小腳的，少有像蝶妹這種充滿活力的大腳妹。而蝶妹總是掛著笑容，給人舒暢的感覺，與克拉拉的冷峻正好成對比。

雖然一開始，蝶妹似乎有些避著他，但大部分時間是開朗大方的。而此次的瑯嶠之旅，那份迴避早已消失。在半個月裡，蝶妹奉茶侍飯，身影在他旁邊轉來轉去，他開始注意到她。後來，在廚房，他情不自禁地輕吻著她，半是調戲式的。他沒有預想到，就在離開社寮的前一夜，他突然那麼渴望擁抱她，佔有她。而像是上天的安排，她竟然為了替她母親的族人請命，在半夜裡闖了進來……

這一切，那麼自然，又那麼神奇。

她是他的大恩人，也是他喜愛的人。然而，他不但沒有機會向她致謝及示愛，反而還粗暴地傷害了她。

多麼不可原諒啊！他譴責自己。

他決定，天明之後，馬上返回社寮，他要向她表白他的感謝及感情，他要把握住這個人生旅途上難逢的愛情際遇。

*

在天色微明之際，李讓禮命令手下立刻整理行裝。李讓禮的手下，已經習慣長官那種一覺醒來突然改變原有決定的作法了。

於是，幾乎就是在與柴城的劉總兵接見卓杞篤女兒的同時，他們自大繡房上路。他希望黃昏之前可以趕到社寮，他渴望見到蝶妹，向蝶妹訴衷情。

本來李讓禮一行可以更早上路的，但是上天註定十月二十日這天是李讓禮最倒楣的一天。李讓禮在整理好行李，去砲台做最後巡禮時，英國砲艦班德勒號（Banterer）正好路過。原來這艘船正是把上個月被囚禁在豬勝束的巴士島人送回家，現在正在自巴士島回廈門的路上。

船長自海上看到了已快完工的新砲台，非常驚奇，又見到李讓禮一行人也在，於是靠了過來，熱切地向李讓禮揮手。

李讓禮只好按捺下性子，等船靠岸。

船長見李讓禮已整裝待發，好意向李讓禮提議直接搭載他們回廈門。

李讓禮的隨從聽了班德勒的建議，莫不雀躍萬分。他們來到台灣已經一個多月了，而在瑯嶠這異國荒山野地也一整個月了。他們希望回家去，至少回人群中去。而出乎意料之外的，李讓禮竟然毫不猶疑拒絕了。這是第一次全體屬下對李讓禮的決定不以為然。他們無法了解李讓禮何以一定要去社寮，去和那位土生仔頭人棉仔道別。他們實在想不出理由。如果說是要到柴城向劉總兵道別，或到台灣府向吳道台話別，也許還有些意義。

李讓禮和部屬都沒有想到，這一來，有更糟的事在等著。

他們的運氣很差。他們碰上了今年最猛烈的落山風。落山風吹得大家東倒西歪，而風沙吹入眼睛更是難過。隊伍的行進速度變得很慢，李讓禮唯一的眼睛則疼痛難忍。李讓禮雖然坐在轎子裡由苦力抬著，但轎子受風搖晃，令他非常不舒服。他捨棄了轎子下來走路，而狂風又吹得他睜不開眼睛。他更加希望蝶妹能在他身旁了。

*

本來計畫黃昏以前到社寮的，因為落山風，到達社寮竟然已經入夜了。

李讓禮迫不及待，直闖入棉仔臥房。

已經入睡的棉仔被李讓禮自床上叫了起來，嚇了一大跳。映在他面前的是李讓禮氣急敗壞的臉，一眼蓋著，另一眼紅腫，非常可怕。

「蝶妹呢？蝶妹在哪裡？」李讓禮的聲音既沙啞又急促。

棉仔自夢中驚醒。他以為李讓禮在生蝶妹的氣，慌張地說：「蝶妹今天中午搭船回旗後去了。她什麼事得罪大人了嗎？」

棉仔莫名所以的表情與答話，讓李讓禮驚覺到自己失態了。他坐了下來，深深吸了一口氣，讓語氣平緩下來：「我眼睛很痛。我要蝶妹幫我看看，清洗眼睛。」

棉仔放心下來。

李讓禮一邊要棉仔備水、食物及水果給眾人，一邊調整自己的情緒。他在心中懊惱自己沒有早一天回到社寮，也懊惱自己的失態。他在心中盤算著，現在只能退而求其次。他若來得及趕到打狗，如何在志願者號開船回廈門之前，找到與蝶妹單獨相處的機會？回廈門之前，他一定要再抱她、親她。他要說服她和他一起回廈門。他再也捨不得蝶妹離開他了。

他們在社寮歇了一晚。第二天，李讓禮一早即起。今天，他必須去柴城，去向劉總兵辭行，也請劉總兵撥一些轎子，讓他可以速回打狗。

在踏出棉仔家門時，他又一陣不安。他想到，一回到廈門，和福爾摩沙又是兩地相隔了。而到福爾摩沙也不是說來就來的，要上級批准，也要清國的批准。不知要再幾個月，才能再見到蝶妹？他已因為距離而失去克拉拉，他不能再因距離而失去蝶妹。

在隊伍已經走了一小段路時，他突然心中一陣衝動。他要大家停下來等他。他又奔回棉仔家。他氣喘吁吁地對棉仔說：「棉仔，聽著。蝶妹是我的女人，我不久以後會再回來帶她回廈門，請幫我好好照顧她。我會厚謝你。」說著，把一個袋子塞到棉仔手中，轉身就走。棉仔不可置信地呆立著，袋子沉甸甸的，不用說，他也知道那是一大筆錢。棉仔終於叫出一聲：「領事大人！」但李讓禮已快步走出門外，追上他的隊伍。

第六十三章①

然而，李讓禮的壞運氣還沒有走完。

幾天前在大繡房和他有說有笑、甚至還有些阿諛奉承的劉總兵，突然變得異常冷漠。李讓禮不明所以，直到與必麒麟會合，才知道昨天上午劉總兵碰了卓杞篤女兒一個大釘子，大概還在氣頭上。

「卓杞篤大股頭真是痛快人。」必麒麟對劉總兵的際遇，顯然有些幸災樂禍。李讓禮不訝異，因為必麒麟一直是站在福爾摩沙土番這一邊，而討厭清國人士。李讓禮不知道的是，劉總兵不只是在氣頭上，他是蓄意把一肚子火回燒到李讓禮身上以洩憤。

接著，當天下午，通譯方面又傳來讓李讓禮更煩的壞消息。那艘向清國租借來的「志願者號」，先是不願意載他到瑯嶠，堅持只願停泊在打狗等他，現在又更刁難他說，李讓禮一行人停在瑯嶠太久了，已經超過當初的租借期限。因為上級交代另有任務，「志願者號」無法繼續等下去了，鐵定將於十月二十五日上午七點開拔回福州。如果李讓禮不能及時趕回，就請勞駕自己設法回廈門。

這簡直是屋漏偏逢連夜雨，李讓禮怒罵著。但是，有何用呢？人在矮簷下，不得不低頭。於是他下令屬下，即刻填飽肚子，連夜趕路。

已經是二十一日黃昏了，他的人員已經非常疲憊。由瑯嶠走回打狗，至少也得兩天半時間。這樣，他即使能和蝶妹單獨相處，時間也非常有限了。

更糟糕的是，劉總兵開始刁難他了。劉總兵只肯撥給他們兩頂轎子，一頂給李讓禮，一頂給寶內。這表明了要必麒麟和其他隨從一路走回打狗。

於是，李讓禮決定改走海路，好讓已經累壞了的隨從們稍作休息。他把轎子退還劉總兵，連夜搭上一艘小帆船。但是霉運一直跟著李讓禮，這次是風向不對。李讓禮要求出航，船夫也勉強配合了，但天公就是不作美。船一直在外海打轉，不但到不了打狗，甚至有反而漂向南方的危險。於是在天明之際，一行人只好又回到柴城上岸，重行陸路。

這一回，劉總兵不但不撥轎子和轎夫相助，竟然連護衛也不給了。李讓禮知道，和劉總兵的情誼，已經為了卓杞篤而完全搞砸了。

---

①本章（七十章）根據Aroostook號日誌所記載李仙得一八六八年四月二十三日及四月二十四日之行程而寫成。

一八六八年四月二十三日早上五點：Aroostook號離開台灣府後駛往打狗，早上八點二十分抵達打狗港外海；十點三十分離開打狗駛往琅嶠灣停泊；下午二點經過小琉球島，五點就在琅嶠灣停泊。

一八六八年四月二十四日（星期五）早上九點三十分：抵達枋寮外海。李仙得、Dunn領事和Beardslee船長離開Aroostook號登陸去拜訪當地居民。十一點十分李仙得在一名牡丹部落的頭目陪同下返回船上，但Beardslee船長留下來當人質。十一點三十分那位牡丹頭目下船回去，帶著廈門居民送給送住民的禮物。之後Beardslee船長返回船上。下午三點四十五分Aroostook號回打狗停泊（參見《李仙得台灣紀行》中譯本四三七頁）。

沒有護衛隨行，走陸路太危險了。還好劉總兵留了一些餘地，劉總兵說，他正要班師回台灣府，他歡迎李讓禮一行人隨行，還大方地撥給李讓禮一頂轎子。於是李讓禮只好跟著劉總兵的部隊，由柴城慢慢走到風港過夜。這是十月二十二日。

二十三日下午三點，一行人到了莿桐腳。李讓禮盤算著，部隊晚上應該可以到枋寮。到了枋寮就沒有安全顧慮了，他就可以不需要清國部隊護送而自行趕路。那麼，他應該可以在二十四日黃昏或更早趕到打狗，這樣還來得及見到蝶妹。他在上船之前應有幾個鐘頭的時間可以和蝶妹談談，希望有奇蹟能勸服蝶妹隨他到廈門。李讓禮想，還有一關是萬巴德醫生，他希望萬巴德不要擋人。退一步說，他想，萬一蝶妹一時做不了決定，他可以先回廈門，幫蝶妹在廈門海關醫館先找個位置，然後他再由廈門到打狗，接蝶妹過去。

想著想著，轎子卻突然停了下來，就擺在大路的正中央。李讓禮以為苦力也許是解手去了。誰知道，轎子在秋老虎的太陽下曬了近半小時，轎夫卻久久不見蹤影。

好不容易有一位劉總兵手下的參將來告訴李讓禮，劉總兵決定今天不再走了，就在此休息一晚。李讓禮派寶內去見總兵。總兵說苦力太累了，不能強迫他們走。

李讓禮發火了。他心中大罵，劉總兵何時如此體恤轎夫了。他走出轎子，坐在路邊鄰近山坡的一株桑樹下。火紅的夕陽掛在海面上，很美的景色，但李讓禮的心情卻惡劣極了。必麒麟和幾位隨從的一致結論是，劉總兵有意整人，存心推延，讓李讓禮趕不上搭志願者號，就得再向台灣府的清國官員低頭拜託安排食宿及找船。

李讓禮突然覺得，他可以體會生番何以厭惡清國人了。他的經驗告訴他和必麒麟相同的結論：番人的本質是「誠」與「信」，清國人的本質是「陰」與「詐」！

他決心自求多福。於是他派屬下去向莿桐腳住民求助。

不久，必麒麟帶來好消息。正好有一艘小帆船在港口中卸貨，李讓禮不惜重金包下了小船。他和船主說定，只等船上木材卸下，立刻上路。

船老闆很合作，李讓禮的屬下也上船幫忙搬木材。終於上船了，李讓禮鬆了一口氣。

船將開未開時，卻有一位福佬書生打扮的中年人，帶著兩位少年，過來要用李讓禮的兩倍價錢也包船。船老闆遲疑著，李讓禮不讓他有思考時間，拔出佩刀，毫不猶疑一刀砍下。繫在甲板上的繩索應聲而斷，船開始漂離岸邊。船老闆嚇了一跳，趕快跳上船。必麒麟隨即向他示好，表示會多給一些酬勞。

船終於上路。李讓禮難得一夜好眠，希望船在第二天黃昏可以到達打狗。

但是厄運依然纏身。翌日中午，船才到東港，風向卻突變。小船已無法依原計畫向北行。於是一行人只好在東港下船，開始急行軍，由東港步行走到打狗。

好不容易半夜三點，一行人又累又餓，終於到了打狗，找到了停在哨船頭的「志願者號」。

在黑夜之中，李讓禮站在哨船頭這邊的岸上，怔怔望著一水之隔的旗後。

旗後港口有微弱的燈光，但是他望不到醫館，雖然他知道醫館位置。他心如刀割，胸口有如壓著重物。他趕了四天三夜的路，但劉總兵刁難，老天爺不合作，結果竟仍然無法見到他朝思暮想的蝶妹。他猶疑著，要不要放棄上船。可是如何向他的屬下交代呢？他的屬下正在雀躍，終於趕到了。只要再走上幾十步，就是「志願者號」的甲板了。但是他舉步維艱，腳有如千斤重。

不甘心啊，過去這幾天，他那麼辛苦、那麼努力，竟然來不及向蝶妹告別及表白。更糟的是，此刻，蝶妹不知如何想？

他忐忑不安，深怕一踏上志願者號，此後再也看不到蝶妹了。

但是，當黎明來臨的那一刻，李讓禮還是心不甘情不願上了船。

志願者號上面有不少受聘於清國的洋人水手，以英國人居多。他們向李讓禮恭喜，說領事先生立下了了不起的大功。以後大家在福爾摩沙四周航海，不必再戰戰兢兢了。

李讓禮如夢乍醒。他剎那間露出笑容，和大家招呼寒暄，如凱旋英雄般接受祝賀。

但是，當他瞥見晨曦中的旗後時，他的笑容頓時又凝結了。

雙腿仍然酸痛。他拖著腳步移向船舷，旗後醫館清晰可見。

「志願者號」慢慢駛出薩拉森頭山與猴山之間的狹窄水道。

李讓禮突然振奮起來。

「蝶妹，妳等我，我一定儘快回來找妳！」

太陽跳了出來，大地瞬間明亮起來。李讓禮的心情也明亮起來，恢復了往日的衝勁。

他開始向他的長官寫信，誇耀他這次福爾摩沙行的輝煌成果。

第六十四章

出兵二個半月後，陰曆十一月一日，劉明燈回到台灣府。他精心寫了一封「為奏撫綏台地生番事」，上奏朝廷，記載這一段南下征番過程①。

竊奴才於八月十三日由郡起程，十八日抵枋寮，查詢前途，盡屬番界，間有閩粵之人零星分處，以生番伺殺無常，恆有戒心。且其中箐深林密，鳥道羊腸，又多大石嵯峨，礙難下足，素為人跡所不到之區。當即分派員弁，督率民夫，將枋寮以下一帶山路，樹則芟之，道則平之，先後就地添募勇丁，並各給予旗幟，分紮各莊，看守堵禦，兼作嚮導。於二十五日，由枋寮統率水陸並進，間遇路徑險窄，每日身先士卒，步行二、三十里。沿途經過各莊及附近番社，皆出迎接，並獻雞豚酒米，一概卻之，宣布皇仁，分別賞給番銀、銀牌、羽毛、紅布、料珠等

①《同治朝籌辦夷務始末》卷五十四。

件，各社番俱各歡欣感戴而去。

奴才抵瑯嶠後，駐紮柴城，前署鎮臣曾元福及署台防理番同知王文棨、合眾國領事李讓禮等先後到地。訪查龜仔用生番，尚離瑯嶠四十餘里，地勢險要。傳集各莊頭人來見，詳加詢問。據稱內山地方，共有十八番社，其負嵎恃險，以龜仔用為最，而其凶惡殘忍，亦以龜仔用番為尤；平居互稱雄長，夜郎自大，迨至酒酣，輒拔刀相向，雖父子兄弟，亦所不顧，習俗使然也。該番戕害洋人之後，知為法所不容，早已加意提防，雖不與熟番人等往來貿易，祇邀十七社番飲酒要盟，意圖抵拒。而各社生番，屈於威力，頗多勉強應允；但得番目卓杞篤前往宣諭，散其黨與，剿辦不難得手。

奴才竊思奉委查辦此案，祇期拏獲凶番數名，盡法懲治，即可以謝洋人。今該番負固不出，既無線路可通，復敢要結黨援，妄逞螳臂，若不大張撻伐，不足以儆凶頑。當與道臣吳大廷等往返函商，意見相同。一面會同前署鎮臣曾元福稟咨督撫臣，先令臺防理番同知王文棨、隨營委員候補從九品王懋功、留閩浙補用副將張逢春、儘先補用游擊本任斗六門都司林振皋等，分赴各番社妥為安撫。奴才即於十五日（按應為九月十五日）拔營進紮龜鼻山，距該番巢穴不遠。正與前署鎮臣曾元福訂期分路並擊，十六日據准李領事照會，內稱十三日（按中曆九月十三日當西曆十月十日）帶領通事吳世忠及閩粵頭人親赴火山地方，途遇該處總目卓杞篤，面議和約：嗣後船上設旗為憑，無論中外各國商船，如有遭風失事，由該番妥為救護，交由閩粵頭人轉送地方官配船內渡；倘若再被生番殺害，閩粵頭人轉為幫拏凶番解官從重究治。此次起得女洋人頭顱及照影鏡，係該領事自向贖回，所費銀圓照數歸還；其餘屍身已被該番先拋入海，此外並無被擄未害洋人，無從釋放。該領事恐其結怨，業已允從，願為和息，並代該番照請撤兵，懇免深究等由前來。

奴才伏查此次羅妹船夥被生番所殺，並非無因。祇緣五十年前龜仔甪社生番曾被外國洋人登山酷殺②，幾無孑遺，以致世世挾仇，希圖報復；此係番目卓杞篤向李領事面言，似屬可信。奴才察看此間海道，產生天險，礁石林立，利如鋒刃，其中暗伏沙線，尤難窺測。設或風帆不順，船隻到此，無不立碎。況該番與洋人有不共戴天之仇，前此乘危截殺，原為報復起見，今若代其剿辦，誠恐洋番仇怨，愈結愈深，從此仇殺相尋，永無休息。現既據該領事等兩願和好，盡解前隙，似宜網開一面，用彰我皇上寬大之恩。當即飛函密與道府熟商去後，十七日復據李領事親至大營，面見奴才求為和息，言詞愈益懇切，不得不通融辦理，俯如所請，飭傳閩粵熟悉頭人，立具保結，一面妥議章程照覆。並將代為追回量天尺、千里鏡及該領事前去贖價番銀一百圓，由奴才先行發還；該領事甚為感激。惟現紮營盤，據該領事照請暫留，俟其到省申陳督撫臣，可否准予改設砲臺，另奏請辦理。現酌派兵丁及該處莊丁看守，並留行營砲二尊，以壯聲威。奴才於十九日回至瑯嶠內山，各社生番經王文棨等撫諭之後，仰怵聖主恩威，均各相率來見。復經奴才闡揚德化，優加犒賞，莫不以手加額，喜出望外。奴才抵瑯嶠後，立將募勇裁撤。其應需員弁兵勇薪水、口糧、夫價、船價、賞號等項，除臺灣府先後解來番銀一萬三千四百兩，分撥曾元福、王文棨兩人支應外，尚有不敷，業由奴才就近籌借發給，事竣覈

②非五十年，龜仔用部落人士記憶之誤，應為二百年以上。

實報銷，絲毫不敢冒濫。一面將辦理詳細情形，稟由督撫臣察覈具奏，並俟李領事回廈，奴才始行起程，於十一月初一日回郡。

在文中，有關李讓禮部分，他寫：「……李領事親至大營，面見奴才求為和息，言詞愈益懇切，不得不通融辦理，俯如所請……」

對瑯嶠十八社，奏文如此寫：「……各社生番經王文棨等撫諭之後，仰怵聖主恩威，均各相率來見。復經奴才闡揚德化，優加犒賞，莫不以手加額，喜出望外。」

這篇奏文展現了這位能力不錯的武將的出色文才，及清國官場粉飾邀功的風氣。

第九部

觀音亭

第六十五章

李讓禮離開打狗的五天以前，蝶妹也是這樣坐在船邊，帶著滿腹心事，自柴城回到打狗。

蝶妹倚著船邊，望著愈來愈遠的龜山與社寮村落，想到那位令她又感激又傷心的李讓禮，心頭亂極了。自那天夜裡算起，在社寮的整整十天，她一看到棉仔和松仔，心裡就慌亂。她當然說不出口李讓禮侵犯她的事。於是，她常常像那天的清晨，一個人跑到龜山下，甚至走上半山，望著大海，也望著棉仔家的屋頂發愣。

她的心情很矛盾。她恨李讓禮欺負了自己，心裡卻又希望李讓禮回來看她，她希望自己在李讓禮心中還有些分量。然而十天了，李讓禮終究沒有出現。而且，他手下早就把他的行李整理打包運走，說是李讓禮在大繡房建砲台。砲台建好，當然就和劉總兵回台灣府或回廈門了，沒有任何理由再到社寮來……

她死心了。她心中罵自己想太多。李領事在第二天依自己向他說的，不帶台灣府官兵赴會，而且很快和卓杞篤大股頭達成和議，沒有殺害任何一位媽媽的族人，對部落，可說是寬宏大量；對自己，也可說是仁至義盡了。瑯嶠各族群的人們都非常高興，她也應該無憾了。夫復何求？

忘了他吧，忘了李讓禮吧。蝶妹側身低下頭，望著船邊向後退去的海水，心中默念：「觀世音菩薩，準提菩薩，保佑蝶妹。讓蝶妹忘了李讓禮吧；讓李讓禮像這後退去的浪花，不要再出現我的生命中吧！」

松仔不知何時已悄悄來到蝶妹身邊。他沒有說話，只是靜靜坐著，偶爾偷望一下蝶妹。

上次蝶妹生他的氣，中元節後不久要他獨回社寮。後來蝶妹回到社寮，起初他也避著蝶妹，不敢出現。直到中秋節前一天，大家一起去林老實的墳前祭拜，才又見面。蝶妹本來計畫中秋過後要回打狗的，又正逢瑯嶠情勢緊張，不得不留了下來。其後，蝶妹雖對松仔有說有笑，但心中並未再度接納松仔。賭錢可以改正，少一根小指頭也可以工作，但松仔去逛查某間，還染了病，這是一輩子心頭上無法抹去的烙印。

卻不料，在洋船的事件正要落幕之際，卻突然發生了李讓禮那件事。自那一夜起，蝶妹反而自慚形穢了。

更想不到的，棉仔隨即為松仔向她正式提親，她只好支吾以對。棉仔還替松仔準備一筆錢，叫他去把賭債還了。棉仔要松仔搬離哨船頭的是非之地，在旗後這一邊找工作，重新發展。這裡離蝶妹的醫館也較近，比較方便。

蝶妹因李讓禮的事而心虛。松仔要隨她到旗後來，她一方面心虛，另一方面也並無拒絕之意。有松仔陪伴著，當然感覺上會好一些。而松仔，雖然蝶妹對提親一事沒有正式答應，但並未拒絕，又肯讓他陪伴回旗後，他心中又燃起了希望。

這一天，天方破曉，她和松仔就搭上船班。因為有了昨天棉仔提親，反而有些不知所措，相對無語。蝶妹覺得尷尬，於是走出艙外，卻不知松仔何時到了身旁。

松仔右手先輕碰著蝶妹的膝背，見蝶妹沒有移動，松仔鼓起勇氣，將右手掌輕輕放在蝶妹放在膝上的左手背。蝶妹心中一盪，但手不敢縮回，也不忍縮回。松仔把蝶妹的手握得更緊了。蝶妹感覺到了松仔熾熱及微汗的手掌心，傳到她手背，也傳到她心窩。蝶妹好久沒有這種好安全、好溫暖的感覺。海風迎面吹來，她不覺閉上眼睛，輕嘆一聲，享受這個重新回來的幸福感。

兩個人就這樣，一路手掌交疊著，卻又一路無言到了旗後。這天風浪特別平順，黃昏時分就到了旗後。上了岸，松仔要陪著蝶妹回醫館，蝶妹卻婉言拒絕了。她向松仔說：「趁現在太陽還未下山，我可以自己回醫館。你也好好找找看，有沒有船隻或店鋪需要人手幫忙。」

松仔說：「我在社寮本來就常在海邊抓魚。哨船頭以商船為多，只是搬貨。旗後這邊則多的是漁船，應該會需要一些人手上船幫忙，我去碰碰運氣。」

蝶妹嫣然一笑說：「對了，再兩個月冬至，就是抓烏魚的季節了。這裡的漁船比社寮的大多了，載重夠，應該可以到外海去抓烏魚。」又突然面露憂色，「可是到外海的風險要高多了，而且一出海常要好幾天，你可要小心。」

松仔拍著胸膛，一副信心十足的樣子。蝶妹揮揮手走向醫館，松仔則心中不勝喜悅，因為蝶妹對他又表示關心了。

*

這一天，蝶妹照常工作著。在醫館裡，她總是勤奮工作。她不怕病人穢物，親切餵食病人，肯為病人梳洗。自己分內的事情做了，就去幫助別人。同事欣賞她，病人尤其喜愛她。

萬巴德醫生驚喜說，她離開了將近五十天，他和許多病人都怕她不回來了。

蝶妹熱愛醫館這份工作給她的踏實感覺，但總難忘懷半個月前在社寮那個深夜在李讓禮帳幕裡的遭遇，每每心如刀割。

這天午後，她不經意間發現，一直停在對岸哨船頭那艘懸掛著花旗國星條旗的「志願者號」不見了。這意味著李讓禮離開打狗了。

她覺得她的心情一下子輕鬆起來，有如釋重負的感覺。雖然社寮那天夜裡的往事仍然是她心中不堪回首的陰影，她希望李讓禮不要再到台灣來。至少她不要再見到他。

*

重回打狗的第二個禮拜日，蝶妹偕同松仔到鳳山舊城。蝶妹認為這次瑯嶠可以免於兵禍，媽媽的族人、柴城的福佬、保力的客家、社寮到大繡房的土生仔，所有族群都秋毫無損，應該也有準提佛母的庇佑，才得以如此功德圓滿。蝶妹也想要拜謝菩薩讓松仔來到旗後擁有好運氣。他已經被一艘漁船僱用。冬至的烏魚汛快到了，這裡的漁家摩拳擦掌，開始整修漁船，僱用人手，準備大撈一筆。

蝶妹帶了松仔坐船到萬丹港，先到興隆里及鳳山舊城，再到龜山下觀音亭，也到廟後山上拜了頂樓媽。松仔和棉仔的楊家仍然在每年的陰曆一月十五日那天晚上負責社寮龜山下的跳戲，拜祭傳統的姥祖。村社中也有一些社寮土生仔除了傳統的姥祖，對各種外來神祇也都不排斥。他們接受福佬，也接受福佬的神祇。因此社寮也有供奉媽祖或關帝爺的小廟。松仔逢廟就拜，連別人家的「李府千歲」，他也舉香跟拜。到了柴城，更不會忘了去福安宮拜土地公。他們認為神佛都是庇祐人的，只要拜了神佛，有益無害。在這方面，他們不太計較所謂信仰或教義。

蝶妹跪在準提佛母之前膜拜了許久。對著準提，除了感謝佛母讓瑯嶠免於兵禍，她當然也提到日夜困擾她的李讓禮。她祈求佛母賜給她智慧與勇氣，袪除李讓禮在她心中的巨大陰影。和松仔重修舊好之後，李讓禮更成了她不敢碰觸的傷痕。有幾次，她很想向松仔坦白，因為她覺得這終究不是她的錯，也許松仔會原諒她。但話一到舌尖，又吞了下去。何況當天早上，她自龜山下回到竹屋，在門口就碰到了松仔。她怕松仔生疑，還好松仔一如往常。她不敢想像如果松仔知道了她失身於李讓禮，是不是受得了。松仔去查某間的事，她現在已經不敢計較了，至少松仔向她坦白了。相對的，她反而做不到坦白面對松仔。而她如果這樣嫁了松仔，是否就等於欺騙了松仔？

她望著佛母身上代表勇氣的劍與代表智慧的珠。佛母的第一雙手高舉著兩把勇氣之劍，這代表著人生最重要的是以勇氣來斬斷孽緣。是的，她與李讓禮的事，真是孽緣。她覺得她的心頓時清明。既是孽緣，既已渡了此劫，那就拋之腦後，永遠忘了。既然斬斷，也就不復存在，也不必再向松仔提起了。說了，只是將自己的煩惱拋給松仔。她默默祈求佛母助她早日斬斷她與李讓禮的連結。

她覺胸口鬱悶漸消。於是，她站了起來。

松仔似乎早已立於身後等候。她向松仔笑笑說：「松仔，你知道嗎，我每次來到這裡，對著佛母，就覺得找到寧靜。我的腦子清明，心中空靈，覺得佛母會讓我頓悟，我好喜歡這種感覺。松仔，我們無法每月初一、十五來此，但以後我們就每兩個禮拜日，來這裡拜拜好嗎？」

松仔似乎也滿心歡喜，高興地說：「好啊，妳怎麼說，我就怎麼做。」

蝶妹也很高興。她想，我是幸福的。

第六十六章

棉仔突然出現在旗後醫館的門口。

那是蝶妹和松仔來到旗後的第四個禮拜日。

在過去二週，蝶妹已重拾了工作的滿足感。因為馬雅各醫生到香港去了，由萬巴德醫生代理。萬醫生的工作頓時繁重起來。他認為蝶妹的技術已經嫻熟許多，因此有時會把一些工作放給蝶妹獨立去做。蝶妹憂喜參半，高興自己受到肯定，但是責任也增加了。現在禮拜日由李麻牧師代替馬雅各帶領禮拜及祈禱。李麻牧師初到，又在旗後和埤頭兩邊奔波，常需要萬醫生幫忙。萬巴德要蝶妹在禮拜日早上，舉行禮拜儀式的這段時間，幫忙他負責醫館事務，儘量少外出。

蝶妹在禮拜日清早接到門房有「外找」的通知，還以為是松仔，沒想到竟是棉仔，非常驚訝。

棉仔的臉上並沒有什麼笑容，似乎不像以突然造訪來製造驚喜。他只是淡淡的對蝶妹說，他來看看松仔，但不知松仔居處，倒是旗後醫館人人皆知，所以他先來找蝶妹，請她引領到松仔居處。

蝶妹理所當然以為棉仔是因為不放心松仔，所以來探望。蝶妹趕忙料理完手邊事務，和棉仔離開醫館。在往松仔租處的路上，蝶妹很興奮向棉仔說，松仔已找到好工作，也找到好居處。棉仔卻只是哼哼敷衍，似乎並不特別在意。

當漁工的，休息日並不確定。上個禮拜日，松仔就沒有來找蝶妹，應該是出海了。棉仔和蝶妹運氣不錯，松仔正好今天清晨回航，正在補眠。

松仔看到棉仔來到旗後，很是興奮，馬上自床上躍起：「棉仔哥哥早該來打狗玩玩了。」棉仔說，船班不定，他其實昨天就到了。因為知道蝶妹今天才休假，所以沒去打擾。他一個人在天后宮一帶逛了半天，吃點心，看雜耍。廟門口有個走江湖的郎中，把戲變得不錯，他特別喜歡。松仔說，除了旗後，興隆莊、鳳山舊城都值得一遊。松仔又說，他和蝶妹都好喜歡鳳山舊城，非常壯觀，而且城裡有山①，城外有湖②。棉仔看起來反有些意興闌珊，但還是強打精神，搭上了船，同到萬丹。棉仔解釋因為昨天客棧臭蟲多，他又認床，一夜沒睡好，所以精神不濟。

蝶妹和松仔都非常盡責地沿路解說。到了鳳山舊城，棉仔也不禁讚嘆雄偉壯觀。不過棉仔對觀音亭似乎沒多大興趣。蝶妹和松仔照例到觀音亭膜拜，棉仔在旁踱來踱去，顯得有些不耐煩。有一、二次，像是欲言又止。松仔則再三向他強調，蝶妹好喜歡這裡，他也跟著喜歡。松仔現學現賣，滔滔不絕解釋二個禮拜前蝶妹向他說明的觀音眾多手臂及持物的意義。棉仔看到松仔對佛像寺廟如此熱衷，似乎有些訝異，也明白這些是受到蝶妹的影響。因為他和松仔在社寮一向是姥祖為主，平地人的佛道為副。

蝶妹漸漸看出棉仔對這些有些心不在焉，也發現棉仔今天比往常緘默許多，完全沒有來打狗遊玩的興奮表情。蝶妹不禁想起，一個月前她在社寮的最後那個晚上，棉仔正式為松仔向她提親，她沒有回話。那時棉仔說，要蝶妹考慮考慮，但並未提及他可以給蝶妹多少時間考慮。蝶妹想，棉仔是來向我要答案嗎？蝶妹心中猜著，也許棉仔還是不放心松仔為了蝶妹，一個人在打狗高不成低不就，一不小心又染上惡習，所以希望兩人早日成婚，回社寮住下來。

蝶妹心中已默許與松仔成婚。但她一方面心頭陰影未全消，另一方面，婚後是否一定要回社寮撈漁養豬，她有著猶豫。她實在捨不得離開旗後醫館。醫護這行業，很難一個人單打獨鬥。一旦回到社寮小村落，她所能做的其實很有限。

她的心情開始不安了。棉仔若開口問起，她該如何回答？

已經有些晚了，棉仔建議要送蝶妹回醫館。蝶妹有些迷惘，難道棉仔千里迢迢跑這一趟打狗，真的就為了來看看松仔，逛逛打狗？棉仔有好幾次像是欲言又止，他想說些什麼？

三人又回到旗後，步行到醫館門口。蝶妹正待向棉仔道別，棉仔卻停下腳步，先看看松仔，再看看蝶妹，臉上的表情甚是怪異，終於迸出一句話：「蝶妹，恭喜了！李領事都告訴我了。妳應該早一些告訴我們妳和李領事的事。我這兩天就把松仔帶回社寮吧。」

蝶妹像是被雷擊中，臉色大變，眼睛怔怔望著棉仔，卻又說不出話來。松仔則非常激動，嘶喊而出：「哥哥，你這些話是什麼意思？」

棉仔反像是闖了大禍的小孩，心虛地望著松仔：「你們離開社寮的第二天，李領事親自到家裡來找蝶妹。臨走時還特別交代我，蝶妹是他的女人，他會儘早回來接她到廈門。」

空氣在霎時間凝住了。蝶妹直直站著，像是被釘在地上，臉色由紅潤轉成慘白，兩眼失神，嘴唇緊閉。

---

①龜山。

②蓮池。

松仔先是瞪著棉仔說：「亂講！我不相信！」然後轉向蝶妹，以哀求的口吻說：「棉仔說的不是真的吧！」

蝶妹似是如夢初醒，慘然一笑，哀怨地望著棉仔，頭輕輕擺了一下，似搖頭又似點頭，卻不答話。接著緩緩轉身，舉步維艱地踏上醫館台階。

松仔大叫：「蝶妹！蝶妹！」

蝶妹像是沒有聽見似的，拖著腳步走入醫館。松仔慌了，正要追入館內，卻被聽到松仔吼聲而出來查看的門房擋住了。

蝶妹卻又搖搖晃晃走了出來，停在台階上緣，幽幽地向松仔說：「松仔，我對不起你。你回社寮去吧。」再轉向棉仔，聲音低得幾乎聽不到：「棉仔哥哥，謝謝一年來照顧，我也代文杰謝謝了。」說完，又回頭徐徐踱向內室，終至身影不見。

松仔蹲了下來，放聲大哭。棉仔拍了拍他的肩膀：「松仔，起來。我們回社寮去吧。」

＊

蝶妹直到進入房裡，才「哇」地哭出聲來。

一下子發生太多的事。她無法承擔，也無法理出頭緒。

她不知道李讓禮在回去廈門以前去了社寮，也不知道李讓禮究竟向棉仔說了些什麼。

現在知道了也沒有用，反正棉仔已經作了決定。

過去自己心中一直七上八下，不知該不該向松仔表白，或如何表白。這種種煩惱，現在反而都是多餘的了，反正棉仔已經很明確，表示整個楊家要和她蝶妹劃清界線了。

她躺了下來，心中百感交集，既沉重，又空虛，甚至竟帶著一絲輕鬆，好似心頭卸下重擔，因為以前心中的糾結頓時空了，她不用再牽掛那些了。

棉仔顯然認為，在社寮的日子她騙了松仔，而私下和李讓禮有了私情，因此斬釘截鐵要把松仔帶回。

她滿懷委屈。過去的日子，她對松仔的感情一直是真心的。

而現在，一切盡成空。

棉仔說，李讓禮說要帶她回廈門。那代表李讓禮心中對她有情？並非她原來所想的，只是藉她洩慾？她那一天晚上所承受的，似乎有了一些補償與慰藉？

她迷惘了，心裡陷入矛盾。李讓禮下次會再來？她真的要跟著李讓禮去廈門？「荒謬啊！」她心中嘲笑自己。她去廈門做什麼？且不說廈門對她太遙遠、太陌生──雖然好像那裡距離爸爸的唐山故鄉似乎不太遠。還有，李讓禮在社寮曾經向她透露過，他在廈門和兒子同住。這代表李讓禮是有妻子的，雖然她猜也許李讓禮的妻子不在廈門。去廈門？整個社寮大概會以她為笑柄吧？雖然他們譏嘲中也許會有幾分妒意？她又罵自己，有什麼好嫉妒的？跟著洋人，有什麼樂趣？有什麼好驕傲？

她想到松仔。那松仔怎麼辦？他更是一定會被社寮人譏諷到抬不起頭來。她覺得心中一陣刺痛，眼淚奪眶而出。她太對不起松仔了，松仔對她那麼好……方才，她剎那間就明白事情已無可挽回了，所以才再度走出醫館，要松仔回家，向棉仔道謝。現在，她譴責自己的殘忍無情。

雖然棉仔表示要松仔離開自己，但自己千不該萬不該再親自補上一刀。棉仔要松仔回社寮，和自己親口要松仔回社寮，對松仔而言，意義大大不同。

她後悔了。這樣會讓松仔誤會，是自己選擇了李讓禮，放棄了他。

她突然有著無比空虛的感覺。松仔走出了她的生命了。她的生命好像也剎時間被抽空了。這輩子，她大概不會再看到松仔了。但是，李讓禮又在哪裡？她和李讓禮如何過日子？像在社寮一樣，做他的僕役？不，他的奴婢兼侍妾？

她心中一陣淒苦。她已經完全孤零零，無親無靠了。爸媽不在了，文杰遠在番社。來到旗後這個月，本來她差不多認定她會跟著松仔過一輩子的，而社寮楊家就是她以後的家。

這一切，已成為不可能的夢。

她想念起文杰來。她想去豬勝束探望文杰。她可以先坐船到柴城，直接轉往保力，不經過社寮。但是她又心怯起來。感覺上，她已經害怕再踏上瑯嶠這一片土地了。那麼，她在世間只能四處流浪漂泊了。她甚至不能繼續住在醫館，她不要李讓禮找到她。

想到醫館，想到她的工作，她心亂如麻。明天，她能上工嗎？現在，她連見到萬醫生都覺得羞怯。該如何告訴萬巴德，她回不了社寮了？不只是萬醫生，她覺得自己愧於見任何人。她既怕被世間遺棄，又想完全躲起來，不要再見到任何熟人。

她不願意跟李讓禮去廈門。李讓禮先是不顧她的感受侵犯了她，再來也未經她的同意，甚至沒有徵詢她的意見，就武斷告訴棉仔，她要跟他去廈門。李讓禮完全不顧她的感受。更何況，她本來心中還有個松仔。現在，松仔會怎麼想？松仔一定認為她騙了他。其實過去這一個月，她對松仔完全是真心的啊。她在心中呼喚著松仔。那一夜李讓禮對她的肉體侵害，她失去了貞操；她感覺李讓禮現在對她第二度精神侵害，讓她失去了松仔。她恨死李讓禮了。

她想到觀音亭，想到乙真住持。那似乎是黑暗中的一絲幽光。

第二天天未亮，她在萬巴德醫生的診桌上留了一封信。她提著行李走到大廳，向門房做了個再見的手勢。門房驚訝的望著她。

她嘴唇一咬，步出醫館。

她抬頭望著天空。晨曦未露，天空上掛著殘月。海風吹來，她的身體一陣寒意。她的心瑟縮起來，兩行眼淚不禁沿著面頰流下。

天地之大，竟只有觀音亭是她唯一可能棲身之處。

她突然想到媽媽。媽媽在二十幾年前的深夜，自部落中出走時，是否就是她現在這種感覺？她苦笑著，也許媽媽的情況比她好，因為媽媽還有爸爸可以期待。但是她呢？李讓禮嗎？她淒苦一笑。

她剎那間頓悟。李讓禮早已在她心中死去。

第六十七章

蝶妹坐在觀音亭乙真住持的房間內。幾個時辰之前，她來到這裡，一見到乙真就脫口而說，她想剃度出家。出乎她意料之外的，乙真正色拒絕了，但將她留了下來。這位住持先安頓蝶妹吃了午餐，然後帶她到自己的房裡。

房間很簡陋，就是一張床，沒有桌椅，除了牆上一塊突出木板擺著一座準提觀音，也沒有其他擺飾。乙真示意蝶妹坐在床緣。他聽完蝶妹的告白，淺淺一笑，問蝶妹出家後欲何為？蝶妹幽幽說：「願伴青燈古佛。誦經、種菜、做工，度此一生。」

乙真搖搖頭，柔和地說：「剃度是為正心養性，非為逃避塵世。」蝶妹潸然淚下：「塵世無我容身之地。我已無家可歸。」乙真仍是淺笑：「何處不是家，他鄉亦故鄉。你的父親，不正是如此。」蝶妹聞言一怔，似有所悟。

乙真又說：「妳目前正逢業障，如何度過，老尼願意相助。相信我佛慈悲，必可化解。」說完，拍拍蝶妹肩膀：「你在此歇歇，多想一想。妳一大早就來到本寺，想昨晚必是一夜無眠。想睡覺就躺下來睡吧。我去誦完午課再回。」

蝶妹也確實極度疲累了，果真昏昏睡去。等悠悠醒來，天色已黑。誦經聲自佛廳傳來，竟已是晚課時間。蝶妹走出廂房，大殿並不算明亮，乙真端坐於最前面，敲著木魚，眾尼僧隨著誦經。蝶妹站在眾人之後，向準提菩薩神像恭恭敬敬行了跪拜之禮。有尼僧遞了一本經書過來，蝶妹雖只半懂，也跟著誦念。

誦經完畢，蝶妹向乙真行禮，說：「我很迷惘，師父。」乙真道：「妳就在本寺廂房住三天。三天之後，妳再告訴我妳的決定。若真想通有決心，本寺歡迎妳。但師父不要妳在衝動情緒下的決定。」

*

乙真說的沒錯，蝶妹的思緒仍一直在松仔身上，她根本無法斬斷對松仔的思念。她多麼希望松仔再回來找她。她願意隨著松仔走遍天涯海角，像當年的母親跟著父親一樣。可是，她沒有勇氣去社寮找松仔。有了棉仔的一番話，她不知松仔還會不會要她。

如果松仔還要她，會回來找她嗎？松仔有勇氣離開棉仔，自立門戶嗎？松仔如果回醫館找不到她，應該會知道她一定會到觀音亭來吧？如果松仔回來了，她想，她就和松仔到興隆里或鳳山舊城，找個地方居住謀生。她相信，以松仔的努力和自己的聰慧，是可以生活得不差的。乙真師父說的不錯，她對紅塵世界依然是眷戀的。至少她希望她能發揮過去半年在醫館所學的。至少打狗以南有這樣洋式醫護專長的女性幾乎沒有。她憧憬著，松仔可以先去跑船。等存了一些錢，松仔可以向船家商量，自外埠進一些商品來，他們可以開一個賣外地貨的店，兼做小醫館。如果松仔不回來，她也可以先開一個小醫館……

突然她又一陣心痛，松仔不可能再回來了。松仔也許可以離得開棉仔，但關鍵是松仔不會再喜歡她了。松仔知道她已經被李讓禮佔有了。她又淚流滿面了。

在紊亂的回憶與困惑中，她想到一件事。在社寮的時候，有一次，她曾經向李讓禮提到觀音亭。那是一個禮拜日，信奉天主教的李讓禮在做完禮拜之後，蝶妹突然問李讓禮，他的天主教和馬雅各、萬巴德的長老會，雖然都有十字架，但是好像不太相同。李讓禮稱讚了蝶妹的聰明和觀察力，接著問蝶妹有沒有參加過旗後教堂的禮拜。那時蝶妹驕傲地向李讓禮提到觀音亭和慈濟宮，她說，她常到觀音亭膜拜，那等於是洋人的禮拜儀式。「而且我們可以直接和神明對談，也可以直接請示神明問題，神明還會給答案。」她有些炫耀地說。李讓禮得知在打狗附近有這麼一座鳳山舊城，有一座二百年歷史倚山而建的古剎，驚奇不已，訝異怎麼賈祿和萬巴德都不曾提到這些。

李讓禮甚至翻出行李中攜帶的台灣古地圖，那是台灣官吏獻給清國皇帝的圖畫複製本，果然找到了打狗的龜山與觀音亭。李讓禮很興奮，說觀音亭果真是打狗第一古剎。蝶妹也很驚奇，她沒想到觀音亭的名稱會出現在台灣古圖。李讓禮要蝶妹保證，以後一定要帶他去參觀。所以她有些憂心，如果李讓禮真有心尋她，說不定會找上這裡。她接著又譴責自己多心，既已出家，管他李讓禮是否會尋上門來，不理會他就是。

於是在晚課之後，蝶妹向乙真說，她決定接受剃度。她請求乙真，剃度以後，在誦經之餘，派給她做不完的工作。做什麼她都願意。乙真再度露出他特有的透徹人情的微笑：「這有何難。重要的是妳要通悟佛法，自我修持。」

乙真說，那麼就定在翌日巳時中（上午十時）舉行剃度式。

翌日清晨，蝶妹早起，沐浴齋戒後，在廂房中打禪，手持念珠，默念佛號。剃度的時間愈來愈近了，蝶妹外表似乎平靜地念佛，心中還是不免衝擊澎湃。她心中向佛祖祈求，賜給松仔好運，讓松仔回社寮後能娶到一位好牽手。她也向佛祖祈求，希望瑯嶠不要再有戰爭，希望文杰和豬勝束都能平安。她現在發現，人生盡是酸甜苦辣。人生，想要了無牽掛，似乎是個奢望。

人生。以後，她的人生，終身會在這觀音亭。原來寺廟佛門內就是最寧靜最單純的世界。她獨坐廂房，準備向俗世告別。

門外卻突然起了一陣騷動。呼叫聲自寺門口傳來，「蝶妹！蝶妹！」正是她再熟悉不過的松仔聲音，像是當日松仔第一次在醫館門口，看到她時的激動呼喊叫聲。「蝶妹！蝶妹！」接著一陣急促的腳步聲，松仔已奔入寺內。

蝶妹幾乎不敢相信自己的耳朵，剎那間喜極而泣。

第六十八章

十月二十一日清晨，李讓禮本已踏出社寮楊家的門口，又特意回頭，叮囑棉仔要好好照顧蝶妹，並且表示，他不久之後會回來帶蝶妹到廈門。

棉仔先是大吃一驚，爾後有著如夢初醒的感覺。

他想，原來李讓禮和蝶妹早已有了私情。難怪在前幾天晚上，他為松仔向蝶妹提親時，蝶妹並無喜色，也不答話，反而低頭回房。

棉仔繼而生氣起來。他生氣他竟然還傻傻地去向蝶妹提親，又傻傻地把松仔再送到旗後，還讓松仔帶一大筆錢，希望促成兩人成親。

他生氣蝶妹把他和松仔都蒙在鼓裡。那天，李讓禮說完後，轉身就走。等他自吃驚中恢復過來，已來不及多問李讓禮一些相關細節。當他打開李讓禮給他的袋子，更是嚇了一跳。這筆錢夠他蓋一棟新房子了！

而老實說，他也不敢向李讓禮多問些什麼。他把氣轉到蝶妹身上。他在蝶妹的血統作文章，「客家人果然不是好東西……」他自言自語：「還是個半番，自然更不知感恩了……」

然而，想到現在看上蝶妹的，卻是洋大人，而且是整個瑯嶠都感謝，連總兵大人都要禮讓他三分的李讓禮。他頓時洩氣了。

他又想到文杰。這對姐弟，一位為洋大人大官看上，一位被傀儡番大股頭看上，真不知是哪一輩子修來的好運氣。他的怒意轉為妒意了。

他嘆了一口氣。「趕快把松仔帶回來社寮，才是最實際的做法吧。」他想，李讓禮一定也看出來松仔喜歡蝶妹。所以李讓禮臨走之前的叮嚀，其實是個警告。他突然驚覺，小小楊家，不能得罪李讓禮。何況，李讓禮也幾乎是他的財神爺。

然而，已經是十一月。最近都吹西北風以及落山風，自南向北行不太順暢。一則尚有廟宇祭典要忙，二則船汛不佳，這一拖，約一個月後，棉仔才登上一艘小船，先搭到東港。他再由東港換船到旗後。到旗後時是禮拜五晚上，他又捱到禮拜日才終於找到蝶妹和松仔。

真正見到蝶妹的時候，他卻發作不起來。不但不敢責怪什麼，反而有些敬畏之心。李領事親口要他多照顧蝶妹，而且表明將來要帶她去廈門。得罪了蝶妹就是得罪了李讓禮，他可不敢造次。他只希望松仔不要因此而受傷。他只想保護松仔，更不能讓李讓禮誤會松仔追求他的女人而怪罪他們兄弟兩人。

本來他想先和松仔提這件事，但松仔一直跟在蝶妹旁邊，又一副興高采烈的樣子。就這樣，一直拖到最後一刻，蝶妹得回醫館了，他才沒頭沒腦的說了出來。松仔的激動是他可以想見的，但蝶妹的反應卻出乎他意料之外。蝶妹似乎並不承認她與李讓禮有什麼默契。但蝶妹卻再度自醫館出來，親口要松仔回社寮去。這到底是怎麼回事？他也迷惘了。松仔一開始不能接受，但後來卻似也只能承認了，一聲不吭。

事已至今，社寮楊家與林家姐弟，大約是緣份盡了。命運如此，只能照著走下去了。

他先陪著松仔回到住處，把行李收拾了。第二天，棉仔帶著松仔向船老闆辭了工作，領了工錢。松仔一副失魂落魄的樣子，任由棉仔擺佈著。棉仔聽到傍晚時分有一艘船裝了貨要去東港，預定第二天清晨可到。船老闆也同意再搭載兩個人。棉仔很高興，就帶著松仔上路了。

松仔上了船後，一個人獨自躲在船尾，弓著身體，背對著其他人。棉仔過去挨著他，但也看不到他的表情。松仔只是埋著臉，不理不應。有時看到他埋著頭，肩膀抖動，似在啜泣，又不敢讓別人聽到。

這一天風平浪靜，又是月圓之夜，所以船主人有膽夜航。到了中夜，棉仔又睏又冷又餓，再也支撐不住，於是打算躲到船艙內睡覺。他臨進船艙時，拍了拍松仔的肩膀說：「進去睡吧。」松仔也不回話，伸出一隻手，向後揮了揮，似是「別理我」之意。於是棉仔一個人進了艙。

棉仔睡下後，也不知過了多久，在迷迷糊糊之中，被人搖醒。一張眼，卻是松仔。松仔叫了聲：「大哥。」棉仔睡眼矇矓中，聽到松仔說：「我不回社寮了，我要回打狗。我已問過船老大，這船今天會在東港卸貨及裝貨，晚上再回航。他說，明天早上可以到打狗。」

棉仔突然完全覺醒，一骨碌站了起來問道：「你要回去打狗找蝶妹？」

松仔堅定地點點頭：「我決定了。」天色已微亮，棉仔驚異地發現，松仔已經毫無昨天的沮喪之色，他仍有些稚氣的臉上顯示著過去少見的剛毅表情。

兩人一起走出船艙。棉仔心中複雜：「你確定？」

松仔說：「請大哥諒解。我這次再去打狗，不帶大哥的錢。」

棉仔說：「錢是小事。可是蝶妹……」

松仔打斷了棉仔的話：「大哥，我想過了。」松仔的嘴角竟然浮起一絲微笑：「蝶妹不會跟李讓禮走的，否則她昨天的表情不會是那樣的。而且……」松仔咬了咬嘴唇，眼眶泛紅：「我對蝶妹的心不變。何況從我過去一個月和蝶妹的相處，我不相信，我在她心中的地位會輸給李讓禮。」松仔的臉上剎那間出現痛苦的表情：「我不知道蝶妹和李領事之間發生過什麼事。但是總之，我相信蝶妹。何況，我本身也曾經做錯事。」

棉仔想到李讓禮給他的一大筆錢，囁嚅地說：「可是，如果李領事……」但卻又不知如何說下去。

松仔迅速接口：「大哥，我到打狗之後，可能會有一段長時間不再回社寮了。」說完，咬了咬下唇，向棉仔一鞠躬。

談話之中，天色已大亮，船也漸漸靠岸。棉仔看松仔很堅定，拍拍松仔的肩膀：「好吧，大哥相信你，你回打狗去。不過有個條件，明年一月十五姥祖跳戲，你一定要回社寮一趟。這是我唯一的要求。」

兩人臨別，松仔掏出棉仔先前給的錢要歸還給棉仔。棉仔搖搖頭：「你會需要的，拿去用吧。」

松仔向棉仔又行個大禮：「大哥，謝謝您。」松仔舉頭望著清朗燦爛的藍天，心中默禱：「希望我與蝶妹的未來，像這朝陽，像這藍天。」

*

松仔突然出現，蝶妹又驚喜，又尷尬。乙真和眾尼僧則每個人都很高興，有人甚至大笑起來。

兩人互執雙手，相對而笑，一切盡在不言中。兩人知道，過去的事無須再提，也不想提。

蝶妹向乙真跪了下來，卻不知怎麼說起，只是叫著：「師父，師父。」

乙真豪爽大笑說：「起來，起來，去向菩薩道謝。然後你們可以離開了。」

蝶妹正要站起來，不想松仔反而跪了下來，說道：「請師父為我兩人成婚。」

蝶妹大羞，頭垂得好低。乙真卻笑得更高興了，說：「好，好。師父此生能有機會當媒人，也是一件高興的事。你們今天有寺裡所有師父為媒，有觀音菩薩和媽祖婆為證，也是你倆莫大的福分了。」

於是蝶妹和松仔拜了準提觀音，又到山上拜了媽祖。

蝶妹在跪拜準提觀音時，回顧這三、四天，由痛不欲生到眼前的幸福洋溢，快速翻轉，感悟甚深。她抬起頭來，噙著喜悅的淚珠，望著準提。她覺得菩薩的嚴肅法相比以前更多了幾分溫馨。她感覺菩薩似乎時時刻刻都在她身旁庇祐她，連李讓禮對她所做的，好像也是為了促成她與松仔的結合所加諸的磨練。在這一刻，她心中也原諒了李讓禮。她不禁脫口說出聲：「萬分感謝準提菩薩的特別庇祐，弟子蝶妹永生感謝。」

她和松仔長跪著，久久，方才起身。

第六十九章

在明亮夜空下，姥祖左手輕撫著蝶妹的頭髮，繼而輕撫著肚皮。右手則用大木匙撈起一瓢裝在挖空瓠仔裡的小米酒，餵進蝶妹口中，接著念起祝福的禱詞。蝶妹覺得自己被神明撫摸祝福著，於是感動的眼淚又潰堤似的自眼眶流下來。

在眾人輕快的歌聲中，姥祖輕跳著愉悅的舞步，轉到其他人身上的時候，松仔取笑她：「蝶妹，這些日子裡，妳變得好愛哭。」

蝶妹撒嬌地輕戳了一下松仔的胸膛，松仔咯咯笑了起來。旁邊一些社寮的年輕男女，向蝶妹投以羨慕的眼神。過去一百多天，松仔與蝶妹確實沐浴在幸福之中。

*

兩人在觀音亭成婚之後，別了乙真等徒眾，邊走邊想，此去在何處落腳。蝶妹決定不再回到旗後醫館。雖然她很是捨不得，但兩人都知道，不能不離開醫館了。

兩人先到旗後醫館去向萬巴德醫生辭行。萬醫生先前為了蝶妹不告而別猶在生氣，突見蝶妹又回來道歉，氣消了大半。卻聽到蝶妹還是來辭行，非常不捨。他見松仔同來，問道：「你們要一起回社寮？」蝶妹還猶疑之間，松仔已經點點頭。蝶妹也不好再說什麼。蝶妹心中猶疑的，是怕李讓禮經由萬醫生而再得知她的去處。她不願再與李讓禮有任何糾葛。

兩人別了萬醫生。蝶妹問松仔，你真的想回社寮？這回換松仔猶疑了，遲未回答。蝶妹堅定地說，「我要在大城鎮裡努力做自己想做的事」，松仔這才想起，自己也已向棉仔大哥說，要有一段時間不回社寮了。頓時心中清明。既已下定決心，松仔說他喜歡鳳山舊城，而且這裡也有萬丹港，他說他可以幫忙做漁工。他建議蝶妹在舊城開個小醫館。沒想到，蝶妹拒絕了。蝶妹說：「你剛剛已經向萬醫生說我們要回社寮了，如果我們留在興隆里這一帶，我一介女子開醫館醫病，消息遲早傳到萬醫生耳中，我如何解釋？所以我不會再留在打狗或興隆里。」蝶妹的語氣很堅定。

松仔猶疑地說：「如果不住旗後，不住哨船頭，不住舊城，不住萬丹港，也不回社寮，那麼我們還有那裡可以去？」

松仔自從來到打狗，也慢慢領悟，大哥棉仔在故鄉當頭人，他是小妾生的，在社寮不會被看得起，所以應該到外域去打天下吧。而打天下就要進城去。可惜的是松仔念的書太少，而且他對開店做生意沒有興趣。

蝶妹支著下顎，也陷入思考。

松仔對蝶妹說：「不要緊，妳不用考慮我。妳喜歡到哪裡，我就跟著妳到哪裡，再慢慢來想辦法。」

蝶妹抬起頭來，說：「我很希望能到府城去，府城水仙宮那一帶我很喜歡。那個地方人多，我上次與萬醫生去過那裡，也有不少居民懷念洋醫師的醫術。我們到那一帶試試看。」

兩人於是到了台灣府五條港的水仙宮。蝶妹找到上次她來時遇見的廟口大嬸，向她租了一間小房間。松仔在這市集及港邊很容易就找到事做。而蝶妹雖然希望開個小醫館，但談何容易。正好附近有個傳統漢醫在找幫手，於是蝶妹去找草藥大夫應徵助手。那位年輕大夫聽說蝶妹曾向白人醫生學過一些西洋醫護技術，非常驚奇。難得這位年輕大夫並不排斥，反而說：「就運氣調理，是我們漢醫比西醫有哲理，甚至跌打損傷，也不輸他們。但我也老實說，如果是傷口發癀、腹痛發燒等，我們用傳統黑藥膏往往治不好，而洋人是有他們一套。」

於是松仔和蝶妹到了台灣府，在水仙宮附近安定了下來。這一帶熱鬧方便，兩人過得都很愜意。

蝶妹是在陰曆十月底到達台灣府的。很快的，春節到了，於是兩人都請了長假，自台灣府回到社寮。松仔自從在台灣府找到工作，就開始計畫如何能在元宵農曆一月十五日這一天回到社寮。他和蝶妹在新春初五開市日在安平搭了帆船，在正月初七回到了社寮。

社寮的人知道松仔和蝶妹到了府城，全村轟動。棉仔沒想到兩人不但結了婚，而且發展也相當順遂。松仔更是與過去的呆呆愣愣完全不同，脫胎換骨似的，進退有禮，一副見過世面的樣子，不輸自己。棉仔高興得合不攏嘴。

還有更高興的是，蝶妹似乎有身了。雖然外觀上看不出來，但一些害喜徵象都很典型。松仔的喜悅更不在話下。棉仔希望這次趁著兩人回來補辦婚宴，但依習俗，春節到元宵的過年期間是不辦婚宴的。而過了元宵之後，蝶妹和松仔都急著回府城，他們向棉仔說，老闆特別讓他們請了長假，不能不回。再說，反正都已結婚甚至有身了，也不在乎是否宴客了。

＊

今天是姥祖跳戲，社寮祖先們傳下來的最重大儀式。跳戲的儀式，就在棉仔家附近的另一戶土生仔黃家的姥祖祠壇舉行。

天還沒有黑，眾人已經開始忙了。

去年蝶妹文杰是寄人籬下的客族，跳戲是平埔土生仔的傳統，兩姐弟是外人看熱鬧的心情。而今年不同了，蝶妹現在是社寮頭人楊家的媳婦了。蝶妹也覺得，她也已經溶入這個土生仔社群。特別去年起，十八社大股頭與李讓禮訂了和約，免除了一場戰爭以後，瑯嶠不論平埔、生番、福佬、客家，彼此的敵意都消弭了不少。

現在蝶妹也自認屬於社寮了。而松仔更是逢人就說，以後他和蝶妹的兒女，有土生仔的血，有福佬的血，有客家的血，有傀儡番的血，什麼都有，任何一族都是他的親戚。說完，哈哈大笑，顯然非常得意。

南部瑯嶠的土生仔與北部台灣府週遭的熟番一樣，都是拜矸仔祖的母系社會。北部台灣府周遭慣稱「阿立祖」，而南部瑯嶠則稱「姥祖」。拜祀的日子也不同，台灣府周遭熟番大多在農曆九月九日，也是福佬人很重視的三太子生日及重陽節；而自枋寮以南的土生仔，則大多在農曆一月十五日，是福佬人的元宵節，也是過年的最後一天。

當夕陽西下，月亮升起之時，大家已經把敬獻給姥祖的供品擺好，置於廣場中央地上。除了各色香花、檳榔之外，還有一大碗小米酒。在供品之旁，另立一個圓木桌，整整齊齊擺放了十二副碗筷，是給祖先們回來享用的。

所有的社寮民眾大大小小皆站立在姥祖祠壇廣場的四周，圍成大圈子。大家唱著歌。在愉悅歡樂的歌聲中，意味著姥祖化身的尪姨自祠壇跳著舞步出現了。姥祖頭戴高花冠，面露慈祥微笑，輕抬小腿，踢著舞步，半走半舞到了供桌前，每次舉起一項供品置於頭頂，環顧四周社眾，表示欣然接受兒孫們的供品；然後舞著雙手，面對水矸祖壇，或行進，或後退，如此反覆好幾次。等供品全部舉遍，姥祖左手捧著盛滿小米酒的瓠仔殼，一手執著大木匙，跳到每一位社眾的面前，用木匙餵食一口小米酒，同時說著祝福的話。若遇到年幼孩童，還摸摸他們的臉頰或頭髮。被姥祖餵食祝福的人，都帶著幸福滿足的神情，向姥祖回禮致謝。有時，一些膽子大一些的年長社眾，更直接對姥祖提出一些心中猶疑未決之事，姥祖也慈祥地一一回答。而社眾都現出笑容，顯然極其滿意。

蝶妹站在松仔身邊，注視著姥祖輕妙的舞步及身影。蝶妹自己隨著客家父親膜拜著觀音菩薩，對母親信奉的祖靈也有著虔敬，到了打狗，則見識到了萬巴德、馬雅各的基督教。對她而言，她欣賞的是他們的生活態度及宗教熱忱，但卻無法對洋人的禮拜儀式有所觸動。她喜歡的，還是觀音亭的準提觀音，雖然以另一種形像出現。而此刻，雖僅是第二次接觸姥祖，卻因心境的不同，而大大感動了。姥祖，是最接近子民的神明，因為她就是神明與祖宗或祖靈的合體。有神明的莊嚴，但更多的是祖先的慈祥，而且一年一次現身在每一個子民後代的面前。她感悟了，不同的族群，不同的神明，不同的祭拜及崇敬方式。她是族群融合的見證，她也見證著不同族群、不同宗教、不同文化，而這些並無優劣高低之別。對她而言，她必須是兼容並蓄的，因為她的血中，她的子女的血中，同時流著各族群的記憶與信仰。她知道，她將來會既信奉菩薩，兼也信仰姥祖。

姥祖終於跳到她的面前。當姥祖微笑地面對她時，她有如沐春風的感覺，不覺閉起雙眼，低下頭去。姥祖溫熱帶汗的手掌，先柔撫著她的頭髮，然後輕輕挑起她的下巴。她張開雙眼，喝下了姥祖遞過來的一大匙小米酒。小米酒也是媽媽生前的最愛，她不覺想到媽媽。奇的是，這時姥祖伸出右手，輕輕撫著她的小腹，然後給她一個深邃的笑容。她心中一震，難道姥祖也知道她懷孕了，因此特別賜福她腹中的小生命。這時，姥祖卻又擺頭，附在她的耳邊，輕聲而清晰地說：「四月初一回來社寮宴客。」等再度面對她時，又說了一次：「農曆四月初一。」

接著，姥祖轉到了松仔面前，但卻再度擺過頭來，向她神祕一笑，似乎是說：「記得了。」等跳戲結束，蝶妹和松仔趕快去向棉仔稟告，姥祖要他們兩人農曆四月初一回社寮的事。

棉仔很是驚奇說：「姥祖很疼愛妳，特別關照妳喔。」

三人查了日課，今年農曆四月初一是陽曆四月二十三日。既然這天是姥祖選定的宴客之日，那當然就是兩人下次的返鄉日期了。

第七十章

李讓禮深深吸了一口氣，終於又站上福爾摩沙的土地了。這次他得以來台灣，是為了處理清國與英國之間的樟腦糾紛。

自從羅妹號事件後，他的名氣高漲。國際間公認他在清國、土番與自己花旗國之間的溝通與處理技巧是第一流的。大家一致認為他是協調遠東事務的最佳人才。

很諷刺的，英國與清國的樟腦糾紛，正是李讓禮處理羅妹號事件時的最佳助手必麒麟所挑起的。

必麒麟在南岬之盟訂立之前，表現出色，因此劉明燈總兵賜給他一個漂亮的漢文姓名，還刻了一個他親寫的篆書印章給他。沒想到才不到半個月，就發生卓杞篤女兒辱罵劉總兵之事，讓劉總兵轉而恨他入骨。必麒麟卻更仗勢凌人，更桀傲不馴，更視清廷法令如無物。今年，一八六八年二月，他代表天利洋行到中部台灣的沙轆①、阿罩霧②收購樟腦。這本就違法，而他竟然還鼓動地方

①今沙鹿。
②今霧峰。

民眾的武裝力量，和清國官兵作對。雙方劍拔弩張，也把清國與英國的關係搞得很緊張。於是，李讓禮又被自廈門請來台灣當調人。

克拉拉最近又寫信請求李讓禮寬恕她。她以心神潰散為由，長期住在療養院內。因此李讓禮在本身精神和家庭經濟上都備受壓力。

去年在福爾摩沙期間，他不但立了大功，也擺脫了這些家務的糾纏。更重要的，蝶妹喚醒他其實才三十七歲的身體及慾念。他在今年二月中把兒子送回國內，潛意識下不無是為了接蝶妹來廈門所預做的安排。

他的煩惱是，他不知如何與蝶妹聯絡。他曾經想過寫信到旗後醫館給蝶妹，但是蝶妹的英文沒有好到可以讀通英文信。再說讓萬巴德等人得知他直接寫信給蝶妹也怪怪的，因為大家都知道克拉拉的事。他還不願成為大家茶餘飯後八卦話題。即使他把蝶妹接到廈門，他也不太可能讓蝶妹與他一起出現在公開場合，更不可能與他平起平坐。蝶妹只可能是他的私藏珍品，在夜靜或無人之時，欣賞把玩。他渴望再重溫在社寮的那一夜，那種把蝶妹溫香暖玉抱滿懷的舒暢。更重要的，讓他有重獲男性氣魄的那種感覺。

想到這些，他覺得對蝶妹甚為愧歉。但是他需要她，他一定要得到她。

還有一件事，讓他很不放心。大約半個月前，他自萬巴德的來信得知，蝶妹已在去年年底離開旗後醫館。這讓他覺得相當意外，而他又不好意思向萬巴德追問有關蝶妹的行蹤。

他是在一月初寫信給萬巴德的。在那封看似平平無奇的賀年問候信中，他假裝不經意地問起蝶妹的近況。誰知這封信一波三折，先是正逢清國農曆年而延遲到達萬巴德手中；然後因為馬雅各赴港結婚，一人兼代兩職的萬巴德因此忙得不可開交，一直拖到二月底才想到寫回信給李讓禮。等李讓禮接到信，竟然已經三月初了。正好幾天後，他收到英國駐台灣新任領事哲美遜③的邀請函，拜託他來福爾摩沙幫忙解決英國與清國台灣官吏之間的樟腦糾紛。

哲美遜的邀請，正中李讓禮下懷。因為李讓禮接到萬巴德的信後，正為蝶妹的事心煩。雖然他想當然蝶妹除了回社寮外還會到哪裡。但是，這位聰慧卻帶些野性的半番姑娘的行事風格豈能完全預料。

英國與清國的關係，最近真是很不平靜。因為樟腦糾紛，必麒麟和他的天利洋行手下竟然持來福槍與鋼砲和官軍對峙，還真的打死了幾個清兵。火上加油的是，三月中，英商德記洋行的英籍經理在自打狗返回府城的途中，被台灣道衙門的卒隸毆傷。然後，鳳山溝仔墘教堂被民眾縱火。緊接著，馬雅各的助手，福佬籍的教士高長，也在鳳山埤頭被民眾打傷，又被指控對鄰家婦人下毒。

官方、民間都是多事之秋，卻偏偏在此關頭，雙方在台灣的最高階官員都換了人。英國方面，賈祿換成了哲美遜；清國方面，吳大廷也稱病回福建休養去了。新任道台叫梁元桂④。這位梁元桂是廣東人，從未有與洋人交手的經驗，既頑固又托大，竟然不承認哲美遜的地位。哲美遜氣得只好文武二方面分別施壓，一方面派人到廈門請增派砲艦來台灣，一方面寫信聯絡李讓禮來共同向梁元桂理論。

這一次，李讓禮依舊維持他的一貫風格：快速。

---

③G. Jamieson（1843-1920），一八六八年初任英國駐台領事，任期甚短，同年六月為吉必勳（Gibson）接任。

④梁元桂：廣東人。同治七年（1868）至八年接任吳大廷代理台灣兵備道。

四月二十二日，李讓禮一到台灣府，就馬不停蹄。當天早上就和哲美遜一齊拜會了梁元桂。會談終日後，雙方各讓一步，就引發雙方衝突的樟腦糾紛達成初步協議：

「清國發還天利洋行樟腦，英方則下令該洋行停止買賣樟腦，直到北京總理衙門和英國公使達成最終協議為止。」

才一天，就達成此行使命，李讓禮鬆了一口氣。現在，他要辦理自己的私事了。

第二天四月二十三日，才清晨五點，李讓禮就迫不及待開船了。在微曦之中，阿魯斯圖號⑤離開了安平港。船開得很快。他早已算好行程。他猜想蝶妹應該是在社寮，所以他一定要在今天日落以前趕到社寮。他今天一定要見到蝶妹，不可以再像上次那樣失之交臂。當然，他對外的理由是，他要再去與大股頭卓杞篤見面敘舊。

然而，為了萬全，船還是得先到打狗，向萬巴德探聽是否有關於蝶妹的最新消息。

才八點二十分，船就到了打狗。旗後這一邊停不了大船，阿魯斯圖號必須停在哨船頭這一邊。他用最快的速度到了旗後醫館，有意無意向萬巴德聊起蝶妹離開那幾天的細節。他得知蝶妹是匆匆而別，而且竟然在過去五個月都沒有回來探望萬巴德。他很納悶，這不像蝶妹的作風。

萬巴德驚愕地望著李讓禮。他沒想到李讓禮來到旗後，問來問去都是關於蝶妹的事。但李讓禮一臉正經，他不敢亂開玩笑。

李讓禮開始憂心了。他勉強和萬巴德寒暄了幾句後，轉頭就走。回到船上，要畢斯禮⑥船長立刻開船。畢斯禮和其他水兵都嚇了一跳，有些水兵才剛上岸蹓躂，就又被叫了回來。於是早上十點半，阿魯斯圖號又駛出打狗港，往瑯嶠出發。李讓禮除了下令出航外，一言不發，眾人也不敢多問。船速幾乎開到最快，下午兩點就經過Lambay Island（小琉球島）。

同行的前美國駐福州領事鄧恩⑦聽說小琉球上有個荷蘭人在十七世紀留下來的黑鬼洞，很想上去看看，但是李讓禮悍然拒絕了。李讓禮的職位並不比鄧恩高，頂多同級，惹得鄧恩很不高興。其實李讓禮也沒有去過小琉球，但是他一心趕路，希望今天傍晚能到社寮和蝶妹見面。為了交差，他準備明天走一趟豬勝束，探望卓杞篤這位老敵人新朋友。

還有，在二月中，曾經有一艘英國船在行經福爾摩沙南端時，發生故障，又缺水缺糧。船長依照南岬之盟決議的作法，揮舞紅旗向瑯嶠的土番求救，結果真的得到了土番援助。這是「南岬之盟」的效益展現。所以此行李讓禮理當去向大股頭致謝。而如果可能，他也想走一趟大繡房，勘察一下那個砲台現在清國運作得怎麼樣了。

下午四點左右，船已接近柴城，社寮也在望了。當遠遠望見龜山的時候，李讓禮的心就開始噗通噗通跳著。

蝶妹看到他，會有什麼反應？（會說他為什麼這麼久才來嗎？）

蝶妹會到岸邊來迎接他嗎？（他好期待。）

蝶妹會願意與他回廈門嗎？（倒不一定趕著這一趟就去。）

棉仔應該有向蝶妹提過了吧？（上次特別交代過棉仔的。）

---

⑤Aroostook。

⑥Lester A. Beardslee。

⑦Thomas Dunn。

如果蝶妹不肯與他回廈門，怎麼辦？（就多留幾天，勸服她吧。可是鄧恩不知道肯不肯多留幾天。）

李讓禮在心中自問著許多假設性問題。

龜山的景物愈來愈清晰了。棉仔的家就在社寮港邊龜山下。船筆直地向著社寮港開過去。阿魯斯圖號是條大船，社寮的人應該遠遠就看得到，應該有人去通報棉仔和蝶妹吧。至少棉仔一向很乖巧，他應該會到岸邊來接的。

來到瑯嶠灣後，風浪稍大，但船依然快速行進。下午五點不到，船已接近社寮。奇怪的是，自船上看去，社寮村落幾乎看不到人。去年他第一次來到探險灣，船入港的時候，一大群社寮居民在岸邊好奇張望。但今天，岸邊只有幾個小孩在嬉戲，看到船之後就跑進村裡去了，大概是去通知大人。可是，大人們都哪裡去了？

船停妥了之後，棉仔方才出現。他由人扶著，歪歪斜斜到了岸邊。滿身酒味的棉仔看到李讓禮，搖頭晃腦，字不成句說著：「李領事……我……我不知道您大駕光臨。今天中午，是松仔和蝶妹的婚宴呢……大家都……都喝醉了……李領事您要不要也來喝幾杯？」

李讓禮有如晴天霹靂，不敢相信自己的耳朵：「你是說蝶妹的婚宴？」

一語喚醒醉中人。棉仔像是如夢初醒，身子跪了下去，頭低得幾乎觸地：「報告李領事，是……是……是蝶妹和……和松仔。是棉仔不好，我會退還領事的錢。」

李讓禮的獨眼有如要噴出火來：「你……你……你胡亂說些什麼！閉嘴！」

李讓禮沒想到他老遠趕到，迎接他的竟是如此不堪的場面，臉色非常難看。還好他刻意未帶通譯上岸。鄧恩不明白李讓禮何以好像受到嚴重打擊，問著：「查理，你還好吧？怎麼了？」

事情的發展，完全出乎李讓禮的預料之外。但在同僚面前，他又不能太失態。

「沒事。聽說村裡有瘟疫。我們走吧，不上岸了。計畫中止！」

轉過頭來，瞬間恢復了他做主帥將軍的氣勢，大叫一聲：「升火，開船。」⑧

於是，阿魯斯圖號鳴笛三聲，在暮色與風浪之中又回到蒼茫的海上。

在岸上，李讓禮雖然氣得心裡發抖，但一到船上，重回工作崗位，他迅速回復了作為領導者的氣勢。戰艦載著大隊人馬，浩浩蕩蕩開到社寮，卻未上岸就折回，一事無成，對上級難以交待。昨天鄧恩想在小琉球上岸，那只是觀光旅遊，他必須做些別的。他想到，當初劉明燈把大軍駐紮在枋寮，派兵修路時，曾經提到在村莊旁不遠的山上就是牡丹番部落，那是真正最凶猛的傀儡番。但劉明燈曾經很有自信說，已經買通這些牡丹生番，雙方維持好關係，也因此後來大軍順利築路及行軍到柴城，一路無擾。

李讓禮心神一動，「如果能到最凶猛的牡丹社去作敦睦工作，對自己也是加分。」於是第二天上午九點半，他命阿魯斯圖號泊在枋寮外海。他和駐福州領事鄧恩、艦長畢斯禮上了岸。幾位水兵持槍護著他們。李讓禮找到了一位半年多前停留在這裡時認識的福佬頭人，請他帶路，一起上山去拜訪牡丹生番頭目。頭人一口答應了。他說，他和本地生番部落的頭目交情不錯。他的田地也是向生番租來的，不但按期納租，他也常用福佬人的生活用品和番社頭目交換一些山產、木材。他又

⑧本章詳述見三七七頁之註①。

說，只要遵守信用，其實至少本地番人並不難相處。可是，頭人又說：「傀儡番很不喜歡外人進入他們的地界，更不用說去生番部落參觀了。例如那些買賣和納租，都是在土牛溝界線做交易。」

李讓禮說：「土番不讓我們進去部落，我們就請他們到我們船上。」

畢斯禮大笑：「那會是本國船艦所招待的第一位福爾摩沙住民。」

頭人帶著李讓禮等一行，到了土牛溝地界，果然有番人哨兵出來與福佬頭人交談。不多時，番人去而復回，多了六、七人，其中一人盛裝打扮，應是頭目。於是李讓禮邀請他們到海邊船上一遊。從頭目表情看出來他很有興趣，但又面帶猶豫之色。李讓禮提議說，他願意將畢斯禮艦長留在原地當人質，而土番頭目可以帶兩、三位同伴一同上軍艦參觀。

土番很是興奮，彼此吱吱喳喳不停，因為誰也不願意留下來陪畢斯禮。

幾位生番隨著李讓禮乘坐小船，上了阿魯斯圖號。他們東張西望，時而讚嘆，時而吱笑。

李讓禮下令船員打了一顆空包彈。土番聽了那震耳欲聾的發射聲，以及砲彈飛射的遠距，都瞠目結舌。

就在他們要離去時，李讓禮說：「且稍候。」然後進入艙房，捧出一個精美大木盒。生番不禁「哇」地叫出聲來。原來裡面全是美不勝收的精品，包括項鍊、手環、鏡子、針線、粉撲、眉筆、口紅、胭脂、香精，還有一個音樂珠寶盒。生番頭目不斷把玩，面露羨色。李讓禮向頭目說：「這些東西都給你們，當做我們花旗國的禮物。你們以後可要對我們船員們友善一點。」生番不敢置信，直說：「MasaLu，MasaLu。[9]」

鄧恩稱奇說：「查理，怎麼這些儘是貴婦及大小姐們使用的女人精品？」李讓禮嘿嘿兩聲，沒有回答。他心裡其實在滴血。他沒有說出來的，這些都是他在廈門精心採購的精品，原是打算見了蝶妹時，要請她先挑，當做定情禮。其他蝶妹挑剩的，再做為給卓杞篤和斯卡羅族的禮物，以答謝他們救助西方船隻。沒想到蝶妹竟然嫁了人。豬勝束他也不想去了，於是乾脆轉送給這裡的牡丹社生番。或許這一番交際示好將來派得上用場。

生番狂喜，登上岸之後仍頻頻拜謝，方回頭上山。三點半左右，畢斯禮艦長回到船上，向李讓禮翹著大拇指。意思是說，他真是第一流外交家，一箱女用飾品，大概就可以換來好幾年的和平與過路安全。

阿魯斯圖號又慢慢駛離。李讓禮望著愈來愈遠終於模糊不見的海岸線與山巒。他一直認為屬於他的蝶妹，竟然選擇了那個既其貌不揚，又傻乎乎的松仔。半年來的愛戀突然轉成了憤怒。

他從未覺得如此不堪。克拉拉對他只有短暫的背叛，而蝶妹對他卻是毫不留情面地侮辱。是可忍，孰不可忍。他本來對福爾摩沙人充滿好感的，現在，怒意像火山爆發，自他的心中湧出。

他自口袋中掏出一個精緻小盒，裡面是他本來想套在蝶妹手上的戒指。他恨恨地看了一眼，隨即用力擲向海面，剎那間，戒指盒被海浪吞沒了。

---

⑨「謝謝」之意。

第十部 尾聲

第七十一章

大清台灣府海防兼南路理番同知正五品王文棨，垂頭喪氣的坐在轎子內，自安平返回府城。前一天，新任台灣道道台梁元桂與台灣鎮總兵劉明燈召見了他。兩位長官嚴斥他，要他這位海防同知為安平的敗仗負責。

半個月前，安平的水師協台被英國「鴇」號（Bustard）的船長茄噹①率領二十三名士兵登陸安平，夜襲攻陷。協台職位最高的副將江國珍逃出，於清晨時在民宅自殺。

這真是奇恥大辱。

不只如此。再前一天的黃昏，安平海邊，十七世紀荷蘭人遺留下來的熱蘭遮城，被茄噹自海上開砲擊垮了。這個城堡，在一六二四年動工，從此矗立在台灣府海邊，非常壯觀。雖然荷蘭人在三十年後就離開了台灣，安平港也日漸淤塞，但這座代表著台灣府的城堡，永遠雄壯而莊嚴地面對大洋的潮汐。他到台灣上任的時候，由廈門渡過黑水溝到安平，老遠就看得到。等更接近台灣海岸時，龐然大物的城堡，雖然已經老舊，在逼近眼前時，還是令人震撼不已。

這座城堡屹立海邊二百四十多年，與台灣府同壽，見證了台灣府的歷史，卻在半個月前的十一月二十四日，被這個英國蠻子船長茄噹毫無理由擊垮了。

兩天前，和約終於訂好了。清國被迫把樟腦的採集及買辦權開放給洋人。也因此，清國得以收復被英國人強佔了半個多月的安平。而他，就是被派去收回安平。

今天上午，他走在那斷垣殘壁之中，陣陣心痛。真不值得啊，只為了幾棵樟木，這座城堡竟然毀了。他既傷心又憤怒。象徵台灣府的古堡毀了，安平港又日漸淤塞了。他心中有不祥的感覺，台灣府快要沒落了。

轎子已回到府城最熱鬧的五條港區。當經過水仙宮旁的一條街時，王文棨目光偶然掃過街道旁的一家漢藥店。一位坐在漢藥店，抱著小嬰兒的少婦吸引了他的目光。少婦上身紅白相間的窄袖對襟小衫，下身穿著藍色長裙。這樣的打扮，在府城以灰黑素色為主的福佬婦女，顯得非常顯眼。他想起，這樣的打扮，去年在瑯嶠時也看過。在哪裡看到的？他努力回想著，但一時之間想不起來。

王文棨沒有再去想，他把思慮回到自己身上。

與英國人在安平交接完畢之後，再過幾天，他就要由台灣府城轉赴嘉義當縣令。梁元桂道台要他承擔起這次「樟腦事件」的責任，因為他是「理番兼南路海防同知」。雖然他在去年瑯嶠的羅妹號事件「理番」有功，因此劉明燈也替他向梁元桂講了好話。但是前道台吳大廷已經調任，梁元桂不賣他這個帳，認為他「海防」失敗，導致安平陷落，協台自殺。

想到理番，想到瑯嶠，王文棨突然悟起，他在哪裡見過那樣的裝扮了。那是在社寮李讓禮的行

---

①參見Lieutenant T. Philip Gurdon: Maritime Taiwan (Historical encounters with the East & the west) on the Fringes of Diplomacy: Influence of British Diplomacy 1800-1945 P. 185-190.

營之中。在李讓禮與卓杞篤會談之前，他曾經到過李讓禮屋子裡一、二次。那屋裡，有一位少女做這樣的打扮。而這樣的衣飾，連在社寮的土生仔都很少見。更特別的是，他發現李讓禮和這位少女似乎很熟稔而不拘形跡。那位少女，他一度認為是女僕，但李讓禮對她的態度又不像。他曾經很好奇，因此留下深刻印象。那時在李讓禮身邊的必麒麟，正是引起這個樟腦戰爭的禍首。他和劉明燈都恨死必麒麟了。

在社寮李讓禮屋子中的少女，和坐在台灣府水仙宮旁漢藥舖門口抱著嬰兒的少婦，自然不可能是同一個人。何況，明天要到嘉義履新了，也沒有時間去打聽。而打聽一個少婦，成何體統。他啞然失笑了。

王文棨再度陷入沉思。他是積極的。嘉義縣令，對他而言是前度王郎今又來，他可以駕輕就熟。他在想，到了嘉義，要如何揚名立功，他要敗部復活。他因此沒有注意到，在前頭扛著他的兩位轎夫的對話。

「你看到了在漢藥舖門口那位穿著特異抱著嬰兒的女子嗎？我上次不小心手背燙傷，找了好幾位大夫，折騰了好久，最終是她醫好的。她真是又細心，又高明。」

「是喔，真看不出來，一位女子，竟然那麼擅長療傷。」

「是啊，她在這一帶非常有名氣。我有一位親戚住在這附近。他說，現在這附近的病人若有外傷需敷治，都會找這女子。雖然她只是這間漢藥舖的助手，但是，找她治病的，比找原來的藥舖大夫要多得多！而老闆也樂得生意興隆，哈哈。」

轎夫繼續讚賞地說著：「她醫術精湛，人又長得標緻，又親切細心，人緣非常好。更難得的是，除了傷口，她還會治不少病痛哩。她抓的藥方比原先的老大夫還準，真不知道是哪裡學來的……

「更特別的，你也看到她那身特殊衣飾了，聽說她也總是披戴著一條很好看的珠鍊，那應該是傀儡番的打扮。因為她常向人說，她的母親是瑯嶠傀儡番，她非常引以為傲。

「聽說她喜歡人家稱她『女大夫』。但去找她看病的患者都喜歡稱呼她為『傀儡花』或『傀儡花醫生』……。

第七十二章

潘文杰癱在椅子上，老淚縱橫。

他沒想到，整整三十年對當權者的逢迎配合與曲意承歡，到頭來，他視為好朋友的日本人，只用一張公文，一道行政命令，就把他這個在瑯嶠叱吒風雲數十年的斯卡羅大股頭給架空了。

沒有一句惡言，甚至還吃斯卡羅族人豆腐。日本人美其名說，這地區的人民已經「文明」了，已經不是「蕃」了。

再也沒有豬勝束，沒有射麻里，沒有猫仔社，沒有龜仔角，沒有斯卡羅。更沒有大股頭這稱號……甚至連他最引以為傲的「瑯嶠」地名都不見了，這些地方現在都叫做「鳳山廳恆春支廳」。蚊蟀也沒有了，叫做「滿州」。只有「龍鑾湖」還有熟悉的「龍鑾」兩字。

可是，三十多年前和日本人對戰，自己在那時還出來當中人調停的牡丹社，依然存在；當年殺了琉球人，惹出那一場日本人侵略戰爭的高士佛，依然存在；還有也是桀傲不馴的四林格，依然存在。

這是多麼大的諷刺。

他想到他家中的一大堆封號、賜品與旌文。沒有了豬勝束，沒有了斯卡羅，那些過去的榮譽反成當今最大的諷刺。更諷刺的是，他根本沒有見過那些賞品，因為他自十年前就近乎全瞎了。

他想到養父，一陣錐心之痛。他辜負了大股頭對他的期許。卓杞篤對他委以重任。而曾有好長的一陣，他也自以為做得不錯。

他被大股頭卓杞篤收養那一年，養父的睿智與果決，讓斯卡羅族人避開了戰禍。但他警覺到，那終究只是口頭承諾。他見過平地人的爾虞我詐。他知道在平地人或洋人社會中必須有書面文字，才算有憑有據。於是在兩年後，李讓禮再度來訪問卓杞篤時，他以中文字撰寫了與美國李讓禮的協議書，兩方換文，成為美國的官方文書①。這件事讓養父對他激賞，也讓朱雷對他信任有加。

---

①李仙得與卓杞篤之會：李仙得為見卓杞篤，一共有下列幾次台灣行。

第一次見卓杞篤：一八六七年十月十日。李仙得自一八六七年九月十日到十月三十日皆停留台灣，已見本書。

第二次（未成）：一八六八年四月二十三日，就是本書的七十章。很奇怪的是，他匆匆搭船到了社寮，卻未上岸又馬上離開，跑到牡丹社（？）去。〈台灣紀行〉說是因為「天氣不好」，但所搭的Aroostook號日誌並未言及天候，因此作者才有本書七十章之小說情節。

真正第二次見卓杞篤：一八六九年二月二十八日。李仙得於一八六九年二月二十一日先到打狗，然後與必麒麟，海關官員滿三德（Alex J. Man），同行豬勝束。他送給卓杞篤肥皂、珠子、紅布、小鏡子、珠寶盒、鋼製工具、武器。李仙得遇到「卓杞篤頭目的弟弟，漢語說得很流利……」後來還簽了英文及中文對照的合約，一式兩份。卓杞篤留了一份（可惜這一份已找不到了）。李仙得則帶回一份，寄回國務院，現猶存於美國國家圖書館。

第三次見卓杞篤一八七二年三月四日。

自一八六七年李仙得與卓杞篤訂約之後，有三至四年，在南台灣失事漂流上岸的外國船員，不但無人遭原住民獵殺，卓杞篤及其族人還兩次為遭難上岸的外國人提供棲身及食物，然後送他們到打狗（但外國航運者送錢酬謝原住民時，卻被清國官員私吞了）。此行他也帶去大批禮物，與總股頭重溫舊情。李仙得在路上也得知不久之前（一八七一年十二月）有五十多位琉球船民被台灣原住民所殺。且不論殺人者是高士佛社或牡丹社，皆是李仙得認知中的「瑯嶠十八社」。李仙得才了解卓杞篤的聯盟已成為鬆散組織，大失所望。

李仙得顯然早已認為清國官員與原住民頭目皆無法保障外國船員的安全，心中隱然已有讓美國佔領台灣原住民區域的可能性。也因此，此行他很不尋常地帶了水手、醫師、測量員、通譯、攝影師等三十八人。

再四年後，養父去世了。朱雷繼任不到一年就遇上了日本人來侵犯瑯嶠。日本人打進了牡丹社、女乃社和竹社。那一年他才二十一歲。但是他心知肚明，這是當年被養父所震懾的李讓禮所規劃的代理人戰爭。因為連日本軍的嚮導都是棉仔。這一切，太荒謬了。②

於是他請伊沙代表斯卡羅。雖然檯面上是伊沙領銜，但他其實同時扮演著朱雷和伊沙的軍師。伊沙對養父，其實是有瑜亮情結的。伊沙這次有機會登上檯面扮演大股頭的角色是文杰所促成的，因此對他很是領情，也言聽計從。他認為斯卡羅應該要自保，不要涉入是非。而後來日本人貌似寬宏的手法，也贏得了各部落的好感。雖然現在想起來，日本人其實是包藏著更大的野心啊！

三十年了，潘文杰喟嘆著。這三十年，為了保全斯卡羅族的子民與土地，他無役不與。如今回想，他做對了嗎？

那真是個多事之秋。日本兵前腳才走，清國兵後腳又來。這時伊沙也過世了。朱雷無法也不想應付這個空前大變局，終日飲酒。於是他成了斯卡羅及瑯嶠十八部落的代表性人物。

一八七四年冬，清國大臣來到了瑯嶠，他們看上了位在社寮和豬朥束之間的猴洞，計畫在那裡建築一個好大好大的城池。他還發動族人幫忙清國築城。③

這個城，不叫瑯嶠，不叫猴洞，也不叫斯卡羅，叫「恆春」。

而他，因為「率眾參加築造恆春有功」，賜姓「潘」。

他啼笑皆非了。他本來就有漢姓啊！他的血液有一半來自客家父親。而他率領的斯卡羅族人們……唉，從林文杰變成文杰，竟又成了潘文杰……斯卡羅的祖靈，客家的父親，會怎麼想呢？

何只賜「漢」姓而已，他還受封為清國五品官呢！那分別是一八九〇和一八九二的事。那時朱雷及他的兄弟們都因為酗酒早死。下瑯嶠十八部落也只有斯卡羅人最順從，其他的部落對清國還是極為不滿。而他也幫忙了清國，威迫利誘，疏通了各部落頭目。

清國為了對付日本軍，在一八七四年夏天調來國內最精銳的淮軍。這些「朝廷大軍」沒有與日

---

②指牡丹社事件中李仙得角色：李仙得對台灣的激進政策並不為當時的美國駐清公使鏤斐迪（Frederick F Loco）所喜，因此李仙得於一八七二年下半年被調回國。當時，李仙得的老長官格蘭特將軍已就任總統（任期1869-1877）乃保薦他出任阿根廷公使。但因李仙得的法國背景，在國務院與國會均有阻力，李仙得乃請假回美國欲為新職奔走。一八七二年十月他路經日本，經美國駐日公使的介紹，與日本外交次長副島種臣會晤後，深感日本可以實行他心中「台灣蕃地非屬中國」的理念，竟演出跳船日本，十二月十二日向美國辭職，加入日本政府，擔任「日本蕃地事務局」的第二把手（長官為大限重信）。他把他在台灣七次考察所累積的資料、地圖、港口地圖、地層結構、漢人與土著聚落圖等全部提供給日本，並著書為日本的征台行動合理化。

一八七四年三月，樺山資紀和水野遵先帶李仙得供給的地圖與情報，到台灣活動與勘查。

一八七四年五月，西鄉從道登上「有功丸」，率軍引兵攻台，牡丹社事件正式開展。「有功丸」在社寮登陸之前，先到廈門補給。

此時已移居廈門的萬巴德醫生本來受李仙得之託，已在四月十五日備妥各種補給物品；且因萬巴德本人通曉瑯嶠部落方言，因此擬隨船當通譯。沒想到英國官方反對日本的行動，萬醫生突然接到英國駐廈門領事的警告函，要求他馬上中止日本委派的工作。萬巴德大驚，四月十九日匆忙離境，後來乾脆搬到香港，遠離是非圈。

其後，美國官方也加入反對陣營。李仙得原來的廈門領事一職繼任人恆德森（J. J. Henderson）後來在八月六日竟下令逮捕李仙得，八月十八日才釋放。

③一八七四年（同治十三年）年底，日本與清廷在英國公使威妥瑪（Thomas Wade）的斡旋下，簽立和約。十二月一日，日軍離台。

自一八七四年六月起，清廷派沈葆楨來台，隨後又派淮軍精銳六千多人，廣東軍八千多人來台，佈署於鳳山至枋寮之間，開始備戰。沈葆楨領悟到台灣的資源與戰略地位對列強是一大誘惑，而「後山」對海防非常重要，於是開始「開山撫番」。

一八七五年一月，沈葆楨親自到瑯嶠巡視勘察，於是決定瑯嶠設縣，並在猴洞築城，立礮台，就是現在的恆春城。

本兵開戰，卻在第二年與台灣原住民開戰，還美名曰開山「撫」番。

沒想到清國兵遠比日本兵殘暴。在一八七五年春天，大龜文的內外獅頭社、竹坑社、草山社，成了清軍的祭旗。雖然清國兵死得更多，至少二千多人，多到要讓台灣道台及總兵在鳳山縣城建立了「淮軍昭忠祠」，在水底寮建了「白軍營」，以紀念陣亡者。但是有什麼用？他們兵多武器多，於是原住民的區域成了清國的轄地了。

然後，各部落也習慣了平地人的用法，稱自己為「社」，而不堅持使用「部落」一詞了。他後來像清國官吏一樣，有官府、官儀。說來慚愧，他還曾經為此自豪呢。他曾經想，父親生前希望他經科考得功名，如今官拜五品，領了官服官帽，父親九泉之下，一定很高興。他，潘文杰，一個半客半番，竟然還成了下瑯嶠一言九鼎的大股頭，五品官。

那時，他的眼睛因為落山風而嚴重砂眼，已經慢慢不行了。然後，自九年前開始，日本軍隊來了，清國官府走了。光緒二十一年變成了明治二十八年。④

對日本人，他原來是有些好感的。他以為日本人至少比清國人好，因為一八七四年日本人來，只殺了二、三十個部落人；反觀一八七五清國人在內、外獅頭社及竹坑社，殺了不只二、三百人。

因此，一八九五年，明治二十八年，他其實是歡迎日本人的。他，下瑯嶠十八部落的領導人，斯卡羅族大股頭，幾乎是不遺餘力，出自內心的配合日本人。卑南地區清國將領劉德杓不肯投降日本，他組成「土番義勇軍」去幫助日軍攻打劉德杓。他也在豬勝束成立「國語傳習所」，他親自到各社勸導子弟入學。而這是台灣第一個日語的研習所！

當日的民政長官，他二十一年前的舊識水野遵⑤來巡視的時候，他的感覺是老朋友回來了！他那時已失明，雖然才四十三歲，但二十九年的豬勝束歲月，二十九年的斯卡羅重擔，二十九年的下瑯嶠奔波，他外貌早已垂垂老矣。

他伸出粗糙的雙手，緊握著水野遵的雙手，然後也像青瞑摸骨師一樣，伸出雙手撫摸水野遵。他老淚縱橫。白種人走了，清國人走了，二十一年前的老朋友回來了。他發自心裡高興。他曾以為日本人是可以信賴的老朋友。

然而現在，日本人不但讓他失望，更是絕望。他曾經動怒，要他兒子帶他到台北找水野遵翻轉。他的四子，二十五歲的潘阿別冷冷地說：「水野遵早已回日本了。再說，找水野遵有用嗎？」

一語驚醒夢中人。

三十八年來，他面對接續而來台灣的各路強權，一直屈身周旋，委曲求全，一直是配合配合配

---

④光緒二十一年或明治二十八年就是乙未年，一八九五年。前一年的甲午戰爭結束後，台灣被割給日本。

⑤水野遵：日本據台之後，第一任台灣總督為出身薩摩的樺山資紀，而第一任民政長官就是水野遵（1850-1900）。這兩人與台灣的淵源，可以追溯到一八七四年五月日本的「出兵台灣」（牡丹社事件）之前。明治四年（1871）七月水野遵奉命留學清廷，巡遊各地。其後接到副島種臣「視察清廷」的命令，一八七二年四月末自香港搭船到台灣，停留上月。一八七四年三月九日水野遵又擔任樺山副手，先到瑯嶠探勘，會晤了由李仙得牽線的棉仔，再由西海岸北上直到淡水，在基隆時巧遇日軍攻台軍艦日進港。於是樺山與水野遵又趕路到社寮與日軍會合。自五月九日至十二月二日，水野遵全程參與了牡丹社事件中，日軍與部落頭目的多次會議。他在八月中去過射麻里頭目伊沙的家。伊沙展示當年英國的「鸕鶿號」砲擊龜仔甪時的一百二十斤實彈未爆彈（見本書第十九章及二十一章）。此外，水野遵也見到大部分瑯嶠十八社的部落頭目，包括豬勝束的朱雷、文杰，龜仔甪頭目巴耶林，以及牡丹社頭目阿祿古為日軍所殺後繼任的新頭目姑柳。水野遵將前二次來台經過著作成書：《台灣征蕃記》。一八九五年（明治二十八年）五月日本據台後，他擔任第一任民政局長官，二年後回日本入閣為拓殖省官員，後又任貴族院議員，明治三十三年（1900）去世，水野遵是日本據台時期，對台灣的一位重要政策規劃者。

合。雖然為族人換來幾十年的和平，為自己換來一堆佩刀、寶章、御賜品，但是這些虛假的謝意卻侵蝕著族人的自主權，奪去了自己的統治權。他終於領悟到再這樣下去，有一天，他與他的族人也許溫飽，但將完全喪失自我，喪失靈魂，喪失祖先所傳承的一切。那活著有什麼意義？他想起養父。養父比他有氣魄，養父比他聰明。養父有時選擇配合，但不是一味的配合，他有時也選擇不買帳，例如劉明燈的召見。養父的骨氣，讓李讓禮敬畏他。養父也因之維持了斯卡羅，維持了自我。

對了，保存祖靈，維持自我！如果一直老死「恆春」，將來斯卡羅終將花果凋零，蕩然無存。斯卡羅的祖先來自知本、卑南地區，斯卡羅人必須回歸祖靈之地，至少愈接近愈好……於是他召來最有能力的四子潘阿別，要潘阿別儘快行動。

*

兩個月後，潘阿別帶著一半族人、牛群，及父親文杰的祝福，由豬勝束出發，沿著海岸往北，到了牡丹灣的大草原。這裡隔著阿塱壹的海岸與卡地布的祖宗之地遙遙相對，族人可以感受到祖靈的氣息。於是他們定居下來，延續了斯卡羅傳統。

第二年，一九〇五年十二月十二日，五十三歲的潘文杰，在百感交集中死去。

第七十三章

台灣總督府官邸，燈火輝煌。美麗的熱帶林庭園中，穿著鮮艷和服的女侍，捧著食物飲料，踏著細碎步伐，在賓客中穿梭著。來自各國的貴賓們杯觥交錯，享用美食美酒。外賓紛紛向主人們祝賀著台灣島四十年來的突飛猛進。

這是一九三五年十月十日。台北的日本總督府盛大舉辦「始政四十周年紀念會」，不但有國際性的博覽會，還有各種體育及社團活動、高砂族舞蹈、廟會遊行、戲劇表演，為期長達一個月。

在悠揚的樂聲中，總督又笑吟吟上了台：「為了這次慶典，我還邀請了一位神祕貴賓來為我們這次的盛會添色……関屋老師，有請了。」

總督中川健藏出身東京大學，當過東京府知事，喜歡歐洲文化。大家都讚美說，總督的出色背景，讓這次「始政四十周年」慶典充滿了優雅藝術氣息。就像現在，一位女性聲樂家的出場，竟然由總督親自宣布。

一位華貴西服打扮的年輕貴婦，笑盈盈步出。大家瘋狂鼓掌，因為出場的竟是去年在東京因演出《阿夏狂亂》而轟動全日本，被封為「國寶」的西洋劇女歌唱家関屋敏子①。熱烈掌聲竟然超過總督大人。

關屋敏子先唱了日本歌〈宵待草〉，又唱了西洋曲〈庭之千草〉。

「又漂亮，又好聽，又有國際性。」「才貌兼備啊！」眾人讚嘆著。

戶外慶典結束後，總督特別在內室的洋式客廳招待敏子及幾位高階客人。一位方面大耳男士迎向敏子說：「關屋先生唱得比三浦環先生還出色呢。」

關屋敏子淺笑搖頭：「不敢。三浦先生是家師，我萬萬不及的。」

在旁的總務長官幫著介紹說：「這位是台灣人首位被敕選入貴族院的辜顯榮議員。」

辜顯榮急忙恭身行禮。

關屋敏子也還了禮，嫣然一笑：「辜議員可是台南人氏？」

辜顯榮說：「不是。我的確不是台北本地人，但也不是台南，而是鹿港。」

敏子說：「我這次還會到台南去，我在台南有個學生，叫林氏好②。可惜此行時間不夠，要不然我還想去高雄和瑯嶠。」

「瑯嶠？」辜顯榮訝異地說：「老師怎麼知道瑯嶠？那是三十年前的老地名了。」

敏子說：「先祖父在他的日記與書中都如此稱呼。我聽說後來好像改為鳳山廳恆春支廳？」

總務長官也面露吃驚：「沒想到關屋老師對台灣如此了解。恆春現在應該是隸屬高雄州的恆春郡車城庄。」

敏子幽幽的說：「這些都是祖父當年去過的地方。先祖父當年與台灣頗有淵源，來過台灣多次，常停留在高雄、台南，特別是瑯嶠。那時台灣還是清國時代。台南還叫做台灣府，高雄還叫做打狗。」

關屋敏子望著大家有些迷惘的臉孔，釋然一笑說：「祖父名諱李仙得③將軍。家母是李仙得將軍之女。」

在座諸人聽到「李仙得將軍」名號，大多數人仍然一臉茫然，倒是總督幾乎忘情地把手在大腿上一拍：「難怪老師西洋歌曲唱得如此之好，原來老師有歐洲人血統。」又向身旁祕書交代：「太好了，森鷗外大師的公子正好也在總督府內。去找森教授過來這裡坐坐。」

總務長官則近乎激動：「失敬失敬。我們大日本國今天能在此慶祝台灣始政四十年，還要感謝李仙得將軍呢。李仙得將軍是六十一年前西鄉大將出兵台灣的真正策劃人，最重要功勞者啊！」

總務長官開始向大家敘述李仙得將軍對日本的功勛。

---

①關屋敏子（1904-1941）：四歲就開始學習日本傳統舞蹈與古琴，後拜日本女歌劇家三浦環為師，以唱西洋歌劇聞名。一九三四年，關屋敏子在東京歌舞伎町演出日本式歌劇《阿夏狂亂》，轟動日本，被稱國寶。一九四一年十一月二十二日，關屋敏子應邀在東京大學演唱，當天深夜服安眠藥自盡，一般認為她自殺的原因是「不許人間見白頭」。

②林氏好（1907-1991）：台南人，台灣早期著名女聲樂家，一九三五拜關屋敏子為師，為台灣第一女高音。一九三二至一九三七為其巔峰期。她是「月夜愁」的首唱者。一九二三年，林氏好嫁給盧丙丁。盧丙丁是蔣渭水在台灣民眾黨的得力助手。一九三二年，蔣渭水去世，盧丙丁旋被日本人逮捕，傳聞被送入樂生療養院，爾後轉送廈門。總之，自此音訊不明。一九四四年大戰末期，林氏好轉往滿洲國，一九四六年，林氏好加入「三民主義青年團」，由東北一路唱回台灣。林氏好一九九一年去世。她與盧丙丁的女兒林香芸，一九二六年生，為台灣第一代女舞蹈家，台灣「流行民俗舞」的創造者，一九九〇年獲民族藝術薪傳獎。

③李讓禮到了日本以後，改名為李仙得。征台之役（日本對「牡丹社事件」之用語）結束後，李仙得在大隈重信與陸奧宗光的同意下，娶了池田絲（幕府時期越前藩主松平春嶽與侍女的私生女）。但當時日本人與外國人的婚姻並不被正式承認，因此兩人所生的長男，被送出為養子。據聞池田絲當初願意嫁給李仙得的條件，就是要他與孩子永遠切割緣份。後來李仙得的長男成為名藝人市村羽左衛門，女兒名愛子，嫁給實業家関屋祐之介，生女関屋敏子。

敏子心中有一絲淒涼。日本始政台灣四十年，當初為日本運籌謀略，奪取台灣的功勞者，竟已經沒有幾個日本官員知道這個名字了。「難怪祖父④晚年要一個人跑到漢城，九年後客死異鄉。可憐的祖父。」敏子的心中嘆息著。

這時，一位學者模樣，文質彬彬的中年男士進了內室。總督請他坐在身邊，向賓客介紹：「這是東京帝大醫學院的森於菟助教授⑤，明年就要來台北帝大擔任解剖學教授。所以我先邀請他來作客，順便先熟悉台灣。」

「森教授的尊翁是大文豪森鷗外，明治二十八年也來過台灣，而且停留了好幾個月。」

森於菟恭敬地回答：「總督對家父真是了解。我小時候，家父屢屢向我提到台灣風土人情，留下美好回憶。也因為這個因素，我自動請求明年來台北帝大服務。」

總督又笑說：「如果我沒有記錯，教授的祖父是赤松則良海軍大將？」

森於菟露出高興的神色：「正是。」

總務長官興奮地說：「原來如此。赤松大將是明治七年出兵台灣時的海軍大將，僅次於當時西鄉從道都督的第二號人物呢！唉，今天真太巧了，一位是李讓禮將軍的長外孫女，一位是赤松大將的長外孫，讓我們重溫了六十一年前的日本征台歷史！沒有明治七年的日本征台，就沒有明治二十八年的日本領台，也就沒有今天的『台灣始政四十周年』啊！」

森於菟知道了関屋敏子的家世，也很驚訝說：「原來如此。李仙得將軍的後人可真多才多藝。當今十五代目市村羽左衛門，本名市村錄太郎，正是李仙得將軍的長男！」眾人更是驚嘆聲連連。

＊

賓客散後，總督特別留下関屋敏子、森於菟和總務長官。森於菟此刻變得有些感慨，他對敏子說：「我小時候因家母早逝，有一段時間長住在祖父家。祖父有件事我記得很清楚。我十歲或九歲那年，祖父得知李仙得將軍在漢城過世了，好像心情甚差，一杯又一杯地一個人喝悶酒。我正好在旁，他向我說了許多關於李仙得將軍初到日本那幾年的故事。祖父說，因為將軍是外國人，雖然立了大功，但在日本仍然受了許多委屈。祖父認為，日本有些對不起李仙得將軍。」

敏子說：「我在五年前去漢城時，也到過祖父的墳上去祭拜。那一天，大雪紛飛，我站在我從未見過的祖父墳前，不禁想起我小時候聽到祖母和家母的一些談話。

「祖父的晚年，相當怨嘆。他為了幫助日本取得台灣，擔任日本政府的顧問。結果後來回不了米國，也自此未能再見到他在米國的兒子。但是日本政府重用他的時間不到三年。後來雖然他也屢屢向政府獻策，但仍然被投閒置散，擔任無足輕重的顧問閒差。更糟的是，因為薪水差，財務方面捉襟見肘，他完全無法匯錢給他在米國的兒子，讓他深感歉疚。失意之餘，他只好請求到漢城去。那時他已六十歲，垂垂老矣。唉，祖父終其一生雄心勃勃，一直希望能在國際事務上扮演舉足輕重

---

④日本人不稱外祖父，一概稱為祖父。

⑤森於菟（1890-1967）日本文學家森鷗外與最初妻子赤松登志子（赤松則良長女）的長男。森鷗外在一八九五年台灣乙未抗日時，為日本人在台軍醫最高階者。森於菟在一九二六年獲東京帝大醫學博士，歷任助手，助教授（副教授），一九三六年轉任台北帝大醫學部解剖教授。一九三九年至一九四一、一九四四—一九四五兩度兼醫學部長。他是台北帝大最後一任醫學部長，其後交給杜聰明。一九四六年回日本後為東邦大學醫學部教授。台大景福館內有其鑄像。其子森常治著有《台灣の森於菟》。

的角色，卻未能如願。」

森於菟說：「我迄今依稀記得那天下午，祖父長嘆不已，說，出兵台灣一役，其實都是李仙得顧問佈局及策劃的。先祖父習慣稱令祖父為顧問。他又說，顧問本來想為米國拿下台灣，後來因為米國⑥政府不聽，所以才在一八七二年十月返歸米國的途中，在橫濱因為與副島種臣外務大臣的一席話，臨時決定留下來幫助日本，結果竟然是一輩子留了下來。顧問一直認為清國不配擁有台灣，台灣的高砂族應該給一個文明政府管理。他在米國仕途不順，因為許多人看他仍是法國人而排擠他。他到日本的目的是想當台灣王，至少瑯嶠王。結果形勢比人強，也沒有當上。他退而求其次想當日本人，但日本人依然認為他是外人。」

敏子點點頭：「那是真的。家祖母也沒有與他正式結婚。雖然他們倆其實感情很好，但是在那種封閉的社會，祖母怕被人訕笑。甚至她與家祖父的一對兒女，家伯父與家母，在出生後也託養給別人家了。他在日本也沒有真正享受到家庭生活的溫暖。所以後來才一個人到朝鮮去。可憐的祖父。」

森於菟頓了頓又說：「祖父說，在日本拿下台灣之後，有一次顧問自朝鮮回到日本時，曾經來看他。祖父曾向他說：『你什麼時候到台灣一趟？你不是一向非常喜歡台灣？特別是對高砂族。』

「祖父說，那時顧問的反應很奇怪。他發愣了一陣，然後臉色黯然地說：『不必了。』祖父說，他覺得顧問對台灣一直有些複雜的情緒。」

関屋敏子嘆了一口氣：「他在日本不如意，後來到了朝鮮好像更不如意。他一生最成功的時候，還是一八六七至一八七五從事台灣事務那幾年。但是，太短了。他浪跡天涯，為外國政府打拚，結果每個國家依然都視他為『外國人』。這是他終生的最痛。」

三個人突然陷入沉默，大家不知如何接口。

總務長官本來一直靜靜聽著，這時突然開口打破沉默：「李仙得顧問當年和下瑯嶠十八社簽了和約，當時可是一件大事。但現在下瑯嶠十八社已經不存在了。那些生蕃部落都被編入恆春郡管轄了。」

関屋敏子勉強笑了一下，舉起茶杯，細啜了一下，顧左右而言他：「這台灣烏龍真是上品。」

三人又陷入沉默。

関屋敏子終於站了起來：「謝謝教授和長官告訴我這些，我真高興至少在台灣還有人記得先祖父。」

関屋敏子走出屋外，望著夜空，喃喃自語：「祖父，後世的人一定會記得您的。希望您在天上感到欣慰！」

⑥日本人稱美國為「米國」。

後記一

我為什麼寫《傀儡花》

在《福爾摩沙三族記》中，我試圖站在三個族群立場，以小說的方式來詮釋台灣史，重新建構荷蘭時代台灣史和鄭成功之形象。好友前義大利駐台代表馬忠義（Mario Palma）在二〇一三年的義大利國慶晚會中，竟然提到這本書：「我的好友陳耀昌教授去年出版了一本很成功的書《福爾摩沙三族記》，但是今天的台灣已不是他所描寫的福爾摩沙了。他應該再寫一本另外標題的書《台灣多族記》！」

「台灣多族記」，太好了！

這幾年，我一直想強調一個理念：台灣是多族群，多元文化社會。各族群應互相尊重，各自發展而並存共榮。這本《傀儡花》，就是想以一八六七年發生在台灣的國際事件為背景，寫出台灣族群融合的陣痛。

今日的台灣，在一六〇四年陳第寫《東番記》之後四百年，已包容了各不同階段的新移民，而成種族大熔爐。昔日瑯嶠或今日恆春地區，更是這個島嶼族群融合過程的最佳縮影。而一八六七年發生在瑯嶠的故事，不但登上了國際舞台，也改變了台灣的歷史，還改變了台灣人的族群結構。

然而弔詭的是，一八六七年，同治六年，對現代台灣人而言，卻是一個很陌生的年份。

台灣歷史教科書幾乎都不會提到一八六七年。這一年，以傳統史觀而言，平淡無奇。在南台灣發生一件船難，顯然不值一提。在一大堆清朝文牘之間，我們看到的，是輕描淡寫的幾篇台灣府地方官奏章，有些夸言功績，也有些扭曲事實，充分顯示了那個時代中國官場一貫的粉飾與浮誇作風（在本書中，我摘錄了一篇美國艦隊來台灣打仗後呈報中央的報告，及一篇清國軍隊南征番地後呈報中央的奏章，加上迄今猶存於屏東車城的一件「勒石記功」古蹟。兩相比較，非常有趣）。

台灣史教科書從未提到的一八六七

然而，如果用台灣「本土」，而非「中土」的眼光去看，一八六七年是台灣史上極關鍵的一年。這一年，是自從康熙封閉了台灣（一六八三年），台灣及台灣人在世界史上銷聲匿跡一百八十四年之後，第二度登上國際舞台。

值得玩味的是，舞台上的主角，不是當時治理台灣的大清文臣武將，他們只是配角。主角是被大清朝廷及轄下民眾所瞧不起的生番大頭目。而地點，更是在當時「政令不及，化外之地」，現代台灣人不太熟悉的「瑯嶠傀儡山」。

現在回顧起來，這個一八六七年台灣南角的偶發船難與美國船長夫人之死，可說是台灣近代史轉捩點。這真是「歷史的偶然」與「蝴蝶效應」的最佳詮釋。

台灣歷史教科書從未提到：一八六七年，曾有將近二百名的「列強」海軍陸戰隊在台灣展開軍事行動，而這個國家竟然是近代台灣最倚賴的美國。而第一位戰死在台灣海岸上的洋兵或洋將，也是老美。戰場則是現在國際級度假勝地的墾丁國家公園。古今對照，令人唏噓。那次的軍事行動，老美被台灣原住民搞得灰頭土臉。如果美軍勝利了，也許「牡丹社事件」會提早七年，成為「龜仔用事件」？而台灣南部會在一八六七年成為美國殖民地？好像一八九八年古巴的關達那摩？

台灣歷史教科書從未提到：一八六七年，台灣人第一次和外國簽訂了國際條約。簽約的雙方，台灣人這邊是一位傀儡山生番頭目。當時西方列強熟悉東方事務者大都知道這個人，並且頗為尊敬他。他們稱他為「下瑯嶠十八社聯盟大頭目」（英文竟用了「confederation」聯邦這個字）。

這位當時西洋人心中的傳奇人物，先有英文名Tou-ke-tok，後來才有中文的「卓杞篤」。一八五〇至一八七〇年之間來到南台灣的外國人記載中，幾乎都提到他。他是十九世紀國際上最有名的「福爾摩沙人」。他和李仙得（或李讓禮）在一八六九年二月二十八日第二度簽訂的條約，現在還收藏在美國國會圖書館。然而，現在的台灣民眾及學生幾乎絕少人知道這一段歷史。這道盡了歷代台灣統治者有意對台灣本土的壓抑與不尊重，也顯示了歷代台灣史教科書的偏頗與失衡，導致台灣人在歷史傳承的失憶症。

現在的台灣歷史教科書也完全沒有提到李仙得這號人物。李仙得可說是十九世紀對台灣最了解、影響台灣命運最長遠的洋人。他就是在一八六七年首度來台。此後五年，他八次造訪台灣，走遍全台，還繪製了台灣地圖。後來更為了台灣，而跳船日本。他的此一決定，讓台灣走向被日本佔領的命運。他本人也因此永遠回不到自己事業所在的美國及出生地的法國。

一八六七年台灣的土、洋相遇

現在回顧起來，一八六七年在台灣的西方人，後來都成為歷史性、全球性人物，包括萬巴德、馬雅各、必麒麟、郇和。這些人也都因此出現在本書內，所以一八六七年真是台灣猗歟盛哉的大時代。一八六五年來台的馬雅各（James Maxwell），不但帶來了基督教長老教會，帶來了西醫，也帶來了台灣本土與西洋的宗教與醫療衝突。他招募來台的最重要專業醫師助手 Dr. Patrick Manson，中文名字為萬巴德（閩南語發音），後來成為世界醫學史上赫赫有名的寄生蟲學之父。每個醫學生都知道的 Schistosomiasis mansoni（曼氏血吸蟲），就是他在台灣發現的。他也提出引發瘧疾的瘧原蟲宿主是蚊子的假說。與他合作研究的羅斯（Ronald Ross），後來證實之，並因此獲得諾貝爾醫學獎。萬巴德後來成為香港第一所醫學院的創辦人之一。中華民國的締造者孫文，是這所醫學院的畢業生。而後來孫文在倫敦蒙難時，去營救他的康德黎，也是萬巴德的弟子。

而萬巴德醫師在台灣時，實際參與了一八六七年英軍對南灣原住民的軍事行動。他在一八七一年搬到廈門。因為李仙得的關係，還差點參與了一八七四年牡丹社事件時的日本征台日本軍。萬巴德的弟弟萬大衛（David Manson）也是醫生，在萬巴德離開打狗轉往廈門後，接手了萬巴德在打狗的醫療職務。萬大衛後來不幸在福州意外死亡，友人為了紀念他的貢獻，在打狗旗後設立了一所醫生館，叫作瑞德醫院，更是台灣第一所醫學教育機構。

同一時期在台灣的還有英國浪人探險家必麒麟（William Alexander Pickering）。一八六八年英軍炮轟安平，可說是因他而起。若無此事件，熱蘭遮城應該仍能屹立不倒，遠勝今日馬來西亞麻六甲的古荷蘭城堡。「必麒麟」這三字不是譯名，而是一八六七年的台灣總兵劉明燈親自為他取的中文名。現在新加坡有 Pickering Street，然而必麒麟晚年懷念的，是台灣，不是新加坡。

諷刺的是，比較起來，那個時期統治台灣的清國官員，對台灣反而不是很了解，至少留下來的對台灣的踏查史料遠不如外國人。

劉明燈算是例外。劉明燈可能是在台灣留下最多題字遺跡的台灣總兵，除了本書提到的瑯嶠（車城）福安宮碑文外，還有草嶺古道的「虎字碑」、「雄鎮蠻煙碑」，以及在瑞芳三貂嶺古道的「金字碑」。劉明燈是湘軍，左宗棠門下，與曾國藩的關係也很好。有趣的是，他不是正統漢人，是湘西土家族。

試圖以當代原住民的立場來建構台灣史

台灣第二度國際化是拜一八五八年天津條約及一八六〇年北京條約之賜。但國際化也帶來國際紛爭。紛爭來得很快，不到十年的一八六七就爆發了，啟動了台灣命運列車不歸路。歷史列車的起站是台灣最南端一個不到百人的龜仔用小部落，終站是一八九五年的日本佔領台灣。中間的停靠站有李仙得與卓杞篤的南岬之約，然後是一八七一年的琉球船難，一八七四的牡丹社事件或日本征台，一八七五年沈葆楨的「開山撫番」，一波接一波。也因為李仙得惹的禍，一八九四的甲午戰爭，戰場在朝鮮，受影響最大的卻是風馬牛不相及的台灣。然後，日本「大東亞共榮圈」政策成型，遂有侵華戰爭及二戰。不誇張的說，台灣原住民不僅是南島語族的源頭地，也是一八六七至一九四五年之間，東亞史的源頭地。

一八六七年在瑯嶠發生的事，更深深影響了台灣各族群的命運。一八六七年的台灣是多族並立。其後，因為沈葆楨開山撫番、取消海禁，一則客家移民大增，二則漢番界線被打破，於是混血加速，台灣的平埔於是迅速消失。台灣的高山原住民則不再能維持過去千年的部落自治。演變及融合的結果，就是今日台灣系漢人社會的形成。

一八六七年的台灣猶是多族群的社會，而本書背景的瑯嶠正是當時台灣多族群並立又雜處的最佳縮影。「瑯嶠」是指今屏東枋寮以南，當日不屬大清統治之下的狹長地域，比當今恆春半島大一些。一八六七年的瑯嶠，有福佬人中心的柴城（那時的瑯嶠，主要是指柴城），有客家人中心的保力，有馬卡道（李仙得筆下half-blood表示已與福佬明顯混血）平埔大聚落的射寮，以及閉關自守的傀儡山生番（現在是排灣、魯凱，以及半消失的斯卡羅族）。這些原住民族群名詞都是後來伊能嘉矩研究台灣原住民後才有的名稱。

傀儡番又分成上、下瑯嶠。李仙得接觸的是下瑯嶠十八社（今之恆春與滿州鄉）。上瑯嶠十八社是今日的屏東獅子鄉，在更早的荷蘭時代，稱為「大龜文」，將是下一波一八七五年受到更大衝擊的部落群。「瑯嶠」和「台灣府城」（舊台南市）是兩個與清代台灣史有特殊連結的重要地名，如今都消失了，我深為惋惜。

我寫這本《傀儡花》的過程中，深覺一八六七年的台灣社會和一八九五年的台灣社會比較起來，最大的不同是平埔族群的快速減少。那是平埔迅速被漢化而失去自我，甚至意圖掩藏自我的時代。如今台灣已少有未曾混血的平埔，平埔的母語也已絕大部分失傳。本書寫馬卡道族，就好像《福爾摩沙三族記》中寫西拉雅族。我只能再度以前荷蘭駐台代表胡浩德的歌詞，來描述平埔人的深沉悲痛：

「與他族相互融合是他唯一的選擇
少數的聲音堅持著無瑕的血緣
文化無法招架於前來的侵入者

尋訪馬卡道平埔的遺跡

以一八六七為主軸的本書而言，這種吶喊不只來自馬卡道平埔，也來自斯卡羅族。

最近，平埔的後人非常熱衷於尋訪他們祖先的遺跡。巧的是，一八六七年之後的台灣，正好是台灣開始有照片的年代。現在我們常說，第一位在台灣有系統攝影的，是一八七一年四月二日由馬雅各醫生安排來台的英國人約翰・湯姆生（John Thomson）。其實李仙得自一八六九年十一至十二月來台時，隨行的愛德華茲（Edwards）已經拍了多張照片。在一八七二年的台灣行，更是帶著專屬攝影師李康泝，留下許多寶貴的一八六九至一八七二之間的台灣平埔聚落照片。那時的一些照片，前後對照起來，特別有趣。棉仔的家據一八六七年李仙得的描述，非常簡陋（見彩圖十九頁上）。到了一八七四年日本兵到了射寮，對棉仔居屋自照片（見彩圖十九頁下）上看，已經是漢人的磚瓦長屋，格局也幾乎和福佬住宅一樣了。一八七二年，棉仔的打扮更是有若西方紳士，只差沒有帽子（見彩圖八頁）。那是一個平埔迅速漢化乃至模糊化的時代。

由李仙得留存的與射寮頭人棉仔合照的照片看來，當年的射寮馬卡道平埔混種雖然普遍會講福佬語，但服裝風格仍具平埔特色。由一些流傳下來之敘述，那時祀壺、跳戲等傳統馬卡道儀式應當仍很普遍。跳戲是平埔族夜祭的重心，在南台灣本已稀稀落落，直到近一、二年，隨著原住民學的興起與平埔意識的抬頭，方又紛紛重現。

再談祀壺。屏東仍有許多如馬卡道平埔「姥祖」轉化或混同漢人神祇的廟宇，成了屏東廟宇的一大特色。有些在市街大廟，例如林邊「放索」安瀾宮，由廟史知道那本是馬卡道人的姥祖草堂，後來被福佬移民的媽祖廟佔了。現在廟內仍有漢人神像化的「姥祖像」，也應了「赤山萬金庄，放索開基祖」的馬卡道族群諺語。在射寮、在後灣、在出火、在墾丁，甚至在四林格排灣部落，在旭海的斯卡羅村落中，我都看到了拜三清道祖，又拜老祖的鄉野小廟，顯示了馬卡道平埔當年四處流浪遷徙的足跡。

不論是「放索安瀾宮」或四林格「老祖壇」，明明是馬卡道人的信仰，卻把漢人神祇擺中央，矸壺老祖放壁腳，再以「壁腳佛尚大」自我安慰合理化，道盡了弱勢族群信仰弱化，又不敢丟掉傳統的矛盾。

在一八六七至一八七〇之間，李仙得估計，「台防廳」（即台灣縣與鳳山縣，到枋寮為止），每十八人之中，就有一名（六％）平埔番。那麼在瑯嶠，平埔番的人數比例自然更多。

我書中的棉仔和松仔正是福佬父系與平埔已混血多年的馬卡道平埔（清朝所謂「熟番」）母系的後代；而文杰與蝶妹是客家父親與斯卡羅傀儡番母親的後代。一八六七年的瑯嶠有不少這樣的混血。文杰與棉仔都是記載在台灣史書上的真實人物，蝶妹與松仔則是虛構角色。一八六〇年代，瑯嶠正是台灣福佬、客家、平埔、生番四大族群並立的代表區域，到了今日，恆春半島居民的血緣也大都非常複雜。

被「廢藩」的斯卡羅族

現在我們在談平埔或高山原住民，很少人知道斯卡羅族。「下瑯嶠十八社」大股頭卓杞篤的「斯卡羅族」，正是高山原住民滄桑命運極速變化的一例。斯卡羅四社在一八六七年李仙得來台時，仍然是令洋人聞之色變的「生番」。後來在文杰的引導下，迅速接受漢人文化。清國把「林文杰」變成「潘文杰」。日本人把斯卡羅由生番改列為熟蕃，直接歸於政府統治。日本人把福佬發音的「蚊蟀社」改為日文發音的「滿州」。於是斯卡羅族變成「恆春支廳」，潘文杰的「總股頭」名號也等於一夕被廢，權勢歸於支廳長相良長綱，這多麼像一八七一年日本在「內地」的「廢藩置縣」。不同的是，潘文杰這些熟蕃頭目並沒有被日本官方尊為「華族」。

幾十年來一直配合權勢統治者（包括清國與日本）的潘文杰雖屢被清廷賜姓、封官（五品），被日本人贈徽章，賜寶劍，但最後對自己族人的管轄權喪失殆盡，族群文化也面臨崩盤。無奈之餘，只能命四子潘阿別率領一部分族人北遷到今牡丹鄉的旭海，以保存本族文化。但從此台灣人已少有人知有「斯卡羅族」。豬勝束變成里德，豬勝束溪變成港口溪，射麻里變成永靖，龜仔甪變成墾丁及「社頂公園」。只剩下「龍鑾潭」還保留著斯卡羅的唯一舊名稱。

看排灣　想台灣

台灣的高山原住民，雖然在一八六七年擋住了美國的貝爾（H. H. Bell）與李仙得、清廷的劉明燈，但七年後就無法再擋住日本西鄉從道（幕後仍是改了新名字的李仙得）。再隔一年，更無法再擋住沈葆楨針對傀儡番為主的「開山撫番」。台灣經過族群大融合，形成特殊的「台系漢人」，成為漢人血緣最稀，混血最複雜的「南方漢人」之一支。在一八九四甲午戰爭之前，大清的中原觀點，台灣是一個「鳥不語，花不香，男無情，女無義」，缺少教化的世界，而割讓給日本人。台系漢人與台灣原住民遂成命運共同體。然而一九四五至一九四九之間，國民黨政府治台，如同殖民者。一九四九年之後，台灣一方面是「光復大陸」基地，另一方面又是大陸籍（我自一九九六之後不使用「外省」兩字）統治者眼中「充斥日本遺毒」的台客。至少要到解嚴之後，才有台灣本土意識的興起。二〇〇〇年之後，才有原住民意識的勃興。

台灣雖然在一八八五年擋住了法國，但終究無法在一八九五年擋住日本。由一八六七而一八七四而一八九四，再到一九四五及一九四九，又有與國民黨轉進來台的二百多萬大陸人來到台灣，成為一個更大的命運共同體。一方面是多元文化開花結果，另一方面則是形成今日台灣錯綜複雜、剪不斷理還亂的兩岸關係及台日情結。詭異的是，直到最近，竟連台系漢人本土史觀都難以堂堂呈現，更遑論原住民史觀。

希望能完成「台灣三部曲」

事實上，自一八六七至一八九五，牽引百多年來「台灣之命運」的，是原住民。

我準備以台灣原住民為背景來寫「台灣三部曲」。第一部本書《傀儡花》，描寫原住民與洋人交手的經過。第二部寫原住民與日本人交手的經過。第三部寫原住民與漢人的恩怨情仇。希望這三本歷史小說能夠反映出一八六五至一八九五這三十年間的「台灣多族記」的故事。

這本《傀儡花》就是希望能讓讀者回顧一八六七左右，那個台灣第一次國際化的年代，分立的各族群、清國官府，以及各路洋人，如何在瑯嶠這塊當年和現在都被視為台灣邊陲的土地上走過，進而全面影響了整個台灣命運的一段故事。

後記二

小說・史實與考據

寫了《福爾摩沙三族記》之後，最常被問起的是：「你的小說中，哪些是真，哪些是假？」我的標準答案是：「除了與瑪利婭直接相關的，其他所有的情節都是真的。」

在我的理念之中，包括鄭成功的自殘而死，也是真的。因為史實不見得見於史書。

在這本《傀儡花》之中，我創造了「蝶妹」這個角色，既是串場，又代表我要表達的中心思想：台灣是族群融合的大熔爐，本書背景之瑯嶠已是典型代表。經過蝶妹的串場，我才能把一八六七至一八六八年之間的台灣府——打狗——瑯嶠連結起來；也才能把當時台灣各族群（傀儡番、平埔、客家、福佬、洋人）與清國官府串連起來。

本書中，我所寫的有關正史人物的時空資料，如李仙得、劉明燈、必麒麟、卓杞篤等的行程，幾月幾日到某地（社寮、柴城、大繡房），甚至幾點開船，戰爭的經過，和談的安排，幾乎都是依照正史的資料寫的。

但是正史的史料有時不一定齊全，特別是台灣原住民文字記載極少，而部落之口傳歷史，容易有分歧（例如，卓杞篤以後的斯卡羅頭目繼承人有幾位，名字為何，都已難有共識）。甚至以廟宇為中心的漢人移民歷史記憶，也常見扭曲（見拙作〈錯亂的台灣民間歷史記憶〉，《島嶼DNA》）。我認為，那就是小說可以發揮的空間了。例如本書之中，潘文杰被卓杞篤收養的經過，以及蝶妹在南岬之盟的角色。那是為了增加小說的可讀性，但對本書的史實主幹，不傷大雅。

潘文杰是台灣近代史的原住民大人物，也是原住民與官府互動的代表性人物，現在還有許多後代住在屏東縣。但是潘文杰的身世在史料及書籍卻有許多不同的說法。例如：

一、潘文杰的父親是統埔客家人，殆無疑問。但是，是姓「任」（屏東縣誌），還是姓「林」（潘氏家族認為姓林）？本書自然尊重家族後人說法。

二、潘文杰的母親是豬勝東公主，此說是楊南郡先生在採訪潘氏家族之後提出來的（見《斯卡羅遺事》）。現在已成共識，本書自不例外。

三、但是潘文杰何時被卓杞篤收養？潘氏家族認為是「很小的時候」。但這一點我以為尚待證實。潘文杰生於統埔，應無疑問，但他也住過射寮（這個說法我得自潘氏後人）。又如，我有幸見過潘家的神主牌，但與楊南郡的鉅作《台灣原住民族系統所屬之研究》之記載，潘氏家族接受訪談時的敘述，三者也都有所出入，那更遑論潘文杰本人的幼年生活了。

在本書中，我寫潘文杰被收養應在十幾歲之時，有下述理由：從各家的訪談，潘文杰本人應該福佬話與客家話都說得很好。因此應該是先會說漢人語言後，才被收養（當年原住民部落與漢人社會為咫尺天涯，不似今日）。

四、一八六九年二月二十八日，李仙得再訪卓杞篤時，留下一段很重要也很有趣史實①：

……頭目的弟弟，漢語說得很流利，接著說，由於我們很擅於用文字在紙上表達，問我是否能幫個忙，將剛才所協議的寫下來。這樣萬一番社與遭船難者之間有誤會時，或許會有助益。我雖對此想法感到相當詫異，還是立刻順其要求。作為正式文件來看，那雖是沒有價值又非正式的，我仍認為，讓錨泊在福爾摩沙南部較為安全的方法既是如此容易，就應公開，以讓所有國家的船隻，通過其各自的政府當局，都知道當航行在那海岸時應如何去做。此文件的內容如下：（見註②）。

我將此文件交給卓杞篤，且留了一份草稿給我自己後……

（這份文書，後來就由李仙得寄回國務院，現在收藏在美國國家圖書館。）

---

①《李仙得　臺灣紀行》中文譯本，費德廉・蘇約翰 主編／羅效德・費德廉 中譯，國立臺灣歷史博物館出版，二八三—二八四頁。

②一八六九年二月二十八日於射麻里村莊，卓杞篤統領下的領域。
在瑯嶠以南十八社頭目卓杞篤的要求下，在（瑯嶠）東方的系列山丘與東部海域之間，包括已知的三桅帆船羅妹號船員被龜仔角人謀害之處，我，李仙得，美國駐廈門與福爾摩沙領事，以此作為我本人與前述的卓杞篤，在一八六七年所達成協定的備忘錄，並由美國政府批准，以及我相信駐北京的外國公使們亦一致贊同，此即為：
遭船難者將受到卓杞篤統領下十八社之任何一社的友善對待，如可能，他們（遭船難者）在登岸前應展開一面紅旗。
有關壓艙物與水時：船隻想要補給，要派船員上岸，必須展開一面紅旗，且必須等到海岸上也展現同樣的旗幟，否則不得上岸。即使那時，亦僅侷限於指定的地點。他們不得拜訪山丘與村莊，但盡可能，將拜訪範圍限於豬勝束港（在南灣的東南岬角以北，那是東海岸的第一條溪），以及大板埒溪（即羅妹號船員被謀害處的岩礁以西處）。後者為東北風季節時較好的取水處。在這些條件之外登岸的人士，則是自冒風險。我認為他們若被土著騷擾時，不得向其政府尋求保護。在那種情況下，其安危將無法受到保障。
李仙得　美國領事
見證人：福爾摩沙南部海關稅務司滿三德先生
見證人兼翻譯員：必麒麟

然而，由一般史料看來，我認為卓杞篤不可能有精通漢文、能讀能寫的「兄弟」。若有，也只可能是潘文杰。我認為這也是潘文杰能見重於斯卡羅及大股頭的原因之一。如果潘氏後人能保留有潘文杰當年書寫的文字或讀過的書籍，該有多好。我推測，也因為他能寫能讀，了解文字與閱讀的重要，才會急著和日本人合作成立全台第一個「日語學校」。同理，他能與清國官吏合作，也出於他能與清國官方密切溝通。可惜潘文杰在里德（豬勝束）的故宅，如今已是斷垣殘壁。而其後人又不知保留他的遺物的重要性，竟將之丟棄殆盡，實在可惜。

潘文杰如何被大股頭卓杞篤領養，以小說的觀點，當然必須戲劇化而動人，所以這其中的真假與人物（莎里鈴與拉拉康），就不必太認真了。

如前所述，蝶妹這個角色，書名《傀儡花》自然是指她。蝶妹是客家父親與傀儡番母親的後代。台灣福佬的「唐山公，台灣嬤」，常是指平埔熟番嬤。而台灣客家的「唐山公，台灣嬤」，在北部桃竹苗也是平埔熟番嬤；在南部廣義瑯嶠的屏東內埔、車城至恆春，與中央山脈較近之客家，則相當特殊，這一帶的居民會有個傀儡生番嬤。出身楓港的蔡英文就是一例，有客家血統，也有四分之一傀儡番（排灣）血統。

我寫蝶妹和李仙得的感情糾纏，當然是杜撰的。然而李仙得在台灣發生過什麼事，我也不認為後人全盤了解，也不可能去還原真相。本書中李仙得與克拉拉的婚姻創傷是真的，他後來與日本人結婚生子當然也是真的。至於李仙得在台灣的行蹤，除了見諸《台灣紀行》之外，其實他本人已隱藏了許多。

李仙得在一八七〇年十一月中旬到至少一八七一年二月十八日，這段接近一百天的日子，據考據應該是留在台灣，但行跡成謎③，非常神祕。耐人尋味的是，他為什麼要隱藏長達三個多月的行蹤。合理的推測是，他到清廷不准他去的地方探查，也許他的幾張台灣地圖就是這樣畫出來的。我們也可以以小人之心去推測，他有「不可告人之事」。正當盛年（三十六至四十一歲）之間的李仙得，在台灣停留好幾個月，難道都「不帶一絲感情」？曾經流落台灣約半年的西鄉隆盛不也有和噶瑪蘭少女生子的傳聞嗎？

我在本書中杜撰李仙得及蝶妹的故事，就是出於人性的寫法，以及多少影射了福爾摩沙女與西方相遇之美麗與哀愁，新奇與衝擊。因此希望斯卡羅及潘家後人不必認真。我想這無損於卓杞篤南岬之盟的偉大與潘文杰識時務者為俊傑的英名。其他有關潘文杰的身世，如果與潘家子孫的認知不

---

③《李仙得台灣紀行》頁四四一：

L一八六九年底、一八七〇年初從廈門通往福爾摩沙之輪船、汽艇等交通設施

在其報告、書信或其他著作中，李仙得都從未提到一八六九年底、一八七〇年初曾搭乘美國輪船或海軍汽艇來回臺灣島。根據「美國海軍部長從各艦隊指揮員所收到之信函」（美國國立檔案館藏，M-89, roll 254, 255），從一八六九年十月至一八七〇年二月，李仙得在福爾摩沙期間，沒有任何一艘美國海軍汽艇或炮艇航行至臺灣島或廈門港。一八六九年十一月一日時，美國海軍亞洲艦隊包括下列汽艇：*Delaware, Idaho, Oneida, Iroquois, Monocacy, Ashuelot, Unadilla*及*Maumee*。這八艘船隻中，停泊在較靠近廈門海域的，只有*Iroquois*、*Maumee*和*Unadilla*，但在十月底、十一月初那期間，這三艘船都在香港駛往該地，而沒有一艘曾在臺灣島停留過。除此之外，*Unadilla*號十一月九日已在香港出售給他人；十五日*Maumee*號也被海軍賣掉（*Aroostook*號早在八月中就已出售了）。至於*Iroquois*號，在颱風中遭到嚴重破壞後，由香港駛往美國；十一月四日就已抵達美國。*Unadilla*號及*Maumee*號出售，*Idaho*號駛返美國，*Oneida*號一八七〇年一月二十四日在日本外海與另一艘船發生碰撞後沉沒。種種事情之後，當李仙得一八七〇年二月中回廈門時，美國亞洲艦隊的勢力已格外的薄弱。雖然*Delaware*號一月中旬曾從香港至馬尼拉來回航行，在其船長信件中未曾提起在福爾摩沙島停留過。

總之，我們只能判斷李仙得此次造訪臺灣島是乘私人輪船而非美國海軍汽艇去的。

同，也請包涵。這是小說，這本《傀儡花》如果完全依史實而寫，就不算小說了。

寫完《傀儡花》之後最大的感想：寫台灣史小說有個很大的缺憾，就是「台灣觀點」的史料太少。寫歷史小說，因為史料豐富，所以不必虛構人物。而我寫羅妹號事件，如果照著史料寫，或變成只繞著李仙得的《台灣紀行》打轉，缺少台灣觀點。而代表台灣原住民觀點的卓杞篤、潘文杰的史料極其有限。即使留下來的中文史料，也常是官方觀點，連漢人觀點都說不上。而我又貪心地希望不只介紹「羅妹號事件」，而是向讀者介紹那個時代的台灣。

「蝶妹」這個虛擬卻又有著名家世（潘文杰之姐）的人物就是這樣創造出來的。也許我這本《傀儡花》應該說是「以歷史為背景的小說」，但事實上我的小說又繞著史實打轉。為了「文以載史」，有時小說的藝術性減低，也妨礙了小說情節發展的流暢性，是其缺點。但也有優點，例如《福爾摩沙三族記》的瑪利婭也是這樣的人物，但無人會認為《福爾摩沙三族記》違反史實。我正是希望《傀儡花》也有同樣效果。

我希望我的歷史小說，不只反映事實，也反映世代，甚至反映族群命運及性格。「族群認同」的題材，是日本歷史小說所沒有的，因為日本沒有族群問題。相對的，是台灣史小說所特有的，因為台灣歷史一直存在著族群分立的矛盾。寫歷史小說，其實是詮釋自己的歷史觀及認同感。例如本書的蝶妹，是否要失身於李仙得，我曾經相當掙扎。明眼人一看即知，我書中的蝶妹，其實隱喻著台灣或台灣人的命運，也是反映著我一直強調的台灣主體性及我對台灣原住民的認同。

有關蝶妹與李仙得的「特殊性關係」，我猶疑了好久。一則李仙得是歷史人物，我這樣寫，對他是否公平；二則這樣寫，會不會冒犯了原住民。我用「傀儡」這個詞，還可說是忠實使用那時的文字記載。但「蝶妹失身」，難免會被批評執筆心態是否「正確」。本書因限於篇幅，我無法延伸到李仙得後來的六度訪台，全台走透透，油然而生侵略台灣，任「瑯嶠總督」野心之經過。甚至後來跳船日本，當了日本人侵台、謀台的軍師。史學家一般均同意，甲午戰爭後的清廷割台，也是李仙得為日本籌劃的「戰略」的執行。因此我還是讓蝶妹失身於李仙得，卻又與松仔迅速站了起來。我認為這隱喻了近代台灣史的演變。

小說家和歷史家最大的不同，是小說家在介紹歷史、介紹人物、介紹時代之餘，最重要的，還要讓讀者感動。因此我讓我的小說人物有情、有愛、有憾。因此「知我者謂我多情，不知我者謂我胡謅」。這一點，我深受南宮搏的影響。

為了充分反映那個時代，我也將多方人（台灣各族群）、地（瑯嶠、打狗、台灣府）、事（一八六七羅妹號及一八六八樟腦事件）熔於一爐。為了紀念家母（鳳山人），我對埤頭鳳山新城及龜山觀音亭（現在左營興隆寺的前身）特別詳加描寫。

我也寫了姚瑩在台灣留下一位婚外情的兒子。這當然不是真的，唐突之處，也請姚家後人見諒了。藉此我也反映了清官來台不准攜眷的不合理措施，以及可能後遺症。劉明燈、姚瑩與王文棨都算是清朝在台的能吏。但一直未熟知於今之台灣人，也藉此書介紹了這些有功於台灣的人物。

長久以來，面對台灣的顏色對立，我一直有深痛感慨。日本的歷史大河劇描述日本的先人，幾乎對每個角色都持肯定態度，正面描述，讓日本人民高度讚美及尊敬他們祖先，如是而生團結於「大和」旗幟下的愛國心。例如他們寫明治初年的倒幕派（維新派）與擁幕派（新選組），雖然是理念對立的陣營，但每個角色都表現了盡忠職守的英靈氣魄。又如寫德川與豐臣之爭，每個人物也都各為其主，戮力奮戰，死而後已，塑造出他們的英雄形象。所以在日本的大河劇中，絕大多數的角色是好人、是正派，是英雄，雖然理念互有衝突。

而兩岸所拍的歷史劇，不是宮廷女性的勾心鬥角，就是皇家子弟的爭權廝殺，一味延續過去說書時代的非白即黑，好人、壞人角色分明而對立。相較之下，格局偏小（日本大河劇的片首曲是交響曲，兩岸連續劇的片首曲是流行調）。更糟的是，劇中著墨的往往是人性的黑暗面而非光明面。寓教化於娛樂，並非絕對八股。我希望至少台灣影藝界若有心拍台灣史連續劇，宜向日本看齊。

我寫台灣史小說，動機就是希望能寫出好故事、好劇本，寫出台灣先民的努力與奮鬥史，寫出台灣先民的無奈或無知，寫出台灣先民與當時國際社會的互動，記下我們台灣祖先的血淚與事蹟，讓我們的下一代更了解台灣，了解祖先，認同台灣，團結台灣。天佑台灣。

PUBLISHING INK 文學叢書 474

傀儡花

作者	陳耀昌
總編輯	初安民
責任編輯	鄭嫦娥
美術編輯	陳淑美
校對	陳耀昌 呂佳真 鄭嫦娥

發行人	張書銘
出版	INK印刻文學生活雜誌出版有限公司 23586新北市中和區建一路249號8樓 電話：02-22281626 傳真：02-22281598 e-mail：ink.book@msa.hinet.net
網址	舒讀網 http://www.sudu.cc

法律顧問	巨鼎博發法律事務所 施竣中律師
總代理	成陽出版股份有限公司 電話：03-3589000（代表線） 傳真：03-3556521
郵政劃撥	19000691 成陽出版股份有限公司
印刷	海王印刷事業股份有限公司

出版日期	2016 年 1 月　初版 2016 年 12 月1日　初版三刷
ISBN	978-986-387-077-7

定價　499元

國家圖書館出版品預行編目(CIP)資料

傀儡花／陳耀昌著. -- 初版 . -- 新北市：INK印刻文學, 2016.01
488 面；17×23 公分. --（文學叢書；474）
ISBN 978-986-387-077-7（平裝）

857.7　　104026586